⑧

著 祈祷君

MULAN
WUZHANGXIONG

木兰无长兄

百花洲文艺出版社
BAIHUAZHOU LITERATURE AND ART PRESS

【第 277 章】

"我终于回来了……"源破羌看着高大的姑臧城，忍不住热泪盈眶，"父王、母后，我回来了……"

姑臧原本是南凉的都城，后被沮渠蒙逊夺取，使得南凉的国力大幅减弱，最终被西秦所灭。故国不在，独留姑臧，原名秃发破羌的他连姓氏都没有保全，怎能不泪水涟涟，心生痛悔？

"日后陛下西征，说不定你可以常驻姑臧……"

源破羌很快就抑制住了自己的失态，给贺穆兰介绍："姑臧城被加固加高了，以前护城河也没有这么宽。当年姑臧要有这般坚固，就不至于被破城。"

贺穆兰仔细观察护城河的宽度以及城墙的角度，说："这河靠天梯山的雪水融化才能形成，冬天河水是不是就干了？"

"不见得干，不过一定会上冻，这里夜间极冷……"

两人正交谈间，忽听得锣鼓声起，丝竹皆响，伴随着佛号声声，一大群僧侣步出城外迎接众人。沮渠蒙逊就在僧侣们身后，率领文武百官以藩属之礼迎接上国使节。

源破羌与沮渠蒙逊有国仇，贺穆兰是持节而来的使者，代表着拓跋焘，两人都没有下马，就在马上接受了北凉朝臣的礼节。

"有朋自远方来，不亦乐乎。"六十有余的沮渠蒙逊穿着金黄色的袍冠，在马下对着主副二使微笑，"欢迎你们来姑臧，带来和平的使者们。"

他一一向北魏的使臣送上祝福，毫无倨傲之色。待到了源破羌面前，他愣了愣，笑容有些僵："敢问，您是秃发虎台的……"

源破羌微微扬起下巴："那是我大兄。"

沮渠蒙逊心中微叹，脸上却做出感慨的表情："将军五官肖似当年的虎台太子，不过身材却魁梧多了。秃发兄在天有灵，应该会庆幸后继有人吧。"

沮渠蒙逊当年虽然破了姑臧，却没有杀秃发家任何一个人。是以源破羌虽然对蒙逊绝无好感，却不到见面就如仇人的地步，客客气气地以晚辈身份回礼，问候他的健康，做足了使臣该做的一切。

沮渠蒙逊看到盖吴时，忍不住又是一愣，笑道："今天真是个好日子，竟接二连三见到了故人之子。敢问花将军身后的年轻人是不是姓盖？"

沮渠蒙逊的父亲是卢水胡的沮渠部酋长，而盖吴的祖父则是卢水胡盖部的酋长，两人曾在乱世中结下一段交情。沮渠蒙逊当年向北凉的开国者段业复仇，借助的便是卢水胡的天台军。

盖吴稳重地行礼："在下盖吴，是花将军的徒弟，家父盖天台。"

"你和你父亲的神态姿势极其相似。"沮渠蒙逊露出"后生可畏"的表情，"你竟跟了花将军，我还曾派人去找过你们……"

盖吴微微一笑，谢过沮渠蒙逊的好意："家父嘱咐我们不要连累朋友，所以我们最后谁也没有投靠。"

在一片舞乐声中，虎贲军一千多人陪同北魏使团缓缓进入姑臧。护城河外宽大的吊桥放了下来，宽大的城门也为魏国人敞开，无数姑臧城的百姓和商人涌上街头围看这支魏国来的使节团队。

贺穆兰为了扬魏国国威，虽然昨日就到了姑臧城南，却没有立即进城，而是命令全军洗漱休整，第二天一早穿起整齐的甲胄列队进城。

她身穿照夜明光铠，座下的大红也穿戴起源破羌送的全套马铠，马鞍下还铺着整张豹皮，莫说是敌人了，就连虎贲军里许多战马都不敢靠近大红。

虎贲军是拓跋焘命人在黑山细细挑选的精锐，此时甲胄齐身之后简直如同天兵下凡，其声势之威，让北凉的百姓们勃然色变，根本无法想象这样的军队再来几千个、几万个、十几万个，该怎么抵挡。

姑臧城的王宫叫作"长明宫"，大概因西北昼长夜短，雨水稀少，一年中大多数时间都能见到太阳。

长明宫是源破羌幼时居住的宫殿，一路走来还有许多老宫人看着面熟，目光相交时都是怀念之意。沮渠蒙逊的所有注意力都集中在贺穆兰身上，未察觉到这些宫人和源破羌之间暗潮纷涌。

一行人到了大宫室，歌舞和酒宴早已齐备，双方在宴席上确定了北凉送嫁的规格、人马。

北凉对于嫁出公主自然是非常重视，列出的送亲队伍有千人，而且献上北凉未节育的名马两千匹，陪嫁的礼物价值连城，光金银珠宝就有十二箱。

歌舞正酣，不知魏国哪个使臣多嘴问了一句"公主可安好"，沮渠蒙逊大笑着命人召公主前来迎接客人。

北方诸国风气都很开放，即使是公主也没有养在后宫不见人的道理，但即使是如此，直接把待字闺中的公主叫来见客，还是有些出人意料。

兴平公主出来时，脸上戴着遮阳的纱笼，身上穿着汉人的广袖流仙裙，除了能看出腰肢盈盈一握外，其余的都看不清楚。

这是兴平公主想出的办法。她知道自己不是温柔可人型的，身材也火爆无比，既然如此，只能另辟蹊径，将自己变得神秘而矜持。只要花木兰对自己生出好感，以她的手段和本事，让他拜伏在自己的石榴裙下就易如反掌。

兴平对着众位使臣盈盈下拜，献上祝福之语。

使臣们见陛下未来的妃子向他们行礼，一个个惊得避席还礼，口中直称不敢。唯有贺穆兰和源破羌坐在原地。

兴平公主美目一扫，明白使团中这两人是真正说得上话的。

她看向花木兰，只见他样貌普通，身材瘦长，一张脸被晒得漆黑，倒像是个小兵，心中顿时失望了几分。

"诸位远道而来，一路辛苦。请尽情享受美酒佳肴，好好安歇，愿美丽的姑臧能够洗去各位长途跋涉的疲惫。"

"公主客气。"贺穆兰看到兴平公主露在外面的一双媚眼就知道拓跋焘运气不错，有这样眼睛的女人不可能长得难看。

虽说她穿着宽袍大袖，但这个没有塑形内衣的时代身材是骗不了人的，恐怕北凉挑选公主时也多方打听了拓跋焘的喜好，这姑娘不是前凸后翘，就是胸围惊人，只不过为了不显得艳俗而故意低调罢了。

兴平公主对于他人打量的眼神十分敏感。刚刚贺穆兰那一抬眼间，兴平已经注意到她的目光若有若无地在自己的酥胸和臀部、腰肢上扫了一圈，并且颇有评头论足之意。

兴平公主心中惊喜，认为贺穆兰虽然喜欢善良可人的女子，却还是满意她的身材，于是又多了几分把握，看着贺穆兰的目光更柔了起来。

饮宴之后，众人已经露出疲态，北凉王安排宫人将北魏使臣们送到长明宫西边的延庆宫休息。

天色一黑，源破羌就换了轻便的衣袍，带着两个贴身的亲卫出了门。三人顺着树，爬出宫墙，朝东宫而去。

沮渠蒙逊打下姑臧后，东宫给了当年的大王子居住，后来大王子战死，他的遗孀却没有离宫，依旧住在东宫，也没有什么严密的看守。

当年五胡十六国都怀着朝不保夕的心思，所建的王宫密道之多，让人咋舌。源破羌钻入一片灌木之中，也不见他怎么动作，地上就露出一个黑黢黢的入口。"进去之后入口就会关闭。"源破羌指着旁边一块不引人注意的石头，"拉动这个石头，门就能打开。你听到下面发出响动就拉开。"

那个被留下的亲卫沉稳地点了点头。

东宫这条密道直通太子宫的水房。沮渠蒙逊的大儿子死了多年，遗孀一个人住在宫中，这处用水之地恐怕荒废已久，源破羌正是考虑到这里最安全，才选择了这条路径潜入东宫。

他想得十分周全，可一到暗道出口处，还是被外面的声音吓了一跳。

暗道尽头热气蒸腾，地上潮湿一片，显然水房经常被使用，且外面隐隐有着人声，大半夜居然还有人在烧水！

源破羌小心翼翼地把耳朵覆在隔板之上，只听得外面几个宫人打闹玩笑，声音煞是轻快。

"多亏我们家夫人还能得到大王的宠爱，否则我们这群人被丢在东宫，简直跟鬼魂无异了。"

源破羌惊得瞪大了眼睛，之后舀水的声响，后面的话便听得不太清楚。东宫住的夫人不是大王子沮渠政德的正室吗？怎么还能得到大王的宠爱？公公与守寡的儿媳……源破羌有些作呕的冲动。

"所以说，女人看开些才能过上好日子，大王子刚走时夫人多苦啊，要不是得了大师的开导，恐怕也跟那位夫人一样常伴青灯古佛了。"

"无论是三王子、驸马，还是大王，现在对我们夫人都是百依百顺……"

源破羌听到这宫中污秽之事，觉得有些恶心，亲卫担心地伸手去扶源破羌的手臂，后者摇了摇头。

"就是天天不得闲也太麻烦了。"一个宫人有些烦躁，"白天白天要用水，晚上晚上要用水，光烧水提水就累死人，还不知道后半夜能不能得闲。"

"动作快点，说不定能回房歇息会儿。大王又不像那几位，精力毕竟不如年轻人，嘿嘿……"

源破羌捂着口鼻坐在地上，和身边的亲卫说："这里是灶台的正下方，得火熄灭才能从烟道出去，我看恐怕要等几个时辰，可以先睡一会儿。"

那亲卫一边鄙夷北凉王室的混乱，一边值守。

源破羌抱臂靠着暗道的土壁闭目养神，一下子就睡了过去。

也不知道睡了多久，他被身边的亲卫推醒，蓦地睁开眼睛："如何？"

"外面没什么动静了。"

源破羌抹了一把脸，轻轻揭开隔板，伸出一只手去。

因为是烟道，没有灶膛里热，但温度还是很高。源破羌担心耽误太久，所以也不管尚有余温，一咬牙就爬了出去。

亲卫紧跟其后，两人钻出烟道，到了烧水的灶间，再小心伸头一看，果然没人。

"总算是有惊无险。"源破羌伸了伸懒腰，"我们现在去……"

"谁在灶间？"

一个苍老的声音突然响起，源破羌的亲卫唰地从腰间拔出软剑，架在进了灶间的老宦官脖子上。

源破羌没想到灶上还有人留着，这老人刚刚佝偻着身子窝在外面打盹，因为全身是黑灰，身上也是灰扑扑的，他们竟没有发现他。

"别……别杀我……"老人情急之下竟冒出鲜卑话。

源破羌心中一惊，仔细地打量这个老人。

秃发一族是鲜卑人，宫人全是说鲜卑话的，但沮渠蒙逊夺了姑臧之后，将原本的宫人驱赶去做杂役，说卢水胡语和匈奴语的宫人渐渐多起来。

"你是……老冒头？"源破羌眯着眼睛看了半天，"你怎么成了宦官？"

源破羌见那老人瑟缩了半天不敢回话，再一想自己满脸是灰，立刻用力擦了几下脸，露出自己的相貌来。"我是秃发破羌，家令不认识我了？"

"小……小王子……"老人擦了擦眼睛，不敢置信地看着源破羌，"我看错了吧？是小王子回来了？"他激动得一把抓住源破羌的手，"小王子你怎么回来了，这里可危险得很！你们跟我回我住的地方！"

他领着两人从灶房后面的下人房穿过，到了一处又破又烂的杂物间，屋内还有一股难闻的霉味。老冒头用一个破柜子顶住门，这才点着了一盏油灯，请他们在地上坐下。

"小王子为何会来姑臧？"老冒头眼神慈爱，"你都这般大了，长得可真像太子啊……就是神态和酒窝都像王后。"

"你不是东宫的家令吗？当时没逃掉？怎么成了水房里伺候的宦官！"

"当时太乱了，我逃出去又被抓了回来，他们见拷问我无用，就对我动了宫刑。我熟悉东宫，开始还能在这边几个常侍手下当差，后来沮渠政德死了，照顾我的几个常侍都调离了，我年纪大，手脚也不麻利……"他苦笑，"现在只能在水房清理烟道了。"

"你是当年父亲举贤令招上来的贤士啊，怎么能做这种粗活……"源破羌鼻中一酸，"且稍等一等，魏帝早晚就要对北凉动兵，到时我就把你接回府里去……"

"那就谢谢小王子啦。我其实过得也还好，清理烟道虽然脏，但很少和人有矛盾。现在看到小王子好好的，我就放心了。"他笑得眉眼弯弯，"死之前能见你一面，已经是万幸啦！"

源破羌喉头一噎，岔开话题道："我现在是魏国的使臣，被陛下派来打探消息，顺便迎娶兴平公主回去和亲。"

"哎呀，娶兴平公主？那你们的陛下可真够倒霉的。"老冒头摇摇头，"她经常来，就在东宫那座佛堂里和人苟且。"他长叹一口气，"当年那么多王子读书的地方，现在成了这般藏污纳秽的所在。要不是我一直想出去看看妻儿是否安好，恐怕早就忍不住一头撞死了。"

源破羌听不得这种脏事，只觉胃里翻腾，他强压下不适的感觉，道："我来这里不是调查兴平公主的。老冒头，你说妻儿还在外面，我去帮你看看。"

"好，那太好了！我的妻儿住在敦煌，敦煌城的猫儿坊，你进去打听一下就知道了。若是还在的话，告诉他们我还没死。"老冒头大喜过望，"当年我受征召来了姑臧，家中妻儿没有跟来，现在一想真是老天开眼。"

源破羌点了点头："我来这里，是想去东宫的佛堂取回几件东西，听你的意思，小佛堂被人用了？"

"小王子是说小佛堂后面的暗室？那里早就被沮渠政德发现了。"老冒头遗憾地摇摇头，"您要的东西不一定在了，还是不要冒险比较好。那地方似乎有密道通往三公主的住处，三公主经常在那里偷会情人。"

"我还是想去看看。"

老冒头见源破羌一心想去，担心他在宫里乱闯出事，从柜子里翻出两套宦官的衣服，道："你们换上这个，低着头跟我去看看吧。"

东宫人手不多，到了晚上除了主殿更是没人。源破羌推开佛堂的暗门，进去后发现里面居然铺着床榻，设着妆台，妆台上放着各种不堪入目的工具，顿时更是厌弃。

老冒头守在暗门的外面，替源破羌两人放风。

源破羌小心地用脚踩着暗室的地砖，当听到有一块发出中空之声后顿时心喜。"找到了！母后说的果然没错！"

他按动那块地砖，立刻有机簧转轮之声响起，地上出现一个地窖般的入口。就在这时，忽听外面一个女人的声音喊道："你是什么人，为什么在佛堂里？"

源破羌一惊，连忙推侍卫，让他先下去。

老冒头一声不吭，像是傻了，源破羌钻进洞里，听到外面传来"噗通"倒地的声音，有人在说："三哥，你杀他做什么，他好像只是梦游到了这里，你用匕首刺他他都不叫的，推他离开就是了！"

"我回宫的事不能让人知道，只不过是一个老宦官，死了就死了。"

"唉，这里是佛堂啊，你真是……"

源破羌听出是沮渠牧犍的声音，他噙着泪水合上机关，从怀中掏出火折子打亮，向里面走去。

"主子，怎么办？"

"里面另有道路通向外面。我们拿了东西就走，这里比我想象的复杂。"

"是。"

两人持着火折子，低着头摸到一处稍微凹下去的墙壁上，源破羌从脖子上掏出一块玉佩，往凹下去的地方一按一扭，墙壁就打开了。他从里面取出一把钥匙，一个一尺见方的匣子，以及一面白色的令旗。

源破羌收好令旗和钥匙，将匣子抱在怀里，对亲卫说道："这里的暗道只通往佛堂外面，我们还要沿着水房的暗道返回。外面的人迟到会发现老冒头是水房的人，我们得速速离开。"

"主子拿着匣子不方便，还是我……"

"这匣子非同小可，我自己来，走吧。"

源破羌抱紧了匣子，望了一眼来时之路，暗想，老冒头，我一定会给你报仇的。兴平公主和沮渠牧犍，你们不会有好下场的！

天色未明之时，源破羌突然造访了贺穆兰的住处，他满脸疲惫双眼血红的样子吓了贺穆兰一跳。

源破羌揉了揉干涩的眼睛，对着贺穆兰说出一句话来："花将军，沮渠牧犍已经回来了，就在东宫之中。"

贺穆兰诧异："咦，源将军怎么知道……"

"长明宫中有南凉时的旧宫人，我昨夜偷偷溜出去打探消息。"源破羌轻描淡写地说，"北凉情况十分复杂，远比我想象的麻烦多了。"

"他果然是提早回了国。"贺穆兰对沮渠牧犍的观感极差，一声冷笑，"他偷偷摸摸回来，所图必定巨大。"

"菩提大概是推出来的弃子，沮渠蒙逊恐怕是要把王位传给沮渠牧犍了。"源破羌想起他们居然在东宫乱伦，胃里又开始翻腾，"沮渠蒙逊和儿媳大李氏通奸，夜夜宿在东宫；兴平公主也不清白，与自己的二姐夫驸马都尉彭宣有染……"

贺穆兰错愕："你确定吗？这可是攸关两国外交的大事，不可妄言！"

"我九死一生探来的消息，为此还死了一位当年照顾过我的东宫属臣，你觉得我会乱说吗？"源破羌眼有恨意，"兴平公主生性放荡，在姑臧不会一点风声都没有，你派出一些通晓各族语言的卢水胡人细细打探，一定能查到。"

贺穆兰点头同意："如果兴平公主德行有亏，那必须细细打听，不能让陛下受此侮辱。"

"我彻夜未睡，今日去光明殿一定熬不住，劳花将军为我掩饰一二。"源破羌又揉了揉眼睛。

"如果实在不行，你就称病休息。"贺穆兰好言相劝，"你是副使，怕是瞒不过。"

"无妨，我此时生病恐怕引起沮渠蒙逊怀疑。"源破羌摇了摇头，"听说北凉国内正因立储之事颇为混乱，将军最好在朝上问一下沮渠牧犍的行踪。他在魏国境内自行离开，算得上是无视上国使臣的大错，更何况还有沮渠蒙逊病重的传言，这都是欺君之罪。"

源破羌怕贺穆兰不懂政治，特意提醒："如今北凉势弱，沮渠牧犍若真的失踪，那么拥护他的朝臣必定要转向沮渠菩提。沮渠蒙逊若不愿意放弃这个儿子，则必定要当朝宣布他已经回来了。"

贺穆兰恍然大悟："原来如此，受教了。"

"北凉如今还有许多人不知道沮渠牧犍得了怪病，一国之君身体羸弱是很严重的事情，这么做也能给沮渠菩提争夺储位增加一些胜算。"源破羌接着解释，"沮渠菩提年幼无知，让他登上王位，对魏国来说，比狡诈能忍的沮渠牧犍有利得多。"

"昙无谶大师曾说，沮渠牧犍得了佛门之助，身边有不少异僧，恐怕他急着回北凉就是为了解决自己身体的病症，若用这一点攻击他，说不定反倒中了计。"贺穆兰思忖了一会儿，"要是能知道沮渠牧犍现在的情况就好了……"

源破羌想到昨晚沮渠牧犍的狠辣，十分赞同："你猜得没错，他应该是好了。"

贺穆兰知道他有自己的消息渠道，她不便多问，只问了他一些关于沮渠蒙逊和兴平公主的事情，便送走了他。

贺穆兰身边没有谋臣，凡事习惯大家群策群力，源破羌一走，就召集众人。"沮渠牧犍已经回来了。"

"主公从哪里得到的消息？"袁放自动进入谋臣模式，"消息可靠否？"

贺穆兰将源破羌打探的消息说了一下。

"这件事我们去查。"盖吴听完后平静地点点头，"沮渠部和我们同属卢水胡，打探起消息也容易得多。既然有名有姓，我先去找人查彭宣好了。"

"你多小心。"贺穆兰一点也不担心这个弟子，"跟我们来的商队里有几个是和王室打过交道的，袁放，你不妨在商人之中打探打探。"

袁放拍了一下脑袋："是啊，商人消息最是灵通！"

那罗浑、陈节、蛮古和郑宗都有正式的官职，今日和贺穆兰肯定是寸步不离。盖吴和袁放则没有资格上朝，暂时离团并不会引起多少人注意。

安排妥当后，贺穆兰率领魏国使臣，在北凉官员的陪同下向光明殿而去。

大殿上，宣读完魏国使臣名单之后，赞者又取出一封长长的礼单，开始诵读魏国此次前来迎亲所带的礼物，以及拓跋焘对沮渠蒙逊和兴平公主的问候。

沮渠蒙逊自然是接受了礼单和问候，而后也派出赞者诵读兴平公主陪嫁的良马、珠宝、仪仗队伍等等。两国的商议接近尾声时，贺穆兰突然上前一步，开口问道："迎亲之事既然已经确定，那么送亲的人选，凉王可曾确定？"

沮渠蒙逊没想到贺穆兰会突然发难，但他毕竟是一国之主，不会因为这点小事就变了神色，十分平静地回答："暂时还未确定，宰相宋繇可为人选。"

"我看宋宰相并不适合，我可否推荐一人？"贺穆兰不卑不亢地说道。

沮渠蒙逊心中已经有了不好的预感，神色变得严肃起来："想不到虎威将军对我北凉的朝臣倒是熟悉，竟能推举贤才。"

"不敢，其实我并不了解贵国的大臣，只是有一个人，我非常熟悉，所以才斗胆举荐，凉王不妨听一听。"贺穆兰笑着将沮渠蒙逊的话推了回去。

沮渠蒙逊不做声，宋繇不得不站起身来为自己的国主接话："不知在下有哪里不合适，还请花使君明言。"

贺穆兰朗声道："宋宰相虽忠心耿耿，却是外臣，与公主接触总有不便，是以并非最合适的人选。"

"这……"宋繇傻眼。他都年过五十了，花木兰不会觉得他会和兴平公主有染吧？还是花木兰听说了什么风声？

沮渠蒙逊也有些心虚，一改刚才的沉默姿态，微微向前探出身子发问："那以花将军的意思，选谁为送嫁之人比较合适呢？"

"最合适的，自然是兴平公主的兄长，曾经出使过魏国的……"她看着嘴角终于绷不住的沮渠蒙逊，有些幸灾乐祸地笑了起来，"三王子殿下！"

沮渠蒙逊脸色变了变，干笑道："原来是我的儿子，这个……好像他也不是什么合适的人选……"

有三王子派的官员站了出来，大声喝道："我国的三王子出使魏国至今未回，怎么又要让三王子出使？"

听过郑宗的翻译，贺穆兰正要张口，却被殿上端坐的沮渠蒙逊给打断了。

"牧犍今早已经回返，他长途跋涉困顿至极，我让他先休息了。"沮渠蒙逊睁着眼睛说瞎话，"他路上生了一场急病，刚好得知附近有名僧可治，为了不让使团的众人染病，只能悄悄离开，后由高僧和随从护送回国，比诸位只晚到一天。"

这段话却是用卢水胡语所说，显然是说给朝臣听的，郑宗语气嘲讽地翻译完，没等贺穆兰开口反驳，就有脾气火爆的魏国使臣跳了出来。

"凉王这话的意思我等就不懂了，难道是我们怠慢了三王子？他在魏国时就犯病了，走几步都喘，我们劝他在魏国养病，他却执意和我们一起上路，明明半个月就能走完的路，因为他天天休息走了一个多月，后来还自己跑了！"

这魏臣没什么大能力，但是鲜卑大族出身，平时就倨傲惯了，此时更是摆出大国的架子，不依不饶地喝道："我倒是想要问问凉王，为何派出一个病弱之人出使，若是在我国境内出了什么事，才是叫我们为难！"

王后那派是支持小王子的，听了之后心中大喜。

三王子派的当然是怒而反驳。

"三王子殿下身体极好，而且精通武艺，怎么会是孱弱之人！"

"你们虽是上国来使，可也不能血口喷人！"

有的阴谋论者考虑是不是魏国忌惮所以下了毒手，以至于沮渠牧犍只能逃回国内。至于"孱弱"、"生病"、"求医"云云，搞不好是被下了毒或者受了伤后魏国掩人耳目的。

这么想的人大有人在，一群朝臣议论纷纷，光明殿霎时间嘈杂得犹如集市一般，沮渠蒙逊觉得胸口气息阻滞无法呼吸，一口气竟噎得吐不出来。

沮渠牧犍正是以为沮渠蒙逊快要死了，所以才不管不顾地暴露了佛门在魏国的密使，得其相助回国，一路上还遇到各方袭击，差点送了性命，佛门死伤惨重才把他成功地由水路送回。

沮渠牧犍一回国就知道了父亲一点事都没有，不但没事，还对他私自离开使团回国大为恼火。沮渠牧犍和沮渠蒙逊这才知道他们都被人算计了，更可怕的是，他们甚至不知道是谁算计他们。

沮渠蒙逊的脑中电光火石间想了很多，正想着该如何见招拆招，已经有孟氏一派的朝臣站了出来叫道："请大王宣三王子前来对质！"

"事关国体，怎可只听一面之词，请三王子速速来殿！"

两边众口一词，都逼沮渠蒙逊快点把沮渠牧犍交出。沮渠蒙逊骑虎难下，只能命令内侍去请沮渠牧犍前来。

大概过了快半个时辰，就在所有人都不耐烦的时候，沮渠牧犍匆匆赶来。

贺穆兰见他虽脸色苍白，气色却不萎顿，显然身体已经大好了。

一干使臣发现他没有之前虚弱的样子，已经认定他是故意装病拖慢使团的速度，差点没指着他的鼻子骂卑鄙小人。

源破羌原本等得似睡非睡，听到沮渠牧犍来了一下子睁开了眼睛，两道目光似冷箭一般射了过去。沮渠牧犍丈二和尚摸不着头脑，不知道这一路还算客气的护军将军为何突然就对他变了脸，像是仇人一般。

先前那位脾气火爆的魏国使臣义正词严地质问他为何擅自脱队，脱队之后又去了哪里，谁料沮渠牧犍竟将黑锅全部栽到了李顺身上。"是李使君告诉我，父王已经病重，我心忧父王的身体，加之自己又得了急病怕死在路上拖累了使团，才脱队星夜回返……"

这话和魏国使臣说的类似，却和沮渠蒙逊之前的托词完全不对，什么生病了正好知道附近有名医云云更是对不上号，众人顿时神色不一地朝他看去，堂上一片沉默。

沮渠蒙逊一颗心犹如浸入了千年寒潭之中，直冻得透彻心扉。这与他刚才和心腹吩咐的完全不同，他根本就没有让沮渠牧犍攀咬出李顺的意思。

李顺已经是个死人，就算说他不是又有什么用，都是死无对证的事情，反倒引起魏人反感，或是因此调查李顺，挖出他们暗中勾结的事。

是谁在暗算！

沮渠蒙逊寒着脸望向殿外，哪里还有传话那个内侍的影子。

【第278章】

长明宫。

"查得如何？是哪边的人？"自沮渠蒙逊派去宣召沮渠牧犍的内侍失踪后，宫中的御侍忙了好几天，四处清查他的旧日往来情况。

这个内侍跟随沮渠蒙逊多年，一直忠心不二，谁料就是这个值得信任的人选，今日却差点让魏国和凉国撕破了脸面。

"并没有查到什么，王流是谨小慎微之人，和各方的联系也少。他出入过大夫人那里几次，但都是奉陛下的命令去给大夫人送东西。"

"大李氏那里不必怀疑，她根本足不出户。"沮渠蒙逊烦躁地摆了摆手，"王后那边呢？有什么动静没有？"

"我觉得应该不是王后殿下。"一个侍卫低着头大着胆子说道，"王后这几日都在御苑中行猎，根本没管来使的事情。"

"有没有可能是天王那一派的……"宰相宋繇知道沮渠牧犍并不是"天王派"选定的"天王"人选，而沮渠蒙逊因为迟迟不肯彻底推行"天王制"已经得罪了不少人，觉得有可能是佛门的一次示威和警告，故而有此一问。

"怕就怕是那边啊……"沮渠蒙逊一阵头晕目眩，"那边要是按捺不住了，才真是麻烦。"

"大王请保重御体。"宋繇见沮渠蒙逊突然摇摇欲坠，连忙伸出手去撑他一把，"有兴平公主周旋，至少能保凉国几年之内无虞。只要大王和三王子殿下能够安内，佛门安抚百姓，汉人治理地方，就无需惧怕魏国铁骑。"

"你别安慰我了，我大凉已经到了生死存亡之际。"沮渠蒙逊摇了摇头，"查下去也是无用，罢了，我去一趟王后那里。"

"大王……"宋繇欲言又止，不知该如何开口。

"你放心，王后性子虽烈，但我们几十年夫妻，她不会真做出什么事来的。"沮渠蒙逊笑着拍了拍宰相的肩头，摆驾去了中宫。

孟王后的父亲是西域白马羌的首领，刀法宗师，她继承了父亲衣钵，武艺超群。二十年前，宦官王怀祖半夜潜至沮渠蒙逊寝宫行刺，北凉王不备，被刺伤了脚，孟王后闻讯后独身赶至寝宫，将刺客擒拿，一时震动朝野。

沮渠蒙逊当年还是酋长之子时，听闻孟氏的武勇，历经考验才求娶成功。之后征战多年，孟氏不离不弃，在战场上沮渠蒙逊多次陷入危险之中，全靠孟氏上下全力营救。

孟家的功绩，是实实在在随王伴驾杀出来的，更可敬的是，这一家子都不好名利，孟家在沮渠蒙逊当了凉王之后只是继续出任军中的将职，对朝野的纷争和倾轧毫无兴趣。

宋繇走出长明宫，又回身看了一眼宫中的院墙。

他是最早察觉沮渠蒙逊属意沮渠牧犍之人，所以才把自己的族弟推荐到沮渠牧犍身边做谋士。但这一切都建立在孟王后无意为儿子争取王位上。如今，沮渠政德死了，沮渠兴国死了，沮渠菩提才七岁，要是这位王后知道顾全大局，哪怕外臣再怎么为菩提谋划，沮渠蒙逊一封遗诏就能改变一切。

"哎，孟王后若是好惹之人，沮渠牧犍又何至于墙倒众人推……"宋繇叹了一口气，"这天，看样子是要变了啊。"

贺穆兰这几天已经和无数将军"切磋"过，当听说又有位孟姓将军前来求见时，很自然地站起身走到屋角用水洗了洗手，整理了下颜面，出去见客。没想到，一出门就看见在使团里担任文书一职的刘震。

贺穆兰讶异道："刘文书为何在此？"

"听说孟玉龙来找将军？"刘震向贺穆兰行了个礼，"此人是沮渠蒙逊的发妻孟王后的侄子，在下怕将军不知道此人身份，特来告知。"

刘震负责撰写使团文书，每天什么人见了谁都要仔细记载，虽然官职不大，但隐隐有监察众人的意思。他主动出现，说明孟玉龙的身份非同一般。

贺穆兰"哦"了一声，让他跟上："你跟我来，顺便和我说说这个人。"

孟玉龙是孟王后的亲侄，孟家这一代年轻人中的领袖人物，如今掌管城南大营的御卫军，很少涉足政治。

"既然这位王后已多年不再理事，那为何孟玉龙会来找我？"贺穆兰饶有兴趣地看向刘震。

"这我可就不知道了。"刘震笑着说，"不是说沮渠菩提被立为第三位世子的呼声很大吗？说不定孟玉龙就是为此而来。"

贺穆兰带着郑宗、盖吴和刘震入了主厅，发现一个身材高大的年轻人，正在欣赏墙上的字画。

贺穆兰正准备开口，却听到身边的郑宗已经朗声道："魏国虎贲左司马，送嫁将军花木兰——到！"

孟玉龙其实早就听到花木兰等人的脚步声，只是故意没有转过身，现在听到对方正儿八经地起赞，立刻回身，以拜见上国使者的姿态拜见贺穆兰。

孟玉龙年约二十四五，有一种军中儿郎特有的肃穆之色，贺穆兰最喜这样的汉子，打起交道来也十分自然熟悉："我与阁下素未谋面，阁下来找我，是有什么事吗？"

孟玉龙点点头："确有大事与将军商议，所以冒昧上门，还请屏退左右。"

郑宗听这人说得狂妄，正准备瞪眼斥责，却被刘震拉住袖子，猛地拽了一下。

贺穆兰回头，见刘震微微对她点了点头，便让三人去外面候着。

"此番来找花将军，是代表我的姑姑孟王后，前来求助。"孟玉龙突然对着贺穆兰单膝跪下，低头恳求道，"孟王后希望花将军能持续向大王发难，追究沮渠牧犍的错处，迫使大王立菩提殿下为世子。"

"这是贵国的内政，我不能干预。"贺穆兰被惊得浑身一震，凭着本能回答。

孟玉龙却不听她的托词，抬起头露出了然的表情："大魏要是认为沮渠牧犍是凉王的合适人选，又何必在朝堂上和大王撕破脸？一个年幼且听话的世子，比一个年长且善于隐忍的世子要容易控制吧？听说贵国已经和北燕开战了，这种情况下，稳定北凉的局势才是最重要的不是吗？"

贺穆兰看着孟玉龙："我并不能代表魏国答应你什么，实在抱歉。"

"若是菩提世子可以作为质子送入平城呢？若是大王驾崩后，菩提世子愿意弃国为侯，将北凉改为大魏的凉州呢？"孟玉龙的表情依旧坚定而冷静，"大魏可否和我们结盟？"

"你说话一直是这么……"贺穆兰皱了皱眉，"这么直接吗？"

"说实话，我也不习惯这么和人谈判……"孟玉龙苦笑，"我派出不少心腹和将军比武，他们带回了不少关于将军的评价，所以姑姑建议我和将军开门见山，不要兜圈子，因为我们已经没有什么可以值得拿出来交易的条件了。"

"你别行礼了，坐下说。"贺穆兰因为这句话而对孟王后升起了好奇之心，伸手请让孟玉龙入座，"我不明白，争夺世子之位不是为了登上王位吗？菩提殿下和王后为何情愿不要凉王的身份，也要争夺未来可能名存实亡的世子之位？我若不清楚你们为何这么做，是不会提供任何意见和帮助的。"

"花将军，我说过，我是代表姑姑来求助的……"孟玉龙叹了一口长气，"若想保住我这表弟的性命，就必须将他送到平城去。姑姑为了护住这个最小的儿子，已经一年多没有出过宫了，几乎是寸步不离。即使如此，这一年来，他还是遇到了三次刺杀、两次下毒，还有一次差点在御苑里被疯狗咬到……"

他看着面色诧异的贺穆兰，沉重地道："我姑姑今年已经五十有三，前面两个儿子都死得不明不白，唯剩一子一女，姑姑希望他们平平安安的。"

贺穆兰没有出声，她知道自己现在听到的，恐怕是北凉王室真正的秘闻。

"大世子出事时，逃回来的溃兵纷纷说当时除了柔然人外还有一支没见过的人马，可惜大王为了稳定民心没有继续追查，只是立了二殿下为世子。兴国世子征西秦时，粮草后勤充足，西秦国主昏聩，手下又无能征善战之辈，原本是十拿九稳，谁料半路粮道被截，殿下去救援却中了埋伏被俘。那条路是后勤官员两天前才确定的路线，敌人却已经在路上埋伏了，世子死得冤枉。"

孟玉龙应是和沮渠兴国感情很好，说到埋伏时两眼通红，咬牙切齿，言语间全是恨意："我姑姑原本并没有争权夺势的野心，也能善待大王的其他子女，可惜自身毒国的僧人入宫后，宫中就变得越来越荒诞，姑姑几次与大王争执却落得一个悍妇的名声，只能咬牙忍耐，以为等世子继承王位就可以一扫妖邪之气，谁料……"

"请节哀。"贺穆兰见他整个人都在抖，只能温声安慰。

"我无事，只可怜我那接二连三受到打击的姑姑。"孟玉龙摇了摇头，吐出一口气来，"我们孟家已经心灰意冷，只求能保护好菩提王子和小公主的性命，大魏如今如日中天，强行抵抗只能是百姓受苦，我们愿意和平贡上凉境，只求魏国能为两位死去的世子报仇……"

他红着眼哽咽道："设计陷害两位世子的，定是沮渠牧犍。掌管后勤补给的宰相宋繇支持沮渠牧犍；昙无谶大师和身毒国的妖僧是沮渠牧犍从酒泉迎回的；沮渠牧犍的领地和柔然接壤，大王子出事时，他和柔然人之间有过什么盟约也未可知……"

贺穆兰默默地听着，天性里的谨慎还是让她有所保留："我想知道你们的实力。仅凭我们的逼迫是不可能让凉王立下世子的，我们冒然逼迫，说不定会让凉王坚信三王子才是魏国最忌惮的王位继承人。"

贺穆兰直起身子，盯着孟玉龙："你们能做到哪一步，先证明给我看吧。如果你们做的能打动我们，我们便帮菩提王子一把！"

"花将军应对得没错，应该说，应对得很好。"

源破羌和其他使臣听完了贺穆兰的讲述之后，纷纷表示出赞赏之意。

"现在就是不知道孟王后接下来会做什么。"刘震道，"孟家的势力多在军中，总不会兵变吧？"

贺穆兰已经从郑宗那里知道了刘震名义上是文书，实际上是级别不低的白鹭官。

"不会兵变。"源破羌摇了摇头，"孟家能得到尊重就是因为他们不揽权，不放肆，如果他们逼宫兵变，不会有人支持沮渠菩提。孟王后大概有别的法子让沮渠牧犍倒霉。"

"我们应该先做好送嫁的事情。"一个魏国使团的官员摇头，"这些内政不是我们能干涉的，到时候推波助澜一把可以，明面上的事还是不能做。"

刘震下了结论："关键还是要把兴平公主迎回去，否则真逼急了他们，说不定就撕破脸开战了，先稳住他们才是关键。"

"若是兴平公主那里有什么不妥……"贺穆兰没把兴平公主可能德行有亏的事情透露出来，只是换了个模棱两可的说法，"有没有法子替换个人选？"

几个使臣对视一眼，骇然发问："将军是从孟王后那里听到什么消息了吗？"

源破羌意外地看了贺穆兰一眼，大概是觉得她到现在还没对兴平公主的人品和危害下个结论很是奇怪。

贺穆兰并不想为难兴平公主，虽然说这位公主并非陛下良配，但她在北凉放浪无羁是她自己的私事，为了一国的安宁牺牲她的安危千里前往平城却是北凉做出的决定。"不是孟王后那里，只是在外面听到了一些不好的风声，私德上的……"

　　众位使臣松了一口气，不以为然地说："北凉王室信妖僧的事情传了不是一天两天了，我们在平城都有所耳闻，这件事原本就是北凉巴着我们，兴平公主若有什么不对，让她回京后水土不服'暴毙'或者思乡'郁郁而终'是很容易的事情，算不得什么大事。"

　　贺穆兰纠结了许久的问题，在这些使臣口中却是这么地轻松随意，她顿时恍然大悟，为什么那么多和亲的公主都早夭，恐怕大多都是因为这样那样的原因，最终"郁郁而终"了。

　　"不过兴平公主要是确有劣迹，倒是一个开战的好理由，我们可以多打听打听。"几个使臣商量之后道，"目前还不清楚情况，最好不要打草惊蛇。"

　　孟玉龙的到来给魏国提供了一种新的可能，而沮渠牧犍也很快从忠于他的官员那里得到了孟家接触魏国使者的消息。

　　换句话说，孟王后真的向他宣战了。

　　沮渠牧犍天生聪颖，汉臣们都夸奖他有成为"贤王"的天赋，他却不服，他想做真正的王。

　　他知道许多人都认为大王子和二王子是被他暗算的，因为得到最大利益的是他。可只有他自己知道，这一切不是他做的，而是时势使然。

　　大王子倾向汉臣，想以汉家法度治国，所以佛门出了手。柔然贵族信佛，有他们牵线搭桥，柔然又想得到物资，大王子死于暗算很正常。

　　大兄的死让他为佛门的力量而战栗，从那时起，他虽结交大儒名士，但同时又表现出自己对佛门虔诚的信仰，在敦煌和天梯山开凿佛窟，小心翼翼地不得罪这群无冕之王。正是他的态度引起了那些人的注意，两方开始接触、合作。到了二王兄死的时候，他已经没有了选择。人人都以为是宋繇做了手脚，却没人发现后勤补给的队伍里有许多僧官。

　　两个王兄都死了，他被卷到了风口浪尖，只能被裹挟着前进。只要他能登上王位，能成为他们口中的"天王"，他们就会出动自己的所有力量，将西域诸国贡献到他手中，高昌、鄯善、楼兰……

哪怕魏国出兵伐北凉，他依然还有许多选择。只要佛门不灭，就会有前赴后继的北凉遗民不停叛乱、起义、反抗……直到他再次夺回北凉。

他不想和孟王后为敌，因为这个女人和他之间根本没有解不开的仇恨，他充其量不过是没有把佛门的目的告诉她罢了。若是她不出手，他绝对不会为难小弟。可是为什么……

沮渠牧犍仰头看着她，不甘心地恨道："王后为什么会在这里！"

孟王后那张对女子来说稍显刚硬的国字脸上，看不到任何嘲讽、愤怒或者是仇恨的表情，有的只是绝对的平静。

正是因为这样的平静，让沮渠牧犍的一颗心沉了下去。他瑟缩了一下，看向榻尾衣不蔽体，正痛哭流涕的大李氏。"你……你算计了我是不是？我说为何你这几天这么频繁地给我口讯想要见我，一见我就这么热情……"

"你们这些男人，只知道在女人身上耀武扬威。"孟王后终于露出一丝表情，那是一抹哀痛，"你不必问东问西，只需知道你今天栽了就行。"

"王后，我自问对你恭恭敬敬……"

"那你就可以侮辱你大哥的遗孀吗？"孟王后目光冰冷地望向沮渠牧犍，又看了大王妃李氏一眼，"经宫人举发，三王子沮渠牧犍与大王妃大李氏通奸。本宫身为王后，不得姑息淫乱宫闱之事。将三王子送往内府听由宗室发落……"

大李氏哆嗦了一下，但依然用期待的目光看向王后。

"大李氏暂时收押在东宫，没有我的命令，任何人不得入内。"

"是，王后！"

沮渠牧犍颓唐地坐在榻上，他不是没想过大闹一场跑掉，可他知道自己不是孟王后和她身后那些侍卫的对手。宗室是支持菩提为世子的，他一旦落在内府手中，宗室会如何将他的事情夸大其词，可想而知。

"我真可怜你，有李敬爱那么一位风华绝代内外兼修的王妃，却偏偏弄出这样的勾当。"孟王后摇了摇头，"等你和大李氏通奸的消息一传出，西凉那些遗民第一个就要反叛。你该想想如何面对李敬爱的几位兄弟，而不是考虑现在对我恭敬有没有用。"

她摆了摆手，沮渠牧犍就像是被拖死猪一般拖下去了。

"大李氏，当初吾儿命丧柔然时，我曾问过你愿不愿意出宫，我会送你回娘家，继续以宗室的待遇待你，甚至允许你改嫁……"孟王后俯下身子，抬起大李氏的脸庞，"你不愿离开王宫，离开这荣华富贵，现在我问你，你可后悔？"

大李氏看着这张近在咫尺的肖似丈夫的脸庞，恍惚是被亡夫托着下巴询问，竟停止了作伪的抽泣，直愣愣地看着婆婆出神。

"你为什么要死呢……"她喃喃自语，"你答应我不会比我先死的……"

"大李氏！"

"你答应我不会死的！！！"大李氏歇斯底里地叫了起来。

孟王后不知道自己的一番话怎么就让大李氏陷入了癫狂，事实上，当初她这个儿媳给她送信，愿意帮她设下这个局，已经出乎她的意料之外了。

"罢了，看在你为我……"

"政德是大王杀的。"大李氏突然捂住了自己的脸，"阿母，政德是大王杀的啊！"

"什么！"

孟王后猛听到这个消息，顿时跟跄着后退数步。

"政德意图和魏国交好，联合对抗夏国，分割夏国疆土，而大王却希望联合夏国抵抗魏国，两人政见不合，争吵了无数次。有一次，政德失魂落魄地回来说，大王训斥他，若是他再生出亲近魏国的念头，就让他死。一个月后，柔然入侵，大王派政德抵抗柔然骑兵，他就出了事……"李氏擦着眼泪，"大王在我这里就寝时曾经说过梦话，他说，'政德你不要怨我，我也不想让你死……'"

孟王后听着儿媳的哭诉，只觉得天地一片混沌，如同天上落下一个巨大的锤子，使劲地敲打着她，要把她锤到地底下去。

孟王后失魂落魄地看着已经哭成泪人的大李氏，还记得政德将她牵到自己面前，兴奋地说要娶她时的情景。那时候的她，有这么妖冶吗？

是什么时候开始的呢？

我的孩子们，到底是怎么死的？

这究竟是怎样的罪孽！

【第 279 章】

孟王后一出手，动若雷霆，快如闪电。

沮渠牧犍的声望一下子跌到了低谷。最重要的是，孟王后的出手传达了一个信息，后党开始正式为菩提争夺世子之位。

沮渠牧犍被送往内府后，孟派的官员开始积极游走，"速立世子"的呼声也越来越大，沮渠蒙逊被迫三天没有上朝，抱病宫中，只有兴平公主送亲的事被快速操办了起来，大有将魏国人赶紧送走的势头。

第二天上朝，贺穆兰当众表态，认为沮渠牧犍私德有亏，希望更换菩提为送嫁之人。

局势开始向着孟家倾倒了，守卫姑臧和张掖的孟家军开始集结，菩提身后有当年辅佐两个哥哥的一干东宫官员，频频进出宫廷。沮渠牧犍被关在内府，酒泉派官员四处活动游走，整个北凉都在关注着孟王后和沮渠蒙逊的下一步动作。

究竟是立沮渠菩提为世子换取沮渠牧犍的安全呢，还是一意孤行立沮渠牧犍为世子，最后逼得孟家兵变？

第三天，沮渠蒙逊终于上朝了，在朝上立了沮渠菩提为世子，沮渠牧健也被从内府中放了出来，依旧作为这次送嫁的人选。

这个结果，让以贺穆兰为首的所有人都兴奋不已。

长明宫。

"你为什么要这么做？"沮渠蒙逊像是老了许多岁，"内侍王流也是你的人对不对？你故意让他告诉牧犍把事情全部推到李顺身上？"

"我不知道大王在说什么。"孟王后表情很是惶恐，"菩提已经遇刺这么多次了，大王！如果他不能当上世子，我根本没有办法名正言顺地为他增加护卫！"

"菩提年纪太小了。"沮渠蒙逊看孟王后的表情不像是作伪，"我活不了多久了，如果我还能再多活几年，一定会立菩提为世子。但牧犍不同，他年纪够大，又有了儿子，酒泉和敦煌他都经营得很好，而且懂得左右逢源，能够在魏国的逼迫下将北凉维持下去。"

"我不听你说这些。"孟王后在沮渠蒙逊面前表现出一贯的没有耐性，"当年你求亲时，曾经答应我，只有我的儿子会登上王位，如违此誓，你会国破家亡。"

沮渠蒙逊一下子被噎住了："你这个短视的妇人！我不立菩提为世子是保护他！菩提最终还是会当上凉王的，在牧犍为他吸引了各方的攻击之后！如今你和魏国结盟，那是与虎谋皮！"

与虎谋皮又有什么呢，我都已经和老虎生活了三十多年了啊，孟王后心中冷笑。她随口说道："我没和魏国结盟。我只是不想再看到大儿媳这么下去了，我夜夜都梦到儿子跟我哭，说我没照顾好她。我要把大李氏送走，你不介意吧？"

听到孟王后说起沮渠政德，沮渠蒙逊的脸色便不再平静，待听到大李氏，颜色则是更红。

这件事，确是他理亏。在相处了几十年的老妻面前，沮渠蒙逊落荒而逃。

"陛下。"沮渠蒙逊的心腹凑过来，"孟玉龙去找过花木兰，不知道谈了什么……"

"有没有办法能弄清楚？"沮渠蒙逊皱起了眉头，"李顺说被他收买的那个郑宗，还有卢水胡的盖吴，派人去接触接触。"

"这……花木兰几乎不离开使馆。"心腹满脸为难，"郑宗是他的译官，寸步不离。盖吴倒是容易，他天天忙着在城中联系以前的天台军旧部……"

"那就先找盖吴，搞清楚魏国答应了王后什么。"

"是！"

晚上，郑宗鬼鬼祟祟地进了贺穆兰的屋里，挨到贺穆兰身边，轻声说道："刚刚凉王派人找我，这使馆里有凉王的眼线。"

"那人许诺给我十斤金子，问我孟玉龙答应了将军什么条件。我说我也不知道，要打听打听，他说有消息了就去膳房找他。"郑宗兴奋得眼睛都亮起来了，"十斤金子啊！将军，我们又能赚钱了！"

贺穆兰好笑地看着郑宗："所以你就早早到我房间来报信了？"

"我来的时候没人看见，和陈节打过招呼才进来的。"郑宗笑着抓了抓脑袋，"你说凉王是不是要对孟王后下手？还是想拉拢我们？将军，给钱你就接着，事一点都不要做，多便宜的买卖啊！随便告诉他点东西糊弄糊弄得了。"

陈节走了进来，故意大声问道："将军要不要醒酒汤？我看你晚上喝了不少。"

正在说话间，贺穆兰的房门又响，陈节走进来低声说道："盖吴回来了，沮渠牧健的人找过他，想知道孟家给了什么好处让将军帮他。"

"怎么办？"郑宗紧张地看向贺穆兰，不知道她该如何应对，"钱还要不要？"这下子倒把贺穆兰逗乐了："你还记着钱？"

"不是说将军穷吗？"郑宗不好意思地看了一眼贺穆兰的笑颜。

"先别急着理那边，我们等孟家的消息。"贺穆兰平静地说道，"孟家既然给我们看了他们的诚意，就一定还有后手。"

正如贺穆兰所说，孟家更着急他们的态度。

次日一早又有武将拜访，不过这次，这位武将不是请求"切磋"，而是希望能让虎贲军和姑臧的铁卫营较量一番，看看双方排兵布阵的本事。

贺穆兰率大军出城去了铁卫营的消息当然瞒不住北凉众人，刚刚放出来的沮渠牧犍听到消息后摔了满屋子的东西。

"沮渠牧犍送嫁，你们就一点都不担心？"孟玉龙笑着说道，"他肯定不会善罢甘休。"

"他不敢。"贺穆兰冷淡地道，"他现在要还不夹着尾巴做人，陛下说不得就扣下他'做客'平城一阵子了。"

"花将军好气魄！"孟玉龙拱手。

贺穆兰随口回道："哪里，王后才是好气魄。"

"那日将军说要看我们能做到何种程度，如今可还满意？"孟玉龙知道主动权不在自己手里，所以姿态放得很低。

"确实很满意。"贺穆兰也不为难他，"你们接下来想让我们怎么做？"

"接下来，敦煌会反。"孟玉龙眯了眯眼，"大王虽然派人去赈灾，但已经太晚了。他派去的官员是原敦煌太守索元绪，此人在敦煌多有旧交，肯定会和当地大族勾结，西凉的遗民此次受灾最狠，如此一来，必定要闹事。"

"你有把握敦煌会反？"贺穆兰诧异地看着他，"说不定闹不起来呢？"

"沮渠牧犍与大李氏通奸，这消息很快会传到敦煌，三王妃在西凉遗民中颇受敬重。"孟玉龙说得肯定，"而且就算他们不闹事，我们也有法子让他们闹起来。"

"你们是想断沮渠牧犍的后路？"

"什么？源破羌私自去了敦煌？"回到使馆的贺穆兰听到通报后简直想破口大骂，"他去敦煌干吗？带了多少人？"

"只带了亲卫，说是有人临死前对他托孤，所以他要去敦煌一趟，安置故人的后人。"刘震无奈地道，"我和他说过这样不好，可是他听不进去。"

"使馆里有凉王的人，他出去的事肯定马上会被发现！要是凉王对他有什么不轨，说不定路上就要出事。"贺穆兰看了眼陈节，"你马上出城追……"

"不会有事的。"刘震制止了贺穆兰，"源将军有分寸，他一出姑臧，就会去找鲜卑旧部的人送他去敦煌。我相信他去敦煌一定不仅仅为了故人托孤，将军现在应该做的是隐瞒他的去向。"

刘震是白鹭官，恐怕还肩负着替源破羌向京中传话的秘密任务，他既然阻止了贺穆兰继续询问，那一定是有足够的理由。贺穆兰向来不是个多事的人，也对拓跋焘绝对信任。既然如此，她也就不再追问。

没过几天，沮渠蒙逊派人来传话，送嫁的队伍和嫁妆已经准备妥当，随时都可以出发。

魏国使臣即刻进宫协商回返日期，确定三天后出发。兴平公主随行人员一千，大多是马夫、宫人等奴仆，名马两千匹，一路的粮草和用度都由凉国提供，直到进入魏境为止。

沮渠牧犍负责送嫁，他十分积极地参与使团协商，分析事情颇有条理，确实表现出一方太守该有的风度和能力。

"沮渠牧犍好韧性，好手段。"袁放叹气，"伦常败坏似乎在北凉算不上特别让人唾弃的罪行，没几天工夫，凉国的送嫁官员便都以他马首是瞻，若真让他当了凉王，大魏确实被动。"

贺穆兰无所谓地说道："他没了世子之位，又被困在平城，自有厉害的人防他。"大魏人才济济，崔浩、古弼、素和君等无一不是人精。正因如此，贺穆兰完全不惧。

"将军，长明宫送信，凉王和王后在宫中设宴，宴请使团成员和送嫁的北凉官员。"郑宗从外面进来，身后跟着一个北凉宫人。

贺穆兰接过信函一看，随口道："知道了，我们明早会过去。"

宫人表示明日会有人来迎接，就带着回信回了宫。

第二天，贺穆兰带着长袖善舞的主簿袁放和译官郑宗前往宫中参加宴饮。

源破羌没来让很多人意外，但贺穆兰用他"身体不适"搪塞过去了。

众人刚刚落座，便有宫人通报孟王后与兴平公主、三王妃到。

孟王后一进来就吸引了所有人的注意。

她穿着王后的冠服，颜色却不同于沮渠蒙逊身上的黑色，而是由白、黑、红、蓝四种颜色组成。羌人敬这四色，白色是光芒，黑色是大地，红色是火种，蓝色是水脉，象征着羌人对自然的崇拜。孟王后贵为一国之后，袍服不尊凉国的规制，而是用了自己氏族的颜色，这其中很说明一些问题。

跟着孟王后进来的两个女子，均是美得让人神魂颠倒。

站在左边的少女美艳绝伦，且不说那风韵有致的身材，仅仅是长相和气度，贺穆兰等一众官员立刻理解了为何沮渠蒙逊会让她和亲。这倾国倾城的相貌，桃羞李让的动人，无论出现在哪里，都足以让男人们为之疯狂。这是一种具有侵略性的美丽。

相比之下，右边的妇人则温婉许多。她做匈奴已婚妇打扮，戴着高高的蛾冠，气质端庄稳重。

她知道谁才是今天的主角，所以云鬓上只点缀着细小精致的首饰，但顾盼间仍有说不尽的柔情，行动间又如清风拂柳，一件匈奴制式的仪服，竟给她穿出了汉人高门贵女那种娴雅幽静的味道。

"是沮渠牧犍的王妃李敬爱。"郑宗在贺穆兰的耳边小声道，"她是来给兴平公主送嫁的。"

贺穆兰点了点头，心中对这个女人生出了几分同情。沮渠牧犍做出那种事来，对任何一个女人来说都是打击。而她却要为小姑子送嫁，避无可避。

孟王后一手牵起一个，先是将李敬爱送到沮渠牧犍身侧，而后带着兴平公主上了主席，让她坐在自己的下首，这是大殿仅次于凉王和王后的位置。

兴平跪坐在大殿的高处，只觉得所有人的眼神都凝聚自己身上。这是她从未有过的体验，这是她从未踏足过的高度。

"我……我是不是还是去下面……"兴平喃喃道。

"挺直你的脊梁。"孟王后嘴唇翕动，"你代表我北凉出嫁，当得起这个座次。如果你今日表现怯懦，只会让人小瞧。"她看了一眼兴平公主，眼神中是一贯的严厉和认真，"把你那些对男人的技巧都收起来，挺起脊梁和脖子，不要再做出柔若无骨的模样！"

兴平公主学孟王后的样子，将脊梁和脖子慢慢立了起来，微微抬起下巴，露出优美的曲线。

然而只是一瞬间，她就觉得自己有些坚持不下去了。

她觉得到处都是打量的眼光，魏国人是一种待价而沽的兴奋，北凉的官员则更多是一种暗藏在热情之后的不屑，直压得她有些喘不过气来。

这和之前她全身罩着纱笼敬酒不一样，那时纱笼阻隔了别人的目光，也阻隔了她的，她只要一心一意注意着她想注意到的人就行了，谁也看不清她的相貌和神色。

兴平公主看着似是毫无所觉的孟王后。坐在高处原来是这么难受的吗？成为王后需要有多少自信才足够呢？

大概是觉得兴平做得还不够，孟王后对她说道："看看敬爱，看看她的器量！"

兴平立刻将头扭向沮渠牧犍的方向。她看到沮渠牧犍身后的官员投向李敬爱的眼神有不少露出了同情的意味，然而李敬爱却旁若无人地端坐着，偶尔为自己的丈夫斟上一杯酒，说上几句话。

这样的态度让许多人觉得无趣，收回了打量的眼神。而沮渠牧犍显然是受宠若惊，不但频频喝着李敬爱斟的酒，还不停地逗着对方说话。

李敬爱的姿态无懈可击，就像是一颗圆润的珍珠，虽无璀璨夺目之光，但任何人都伤害不到她。

"我明白了。"兴平公主似是从这一幕中汲取了无尽的勇气。她闭了闭眼，长长地吐出一口气，再睁开时，已经平静似水。

沮渠牧犍举着一杯酒，朝着贺穆兰而来。

"花将军，日后我妹妹就要蒙你照顾了。"沮渠牧犍先干为敬，"虽然之前有不少误会，但我们两国希望和平长久的目的是一样的，接下来的旅途，希望合作愉快。"

贺穆兰不太会说场面话，她一口干掉杯中酒，开口道："只要三王子不再擅自脱团离开，我也是个很好相处的人。"

沮渠牧犍听闻此语，立刻靠过来表现出热络的样子："现在已经是七月了，将军还准备走来时的路，绕过沙漠从钦汗城回平城吗？"

贺穆兰心中升起一丝怀疑，面上却不显露，淡淡地点了点头："那条路我们走过，虽然不是最短的，但是最安全。"

沮渠牧犍哈哈大笑了起来："将军真是一点都不了解北凉。沙漠安全，那是在秋天之前，一旦入秋，沙漠里随时会刮起剧烈的风暴，流沙也开始出没，所以这边有'魔鬼八月，死地九月'的说法。"

刘震突然插口说道："为何前几天我们商谈路线细节的时候，三王子不提这件事呢？"

沮渠牧犍早有准备，不慌不忙地接口："我以为贵国有合适的向导，早已做好了准备，可以避过那些流沙地。然而昨日我和贵国的大行驿沟通之后，发现贵国请的向导还是来时的那批人，这就不合适了。"他摇了摇头，"即使是我们出使他国，经过腾格里前也是在当地花重金请老练的向导。你们准备不足，合适的向导早就被凉国的商队请完了，贸然进入沙漠，危险很大。"

沮渠牧犍的表情非常严肃："如果只是几百人，进出沙漠反倒容易些。几千人的队伍，又带着许多财物和辎重，一旦沙暴扬起，没了辎重和粮草水源，几千人吃什么喝什么？"

贺穆兰对沮渠牧犍的话半信半疑，敷衍道："三王子的话我会慎重考虑。"

"时间紧迫，我也不过是想让将军提早知道情况，早做打算罢了。"沮渠牧犍笑了笑，回了自己的位子。

"花将军，你觉得他说的是不是真的？"几个魏国使臣凑到花木兰身前，"我们回去走沙漠真的有危险吗？"

"我明日会派人在北凉当地查探。"贺穆兰准备找孟家人问问。

"最好速速查清楚，我们准备的东西都是预备走沙漠的……"刘震负责准备文书，知道的也比别人多些。

"大行驿今日来没来？召来问问。"

大行驿是负责沿路路线确定、前哨打探路径的官员，对于一个使团来说非常重要，多由经验丰富、忠心不二的老臣担任。

"刚刚我还看到他在这里的……他好像喜欢那葡萄酒，喝了一瓶又一瓶，大概是喝多了内急？"

贺穆兰经历过狄叶飞在厕房里发作的事情，马上站了起来，召来几个宫人询问大行驿的去向。

几个宫人确定地点了点头："之前确实看他出去了，喝得脚步不稳，大概是要如厕，满头满脸都是汗。"

"陈节，去厕房看看。"贺穆兰沉下脸，"蛮古去廊下找一找，看看是不是喝多了躺在哪儿了。"

两人领命匆匆离去。

魏国使臣这边的动静引起了孟王后和沮渠蒙逊的注意，派出宫人相询，听说是魏国使团的大行驿离席未归，连忙调动侍卫和宫人出去寻找。

"找，去找！在长明宫里还能丢了人不成！"沮渠蒙逊压抑着怒气。在这长明宫里，还能有在他眼皮子下面发生的事情他不知道的，除非……

沮渠蒙逊怀疑地看向孟王后，却发现对方也在用同样的表情看着他。

两人正惊疑不定，几个侍卫抓着一个宫女的头发将她拖了进来。那宫女衣冠不整，喉咙上还有掐痕，脸庞被人打得青肿难看，一路哭到嗓子都沙哑了。

"李儿？"孟王后见是自己身边的宫女，惊得站了起来，"这是何故？"

很快，又有几个侍卫扛着已经不能动弹的大行驿进了宴厅，原本还人声鼎沸的酒席顿时一静，魏国使臣都奔到大行驿身边。

"去找太医！"沮渠蒙逊立刻叫了起来，"把太医和僧医都找来！"

贺穆兰小声对郑宗道："你去把我们的医官叫来。"

几个大行驿手下的官吏吓得半死，声音都变了调："步堆使君？使君？这是怎么了！？"

"你们都让开。"贺穆兰皱着眉把他们推开。

大行驿衣冠不整，下体高高竖起，浑身已经僵直，满脸潮红，表情是极度欢愉的样子，嘴角甚至诡异地微微翘起，似笑非笑。

贺穆兰伸手去摸大行驿颈间的脉搏，发现已经开始出现心跳过缓的情况，连忙开始做胸外心脏按压。

"刺他的人中！谁身上有针！"

贺穆兰一边做着胸外心脏按压，一边对围观的众人大叫。

众人手足无措间，沮渠牧犍身边的李敬爱迈步向前。

"爱娘！"沮渠牧犍连忙伸手去扯，可李敬爱走得坚决，竟一下子没有抓住。

李敬爱从云鬓上抽出一枚头饰，将发针的尾部在大行驿的人中上一刺，又接着刺了一针"合谷"。

配合着贺穆兰的心脏按压，大行驿犹如溺水的人终于浮上水面一般吐出一口长长的气来，接着再无动静。

北凉的太医和郑宗请来的医官前后脚到了，贺穆兰退后几步将位置留给医官。

北凉的太医是个年纪很大的汉人，见到大行驿的上衣被扒开，胸前红红的一片，顿时不悦地道："谁让你们随便动他的！胡乱施为，耽误了病情怎么办！"他上前探脉，发现病人未死，只是气息微弱，不由得松了口气，"还好，还有气……"

听到他的话，沮渠牧犍忍不住掐住了自己的手掌。李敬爱若无其事地靠向自己的丈夫，用身子遮挡住他掐住手掌的姿势，顺势挽住他的手臂，像是害怕一般。沮渠牧犍这才回过神来，扶了扶自己的王妃。

两位医官忙着施救，其他人则开始审问那个宫女。

一个北凉的官员对着她大声训斥："到底怎么回事！别哭了！"

"出什么事了？他是不是你伤的！"

孟王后分开人群走了过来，将那宫女一把拽起，伸手合上她的衣襟，像是训斥又像是责骂地说道："事情都发生了，哭有什么用！你给我说清楚！"

李儿原本趴在地上就是为了遮挡胸前的暴露，此时被合上了衣襟，方才抽抽噎噎道："我、我端着香豆手巾回殿，那位大人像是喝醉了一般冲过来扑在我身上……"

她捂住脸："我刚想喊人，就被他抓住了，还扯我的衣服……我挣扎，他就掐住我的脖子，我叫不出来，又不知道他是谁……"

李儿拉住孟王后的袖子哭诉："王后，我什么都不知道啊！他就跟疯子一样，我根本没办法反抗，我什么都不知道！"

沮渠牧犍看向身边的侍卫，几个侍卫屈身回道："去厅后的路上发现他们倒在角落里，旁边是洒落一地的香豆。"

孟王后和沮渠蒙逊看向贺穆兰，见她似是若有所思，心中更是不安。这件事可大可小，就看魏国的态度了。魏国的官员在北凉宫中饮宴时羞辱宫女，魏国使团若是维护自己的名声，很可能以"醉后失态"抹过去。但是大行驿还未清醒，那宫女说什么都是一面之词。

魏国的医官沉吟道："面红为戴阳，脉见沉微细，像是'马上风'。"

"掌生红圈，掌布红筋，应该是突然中风无疑。"北凉的医官纳闷，"这位使君不过四十有余，怎么会有这样的毛病？"

两边都诊断大行驿是马上风，所有害怕引起外交危机的北凉官员都松了一口气。

贺穆兰心中依旧疑惑。世上哪有这么巧的事情，沮渠牧犍刚刚和她说过路线不对希望她换条路走，负责安排行程的大行驿就出了事……

她抬起头来，看向着沮渠牧犍。

似是对贺穆兰的目光有所感，沮渠牧犍也扭头看向贺穆兰的方向，微微点了点头，眼神里都是同情和惋惜。可嘴角，却挤出了一个嘲弄的微笑。

看到沮渠牧犍一副胜券在握的样子，贺穆兰也对他露出了一个讥讽的笑容，抬脚向大行驿走去。

"原本你坑谁都没问题，但你现在得罪的……是一位来自千年后的法医！"

贺穆兰蹲下身，开始检查起大行驿的口腔和眼底。

她在这个世界很少动用自己的本事，一来仵作是个贱役，她几乎接触不到这方面的工作，二来她缺少仪器和工具，很多时候都要靠自己的经验判断，一不小心就会冤枉了好人。可现在不同，她持有代表拓跋焘的节杖，使团的每一个成员都代表着魏国，贺穆兰决不允许沮渠牧犍的阴谋得逞。

"花将军，不用看了，他舌头已经僵了……"魏国的医官叹气，"虽然不知将军用什么法子让他缓过一口气来，但舌头僵了就离死不远了。"

不能呼吸不能吞咽，不是窒息就是饿死。

贺穆兰却不是看他的舌头，而是俯下身子，仔细闻他口中的气味。这个时代的毒药普遍不能提纯，有异味或者颜色不纯只能放在重味的酒、茶之中掩盖。但投在酒中很容易追查出不妥，沮渠牧犍这么自信，一定还有其他秘密。

口腔中除了葡萄酒的气味并无其他味道，也没有呕吐物残留，更没有腐蚀过的痕迹，说明不是剧烈的毒药。

她没有想到，在外人看来，她趴下身子又闻气味又侧耳朵的样子实在是太可怕了！简直……简直就像是和死人对话一般！

"他在做什么？"

"花木兰懂医吗？"

一群人窃窃私语，脸上满是不可思议。

袁放却是若有所思，走到孟王后身边说了什么，孟王后点了点头，指了几个侍卫把人行驿之前喝过的酒、酒杯、酒瓶都拿了过来，让两国的医官检查。

出去查探的陈节和蛮古此时回来了，凑到贺穆兰身边，低声汇报。

"花将军，我们的侍卫见到大行驿进了厨房，没多久又脚步蹒跚地出来，一路行往宴厅，并没有什么不对……"陈节挠了挠头，"不过有侍卫说，大行驿去厨房是有人伺候着的，是个北凉的宫人，我把那侍卫带来了。"

为了使臣的安全，虎贲军留有人手在厅外护卫，见到使臣出去会贴身保护，当然如厕这种私事基本上没人愿意让人"保护"。

大行驿也不例外，他谢绝了虎贲军的好意，让北凉的宫人搀着去了。

"出事的地方我去看了，确实一地的豆子，应该是熏衣服用的。"蛮古不能理解贵人们上完厕所干吗要换衣服熏香，"没看到打斗的痕迹。"

贺穆兰随口应答，继续检查大行驿的指甲、皮肤等处。

他的指甲缝里留有皮肤残屑，小指的指甲有破损，应该攻击过人，但没有血渍，好似并非有意伤人，倒像是溺水的人捞了根浮木，恨不得把全身力气都放在那根木头上面一样。

"花将军，你到底在做什么？"沮渠蒙逊急道，"现在应该让医官救人才对啊！"

"救不回来了。"

贺穆兰和另外一个僧医一起开口。

那僧医大概很有权威，他一开口，其他人都不说话了。

"他舌头僵硬，眸子涣散，神志不清。如果及早发现，也许还有得救……"僧医摇了摇头，"我不知道花将军在做什么，但一定不是在救人。"

这话一出，许多人立刻"啊"了一声，北魏来的使臣大有些心凉于贺穆兰的薄情。

沮渠牧犍突然开口："既然不是救人，花将军应该让其他医官试试……"

"别吵。"贺穆兰蹙起眉，抬头瞪了他一眼，"我在找他变成这样的原因。"

"你说什么！"

"不是马上风吗？"

"这还有什么好查的！"

一群人交头接耳，对贺穆兰指指点点，就差没说她小题大做了。

刘震上前几步，问道："花将军，他不是马上风吗？"

"哪有马上风的人口眼不歪，嘴角无涎，连眼底都没有血丝的！"

脑血管爆了要这样，她就白当了这么多年法医！

魏国的医官犹豫道："可从他的脉相和症状来看……只能是……"

贺穆兰不理他，一点点检查大行驿的身体，甚至要求陈节帮他解开衣衫检查。

"花将军这样做真能查到真相吗？"一个魏国官员见大行驿连衣衫都被脱去，义愤填膺地叫道，"你是在侮辱他吧？"

贺穆兰闻言抬起头，眼神严厉且充满谴责："你觉得我是在侮辱他？"她环视四周，尤其是沮渠牧犍的方向，冷笑道，"你们根本不知道大魏的使臣是怎么挑选出来的，因为迎接的是一位美丽的公主，白鹭官是把所有官员的品行作为首位来考核的。这位大行驿……"

她指了指地上的人，继续道："我虽和他接触不多，却知道他只有一个妻子，生了四个儿子、三个女儿，最小的孩子才三岁。他身为行驿，常年不在京中，夫妻始终恩爱，每次小别都如新婚。他为了使团所有人的安全鞠躬尽瘁，每到一地，其他人都在休息或闲逛，只有他马不停蹄地继续打探下面的行程。"

她凝视着那个开口的魏国官员："我知道你和步使君关系甚好，可你扪心自问，他可是会因为醉酒而随便抓住一个女人宣泄兽欲之人？"

那官员一下子红了脸，完全说不出话来。

"他现在口不能言，身不能动，所谓的尊严要靠我们来替他维护。他怀着对和平的诚意和陛下的嘱托千里迢迢来到北凉，我身为主使，不能让他带着羞辱的名声回去！想想他的妻子，想想他的孩子们，难道你们愿意他的妻儿一辈子背负着这样的名声活下去吗？你指责我在侮辱他，对他的言行和品德产生怀疑的你，才是真正地侮辱他！"

可是，为什么找不到证据呢？她连他的腋窝都没有放过，却没有发现哪怕一个针孔的痕迹。如果是在头上，那就必须要剃光他的头发。除非……

贺穆兰抬眼，看着他最难堪的部位，毅然决然地掀开了最后的遮羞布。

"这简直是莫名其妙！"有人高喊，"你居然在陛下的大殿里做这种事！即使魏国是我们的上邦，也不能做出这么让人受辱的事情！先是侮辱了我们的宫人，又想要找出脱罪的理由吗？"

沮渠蒙逊大叫："住口！"

孟王后斥责："大王还未说话，有你说话的份吗？"

郑宗冷笑着看了说话那人一眼，记住了他的相貌，会这么惊慌的，身上必定有鬼。

贺穆兰对此充耳不闻，向着那部位凑了过去。她大胆的举动引起了一群人的惊叫。

许多宫女捂住了眼睛，就连孟王后和李敬爱都侧过了头。兴平公主倒是看得兴味，所幸她还谨记着自己的身份，微微退了一步。

知道贺穆兰女子身份的诸人都吓得快要昏过去了。那罗浑倒抽了一口气，第一反应是赶快捂住贺穆兰的眼睛。袁放一咬牙，抓住贺穆兰的手，小声说道："主公无需自己动手，你要找什么，我来看！"

"是啊，是啊，我也行！"郑宗不知道为什么其他同伴都露出要疯掉的表情，但他内心里也根本不愿意贺穆兰去碰这种东西，狗腿地凑了过去。

贺穆兰叹了口气，对袁放道："你找找他的下身有没有创口，像是针刺之类的细小伤口。"

她用余光看了沮渠牧犍一眼，发现他的脸色铁青，心下稍安，断定自己的猜测不会错。

袁放哭笑不得，真的趴下去探查那东西。他知道自己被花木兰刚才的话打动了，才会这样做。这位大行驿虽然话少又沉闷，却足够可靠。他是贺穆兰的主簿，经常和大行驿打交道。这样的一个老实人，袁放也不愿他走得这么憋屈。

没过多久，袁放惊喜地叫了起来："真的有！有两个洞眼，很细小，距离不远！"

"是不是有出血的痕迹？"

"是。"

贺穆兰仰头长叹了一口气，对着所有人朗声说道："他并不是马上风，而是如厕时被毒蛇咬伤。这恐怕并非是普通的蛇，它的毒会让人脸热潮红，全身血液流动加速，因为咬的是那种地方，乍然受到刺激，又或者是毒性本就如此，所以他的下面才一直不退。"

像是回应贺穆兰的话，又大概是回光返照，一直意识不清的大行驿眼神突然恢复了清明，一动不动地看着贺穆兰。

贺穆兰侧耳听了听他的心跳，知道他活不成了，跪坐在他身前说道："你也许听得见，你没有害人是不是？你被咬了，发现伺候你如厕的宫人不见了，你走出去求救，却没见到人。"

贺穆兰并不像是猜测，而是像亲眼所见般叙述着。

"你好不容易见到了那个宫女，想要向她呼救，那时你已经毒性发作，什么话也说不出来，只能抓住她不放，将她吓得晕了过去，又或者你肌肉已经僵硬，只能抓不能放，然后你中毒倒地……"

大行驿的肌肉已经全部僵硬，连舌头都不能动弹，可眼泪却像是关不住阀门一般不停地流淌下来，眼睛里全是感激和不敢置信。

贺穆兰对他道："是的话，你就动一动眼珠吧。"

大行驿的眼珠左右晃动了一下后，终于定格在斜眼的怪异表情之中，再也没有了神采。

没有人会嘲笑他死时眼睛歪斜、全身赤裸，也没有人会嘲笑做出这一切的贺穆兰是小题大做、侮辱死者，她确实维护了他的尊严。

贺穆兰伸手拂过他的眼睛，让他瞑目，然后站起身来。

"大行驿虽然爱喝葡萄酒，但是葡萄酒并不烈，他酒量极佳，根本不可能喝醉。酒中必被人做了手脚。"

贺穆兰威风凛凛地看着众人，确切地说，是看着沮渠牧犍。

"是谁给他准备的酒，是谁斟的酒，是谁扶他去的厕所，是谁准备的那条毒蛇，最重要的是……"贺穆兰一步一步地走向侍女李儿，"他那时的情况，有可能抓住了你的肩膀想要支撑身体，却绝没有可能掀开你的衣服，将你的脸扇成这样！"贺穆兰提起李儿，对她怒目而视，"究竟是你说了谎，还是你另有同谋！"

沮渠牧犍，我要抓住你了！

贺穆兰的推论一出来，最为震动的不是沮渠牧犍，而是孟王后。

大概是没想过自己身边的人会有问题，孟王后一脸怒容："不想死就说真话！我多年不杀人，你们已经把我当羊羔了是不是！"

李儿在贺穆兰的手里震了震，拼命摇着头："不是……不是……我什么都不知道啊……"

贺穆兰把李儿掷在地上，对北凉官员们说道："今日我大魏的官员无缘无故死在贵国宫中，这是攸关魏国尊严的大事。三日之内，我要知道真相，如果贵国不能给我们满意的答复，我们即刻回国，兴平公主也不必和我们同去了。"

这话一出，满朝震动，沮渠蒙逊和孟王后脸色黑得犹如锅底，其他北凉官员们搓手的搓手，顿足的顿足，恨不得把幕后之人抓出来打一顿才好。

"花将军息怒，和亲之事事关两国国体……"宰相宋繇打着圆场，"我们一定会彻查真凶，但这些都是贵国的猜测，我们还得细细寻找……"

"花将军的条件，就是我们的条件。"魏国的官员们一个又一个地站到花木兰身后，"我们是为了两国的和平而来，可公然杀害使者，这根本就不是想要和平的做法！大行驿出事，使团的安全难以保证。"

"如果是这样，我们就不能让兴平公主和我们一起冒险，待我们回国之后，另派使团过来重新迎接。"

这些人手段圆滑，说话绵里藏针，把贺穆兰将兴平公主抛下的原因归结于"路上不安全"，隐隐指出凉国人可能是想在路上下手谋害使团。

至于"和平"，最好是回了平城和魏帝商议过之后，再考虑到底是不是需要劳民伤财的"和亲"，还是干脆把来回出使的财帛留下来攻打凉国算了。

魏国自拓跋焘登基以来手段强硬，东征西讨从未有过败绩，魏国的使臣都是硬骨头，又被大行驿的死激发了义气，生出了同仇敌忾之气，已经将生死抛于脑后了。

死可以，我们死在路上，你们就等着灭国！

到那时，兴平公主就不是和亲的公主，而是战败的俘虏。

"这……这……这可如何是好……"公主身边的宫人扶着摇摇欲坠的兴平公主，害怕地压低了声音，"我们还是走吧，公主……"

兴平看出花木兰对李儿的杀意并不是假的，他眼中那刺骨的寒光让她全身都在颤抖。这个男人和她之前接触到的男人都不一样，他行动果决，意志坚定，而且有一种完全不理会阴谋诡计的天真。

花木兰的心思这么缜密，似乎还精通医术，如果和她有肢体接触，真的会察觉不出她怀了孕吗？他连人是怎么死的都能看出来！

兴平打了一个哆嗦，恨不得离他越远越好。"走……我们走……"兴平抓住宫女的手，"我们回去。王后说得对，我不该留下来……"

兴平公主跌跌撞撞地离开了大殿。

贺穆兰命虎贲军侍卫扛起大行驿的尸体，眼神如刀般剜向装作若无其事的沮渠牧犍。

"三日之后，我要结果。"

啪！沮渠蒙逊狠狠扇了沮渠牧犍一巴掌，气得浑身颤抖："谁让你自作主张的？你觉得自己很了不起是不是？你觉得天底下就你最聪明？拓跋焘派花木兰出使，连秃发家的小子都在他之下，你以为他是庸人？"

沮渠牧犍捂着脸，忿忿不平地说道："我不这么做，根本就没有在路上毁了花木兰的可能。路线是魏国确定的，在路上设置陷阱，他们不进去也是白搭，只有杀了大行驿才能由我们主导方向！我只是不知道花木兰还会验尸！"

"是你太蠢！我问你，你之前主动去找花木兰干什么？他为什么从头到尾都对你面色不善？你别告诉我你蠢到去挑衅他，逼得他在大殿上当场验尸！"

"我的佛祖啊，你真的这么做了？"沮渠蒙逊见沮渠牧犍默不作声的样子，差点一口气没喘上来。他闭了闭眼，指着殿门低吼，"滚！你给我滚！我不想看到你！"

"父王，事情已经发生了，我们该做的是如何挽救，而不是……"

"我知道现在该怎么做，但我怕我再看见你，会下令把你送出去给魏人！你若还想我留着一点父子情分，就给我快点滚！立刻滚！"沮渠蒙逊咬着牙，"要么你就死！"

沮渠牧犍瑟缩了一下，立刻快步退走，离开大殿后头也不回地往自己的住处跑去。

然而他跑了没多远，便被几个侍卫拦住。

"三王子，王后有请。"

"我奉旨离宫，不能留下。"沮渠牧犍的脸扭曲了一下，"你们不想抗旨，最好给我让开。"

侍卫笑了笑："我们接到的命令是请三王子现在去见王后，既然如此……那就得罪了！"几个人将沮渠牧犍架起，直接拖往中宫。

一进中宫大殿，沮渠牧犍就吓得魂飞魄散。

在大行驿酒里下药的酒正、扶着大行驿去如厕的使馆小吏，全都跪在地上，像是从水里捞出来的一样，浑身上下湿淋淋的。

沮渠牧犍强自镇定心神，对凤座上的孟王后抱怨道："王后将我绑来中宫，不知是何用意！"

孟王后轻描淡写地道："你父王将查找真凶的事交给了我，如今他们供出是你指使他们做的，所以我请你来当面对质。"

"简直是一派胡言，我不知道你们在说什么！"

"沮渠牧犍，宫中有一个传闻是真的。"孟王后挑了挑眉，冷冷开口，"长明宫中四处都是地道，而中宫的地道可以通往各处。"

她看着沮渠牧犍的脸色一下子变得苍白，接着说道："你发现了东宫里的地道……唔，大概政德或兴国曾带你进去过。他们害了大长驿后便藏进了地道，宫中的侍卫当然找不到他们的踪迹。"

孟王后自顾自说着："当初姑臧被攻破，南凉王室通过地道逃走，大王就知道这地道是个隐患。但北凉国力弱小，无法重建王宫，只能继续用它。中宫作为整个长明宫的中心，是所有地道的中枢，我自入驻长明宫后很少出去。因为只要守住了中宫的地道，便没有任何人能够无声无息地来去……"

"为何中宫里有这么多侍卫，为何我们孟家可以自由来去宫中，铁卫营的精锐皆在我中宫之内？"孟王后看着露出不可思议表情的沮渠牧犍，嘲讽地说道，"你不会以为真是大王和我夫妻情深吧？"

沮渠牧犍没有说话。

"你以为大王是为了你，所以才迟迟不立世子？大王不过是想让你做菩提的挡箭牌，所以才一直让你在外面蹦跶，魏国不希望有一位精明强干的世子，你表现得越聪明，越有手段，魏国就越不会让你登上王位。菩提注定是世子，以后是凉王，而你注定只是个'贤王'。"

"王后把我叫来，就是为了说这个？"沮渠牧犍的牙齿咬得咯咯作响，"我以为……"

"我把你叫来，当然不是为了说这个。"孟王后冷笑，"我是想和你做个交易。"

沮渠牧犍心中一定，他就知道这个女人不会是为了杀他而这么大费周章，她心中肯定有什么打算。他知道自己不会死，心中那些害怕和担忧立刻收了起来，气势也陡然一变。"我是不是没有选择的余地？"

孟王后点了点头："这个交易对你不但无害，反而非常有益。"

"愿闻其详。"

孟王后拍了拍掌，殿中所有人都退了下去。她沉默了片刻，突然开口："菩提虽然做了世子，但那是我为了救他的命不得已为之。他日大王驾崩，我会带他离开宫中，让你成为凉王。"

"什么！"沮渠牧犍吃了一惊，"这怎么可能！"

"你从小也算是在我膝下长大，应该知道我的为人，说出口的话我不会收回。你又为何吃惊？"

沮渠牧犍惊讶："我不懂，王后这么做是为了什么？"

"沮渠政德从小所受的教导便是学习如何做个世子。沮渠兴国为了辅佐兄长，从小学习为王之道，也算是个合格的世子人选。因为有两个兄长庇护，菩提得以无忧无虑地长大，他心思单纯，性格又太过软弱，没有为王的器量，成为世子已经让他夜不能寐，我不想他这么痛苦，情愿他不做这个凉王。"

"王后所说可当真？"沮渠牧犍被狂喜吞没，简直就像是天下砸下馅饼一般，整个人都在颤抖，"你真愿意助我登上王位？"

"是，所以你这次必须要做出牺牲。"孟王后突然笑了笑，"真凶当然是查不到的，因为我们不能把你交出去。然而魏国大行驿已死，为了安抚对方，我会给你定一个罪名，夺去你酒泉和敦煌太守的身份，将你幽禁。"

沮渠牧犍脸色大变："王……王后这样我怎么可能……"这岂不是任人鱼

肉，怎么可能翻身？

"为了取得魏国的信任，也是弥补魏国的损失，大王会把菩提作为质子，和兴平一起送往魏国。"

孟王后看着脸色变了又变的沮渠牧犍，笑了起来："怎么，你觉得奇怪？"

魏国有菩提为质，以后就算他登上王位也能随时带着菩提攻回姑臧。

他脸色怪异地开口："菩提不需要做质子的，他已经是世子……"

"为了平息魏国的怒火，必须有人做出牺牲，菩提是最合适的人选。更何况，我刚才也说了，我准备离开这里。"孟王后叹了一口气，"我会让孟玉龙做送嫁将军和向导送魏国人回国，菩提作为质子前往平城。但在半路上，菩提会因为意外失踪……"

孟王后眨了眨眼，说出最大的秘密："我会因此发疯，带着女儿和所有侍卫冲出宫去寻找菩提的下落，没有人能够阻拦我，因为我知道地道的秘密。然后，我们从此都不会出现在人前了。"

沮渠牧犍瞠目结舌。

这个年已五十的妇人站起身，走到了他的身前，抬起手，慈爱地拍了拍他的肩膀。

"我担了北凉的重任这么多年，早已不堪重负。你们这些孩子一个个都希望能够当上国主，却不知道选择的是何等痛苦和艰辛的一条路。我只想菩提好好的，北凉也好好的，虽然你不是我的孩子，但你选择了这条路，注定以后走得更加艰难。"

沮渠牧犍眼眶莫名一热，不知道该说什么才好。他的嘴巴张了又合，合了又张，只能低下头，就像幼年时聆听这位王后的教导一般。

"外有强敌环伺，内有佛门逼迫，如今你为了世子之位，已经沉迷于歪门邪道之中，只会越走越歪。一个国主不能只学会用手段设计别人，更多的是要学会平衡之道。以后没有了阻碍，希望你能走到正轨上来，做一个爱护百姓的国主。"她摸了摸他的头发，"这个交易，你愿不愿意和我做呢？"

沮渠牧犍硬生生把眼眶的潮热压了下去，抬起头来坚定地点点头："做！为什么不做！我一生都在等这样的机会！我忍了这么多年，等了这么多年，就是等着有一天别人告诉我，你可以去坐那个位子！"

"好！"孟王后豪爽地笑了起来，"想要就该大大方方地表明出来。我以前最讨厌的就是你明明想要，明面上却说不要，最后还要想尽办法得到的那种憋屈！北凉这烂摊子有什么好的？你们父子都跟个宝一样捧着，如今我不玩了，你们谁要谁拿去！"

她顿了顿，又接着说道："你那王妃心细如发，最好让她回敦煌去。大王不会同意我离开的，我知道得实在太多了，一旦走漏了风声，我根本无法和儿子团聚。"

沮渠牧犍重重地保证："我不会透露出去的。"

"佛门不可信。你要想让北凉存活，应当往西发展，高昌、鄯善、焉支都是很好的地方，你父王年纪已经大了，根本听不进谏言，你须牢记在心……"

孟王后絮絮叨叨说了许多，沮渠牧犍眼含热泪，将话都记在心里，似乎她下一刻真的就会离开宫中一般。

至于这"母子"两人到底是不是在做戏，只有他们自己清楚。

两人正在"情谊浓浓"之时，门外突然有人通传。

"王后，三王妃前来拜见，已经跪在中宫门外。大王也派人过来请见。"

"看来他们都怕我把你吃了。"孟王后调侃道，"我这母老虎的形象已经深入人心了。"

"王后说笑。"

沮渠牧犍跪下来对着孟王后磕了几个头。"我以往走了不少歪路，王后愿意帮我，我感激不尽。日后王后和王弟无论在哪里，只要需要北凉相助，或是需要财帛，我一定全力支持。"

"你出去吧。那两个宫人留在我这里，才是最安全的。地道虽无人注意，但有侍卫定时在下面巡逻，大王有时候也会用地道来去宫中。"

孟王后坦然接受了他的叩拜，她受得起。

"谢王后。"沮渠牧犍站起身。

孟王后送沮渠牧犍出去之前，像是想到什么似的问了他一句："我一直怀疑政德和兴国不是死于意外，你可知道什么底细？"

她直接这样询问，倒让沮渠牧犍吃了一惊，迷茫得不知该如何开口。

任谁也没想到她会这么单刀直入地询问，所以此时沮渠牧犍的表情当然不会是作伪，没有人会在完全放松心神、激动亢奋的时候露出这样茫然的表情。

果然不是他。

如果不是他……孟王后一颗心渐渐沉了下去。

沮渠牧犍的确是坦然的，那时候他还年幼，手上也没有多大势力，根本没有杀掉两个哥哥的能力。

"我不是很清楚，但我怀疑……"他咬了咬牙，将自己内心深处最深的恐惧说了出来，"我怀疑是佛门做的。"

孟王后的心微微回暖了几分："佛门？"

"大兄去柔然之前，佛门曾经和大兄接触过，希望他能够不要偏袒儒生。那时候东宫属官大多是河西大族，没有信佛的，大兄应该是刻意筛选过。当时佛门还没有找上我，我只是隐隐约约知道一些……"

沮渠牧犍接着说道："后来佛门找上我时，我想到大兄刚刚拒绝过他们就出事，心中实在是害怕，便接受了他们的援助，而后我便在朝中大臣的帮助下娶到了爱娘，得到了西凉遗族的支持。那些大臣，多半都是佛门的信徒。"

他顿了顿，继续道："兴国兄长出事时，队伍里有不少僧官，他中了埋伏做了俘虏，这些僧官却好生生逃了回来，我就觉得有些不对。那时候我将怀疑告诉了父王，但父王让我不要多说，装作什么都不知道，我就没有声张。再后来，父王就把王弟的名字由羌龙改为菩提，我就更不敢问了。"

"我信你。"孟王后像是突然老了几岁，再也站不住了，"你出去吧，你妻子还在外面跪着。我累了，要休息一会儿。"

沮渠牧犍见到孟王后这般脆弱的样子，低头不敢多看，也不敢多言，只能转身快步离开大殿。

许久，殿中都死寂一片，没有人敢进来，也没有人敢问刚才发生了什么。

【第 280 章】

贺穆兰不知道为什么事情会发展到这种局面。三天之后，替罪羊变成了那个叫李儿的宫女。

一场明显的谋杀，却变成了大行驿在如厕时被毒蛇咬伤，跑出厕房看到了李儿，却因为情绪太激动而晕了过去。

李儿以为大行驿已死，害怕被误会是她所为，当看到使臣下体高高昂起时，索性一咬牙，把自己的衣服弄乱，又扇了自己十七八个巴掌，躺在地上装晕。大行驿，就因为她的一时害怕而延误了病情毒发身亡。

伺候大行驿如厕的人也找到了，他说大行驿不愿意他进厕房，就半路走了，这人因为玩忽职守被直接杖毙。

至于大行驿饮的酒，两国的医官反复查验过，均表示没有问题。

结论就是，大行驿之死是许多个意外叠加在一起的结果。

"你们也信？这样的蠢话也能听？"贺穆兰愤怒地对着一干魏国使臣咆哮。

"这是最好的结果，花将军。"李顺曾经的副手用"你果然是武人性格"的表情看向贺穆兰，"沮渠牧犍因一件微不足道的小事被剥夺了所有官职并幽禁，已经是凉国在向我们表明凶手是谁，但不能交给我们的意思。"

他分析道："花将军，现在没人希望真的和北凉打起来。两国一旦开战，刘宋必有所动，到时候腹背受敌，就算我们能赢，也是惨胜。现在，凉王和王后以这种方法维护了大行驿的声誉，又处置了同谋，还赔偿了大行驿的家人一笔足够他们花用几辈子的金银，已经比最初大行驿被冤枉'马上风'好许多了。"他抿了抿唇，"更别说……"

"更别说，凉王为了平息我们的怒火，打消我们的疑虑，甚至让沮渠菩提作为质子和我们一起入京。虽说孟王后曾经说过会在世子之位确立后将他送到我国做质子，可毕竟还是现在跟我们走最为稳妥，除非孟王后和凉王真的为了北凉不顾最后一个嫡子的安危，否则我们这一路上都会是平安的。"

刘震接着他的话说了下去。

"大行驿的确死得冤枉，但陛下不会亏待他的家人，日后也必然会向北凉要债，就像迎回了被关在北燕几十年的使臣于什门……"

贺穆兰心中十分痛苦。她知道他们说得都对，可她仍然不能接受。她知道闹开了双方都无法接受，她也知道沮渠牧犍不会因为这件事就去死，但真正的凶手逍遥法外，而无辜的孩子和女人却要承担他们兄长犯罪的苦果？

"花将军是武将，大概很难理解文臣的想法。"一位使臣见贺穆兰满脸不甘，心中火热，"就如武将早已做好了战死沙场的准备一般，我们这些鸿胪寺的使者也都做好了客死异乡的准备……"

他平静地说道："异国就是我们的战场，阴谋、毒杀、半路拦截、钩心斗角、唇枪舌剑，这些都是双方的武器。我们随时做好了以自己的死为国家争取利益的准备，是以对大行驿的死除了有些伤感，更多的只是想用这件事为我国谋求更大的好处。

"你说我们冷酷也好，说我们无情也罢，如今凉王凉后愿意开放北凉的国境任魏国商人通商，又用菩提换取我们的信任，只是花费了大行驿一个人的性命，实在是太划得来了。"

"你……"

"花将军可知道，在正常情况下，让一个国家敞开大门又送来世子需要多少代价？这是尸横遍野，国力耗空才能做到的事。"他凝视着贺穆兰的眼睛，一字一顿地说道，"要是有人告诉我，只要我死了能从此让我国的商人随意进出凉国，我下一刻就从容赴死。"

这世界真是疯了。北凉的王子谋害了魏国的使臣，而魏国的使臣却在轮番劝说她不要再干涉此事，只因为这个买卖很划得来？

贺穆兰觉得这个结果十分荒诞，她还想再说什么，却被袁放拉住了袖子。

"我们家将军只是有些固执，他会接受的。"袁放道，"凉国开放国境的国书，还有如何安置即将到来的兴平公主和菩提世子，各位要辛苦的事情还有许多，我们就不参与了……"他担忧地看向贺穆兰，"至于将军，我觉得她需要静一静。"

诸位使臣露出了然的表情，一个个假托有事离开，唯有刘震留到了最后。

"花将军应当知道，我是白鹭官。"他看着神思明显有些恍惚的花木兰，微微叹了口气，"我会在这里，就是因为陛下和素和使君放心不下将军。"

贺穆兰微微一怔。

"在我们看来，将军有些过于刚正了。我大魏的军人虽然一往无前，战无不胜，可那只是一种威慑敌人的手段。真正的胜利永远不是在战场上，而是在残酷的厮杀之后，由这些使臣和国中大臣们在战场下用另一种厮杀完成的。

"残酷不光是来自刀光剑影的战场，许多默默无闻死去的谋臣，出使路上遭到劫杀的使者，因为妥协而不得不放弃地位和生命的地方官……许多人死得也许根本没有意义，但大魏便是在这么多牺牲上一步一步走到今天的。"

刘震看着慢慢恢复过来的贺穆兰。"必须要有人做出牺牲，也必须有人承受牺牲后的结果，然后咬着牙继续下去。将军只是没有习惯这种事而已，等你年纪越来越大，见到的事情越来越多，就不会这么愤怒了。"

"我觉得我永远不可能习惯这种事。"贺穆兰恨声开口，"但你说得没错，如今事情已经发生，我该做的不是如何让凶手去死，而是让大行驿的牺牲更有意义。"她的眼神里露出寒冷的光芒，"北凉必须付出代价，仅仅是这样还不够。"

长明宫。

"我不知道你愿意做出这么大的牺牲。"沮渠蒙逊满脸愧疚地看着自己的妻子，"菩提不会有事的，我把自己的死士派给他做侍卫，从此以后他们就是他的侍卫。"

孟王后哀伤地看着沮渠蒙逊："我为你生了三个儿子，而这三个儿子都为北凉做出了最大的牺牲。蒙逊，我已经开始后悔当年嫁给你了。"她哽咽道，"我那时候是多么快活啊，每天想的只是明天要猎什么样皮毛的狐狸……"

沮渠蒙逊也露出一丝怀念的笑容："我那时不是凉王，唯一想着的就是怎么才能让段大王把他的那把剑赐给我。"

段大王是段业，北凉真正的开创者。

"相信我，菩提最终会登上王位……"沮渠蒙逊温柔地看着自己的妻子，"政德和兴国的死，我也很难过，但我昔日的誓言不会作废。也许牧犍会得意很长一阵子，可菩提才是最后的赢家。我从不妄言，你以后就会知道，我给菩提选择的才是最好的路……"

孟王后面上哽咽，心中却在冷笑，也许你给菩提留了什么后手，但我们母子都不稀罕了。她的眼角滑过一滴泪。

像是被那泪滴烫穿了心脏一般，沮渠蒙逊以落荒而逃的姿态离开了中宫。

"母后，父王走了吗？"怯生生的菩提从侧室里偷偷伸出头来。

在他身后，一个长相酷似孟王后的小女孩大大咧咧地走出来，翻了个白眼："你要去魏国，他肯定心虚得都不敢多待了！"

"白马，不要老是把你弟弟推出来背黑锅！"孟王后一看就知道菩提是受姐姐的撺掇才干出这种偷藏在后面偷听的举动。

"他也想，只是不敢做，我推他一把是给他合适的借口，坏人全我当了，真是苦啊。"白马吐了吐舌头，又期待地望着母亲，"阿母，我们是不是很快就可以走了？去看看那些商人和侍卫们说过的地方？"

烟雨的江南，辽阔的中原，苍茫的大漠，以及……各种类型的俊俏男人？

菩提也眼巴巴地望着孟王后，他长这么大还没离开过母亲。"玉龙表哥会保护好我的吧？我用不了多久就能再看到母后了吧？"

"你真笨，你多离开一会儿，阿母都会疯的，怎么可能让你在外面多待。你等一等，等我们去接你啊！"

白马没心没肺的话安慰了菩提担忧的内心，他也跟着笑了起来。

"你们放心，我们都会好好的。阿母等这一天等了许多年了……"孟王后抱着一双儿女，"所有人都会保护好你们的。更何况，魏国那位花木兰，是个正直的好人，不会像其他人那样害你……"

孟王后想了想，慎重地嘱咐菩提："花木兰是个好人，并不代表魏国的使臣都是好人。你到了魏国使团那边，一定要寸步不离地跟着花木兰，这样即使有人想暗算你，也要过了他那一关。他绝不会让你出事的，你明白吗？"

"我明白。"菩提点了点头，"哪怕丢脸，我也会跟在他后面的。"

七月十五，北凉人占卜出的吉日。

这一天，让北凉人又惧怕又好奇的魏国使团终于离开了姑臧。他们走的时候队伍更加喧闹、排场更加壮观，还带走了他们最美丽的公主和最尊贵的王子。

这对所有北凉人来说都是一种耻辱，可这种耻辱的背后，又满是北凉百姓们因为牺牲了王子和公主换来和平保证的庆幸和高兴。

"我们要回家了。"

贺穆兰看着碧蓝的晴空，情绪终于被这个让人满意的结果带动了起来。

这一趟出使收获的成果很大，除了大行驿和李顺的死以外，魏国人已经得到了他们之前想都没想到的胜利。

由于回程需要赶时间，贺穆兰没有同意那些想要依附的商队们跟随的请求。

大行驿不在了，回程的安全就得依靠贺穆兰的判断和虎贲军的实力。带的人越多，变数就越大，贺穆兰拒绝北凉带过多仆役去魏国，兴平公主的队伍从一千人锐减到三百多人，所有的护卫都由铁卫营和虎贲军来完成。

一群人浩浩荡荡地向钦汗城的方向进发，孟玉龙是北地羌人，曾数次护送过当年的夏国使臣，对这条路熟悉无比。

"世子，外面酷热，你还是跟兴平公主一起在车里避暑吧。"

菩提摇了摇头，被晒得通红的小脸简直能蒸包子："女人才坐在车里，男人要骑马。"

对于这一点，似乎这个时代的男人都有着自己的坚持。贺穆兰很怕细皮嫩肉的菩提被晒得中暑晕过去，只能脱下身上的斗篷，往菩提头上一罩。

宽大的斗篷对于菩提来说和被子没什么两样，他怔愣了一下："花将军这是做什么？"

"你别觉得闷热，这样的天气多穿一件斗篷或少穿一件斗篷没有区别，但是不穿的话，你会被晒出毛病。你的斗篷呢？"

她记得孟玉龙像是照顾自己儿子般地照顾他，不但准备了许多件轻薄的斗篷，还准备了许多防蚊防中暑的药品。

"我嫌它又重又闷，丢阿姊车上了。"菩提不自在地把斗篷罩上，看着整个身子都被骄阳照射，不得不眯起眼睛的贺穆兰，讷讷地说了句谢谢。

贺穆兰很少和小孩子接触，对熊孩子更是敬谢不敏，此时见菩提裹着斗篷乖乖地跟在后面，忍不住松了一口气。

直到天色昏暗，使团终于找到要扎营的绿洲。

贺穆兰让人先把兴平公主的大帐布置好，请她进去休息。

因为临行前沮渠蒙逊的嘱咐，兴平公主的大帐附近一个男人都没有，而贺穆兰已经做好准备就近保护兴平公主和沮渠菩提，反正她是女人，不会有其他问题。

兴平公主发现贺穆兰的帐篷在她左近，心中又惊又喜。这位将军要真是正人君子，哪会和皇帝的未婚妻住得这么近？

菩提却无所谓，他答应过孟王后要跟在花木兰身边，就差没有撒泼打滚想要和贺穆兰一起睡了。

郑宗防这小男孩像是防贼一样，他几次开口想说怕黑要住在花将军帐里都被打断了话头，菩提只能退而求其次，住在贺穆兰旁边的营帐。

"拿走拿走，我不吃！"

兴平公主两年前开始服用五石散，已经很少吃肉食，而是用冷食、服好酒，内衣必须是极为柔软的旧衣。更别说自她疑似怀孕之后，一闻到肉食的味道就想呕吐了。

舟车劳顿了一天，马车里就像是蒸笼一样，即使有侍女扇扇子也是酷热难耐，她白日在马车里只穿着素纱小衣还嫌热，可想而知下车回帐休息后有多痛苦。

见到晚膳是烤肉和硬邦邦的干饼，本就没胃口的兴平公主差点吐了出来。

"我让你拿走，你没听到吗？！"兴平发火叫道，"再端着肉杵在那里，我就把你丢回国去！"

送膳的侍女抖了抖，含着眼泪把肉端下去了。

另外几个侍女心中不安，兴平公主已经一天没怎么吃东西了，晚上再不吃，恐怕会饿坏。她们不敢大意，立刻指了一个宦官去寻花木兰。

贺穆兰正在和孟玉龙讨论第二日的路线问题，连晚膳都没顾上吃，听宦官说兴平公主一天都没怎么吃喝，晚上又闹脾气，二人齐齐皱起了眉头。

"这位公主在宫中一向锦衣玉食……"孟玉龙想起姑姑说过她有在服食五石散，顿了顿道，"也许太热了吃不下去，端些瓜果干脯应该能开开胃口。"

五石散需用冷食，吃瓜果绝对没错。

在行军的路上，瓜果和蔬菜都属于奢侈品，好在他们刚从姑臧出来，想要几碟子瓜果蔬菜还是容易的。贺穆兰立刻去让几个亲兵准备瓜果，亲自带着那个宦官去问候"佳人"。

兴平公主听到贺穆兰来了，第一反应是慌张，担心对方认为自己是个娇生惯养不识大体的公主。

贺穆兰人未进帐，一股清香的瓜果之气先传入帐中，应当是被切开的蜜瓜和波瓜，兴平闻到这个味道，顿觉精神一振，浑身又有了力气，看着端着瓜果进来的贺穆兰和宦官笑道："我一闻到油腻就直想吐，今天一天都快闷晕过去了，现在闻到瓜果的清香，总算是活过来了！"

贺穆兰听兴平公主说得这么严重，顿时一愣："闷成这样？莫非是中了暑气？"

贺穆兰关切地走过去想要观察一下兴平公主的身体状况，兴平心中一喜，脸上柔弱之色更显，就等着他一靠过来就嘤哼一声……

呕……不对！这酸臭的味道是从哪里来的！

刚刚准备软倒的兴平公主，闻到了贺穆兰身上发出一阵阵酸臭汗味，才被瓜果熏得舒服点的喉头又开始翻滚。

"你离我远一点！"兴平公主不由自主地尖叫，"你身上怎么这么臭！"

贺穆兰被这女人的尖叫声吓得顿足，脸上露出了不知所措的表情。

"很臭吗？"

太阳下晒了一天，斗篷又给了菩提，贺穆兰闻了闻自己的腋下和身上。

"好像是有点臭……"贺穆兰不好意思地抓了抓脑袋，"那公主好好休息吧，我不打扰了。明日公主的马车最好不要再密封起来，将车窗打开通通风也许好些……"

兴平公主看着在脖子上搓了搓泥的贺穆兰无奈地走开，整个人肠子都要悔青了。你别走！你别走啊喂！脏了我可以帮你洗，你倒是回来哇！

一想到自己以后还要想法子勾引这个每天臭汗淋漓的将领……

"呕！"

"公主，公主你怎么吐了！"

贺穆兰自然知道兴平公主在向她示好，希望能得到她的青睐。贺穆兰并不讨厌这种"示好"，也不会认为兴平公主有什么不对。但她毕竟是个女人，只能做到合理范围内的照顾。

"花将军，亲卫们说你晚上什么都没吃……"郑宗从门外钻了进来，端着一碗汤羹，散发着让人食欲大动的香气，"明日还要起早，先吃点东西吧。"

正翻着卷宗的贺穆兰肚子里应景地"咕咕咕"乱叫。她这才想起自己晚上没有吃东西。"怎么是你来送饭？陈节他们呢？"

郑宗因为自己能如此接近贺穆兰而心中窃喜，闻言笑道："白天地上的温度太高了，他们觉得马掌有些不对，扎营后都去看顾自己的马，我就自告奋勇来送饭了。"

"这么说来，连续赶路还是不行，马掌会废掉……"贺穆兰叹了口气，"在沙漠里赶路，还是骆驼比较合适。"

"凉王在青铜峡的绿洲给我们准备了上千只骆驼，还有向导跟随，等到了青铜峡，我们就能用骆驼换下那些生病的马了。北凉进献给我国的良马也难伺候，这才几天啊，已经有开始腹泻的了。现在就不知道兴平公主能不能适应路上的辛苦，若路上她要有个万一，我们全部要倒霉。"

贺穆兰想起兴平捂着鼻子呼喝的样子，眼神不由得黯了黯："能不能适应，她都要忍耐。"

"听说花将军刚刚去了兴平公主的帐子？"郑宗压低了声音，终于说出了自己来的重点，"将军最好离公主远点。要是她对陛下告状说将军曾经对她不敬，恐怕陛下会对将军有心结。"

贺穆兰哈哈大笑，一边觉得郑宗真是细心，一边又觉得实在是好笑："你不用为我担心，陛下无论如何都疑心不到我头上的。"

郑宗不知道贺穆兰的女子身份，但见她如此笃定，只能将信将疑地停止了"劝谏"，转而开始絮絮叨叨这一路上自己的所见所闻。

"孟玉龙将军对菩提世子确实极好，每隔半个时辰就要过去看看……

"北凉的铁卫营有许多人似乎不愿意去平城，一路上都在埋怨，说是沙暴快要来了……

"陛下的信许久没到北凉了，使团的大人们都说北燕的战事恐怕不是很顺利，也不知道京城的信是真的送不进来，还是半路上有什么问题……"

贺穆兰听到他不过短短的时间能够收集到这么多情报，简直就是个人才啊！

"你有没有想过做白鹭官？"贺穆兰突然冒出来这么一句话，"我觉得你很有做白鹭官的潜质。"

郑宗正在絮叨，却没想到贺穆兰会说这个，忍不住一怔："我？做白鹭官？恐怕不行吧，我没素和使君那个本事……"他心中自然有着不少期待，成为白鹭官是不少人心目中的优差，"我只能当当译官，写写文书什么的……"

"你能够模仿别人的笔迹，且心思细腻，又有足够的头脑应对危机。你习惯收集琐碎的情报整理出需要的信息，能屈能伸，我觉得白鹭官里像你这么厉害的也不多。你还记得李顺吗？"

郑宗想起自己设计李顺的事，虽说他当时确实想要豹子咬死他算了，却没想到会弄出恐水症来。贺穆兰一提起此事，他就忍不住有些心虚："呃……和李使君有什么……"

"李顺想要你做他的内应，你不但出色地扮演了一个内奸该有的样子，而且还获取了他的信任。白鹭官很多时候要做的也是这种事，你不觉得这就是你自己的天赋吗？"贺穆兰越说越觉得比起宦官来，郑宗这小子更适合当白鹭官，"就这样吧，等我回到平城，帮你在素和君与陛下跟前美言几句。只要你愿意成为白鹭官，应该没有太大问题。"

郑宗没想到贺穆兰会为他考虑这么多，当即就下拜道谢。

贺穆兰赶紧挽起他："你怎么跪我？这也算什么大事吗？"

"对将军来说，只不过是一句举荐之言，但对许多人来说，却是通天的大道了。"郑宗感激涕零，"我从鸿胪寺小官成为舍人，有许多以前的同僚又羡慕又嫉妒，后来我在陛下身边混得不怎么样，又被冷落，当年那些小人传的风言风语更是让人难堪，如果我真能去候官曹，又何惧这些小人的言语？只要能为陛下和将军办事，我就已经满足了！"

"你是为陛下和大魏办事，不是为我。"贺穆兰笑着纠正他，"我不是要把你送去候官曹做我的心腹，你别想得太多。"

"是，不过哪怕将军不是这么想的，我也不会做出对不起将军的事。"郑宗努力表忠心，"这世上也不会有人像将军这样，不是为了利用，却在乎我一个小人物的前程……"

"好了好了，再说这么肉麻的话，我要翻脸了。"贺穆兰好笑地搓了搓手臂上的鸡皮疙瘩，"八字还没有一撇呢，等素和君和陛下收了你再道谢不迟。"

心中爱慕的人就在咫尺之间，不但没有瞧不起他，还认为他是能成为白鹭官的精英，这样的对待让郑宗不由得飘飘然，又往贺穆兰身边贴了贴。

只是贴了贴，郑宗就发现了贺穆兰身上有些异于常人的地方。他耸了耸鼻子。

贺穆兰想起兴平公主的话，有些尴尬地往后退了几步："是不是有些味道……"

"花将军，我一直想问……"郑宗莫名地望着贺穆兰，"为何行军一天，每个人身上都发馊发臭，只有将军身上气味最小？"

"咦？"贺穆兰傻眼。

"还有，将军很少如厕，将军出的汗那么多，水喝得却少，路上也不跟着大伙儿一起如厕……"

郑宗表情越来越怪，贺穆兰心里也越来越慌张。

在外行军，最麻烦的就是上厕所，大军停下的时间是有数的，所有人都趁那个时候如厕，随便到哪个土丘树木之后都能看到开闸放水的男人。所以她已经习惯了行军的时候少喝水，原本每天早上一杯水的习惯也渐渐因为行军的频繁而被遗忘。

"这就是花将军的不对了。"他皱着眉头劝谏，"虽然将军爱干净，也不能偷偷把饮用的水留下来擦洗身子啊！肾会坏掉的！"

这是什么样的神经病啊，这时候还在考虑着她的肾怎么样！

贺穆兰泪流满面。

大军行了两天后，即将到达李顺发病的那个绿洲。

狂犬病从发病到死最多不过二十一天，算一算，李顺应该已经死了，可虎贲军一直没有人回来报信，那老仆也没找到姑臧去，贺穆兰始终无法放下心里的不安，回程时就专门来看看。

这个绿洲并不大，也不在必经之路上。因此，当贺穆兰率领大军拐了一个弯往绿洲去时，完全没料到会看到眼前这一幕。

贺穆兰铁青着脸看着前方正在劫掠商队的沙盗们。

"列阵！准备出击！"

"救命啊！救救我们！"

"来人了！凉国来人了！大家快跑啊！"

"阿朵，松手！东西给他们！有官兵到了！"

商队中的男女老幼大声地呼救，也有原本准备放弃财物的人，看到军队后毅然决然地回身和沙盗搏斗。

很快，这群沙盗就被虎贲军追击得死的死、逃的逃，剩余的沙盗也遁走了。

在沙漠中，不像对敌国作战，尤其是对沙盗，不能留下一个活口，否则这些沙盗会远远地坠在身后，待到目标虚弱时发动攻击。

孟玉龙征得贺穆兰的同意后，下令铁卫营以"袭击北凉百姓"的罪名处死了那些受伤没逃掉的沙盗，安抚商队的商人。

得知这是北凉和魏国的和亲大军，商人们都对贺穆兰感激涕零，也有些人在嚎哭刚刚丢了性命的人，场面纷乱不堪。接下来，这群感恩戴德的商人赶紧收拾剩余的财物，惊慌失措地跟在了队伍后面。

"少主，你看那个像不像老桑头？"路那罗指着远处一个佝偻着身子的中年男人，询问盖吴，"像不像？"

老桑头是天台军中的"夜枭"，相当于军中的斥候，是盖天台最信任的手下之一，在盖天台死后下落不明，听说是逃到北凉的卢水胡人中讨生活去了。

盖吴自然记得这位精明的叔叔，见那人的背影确实有些像老桑头，立刻放声大叫了起来："老桑头！老桑头，是不是你？"

听到有人喊自己的名字，那佝偻着身子的中年男人条件反射地回头看去。

"老桑头，果然是你！"

中年男人只觉得一阵劲风忽来，一匹马瞬间脱离虎贲军的队伍来到了他的面前。那马上黑脸的汉子，不是以前的同伴路那罗还是谁？

"你这家伙，怎么在商队里！"路那罗从马上跳了下来，热情地一把抱住老桑头。

"你怎么……"老桑头瞠目结舌，"天台军投诚魏国人了？"

"没有的事！被雇佣了而已！"

路那罗知道老桑头对盖天台被魏国的长孙将军所杀抱有心结，随口敷衍了过去就环着他的脖子往卢水胡人那边拽："走走走，少主也在那边，我带你见他！"

【第281章】

盖吴一看老桑头，就知道这位长辈过得并不怎么好。

他的后背佝偻，满脸皱纹，又黑又干，显然一年里至少有大半年是被太阳暴晒或者被风沙吹拂的。

最让路那罗痛心不已的是，老桑头的右手居然有三根手指被削掉了。他的武艺是盖天台亲自教导的，换句话说，他用的是盖家刀法，如今却不能拿刀。

路那罗满脸愤怒："老桑头，你的手怎么回事？"

"被马贼削了。"老桑头轻描淡写地收起自己的手，避开族人们或同情或惊讶或愤怒的眼神，对着盖吴抚胸行了个礼，"盖吴少主，别来无恙。你现在长得已经比首领高了啊。"

"桑阿叔不要这样生分。"盖吴鼻头一酸，上前抱了抱老桑头，"这里不是说话的地方，等到了绿洲我们再详聊。"

"你去哪儿？跟我们一起走啊！"路那罗紧张地拽住老桑头的肩膀。

"我受雇商队做向导。"老桑头对路那罗说道，"我的雇主还没死呢，我得回商队里去。等到了地方我再来找你们。"

路那罗见老桑头执意要走，只能松开手，目送着他一步一步地走向劫后余**生的商队。**

"他现在怎么变得这么……"路那罗咬了咬牙，从自己贫乏的词汇量里挑出一个"不死不活"来，"他以前不是这样的！"

"谁没落魄过啊。"盖吴想起自己在平城找不到工作，肚子都吃不饱，三百多个人，除了卢尔泰贩鱼还有些收益，其他人都只是饿不死而已。

盖吴和卢水胡人的骚动引起了贺穆兰的注意，召来盖吴问清是天台军的故交之后，贺穆兰有些同情地道："能遇见以前的故人不容易，大行驿死了，我们也需要可靠的向导为我们做参考，你那位朋友如果愿意留下，我个人出资雇佣他做向导。"

盖吴没想到贺穆兰会这么说，有些不自在地道："他大概不会愿意来吧。他对我父亲的死……"他摸了摸腰侧的双刀，有些惆怅，"很是耿耿于怀。"

老桑头当年愤而出走，认为盖天台违背了天台军同进退的誓言。他情愿和盖天台一起为了抵抗魏军战死，也不愿对方因为"保全大家"而这样牺牲。

和亲的队伍笔直向绿洲而去，可斥候很快带来了不好的消息。

绿洲里已经有不少人马驻扎了，看数量至少有一千人，都带着武器，不是普通的旅人。河岸边全是饮水的战马，看样子这群人在这里驻扎了不少时候了。

孟玉龙脸色一黑："这不可能，之前大王为了保证道路的安全，派兵将沿路清理了一遍，短期内绝对不会有沙盗和马贼敢冒这个险！你确定不是商队？"

斥候很肯定地点了点头："应该就是沙盗。只有他们才不搭帐篷，只用胡毯裹着睡觉。"

贺穆兰叹了口气："难怪李使君和我留下的几位士卒没了消息。"

"现在怎么办？"孟玉龙寒着脸问贺穆兰，"绿洲里的沙盗应该知道我们来了。"即使是盗贼，也是有斥候的。

"我们一路行来，无聊得骨头都要生锈了。"那罗浑期待地看向贺穆兰，"每天除了赶路就是赶路，既然李使君有可能死在他们手里，我们更应该为李使君报仇！"

所有人都眼睛亮闪闪地望向贺穆兰。

虎贲军精锐五千在此，对方只是一千左右的沙盗。沙盗马贼之流都是恶贯**满盈，杀掉也不算是乱杀无辜……**

贺穆兰又派出一队斥候前去刺探，发现沙盗们已经开始偷偷地分批撤走。

"留下三千兄弟保护公主和世子，虎一到虎二十的百人队随我出战！"贺穆兰下了马，命人牵来越影，继续下令，"换马，所有人更换武器！"

两千虎贲军更换了战马，提起长武器，跟着已经跨上越影的贺穆兰准备冲锋。

"师父，我们要不要也去……"

盖吴打马上前，却被贺穆兰制止了。"你们去看着那些今天加入的商队，他们之中要是有人有问题，我们后方就要乱。"

那商队也有几百人，就怕其中有什么阴谋。她总觉得佛门和沮渠牧犍不会轻易善罢甘休，还不知道有什么后手在等着她呢。

"那好吧，师父你一切小心。"

盖吴点了点头，命令卢水胡人"保护"好商队的安全。

当名震天下的虎贲军发起冲锋时，所有的旁观者都被这地动山摇的声势震动得热血沸腾。

沙盗从马蹄声刚刚传出时就已经意识到情况不对，所有人都匆匆上马，完全不顾抢夺来的财物，没命地朝着马蹄声相反的方向狂奔。

然而追击他们的是魏国最精锐的骑兵之一，在贺穆兰的带领下，虎十到虎十五的骑射队拉开了长弓，贺穆兰鸣镝箭所指，几百支箭像是长了眼睛一般朝着前方散射了出去。

那阵势足以令人丧胆，黑压压的箭射出，就像是下饺子一样，从前方逃跑的马匹上坠下许多沙盗，而后又被身后的同伴踩到土里，间或有些倒霉蛋被落马的同伴绊倒跌落在地上。

骑士挥舞着长武器加速追击，把绿洲中来不及逃跑的人包在中间，像猫捉老鼠一般戏弄着这些人。贺穆兰在队伍的最前端，所到之处片甲不留，看得不远处掠阵的铁卫营和其他人都脸色大变。

"呕……"兴平公主看着血流成河的场景，忍不住在马前大吐特吐。

沮渠菩提从未见过这样的战斗，小脸白得像是裹了面粉一般。

贺穆兰的目的是想击碎这些沙盗的心理防线，因为她需要通过他们获得在沙漠中出没的沙盗们的情报。

一两支沙盗她无所谓，可一旦接到和亲队伍回国消息的沙盗越来越多，谁也不知道他们会不会为了那巨大的财富链而走险，最终联合起来。

雷霆一般的交战之后，满身是血的贺穆兰苦恼地纵马来到阵前，对沮渠菩提和孟玉龙道："大概跑了两百个人，我需要你们从这些没死的马贼口中问清楚这条路上沙盗出没的情报，我不太擅长这个……"

孟玉龙佩服地拱了拱手，发自内心地说道："将军威武，在下乐意效劳。"

李顺和留下来看守的几个将士都死了。李顺死于恐水症，而将士们在出发前往姑臧的路上被沙盗伏击；老仆不愿意去姑臧，揣着李顺的遗物和身上的金银走上了归程，最终躲过一劫。

孟玉龙通过审讯俘虏，得知他们是一个叫"沙风盗"的团伙手下的队伍。大部分人快到姑臧时都会放松警惕，所以这些人埋伏在各处较小的绿洲之中守株待兔，总能屡屡得手，手中的人命不可计数，抢夺来的金银珠宝和货物通常装成商人卖到姑臧、敦煌和西域去，再换成他们所需的物品。

最让魏国人头疼的，是沙风盗们说今年沙漠里风沙诡异，所以他们才不得不避到沙漠边缘地区。

"怎么办？还是进沙漠吗？"过了青铜峡就正式进入沙漠，在沙漠中行走约四天能到达钦汗城边沿，这四天是旅途中最危险的一段，来时因为有大行驿和钦汗城的向导，加之正好在降雨的时节，旅程相对轻松很多。

听到贺穆兰对这段路产生了疑问，孟玉龙不由得紧张地解释："我们有五千多人，又不是五百人，在沙漠中行走很安全。青铜峡有熟练的向导，我国又准备了大量的水和粮草，我们不是直穿沙漠，只是从侧面插过去，应该是安全的。"

贺穆兰和魏使们商议，大家都认为五千多人的队伍没有那么容易出事，而且这条路已经走过一遍了，最好不要贸然改变路线。

"师父要是实在不放心，我去找老桑头问问。"盖吴看了看贺穆兰，"他经常穿越沙漠，所以才受雇做这条路上的向导，他应该知道情况。"

"那就请他过来问问吧。"

没一会儿，老桑头跟着路那罗进了营帐，他没有像其他百姓一般诚惶诚恐地叩拜，贺穆兰不以为意，开门见山地问出自己的问题。

"沙风盗？那不算什么大盗。"老桑头不以为然，"沙漠中最大的几支沙盗队伍都在敦煌那边，在腾格里沙漠游荡的都是小打小闹，五千人的队伍，就算起了风沙也埋不掉你们，用马做围墙就挡住了，更别说你们还有骆驼。"

听到老桑头这么说，贺穆兰等人才算是放心，老桑头再怎么心怀不轨都不会坑自己的族人。既然他说问题不大，那就值得冒险。

"桑阿叔还是跟我们回杏城吧。魏国的大可汗在杏城给卢水胡人分田，无论男女老幼都有，许多族人都回去了。我们现在也有受赐封的正式领地了。"盖吴劝说道，"我和路那罗刚才都听见了，雇佣你的商队首领已经死在沙盗手里，他手下的伙计要返回姑臧，你的生意也黄了，只能拿到五分之一的钱。反正你在此地也无家室，跟我们回去才是最好的。"

路那罗也跟着接腔："是啊，少主准备重建天台军呢，杏城那些小伙子们需要你这样经验丰富的夜枭教导，否则天台军就等于少了眼睛、耳朵一般。"

老桑头原本意兴阑珊，待听到盖吴想要重建天台军时精神一振，扭头看了看贺穆兰才开口问道："你要建天台军？魏国让你重建天台军吗？"

"哈哈哈，我们都被魏国使团雇佣做护军了，天台军又有什么不行？你是不知道，盖吴少主已经拜了这位虎威将军为师，他是大大的英雄，又得魏国大可汗信任，作为他的弟子，天台军重建没有那么难啦。"路那罗笑得爽朗，还不忘把贺穆兰拉出来扯大旗。贺穆兰正在微笑倾听，发现老桑头扭头看她，不由得点了点头："如果天台军不谋反闹事，陛下不会干涉卢水胡人的选择。"

老桑头思忖了片刻，才用不很肯定的语气说道："我现在不能答应你们，我先跟你们回秦州看看，要是情况果真如你们说得那么好，我再留下来。"

盖吴和路那罗闻言大笑了起来。

"那你肯定是走不成了，天台军那些老家伙都想死你了！"

老桑头露出了一个难得的笑容，此前他的表情一直是阴郁的，直到此时才有些"人味儿"。

贺穆兰料想他们有不少话说，便体贴地将自己的营帐让给他们叙旧，自己出去查看营地的情况。

贺穆兰一出营地，就遇到了沮渠菩提。他似乎对贺穆兰的事情都很好奇，一直问个不停，得知魏国的铁骑大多是虎贲军这个水平时，小男孩满脸庆幸地吐了吐舌头，像是为自己以后不用和这样的军队战斗而松了一口气似的。

因为菩提身份尊贵，对于他一些不算过分的要求贺穆兰尽量满足，只是有些实在无厘头……

"可以吗？可以吗？他们都说你力气大，我一直想知道它里面有什么东西！"沮渠菩提兴奋地举着一个硕大的核桃往贺穆兰怀里塞，"我用铜锤敲过，都敲不碎呢！"

贺穆兰无语地接过这个"核桃之王"，好奇地问："你在哪里得到的这个核桃？"这真的是核桃吗，表皮也太光滑了点吧？

"当年我阿兄还活着时，我在他宫里偶然捡到的。"沮渠菩提搔了搔头，"我经常溜去他院子里玩，二嫂人很好，从来不骂我。"

贺穆兰一听有可能是遗物，不由得慎重起来。她伸出两根手指捏了捏，觉得应该捏得碎，于是正色问他："这好歹是个纪念，你真的要把它打开吗？"

沮渠菩提点了点头："你捏碎它吧！"

贺穆兰将核桃攥在掌心，用力捏了下去，却没有把它握碎，顿时一惊。

她自己的力气自己知道，这般力气，莫说是核桃，就是金属也给她捏瘪了，这个核桃居然毫发无伤？

感觉到情况不对，贺穆兰抽出"磐石"，肃着脸吩咐沮渠菩提："你往后站一点，小心飞开的核桃砸了眼睛。"

菩提见贺穆兰变得慎重起来，连忙退了几步，站在远远的地方看着。

贺穆兰将核桃放在一处装着杂物的车子上，举起磐石，重重往下一劈！

一阵震荡之后，车子几乎散了架，往下泄了几分，那核桃也裂开了一条缝。

贺穆兰将磐石插回腰上，拿起"核桃"握拳一攥，让人牙软的嘎吱嘎吱声之后，核桃终于裂开了！

"这哪里是核桃！"贺穆兰错愕，"这里面是生铁做的！"

沮渠菩提凑上前来，从贺穆兰手中拿过"铁核桃"，打开之后也"啊"了一声。

铁核桃的内壁上有不少孔洞和机簧，显然正确的打开方式绝对不是用砸的。这物件的核心里塞着一个纸团，应是一个巧妙的盛器。

沮渠菩提满脸震惊地取出纸团，打开一看，整个人剧烈颤抖了起来，眼泪夺眶而出！

贺穆兰并不想知道他人的隐私，可见到乖宝宝哭了，还是不由得上前几步，关切地问道："怎么了？你为什么哭？"

"花将军，你别过来……"沮渠菩提手忙脚乱地收起了核桃和纸片，往后连退几步，"这其中关系到一个大秘密，我不能让你知道！"

贺穆兰蹙起眉头，还未开口追问，就见哭得一脸鼻涕眼泪的沮渠菩提赶忙跑了！

【第 282 章】

沮渠菩提泣不成声地找到孟玉龙，在他面前软倒了下去。孟玉龙大吃一惊，连忙把他抱进自己的营帐。

"到底发生了什么事情？"

菩提将紧紧攥在手中的纸团递给孟玉龙："还记得我一直当玩物的那个大核桃吗？我今日请花将军把它打开了，它不是核桃，里面是这张纸……"

孟玉龙慎重地接过，看完后简直不敢相信自己的眼睛。"核桃是哪里来的？"

纸条上的话很简单，就十个字——西秦有陷阱，小心二王妃。"我在阿兄院子里的花坛中捡到的，恐怕他在暗处的手下一直用这种办法传讯，那天我去的时候阿兄不在，二嫂去礼佛了，我闲着无聊晃到了后院那棵核桃树下，就把这个大核桃捡走了。"

沮渠菩提的自责之情溢于言表："早就有人传了讯回来，告诉他西秦有危险！可是我把这个核桃捡走了，阿兄才没察觉到危险，在西秦中了埋伏！"他哭得差点一口气接不上来，"是我害死了阿兄！"

"不要胡说，不是你的错。要怪就怪那些藏头露尾的恶人，设计陷害二王子殿下。"孟玉龙擦掉菩提脸上的眼泪，"还有二王妃，如果二王妃有问题，恐怕防不胜防。"

"二嫂能有什么问题？她都出家为尼了。"菩提哭道，"当初核桃要是到了阿兄手里……到了阿兄手里……"

"你把核桃和纸条都藏好，待汇合后给王后。到时候是谁送的信一查便知。"孟玉龙口中虽这么安慰，其实心里已经确定那个人十有八九是死了。

"你和王后可以去西域，听说西域有不少女王，还有很多女富商，白马应该很高兴见到她们。江南的刘宋烟雨如画，到处都是湖，连空气都是湿润的，不像我们这里，到处都是风沙和贫瘠的土地……"

"我们丢下一切走了真的好吗？"沮渠菩提突然仰起脸，"两位阿兄如果不是死于意外，那他们的仇不用报了吗？我们就这样走了，谁来祭祀他们呢？我害了阿兄，不能一走了之……"

"你还小，这些事交给我们这些大人吧。"孟玉龙斩钉截铁地说着，"王后不会放过任何坏人。我们只是离开宫中，又不是亡命天涯，那时候我们在暗，敌人在明，该担心的是他们才是。"

"是这样吗？"沮渠菩提摸了摸怀中的核桃，"花将军很好，我们这样坑他……"

"你居然还担心花木兰！如果北凉和魏国打起来，领军的八成就是这位将军，你也看到他杀人时多么凶猛了。哪个将军手中没有尸骨累累的人命？就算他因为这个事情吃了责罚，那也是他的报应！"

第二天一早，使团离开绿洲。远远地，还坠着一些商队跟随。

因为考虑到兴平公主"身体不适"，路上的行程放慢了许多，直到天色渐渐昏暗才到达了青铜峡。

青铜峡是一道山谷，在这荒凉的西部，青铜峡简直就是一个奇迹。此地青草茵茵不说，还有壮观的瀑布和平原。在青铜峡中生活的部族成百上千，是北凉在河西走廊上重要的城镇之一。

次日，整个使团都在紧张地准备着入沙漠的辎重，袁放小心地将水和粮草点了一遍又一遍。

老桑头确实非常厉害。他教所有人在白色风帽下面塞一块布巾，这样就能防止头皮晒伤；在太阳最大最炎热的时候反倒不能喝水，因为不但不能解渴，还会马上变成汗流掉，应该在黄昏和清晨时分大量补充水，这样白天就不会因为缺水而昏厥。

他对每一片绿洲都了若指掌，带领着使团从沙丘的背阴处行走，北凉在青铜峡征召的向导们在他的面前就像是无知的稚子，每个人都恭恭敬敬地喊他为"桑师父"。

卢水胡人都与有荣焉，与此同时，从卢水胡人那里传出的关于老桑头的故事也蔓延开来。什么他早年随着盖天台东征西走，去过魔鬼峡，下过北燕的深海，上过皑皑的雪山，穿越过无人的沼泽……简直就是个野外冒险的专家。

贺穆兰知道这其中有故意夸大和吹牛的成分，但这传闻有助于整个团队信心的增长，所以贺穆兰没有去管这些流言。流言越传越奇怪，到最后贺穆兰甚至听到"老桑头知道某个沙漠宝藏，去取的时候却被沙盗追踪，结果被削掉了手指才逃出来"这样的传闻。

"有没有查到是谁传的？"

调查流言的事情交给了郑宗和袁放，他们一个熟悉全团的情况，一个通晓数族的语言，在抽丝剥茧问了许多人后，郑宗那边有了些消息。

"是一个北凉铁卫营的士卒。他是敦煌人，在当地听说过'夜枭寻宝'的事情。老桑头手指没断的时候在敦煌住过，有些名声。他曾经招募人手进入过一次沙漠，说是寻宝，结果全军覆没，只有他断了手指回来……"郑宗表情严肃，"他的手废了以后，在敦煌又老被人询问宝藏之事，后来有一天就失踪了……就这么传了出来。"

"这么说，他真的知道有一笔宝藏？"盖吴眨了眨眼，"那他为什么不告诉我们？他如果要取出宝藏，只要召集天台军的兄弟们一起去敦煌就行了，难道不比在敦煌招募杂牌一起进沙漠要强吗？"

"难怪他对沙漠这么熟悉，知道如何保护自己，如何在沙漠中寻找水源，如何快速通过沙丘……"袁放想的却是其他问题。

"这件事我不想再在使团里听到。"贺穆兰皱着眉对身边的那罗浑说，"你传我的令，不允许再去骚扰老桑头。即使他知道宝藏的消息，那也是他自己的事情，没必要闹得人人皆知，军心浮动。兴平公主那些嫁妆已经很让人头疼了，再来个'宝藏之谜'，我们连路都不用赶了！"

"是！"那罗浑领令。

"将军，桑师父求见！"门外蛮古突然通报。

老桑头入帐后，面带忧色地告诉贺穆兰："今天晚上星河璀璨，又红月出现，从明天开始，白天赶不了路了。"

"为何？这个绿洲非常小，水源不够，如果在这里盘桓，我们的马就要渴死了！"

"红月和群星一起出现，说明接下来几天都是酷热天气，热度会比现在更甚，极度炎热的天气会让瘴气出现，沙漠里也会'游丝'，游丝能让整个沙漠的样子扭曲，最容易迷路，所以从明日起，我们白天不能再赶路了。"老桑头十分头疼，"接下来需要两天时间才能到达下一个大的绿洲，但路程还算好走。我们明日白天休息，但从傍晚开始要'夜行晓宿'，否则会有大量的人中暑脱水甚至干死。"

他说得慎重，帐中诸人不由得严肃起来。

"晚上出发？看得到路吗？会不会走错？"袁放有些担忧。

"晚上行路和白天行路没什么区别。对骆驼来说，几乎不需要用眼睛辨别方向。我和其他几个向导都在晚上指过路，这条路又不是生僻路线。"

"那就只能这样了。"贺穆立刻召来使团里的伯鸭官去传令，又对老桑头谢道，"这一路多谢桑师父伸出援手，我们得你照顾良多，等回到平城，我必禀告陛下，为桑师父求得封赏。"

谁料老桑头连眉毛都没有抬一抬，只看向盖吴："少主，现在卢水胡人也能在魏国做官了吗？"

盖吴愣了愣，摇了摇头："只是赐田，还没有谁在朝中做官。"

贺穆兰有些尴尬地站在那里，不知道老桑头什么意思。

"既然其他卢水胡人都做不了官，我这个废人能得的封赏不过就是些金银，我现在这个样子，对财帛都无所谓了。"老桑头露出讽刺的表情，"我不是帮你们，是怕族人们莫名其妙折在沙漠中。"

这下子，连盖吴都有些尴尬了，急忙向贺穆兰告辞，拽着老桑头离开了营帐，走了老远还能听到盖吴对着老桑头埋怨的声音。

"这个桑师父，似是对魏人成见很大。"袁放隐隐有些担忧，"也不知道除了盖天台以外，他还曾经吃过魏人什么亏，防备之心竟这么重。"

"大抵就是逃亡路上吃的亏吧，鲜卑人和汉人对待杂胡都十分严苛，他们又不像羯人、氐人，外表和中原人差异较大，一眼就能看出是杂胡。"

郑宗张了张嘴，想要说些什么，最终还是没开口，倒是心细如发的袁放发现了他的不对，好奇地问："你想说什么直说就是了，不必这么遮遮掩掩。"

"我有些猜测，不知道该不该提……"郑宗对别人的阴暗面总是很敏感，"你们可能没注意，上次沙盗袭击商队，老桑头所在的商队连领队和首领都死了，其他人身上大多有伤，他一个废人，却毫发无损。沙盗大多是柿子捡软的捏，他身材并不高大，手上又有伤，沙盗为何不袭击他？"

贺穆兰眨了眨眼："习武之人和不会武的人差别很大。就算你把我的手都绑起来，沙盗那样身手的敌人，我也能轻松躲开。"

"不光如此，歼灭沙盗那一晚，人人都在讨论沙盗的事情，只有他一言不发，照理说沙盗袭击他所在的商队，又杀了那么多人，就算他是临时雇用的向导，同仇敌忾不见得，物伤其类的感情总有一点吧？可他进了卢水胡人的营地之后就再也没有提过之前商队的事，奇怪得很。"

郑宗平日和卢水胡人经常混在一起，对于这位"桑师父"有些了解。

袁放心思缜密，略略想了想后倒吸了一口凉气："你的意思是，老桑头很可能是沙盗埋伏在商队里的探子，专门把商队引到会出事的路上去的？"

"我也只是猜测。我以前出使过北凉和夏国，知道有些地方的向导和当地的沙盗是有勾结的。当地人为了保护自己落草的亲戚朋友，很多时候会掩护他们，甚至干脆成了一伙，设计过往的商队和旅人。"郑宗有些担心地说，"有什么比向导更让人信服呢？如果真是内应，把商队指引到偏僻的地方再下手很正常。"

袁放和陈节的表情已经很不好看了。

"我觉得郑宗的猜测不是完全没有根据。老桑头对这条路实在太熟了，他又不是土生土长的北凉人。"袁放眉头紧皱，"将军，不如这样，多多派出探查道路的斥候，走得稍微远一点，确定没问题了再回来，尤其是老桑头指引的方向……"

"只能这样了。"贺穆兰心中沉甸甸的，"果然是，害人之心不可有，防人之心不可无……吗？"

第二天一早，太阳刚刚升起，所有人就察觉到了以往不曾有的热度。天空中骄阳似火，一朵云都没有，每个人都感受到那种可怕的温度，即使穿着贴身的白色衣衫避开阳光的直射，依然被晒得头昏脑涨。

有些人直接就开始灌水，还有些躲在骆驼匍匐所形成的阴影下面，稍微纳个凉。帐篷里不能住了，就连沮渠菩提和兴平公主都离开了营帐，穿着单薄的衣服找了几个骆驼趴下的阴影躲着。

兴平公主越来越多地出现在人前，因为太过闷热，偶尔她也会摘下面纱。

贺穆兰发现虎贲军里有越来越多的士卒悄悄地跟着兴平公主后，果断让孟玉龙派出铁卫营近身保护兴平公主，而菩提世子和他的暗卫近卫也尽量待在兴平公主身边。

郑宗忧心忡忡地告诉她，有虎贲军的小伙子看兴平公主的背影看到从马上掉下去。

这时，贺穆兰才知道一个女人在军营里是多么可怕的一件事。为了兴平公主的安全，贺穆兰只要有空，一定会出现在她和菩提世子的身边，她什么都不说，只是静静地待着，就能挡掉许多人或刺探或灼热的眼光。

对于兴平公主来说，一开始，她发现许多男人对她露出那种让人浑身发热的目光时，内心是得意满足的。可当这种眼神多了以后，兴平公主感受到的就不是得意，而是恐惧了。

好在她昏昏欲睡和呕吐的情况从某一天起，就突然消失了，开始能吃能睡，即使在烈日下骑一天骆驼腹部也没有什么不适，只是晚上就寝之后老是做行路行了一半落胎的噩梦，或是走着走着被一群男人拖到无人处的噩梦……

花木兰像是知道了她内心的不安一般，越来越多地靠近她的身边。他就像是一座无声的大山，替她遮去所有人探视的目光，安抚她不安的心灵。

他和她接触过的其他男人不同，他不会花言巧语，既没有英俊的外表，也没有魁梧得让人面红耳赤的身材，他就那么静静地站在那里，就能奇异地让人的心沉静下来。

因为有他的存在，菩提越来越多地靠近她，和她亲近，让她在这孤立无援的虎贲军里，也感受到了家人的温暖。

这一切都是花木兰带来的，虽然他从来不说，但她也渐渐摸到了他冰冷外表下的柔软。

兴平公主默默地看着花木兰。此时他正靠着骆驼假寐，大腿上趴着睡眼惺忪的沮渠菩提，她真想此刻躺在那个位置的是自己。

哪怕他的身上依旧传来一阵阵微酸的汗味，但因为心中的好感，那汗味也像是花木兰身上特殊的印记，让她丝毫厌恶不起来。

兴平公主靠着骆驼，低头看着自己的脚尖，竟慢慢地痴了。

天色渐渐变成红色，温度也降下来了，贺穆兰下令让马匹和骆驼啃掉绿洲里仅剩的草皮和灌木，带上所有能带上的水，跟随老桑头踏上了进入沙漠的脚步。

一开始，所有人都精神抖擞，还能互相闲聊打发时间。但随着夜色越来越深，即使举着风灯和火把也看不清一丈远的东西，天气开始变得寒冷，贺穆兰不得不命令让所有的骆驼走到队伍的最前面去。

沙漠里是没有参照物的，只是偶尔爬出一些蛇或者爬虫什么的，发出沙拉沙拉的古怪爬行声，惊得马嘶鸣不已。

虎贲军里的人都是杀人不眨眼的宿将了，可面对这种诡异的气氛，每个人都像是胸口压着一块巨石，只能紧紧抿着嘴唇，看着前方燃烧的火把。

"桑师父，能不能发出一些声音？比如一起唱个歌什么的？"贺穆兰对着前面引路的几个向导叫了起来，"现在这么闷，我怕等下有人要在马背上睡着。"

"花将军现在觉得静，等下只会觉得吵！"一个向导笑着说，"等下我们要穿过的地方，叫作'会吵的沙子'，将军最好让部将做好心理准备，别吓得掉下马和骆驼！"

老桑头似笑非笑，指着前方道："从这里一直走，穿过一片响沙，有一片沙丘和砂岩，白天是天然的荫凉地，那里就是我们的目的地。虽然没有绿洲，但我们带的水足够了，再走一天就能到达下一个绿洲。"

"咦？你说那个老是刮风的砂岩？我们去那里吗？"一个向导有些奇怪地问，"不是一直走到沙头吗？"

沙头就是鼓起的巨大沙丘，有些沙丘是不会动的，在赶路过程中，是天然的指示物，在沙头上休息也不会有什么危险。

如果睡在沙头下，真起了大风，很可能人就被活埋了。

"今天晚上一点风都没有，砂岩城是安全的。"老桑头查看一点变化都没有的沙子，"我们白天休息，沙头太热了，会让人脱水。"

"说得是。"向导们看了看天色，赞叹老桑头的决定，"这样就能提早休息了，你的决定没错！"

他们都是精明人，知道老桑头搭上了花木兰，又和花木兰的徒弟是故交，乐得把决定权交给他，这样钱拿了，黑锅他背了，只要能指明方向就行了。

就在所有人走得昏昏欲睡时，突然响起一阵古怪的声音。

那声音尖锐响亮，就好像食指在拉紧了的丝弦上弹了一下，然后是第二下、第三下、第四下……

人和马都不安地四处张望，有些人直接大声惊叫起"有鬼"，骆驼被声音惊得不知所措，停住了脚步，整个队伍都停了下来。唯有那尖锐的响声还在继续，刺耳的声音不停响起，有人已经精神紧张到拔出了武器。

"不要惊慌，是鸣沙！"

"各位千万不要动武器，这是响沙之丘，这是沙子的叫声！"

贺穆兰和孟玉龙一前一后高喊了起来，安抚将士们紧张的心理。

孟玉龙也走过不少沙漠，知道这是沙漠中一种奇怪的现象，虽然难听又可怕，但一点危险都没有。贺穆兰则是以前在书中知道有"鸣沙"这种事，所以很快反应了过来。

老桑头见两个主将都知道是怎么回事，意外地回过头，满意地笑了："你们不乱就好，跟着前面的骆驼，直直穿过去就行。"

此时天色已完全漆黑，贺穆兰派出一群斥候在前面的鸣沙堆里来去数次，完全没有危险了，才命令大军继续前进。

因为这段鸣沙路太过诡异，每个人都心神俱疲，兴平公主差点被吓得晕过去。原本应该天亮之前就到的岩沙地，竟是到了天色翻出鱼肚白才堪堪看到。

"我的天，怎么又是会叫的！"郑宗崩溃地看着远处的一片黑影。

远远听着，像是有穿隙之风经过，声尖唳而音凄惨，但因为声音微细，所以听得并不怎么明显。

"将军不必担心，这么小的声音，说明并没有风刮过。"老桑头指了指远处，"那里经常刮风，所以形成了一片天然的台地。沙子在那里堆积，形成像砂岩城墙一样的高地，在高地中风是很缓和的，没有危险。"

其他几个向导又疲又困，频频点头。

贺穆兰让人举起火把，仔细看了一阵后点了点头。

那是一片雅丹地貌的沙丘，大概因为风并不强，年代也没有那么远，规模极小，没有那著名的魔鬼城壮观。

贺穆兰有着后世的知识，所以她的不安没有其他人那么严重，只是又一次派出斥候去前方的砂岩打探，让其他人原地等候。

大约半个时辰后，斥候们回来禀报，情况果然如老桑头说的那样，不但没有危险，连沙漠里常见的沙狐和狼都没有出没。

"继续前行！天亮之前到达岩沙地。"

贺穆兰长呼出一口气。

漫长的夜行，终于要结束了。

累惨了的人们飞快地安营扎寨，他们只能在太阳完全升起来之前美美地睡一会儿，等到了太阳升到天空正中，帐篷里热得能蒸死人，根本不可能入睡。

抽签决定的倒霉蛋们开始巡逻和布防，其他人钻进帐篷里衣服都不脱就和衣睡了。

虎贲军巡逻的将士极度疲乏，许多人走着走着突然往下一倒就睡着了。

在所有人都放松了警惕的时候，还有几个人没有睡着。

"现在就走？"沮渠菩提瞪大了眼睛，"到底怎么走？父王派给我的暗卫就在门外守着！"

和沮渠菩提说话的是他的贴身侍女，是他母亲最信任的手下之一，武艺甚至比孟玉龙还要高强。

"世子以为我们为什么会在这里宿营？"宫女高深莫测地一笑，跺了跺脚。

一阵窸窸窣窣的声音传了出来，地上铺着的毯子突然被人掀起，露出一个极窄小的洞穴。

"这这这这这……"沮渠菩提眼珠子都要掉下来了，"怎么会有洞？"

"这是沙风盗的巢穴，自然有逃命的路。"宫女没和他多解释，"老桑头是我们的人，他受了王后大恩，要把你带出去。你先进这个地道，一路爬到另一头，那边有人接应你。"

"那你呢？"沮渠菩提不安地看着那条地道，总感觉那个地道像是能把人吞噬一般，"你们怎么脱身？"

"我们自有脱身的法子，你先走！"

宫女见他还磨蹭，一把抱起他直接塞入了洞里。

洞穴极小，只能爬行，还有一股奇怪的腥味。

沮渠菩提还想多问几句，却听到宫女急匆匆地道："世子要快些，沙子里挖出的洞穴很快就会坍塌掉。老桑头的人午夜之前挖了这个洞，用水将洞固定住了，但是太阳一出来就会把水烤干，到时候洞一塌，你就被活埋在里面了！"

听到这话，沮渠菩提哪里还敢犹豫，赶紧没命地往前爬去。

他爬了约莫一刻钟，便看到了出口。地道那边丢下一根长长的绳索，沮渠菩提拉住绳索摇了摇，地道口立刻有人提起绳子，把他拽了出去。

地道外还是个帐篷，外面有一块大石，堪堪形成一个奇怪的角度，没人能看到里面发生了什么。

地道另一头是老桑头和铁卫营的几个熟面孔，他最依赖的表哥孟玉龙却不在其中。

沮渠菩提不安地环顾四周："玉龙表兄呢？为什么是你们几人？"

"花将军今天让孟将军值守营地安全，所以他和那罗浑将军在巡视四周，不能离开。"铁卫营的几个心腹都是孟家人，"王后已经安排好了世子暂歇的地方，我们先送世子离开此地。"

"走得掉吗？"沮渠菩提满身满脸都是湿沙子，使劲拍了拍，"外面没有人巡逻？"

"我的帐篷在外围，你跟着他们趁早走，再不走就来不及了。"老桑头看着沮渠菩提，露出一个可以算得上慈爱的表情，"沙暴要来了。"

"什么？"

"这里每隔一阵子就会有次沙暴，到时候天地昏暗一片，少一些人是正常的。你们先走，沙暴会掩埋你们离开的痕迹，他们不会追上你们的。"老桑头拍了拍沮渠菩提的肩膀，"快走，我们为了接你出去，足足忙了一个月！"

沮渠菩提被老桑头慎重的表情吓了一跳，连忙拉起自己的斗篷，弯着腰跟着几个铁卫离开。

"现在去哪儿？"沮渠菩提害怕地四下打量，"真的会有沙暴吗？"

"是的。"一个孟家的子弟将他扛在自己肩上，"所以我们要跑，跑得越远越好。"

"骆驼还在稍远一点的地方，世子，得罪了！"

话音未落，铁卫们立刻发足狂奔起来！

睡得正香的一群人是被炙热的阳光烤醒的。

贺穆兰不赖床，睡不着索性起了身，拿起水囊，小小地咽了一口。

她走出营帐，发现不远处慈心大师和蛮古也揉着惺忪的眼睛钻出了帐篷。慈心大师年纪不小了，这段时间全靠意志力撑着，加上一路上中暑、中毒各种情况频生，都是他彻夜照顾伤患，精力难免不济。

在外巡逻的陈节见到贺穆兰顿时大喜："将军起来了，那我换班了，让蛮古跟着你吧，我去眯一会儿。"他眼睛已经睁不开了。

贺穆兰随意地点了点头："行，你去吧。"

"大师怎么不多睡会儿？"贺穆兰问慈心大师。

"我年纪大了，一时改不过来休息时间啊。对了，你们没听到什么奇怪的声音吗？我似乎听到什么东西爬动的声音，硬是把我惊醒了。"

"我也听到了窸窸窣窣的声音，我以为是蛇，就爬起来了。"蛮古迷惑地看着平整的沙地，"可是爬起来又什么都没找到。"

"什么窸窸窣窣……"贺穆兰话刚说到一半，脸色已经僵住，因为她也听到了那奇怪的声响，"这声音不对！"

贺穆兰立刻命令蛮古吹响腰间的号角。贺穆兰则是头也不回地向沮渠菩提和兴平公主的营帐跑去。

"天啊！快看那些老鼠！"

"蝎子！蝎子啊！"

"蛇！蛇！"

无数的人惊叫起来，远处一片灰褐色的东西，翻翻滚滚，像是潮水一样涌了过来，整个营地乱成了一锅粥。

贺穆兰看到兴平公主从营帐里跑了出来，但沮渠菩提却没有出来！

那些守护他的近卫和虎贲军将士进了帐子后，也没有出来！

就在此时，突然响起老桑头破锣一般的大叫声，向导们跟着老桑头一起大喊："风暴要来了！让骆驼和马伏下，围成一圈，人在中间躲着！没有骆驼的找岩壁！躲到岩壁下面去！"

牵着骆驼的奴隶们立刻驱赶着骆驼围成一个圈，再里面是一大群马，马像是疯了一般左右摇摆着脑袋，根本没办法安静地趴下来。

照顾大红和越影的马奴绝望地看着两匹马挣脱了他手中的缰绳，没命地朝贺穆兰跑去。然后，他看到了这辈子从没见过的奇怪景象。

无数老鼠、虫子和各种不认识的动物，竟然叠成了一个大大的圆球，向前滚动着冲了过来，他的喉咙里发出了不可思议的呼声，可那呼声还没有从嘴中发出去，立刻被强风的呼号声给盖住了！

风像是排山倒海的浪涛，裹着沙子铺天盖地地向前压了过来。最前面的老鼠直接被卷到了半空中，发出刺耳的尖叫，惨烈得让人汗毛直立。原本一大团包裹着还能抵御一二，可冲到半空中后就再也没有了生的希望。

怪异的场景一个连着一个，除了最老练、最冷静的那些奴隶，大部分人连让骆驼伏下来的机会都没有，就被风卷着撞向了身边的山壁！原本最阴凉、最安全的地方，一下子成为了死地！

风暴卷起时，贺穆兰已经冲进沮渠菩提的营帐，可她只看到惊慌失措的一群人在逼问一个看起来更加惊慌失措的宫女，那娇小的宫女像是要晕过去一般，拼命地摇着头："世子殿下起得早，说是出去透透气，还没有回来啊！"

"怎么可能，我们一直在外面守着，根本没人出去过。"

就在此时，陡变突生，整个帐篷全部被掀翻了，贺穆兰眼睁睁看着自己面前还在争执的人就这么飞了！

"咦嘻嘻嘻！"

"噗噜噜噜！"

马的嘶鸣近在咫尺，贺穆兰顿时觉悟，低下头拼命狂奔！

越影的瞬间加速能力发挥到了极致，贺穆兰赶紧翻身而上，朝骆驼所在的方向夺命狂奔。

风沙让能见度急剧降低，贺穆兰骑着越影，身后跟着大红，也不知踩过了多少奇怪的东西，才冲进了由骆驼和马围成的圈子。

骆驼们温顺地匍匐在地上，替里面的马和人遮挡着外面的大风，圈子里的人在老桑头的指引下有的抱住骆驼和马的腿，有的拉住了骆驼的尾巴，有的揽住了骆驼的头，就像刚才那群全部集合在一起的动物一般，形成了一个整体。

"公主没有过来！"

一声尖叫居然盖过了狂啸的风声钻入了所有人的耳朵。

"天啊！世子呢！你们怎么把世子丢了！"

随着两声尖叫，各种乱七八糟的喊声响了起来，大多数是呼叫着朋友和熟识者的名字。

剧烈的风沙灌进他们的喉咙，许多魏国和北凉使臣的体力根本不足以支撑他们的动作，接二连三地飞了出去。

"救命啊！救命啊！"

一声微弱的呼救声传入了趴在大红身下的贺穆兰耳里，听声音像是郑宗。

贺穆兰咬了咬牙，揽住大红的脖子，把头伸了出去，只见不远处的一匹骆驼旁，郑宗一只手死死地拉着骆驼尾巴，另一只手拽着一个不停尖叫的女人。

穿着如此华丽的，除了那位公主还能有谁！

贺穆兰对着老天狠狠骂了一句粗话，准备站起身出去救人，却听到身后陈节歇斯底里地大叫："别去！将军别去！去了是一起死啊！"

贺穆兰恍然大悟，原来不是没有人看到他们，而是风太大了，谁也不敢出去，最终只能当看不见他们。

但是她真的能当看不见吗？

贺穆兰咬着牙，从腰中抽出赤蛇鞭，迎着狂风从骆驼的缝隙中挤着前进。

陈节还在后头大声喊叫："想想那些老鼠蝎子！别去啊！"

风暴不会来得无声无息，老鼠和其他的动物们应该是早就察觉到了，所以才团成一团，想法子逃避过去。大难来临之前，连动物都知道要牺牲一部分，保全一部分，它们甚至只是凭借着本能蜷在了一起。

可风来得太快了，此时能做的只能保护住自己，谁也不愿意做那外面被牺牲的老鼠，也不愿意自己在意的人做外面的老鼠！

哪怕是最尊贵的公主，在这种天灾面前，也渺小得和蝼蚁没什么区别。

"救命！唔唔唔……"兴平的尖叫被一大团沙子堵住，只能发出哽咽的闷哼声。

郑宗已经坚持不住了。风沙卷起时，他只是顺手想要拽住什么东西固定，刚好就抓住了旁边白骆驼的尾巴。而那匹骆驼正好是兴平公主的坐骑，于是也自然而然地被兴平公主抓住了。

外人看着像是他英勇地拉住了兴平公主，只有他们两个人知道，其实是兴平公主依靠着顽强的意志力抓住了他的手腕，并且狠狠地掐了进去。手臂的剧痛和失血的麻木让郑宗的头昏昏欲裂，他甚至想着干脆放手算了，就让这个恶毒的女人陪着他一起死……

郑宗是这么想的，也是这么做的。他实在是坚持不住了，所以他放了手。

"他娘的！！！"

原本已经拼命靠近了白骆驼附近，已经挥鞭卷上了骆驼蹄子的贺穆兰，怎么也没想到郑宗会突然松手，她本来是靠磐石插在地上的阻力艰难匍匐着前行的，刚想要伸手去捞郑宗，却被迎面而来的郑宗和兴平公主砸了个正着！三个人互相碰撞着变成了一团，连声音都没有发出来，就没有了踪影。

他们到底是死，还是活？只有天知道了。

【第 283 章】

沙暴来得快，去得也快，很快就呼啸着去了极远的地方。

动物们拼命逃到这里是有原因的，因为有许多砂岩和可以遮挡的突起，许多人被撞在这些突起上，如果没有被撞死或撞成内伤，总算还能活下来。

但将近一半的人根本找不到了，也许被压在了十几尺深的沙子下面，或者卷到了千里之外，落下来的时候，身体已经和沙子融为一体。

那些身份低微的小厮、照顾马匹的奴隶等等，因为离马匹和骆驼最近，倒活下来大半。

卢水胡人完全信任老桑头，所以风暴还没波及这边时，他们就已经带着各自的马冲到了骆驼群里，奇迹般地没有多少人出事，倒是老桑头，这场风沙过后，彻底没了影踪。

老桑头不见了，向导们也失踪了大半，剩下来的人即使想要追究老桑头把他们带到这里的过错，也找不到发泄的目标。

风暴过去后，满目所见的不是从沙堆里把掩埋的人挖出来的士卒，就是无数人惊魂未定地从骆驼旁边钻出来，呕吐，然后大哭。

所有逃过一劫的人站上高处，看着远处的茫茫沙漠，陷入了深深的惶恐之中。花木兰不见了，兴平公主不见了，菩提世子也不见了，使团里少了那么多人……

就算他们活着回了平城，还有意义吗？

贺穆兰被郑宗砸中的时候，就知道坏事了。

她原本有四成把握能抓住郑宗，然后靠着她的巨力将他们丢进骆驼圈子里去。

在她预想中，只要把他们丢进去，她就拼命抓住那只骆驼，凭她的体力和力气，也不是没有活下来的可能。

有人拼命抱住了贺穆兰，她则死死攥住磐石，将巨大的剑身像是盾牌一样挡在身前，免得被迎面而来的沙子堵住口鼻而死。

抱着她的人像是用尽了这辈子所有的力气一样紧紧抓住她，替她抵挡从背面而来的沙流。贺穆兰觉得自己像是被投进了一个磨盘里，下一刻即将被碾成碎片，她使尽全力把磐石插入沙子里，试图用这种办法让他们被沙流裹挟着前进的速度降下来。

可惜直到她的手臂痛得快要断掉，速度也没降下来多少，飘飘荡荡间，她以为自己已经被天地之间的大磨盘给磨碎了。

人力终究有限，贺穆兰还是支持不住了，就在两人被猛地掀到空中时，她一下子晕了过去。

"痛，好痛。"

不知道昏睡了多久，贺穆兰终于恢复了意识。

随着后背的疼痛感越来越清晰，她明白了，自己已经逃过了大难，她没有死，也没有读档重来，不过，若是再不爬起来，就真的离死不远了。

贺穆兰竭尽全力从沙子里爬起来，看到不远处趴伏着一个人。

在风沙之中不顾一切拉住了她的，是郑宗。

郑宗的衣服已经烂了，后背就像是被砂纸整个搓过一般又红又肿。

贺穆兰不用低头，也知道自己的情况和郑宗差不多。她的后背也是火辣辣的，身上的斗篷、防晒衣和外衫都已经没有了踪影。

上衣只剩一件花母做的内衬马甲,下身的裤子已经破烂不堪,要不是腰带是好货,恐怕这条裤子也跟郑宗的裤子一样,不知飞到哪里去了。

她晃晃悠悠地挪到郑宗身边,将他抱起。当看到他的脸时,贺穆兰惊得差点松手。

郑宗也许是脸先着地的,一张脸已经磨得不成样子。她深吸口气,强迫自己镇静下来,将郑宗口鼻中的沙子都抠了出来,然后将他的脖子微微仰起,让他便于呼吸,又将磐石插在郑宗脸旁边的沙子里,让磐石形成的阴影正好挡住郑宗的脸,这才跌跌撞撞地爬上沙丘,去寻找其他能活下来的人。

一次次满怀希望地查探,一次次地失望。

绝望一点点爬上贺穆兰的心头。她找到的人都死了,更可怕的是,她能叫出这里死去的每一个人的名字。她不知道自己是如何艰难地从死者身上收集着能用的东西,然后重新回到郑宗旁边的。

贺穆兰很怕郑宗会突然断了气,丢下她一个人留在茫茫大漠里。

腰带上奇迹般没有被吹走的水袋,靴筒里绑着的匕首,从死人脖子上取下来的一条金链子,就是贺穆兰在死人身上找到的所有东西。

考虑到郑宗目前的情况,血液流失和阳光暴晒很可能让他直接脱水而死,贺穆兰将水小心地滴入他嘴里,希望他能够咽下去。

然而那水一滴入郑宗的喉咙,贺穆兰就发现了不对——这扑鼻的醇香,水囊里放着的哪里是水,明明是北凉产的烈酒!竟然有士卒在军中偷喝酒,还把酒放在水囊里蒙混过关!可恶!

贺穆兰不知道给缺水的人喂酒会不会喂出什么毛病,只是看到郑宗似乎变得更加痛苦了,而且隐隐有抽搐的情况。

不会肺里也进了沙子吧?

贺穆兰一咬牙,俯身做起了人工呼吸,不管怎么样,先保持呼吸的畅通才是最重要的。

吸,呼,吸,呼……

就在贺穆兰不知道重复了多少次之后,剧烈咳嗽着的郑宗终于睁开了眼睛。

然后,他看见了一张慢慢向自己面上逼近的……

干枯发白的嘴唇。

老桑头也不知道事情会变成这样。

当年他从敦煌逃出来时，穷困潦倒，加上总是有不怀好意的人逼问他敦煌那笔宝藏的下落，最后他只好投奔了一个昔日的熟人，加入了由白马羌建起的马贼组织，沙风盗。

他用昔年训练天台军的方法训练沙风盗，很快就得到了重用。他一直想要为首领复仇，无奈却撼动不了魏国的根本，只能疯狂地掠夺这条商路上的魏国商队。

他充当向导，将商队引向埋伏的地点，极少失手。直到沙风盗收到孟王后的委托，要从魏国军中带出沮渠菩提，老桑头才知道沙风盗没被北凉剿灭，是因为他们的靠山是孟王后。

老桑头性格沉稳，又智计百出，沙风盗的首领很倚仗他，而且隐隐向他透露了这一票做完后就要收手跟着孟王后的意思。于是，针对魏国使团的计划展开了。无论是绿洲外的伏击也好，还是把沙风盗里穷凶极恶杀人如麻的那一部分刺头处理掉也好，为的就是取得魏国人的信任，加入到使团队伍里去。

这处"风城"并不算秘密，来往这条商路的向导有许多都知道"风城"每隔一段时间就会遭遇大风的事情。

风城周边的环境非常奇怪，西边有鸣沙，南边有沙山，北面是死地，经常从此处呼啸而过的沙暴更是让人胆战心惊。

当它温和的时候，它是最安全的休息地。高大的岩沙遮挡着沙漠中酷热的太阳，平整的沙地适宜于安营扎寨。即使刮起了风，只要躲在砂岩和骆驼后面，待沙暴过去，沙子会自然倾泻而下，只要等上几天，埋藏在沙子里的东西会自己露出来。

沙风盗用这里做一处巢穴，便是看中这里天然而奇妙的地理特性，来躲避其他人的追捕。

这里的沙暴有迹可寻，一般在二十到二十二天之间。老桑头掐得很准，菩提离开，风沙就会卷起，至少一天之内魏国人无法追寻到沮渠菩提的位置，也无法离开风城。而一天的时间，足够孟家人把沮渠菩提带到更远的地方去了。

但他没想到这次沙暴会大到这种程度。

卢水胡人进了骆驼圈子后，老桑头偷偷牵走了两匹骆驼，趴在它们身下躲过了一劫，待所有人惊魂未定地从沙子里爬出来时，他早已骑着骆驼离开了。

老桑头心中没有一丝后悔，只有对这种"天意"的恐惧。他相信不是自己的布局出了问题，而是老天要借由他的手达到这样的效果，要将这些魏国人全部埋在这里。

"怎么样？那边情况如何？"沮渠菩提站在一处沙丘上，遥望着风城的方向，"不是说只是一场沙暴吗？那是沙暴吗？那简直就是妖风！表兄还在那里！"

"风太大了，我不敢过去……"因为使团里还有孟玉龙等孟家军的人，这几个孟家子弟比沮渠菩提还要着急，他们脸色灰白地苦笑，"那么大的风，恐怕都被吹走了！"

"最近的城镇在哪儿？"沮渠菩提道，"我们去求援！"

"世子，放弃吧，就算回去也来不及了。"几个侍卫摇了摇头，"我们现在应该去和王后安排的队伍会合。世子，这是天灾，不是人祸！"

"这就是人祸，这就是人祸……"沮渠菩提拼命地摇着头，"为了我一个人，死了这么多人……我要去附近的绿洲求救，绿洲里一定有商队。我要回去，去毛水，去罗镇，那里都有人，去找人把他们挖出来……啊！"

"对不住了！"一个面色严肃的侍卫将沮渠菩提敲晕，抱着他上了骆驼，对另几个面色犹豫的侍卫道，"为了救他才死了这么多人，他想回去，当兄弟们的命不值钱吗？事已至此，唯有将他送到王后那里我们才能全身而退，否则在世人眼里，我们已经死了。"

"可他要闹……"

"他会接受的。他跑了，北凉一旦和魏国打起来，还不知道要死多少人。你当王后不知道吗？她是完全不想管了，反正我们无牵无挂，操心什么，走！"

"……那就走吧。"

贺穆兰用那袋烈酒给郑宗身上的伤口消毒，把伤口里的沙子小心地挑出来，但这并不能保证他的伤口不会感染。

沙漠里缺医少药，昼夜温差又大，他们没水没衣服，全身都暴露在太阳下，如果在白天行动，一定会脱水而死。所以他们只能躲在沙丘的阴影里，将自己蜷缩成一团，尽最大的可能保存体力，等待夜晚的到来。

被痛苦折磨的郑宗一刻都没闭上眼睛，疼痛让他完全没有睡意。但他也同意贺穆兰的话，在这里等着，只会死。

风是从北面刮过来的，所以他们现在一定是在南边的某处。只有看着太阳才能知道具体的方位，贺穆兰和郑宗商定，太阳落山后朝着东北方一直走，一定能找到使团。但到底能不能找到，郑宗和贺穆兰也没有把握。

天色一点点暗下去，贺穆兰抓起磐石插在腰间："天要黑了，我们走。"

她背起郑宗，朝着东北的方向而去。

天色越来越暗，寒风也开始吹拂，贺穆兰低头看了眼郑宗的胳膊，见他的皮肤上已经起了鸡皮疙瘩。夜越来越深，寒意越来越浓，伤口被风吹着，如刀割般疼痛。连她都如此痛苦，那郑宗呢？

贺穆兰心中一沉，回过头去问郑宗："你怎么样？要是冷，就喝口酒。"

出乎贺穆兰的意料，郑宗并没有露出痛苦的表情，反倒在笑。

"你笑什么？"瘆得慌！

"我笑将军身上真暖和啊，跟火炉似的。"郑宗笑眯眯地说道，"可惜胸前暖，背后冷，太煞风景。"

贺穆兰这才想起自己身上阳气过盛，体温较普通人要高，郑宗前胸贴着她，后背被风吹着，所以才一半冷一半热，难为他还笑得出来。

"你少说点话，保存点体力。要实在熬不住了就跟我说，我抱着你，你背后也舒服点。"

没横抱是害怕伤了他背后的伤口，可要是吹到他发烧，情况就更差了。

她完全错估了郑宗的厚脸皮。听到贺穆兰愿意抱他，郑宗立刻高兴地说："我现在就冷得不行了，你抱着我吧……"

贺穆兰的脸皮抽了抽，蹲下身把他放下来，将背着的姿势改为横抱。当她的手触碰到他的肩背时，贺穆兰感觉到郑宗痛得一哆嗦，但还是咬着牙没有叫出来，反倒往她怀里缩了缩，好像这样真的暖和些似的。

"不痛？"

"你抱紧点我就不痛了。"

"……我把你丢下去你信不信？"

两人瞎聊着走在沙漠里，用这种方式排遣着心中的不安和疲惫。

"我好冷，有些坚持不住了……"郑宗终于示弱，"我好饿，还好渴，好困。花将军，你把我放下来自己走吧，我肯定活不下去了。能被你抱过，又被你亲过，我死而无憾了。"

"说了不是亲你！是给你渡气！"贺穆兰咬牙切齿，"我也好饿，我也好渴，我也困也冷，我能不能也死了算了？我一点卢水胡话和其他语言都不会，你要是死了，我就算遇到人都不知道怎么找回虎贲军！"

贺穆兰知道，现在不是郑宗依靠自己，而是自己在依靠着郑宗。在这茫茫大漠中，要是只剩自己一个人，她不知道能够坚持多久。

郑宗已经成了她的精神支柱，正是那种要把他活着带出去的信念，正是因为手臂上这沉甸甸的重量，她才能一直坚持到现在。

不知道是不是贺穆兰的口气太过"恶狠狠"，郑宗苦笑着换了话题："不知道兴平公主怎么样了……我们三个一起飞出去的。"

"她没碰到我，要能救到她，我肯定会救。"贺穆兰的脚步顿了顿，刻意让自己不去想这些问题。那些被吹飞了的虎贲军、那些北凉使臣、失踪的沮渠菩提，被她派出去巡逻的那罗浑、孟玉龙，还有那些完全不明白发生了什么事就消失在天际的人们……

"老桑头一定有问题，他把我们带进岩沙之城是有预谋的，他让我们晚上赶路，是算好了清晨时我们最困，没办法避开这场风沙。他为何如此恶毒，竟然一点都不顾念同族？"郑宗喃喃自语，"不，这么大的风沙，没有人会拿这种事情算计，因为搞不好连自己的命都没了。他一定是没想到风这么大。可把我们带到那里，本身就是万死莫辞，除非他有靠山或其他依仗不会有事……"

贺穆兰接口道："刮风之前，菩提世子就不见了。我去营帐里找他时风沙来了，要不是越影，我恐怕还在发傻……"贺穆兰的语气渐渐低沉下去，"越影和大红不知道怎么样了。它们那么机灵，一定能活下来吧？"

"这种时候，畜生比人厉害多了。"郑宗无力地安慰贺穆兰，"我们是不是应该休息一会儿？你走了几个时辰了？"

"我不知道啊。"贺穆兰叹了口气，看了看天上的月亮，"我们走了许久了吗？为什么月亮的位置一点都没动？"

他们说了这么多话，走了那么长的路，为什么月亮还是没动呢？

郑宗突然嘿嘿一笑。

他不知道自己脸的样子，恐怕还自以为这样很诙谐，可实际上，他这怪笑的样子活似三流恐怖片里爬出来的丧尸，贺穆兰真的提了神。

郑宗幽幽说道："花将军，你听没听过沙漠里的一个传说？"

"什么传说？"贺穆兰抱着郑宗，竭力不去看他的脸。

"在沙漠里死掉的人，是不知道自己死了的，他们的鬼魂会一直在沙漠里飘荡，想方设法地离开沙漠。"郑宗的声音阴森森地，"嘿嘿，连鬼都不愿意留在沙漠，可见沙漠实在比地狱还要可怕。说不定我们已经死了，现在想走出去的，不过是我们的鬼魂。"

贺穆兰被郑宗阴暗的语气吓得打了一个寒战，直接停住脚步，没好气地把他放到了地上，从腰上取下酒囊，仰头抿了一口。

甘冽的烈酒沿着喉咙下去，一直烧到胃里。空荡荡的胃被这烈酒灼烧得直发疼，那滋味实在不好受，却提醒着贺穆兰，她还活着，是人，并不是鬼魂。鬼魂应该是感觉不到胃疼的。

贺穆兰甩了甩胳膊和腿，又重新弯下身子："继续走吧。走到我走不动了为止。"

"我是说真的。"郑宗并没有举起胳膊，"我一定是死了，所以才感觉不到疼痛或者冷。花将军，你现在抱着的是我的鬼魂，才会这么轻松。你把我丢下吧，你自己走，我虽然是鬼，但是不会怪你的……"

"你是鬼也得跟我一起走出去！"贺穆兰突然失态地大叫了起来，"五千虎贲军跟着我离开了平城，现在能回去的还不知道会有多少！你、慈心大师、盖吴，原本都跟这件事没有任何关系，是被我硬生生扯进来的！如果你死在这里，我该如何面对自己？"

贺穆兰恨声道："你是鬼也好，是人也好，都得跟我回平城去！死了一个大行驿还不够吗？"

"你为什么是个好人呢。"郑宗的眼泪沿着眼角流了下来，"放弃我不好吗？我已经坚持不下去了啊……我自己不想活了……"

他的头歪斜了一下，视线避开贺穆兰，投向暗沉的黑夜，突然茫然地道："花将军，那边有绿光……"他抖了抖，猛地醒悟了过来，"是我们身上的血。我们身上的血腥味，把狼引过来了！"

"狼？"贺穆兰一惊，扭身看去。

说时迟那时快，一股腥臭的风迎面扑来，贺穆兰身手极快，从腰带上拔出匕首，电光火石之间，已经朝迎面扑来的狼身上刺了七八下。

然而事情还没有结束，一匹狼死了，四周却又出现五双绿森森的眼睛。

他们被狼群包围了。

郑宗苦笑着坐起身："花将军，没有我拖累，你一定能杀出去的，你自己走吧。"

"不过是五匹狼而已，你太小瞧我了。"贺穆兰两道浓眉倏地一扬，把匕首放在郑宗手里，然后从腰上取下磐石，昂然道，"你用匕首保护好自己。"

她望着地上抽搐的狼，喉咙间居然有股难忍的干渴。

在郑宗骇然的表情中，贺穆兰俯下身子，狠狠地饮了一口狼血。

咬牙咽下又腥又热的鲜血，贺穆兰干渴得快要冒烟的嗓子舒适了许多。她站起身，擦了擦嘴，举起磐石。

"现在该害怕的，应该是这些狼才对。"

贺穆兰沉着冷静，几匹狼久攻不下后想要袭击郑宗，却被磐石牢牢地封锁住了行动路线。

最终，贺穆兰以双腿被狼群首领抓伤为代价重创了它，狼群暂时撤退。

可它们并没有走远，绿幽幽的光仍在不远处闪烁，像是在等贺穆兰和郑宗精疲力竭的那一刻，就会发起下一次的攻击。

"怎么办，它们好像盯上我们了。"郑宗头疼地看着远处的狼群。

"你应该高兴，有狼群出没说明附近一定有绿洲，或者有足够让它们生存的猎物。"贺穆兰隐隐有些喜意，"这说明我们的方向是对的，这里并不是沙漠中心。现在这么热，沙漠里的队伍都在晚上和日出前后行动，我们只要再坚持一会儿，说不定能遇见绿洲或者商队。"

贺穆兰的猜测激起了郑宗的求生欲望。只要有绿洲，就能绝处逢生。只要找到人，就能找到方向，迟早会跟虎贲军会合……

"但是在那之前……"贺穆兰抓起那只死去的狼，将它的伤口抵在郑宗嘴边，冷着脸逼迫他，"你先喝几口补充体力！"

郑宗一闻到那股腥臭就快要晕过去了。

"喝！"贺穆兰凶狠地对郑宗道，"我们不知道要走多久，每一滴血都很宝贵，你喝完我还要灌进水囊里。我们不但要喝狼血，如果明天找不到绿洲，我们还要生吃狼肉。我需要力气，你也必须保持清醒，不要让我浪费口水！"

刚刚和狼群搏斗过的贺穆兰额头上满是汗珠，眼睛也亮得惊人。正因为这求生的欲望刺激得她整个人神采奕奕，哪怕五官并不俊俏，浑身上下依旧散发出惊人的魅力。

郑宗看了贺穆兰一眼，一张口，也像她一般，恶狠狠地咬上了死狼的伤口，大口大口地吞咽狼血。

贺穆兰用狼皮包裹着切割下来的狼肉，再用郑宗的腰带捆住，珍而重之地揣在了身上。

每一滴能收集起的狼血都倒入了酒囊里，那里面的酒被贺穆兰用来清洗了大腿上的伤口，算是最后的价值。

她抱起了郑宗，向东北方向行去。

那些狼依旧不紧不慢地跟在两人身后，郑宗不时地从贺穆兰肩膀上探出头去张望，告诉贺穆兰它们在什么位置。

也许是贺穆兰的速度丝毫不见慢，又或者被重创的狼群首领伤势恶化无法奔袭了，几匹狼渐渐停下了追踪的脚步，任由他们离开。

也不知走了多久，歇息了多少回，直到贺穆兰的腿再也无法抬起时，她的耳边终于响起了沙漠中最熟悉的声音。

"是驼铃……"郑宗的眼睛已经睁不开了，他犹如梦呓一般嘟囔着环顾四周，"我好像听到驼铃声了……"

"是的，我也听到驼铃声了。"

贺穆兰抬头看向东方，那里翻滚起红色云霞，而在他们的身后，月亮已经沉到几乎看不见的地方去。放松下来的贺穆兰突然感受到了久违的炽热，这样的体感让她升起了不安的预兆。

"郑宗，我要最后努一把力了……"她的嘴角泛起苦涩的笑容，"我语言不通，等看到那些人，剩下来的事，就交给你了！"

"什么？我……"

郑宗还没意识到发生了什么，贺穆兰已经使出全身的力气一边怒吼一边向着驼铃的方向狂奔。

"啊啊啊啊啊啊啊啊！"

【第284章】

贺穆兰醒来时，全身痛得像是被碾过一般，但她至少还活着。

在她的身边，郑宗睡得像是已经死掉了，而她的面前，是一个长得很粗壮的大婶，用一种一点也不温柔的方式往她的嘴里灌着什么。

大婶见她醒了，立刻高喊了起来，贺穆兰听不懂她在叫什么，可其中的惊喜之意是个人都听得出来。

救人的人，应该是个好人……贺穆兰眨了眨眼睛，发现挂在脖子上的金链子不见了。

郑宗身上的伤势并没有得到很好的照顾，自己全身会痛也是因为伤口有些发炎的趋向，而这个房子十分闷热，泥巴和草糊成的房子被太阳一晒简直能熏死人。

不行……这样下去会中暑吧？贺穆兰咬着牙爬了起来，一摸自己的腰上，磐石不见了。

她心中一凉，又摸了摸自己的怀中，那把寒铁所制的上好匕首也没有了。

她挪到郑宗身边，摸了摸他的额头，还好并没有发烧。郑宗大概是太累睡着了，他身上的伤口虽然没有得到治疗，但那些烈酒也许还是管用的，伤口没有流脓，只是有些红肿。

贺穆兰想起他背后的伤，忙将他侧了过来查看，总算松了口气。

郑宗的身下铺着草席，草席是浸透了某种草药的，他躺在草席上，就等于将伤口泡在了药里。

她低头看了看自己，还是在沙漠里赶路的马甲短裤加腰带，浑身都是狼血，这些人连衣服都没给她换，到底是想要做什么？再联想到刚刚进来的老大婶体格肥胖，完全没有沙漠居民那种干枯精瘦的样子……他们不会吃人肉吧，所以才那么肥壮……

贺穆兰忍不住打了个寒战，抄起屋角案几上放着的一盏石灯，挥舞了两下，有东西总比没东西强。

总之，先冲出去看看这是什么地方！

贺穆兰一推开门，就彻底傻了眼。谁能告诉她，这外面是什么情况？

一个兴奋的男人指着贺穆兰大声叫："叽里咕噜叽里咕噜！"

刚才那个老大婶拼命点着头："呜啦哇啦呜啦哇啦！"

门外，几十个满脸红光，绝非营养不良的沙漠居民满眼精光地看着她，这些人有男有女，也有不少中老年，虽然长得健壮，可那憨厚的气质一看就跟马贼沙盗扯不上关系。

见到贺穆兰走出来，一群人哗啦围了过来，捏胳膊的、拍胸、拍背、拍大腿的。贺穆兰从未见过这样的阵势，吓得连退数步，啪的一声关上了门。

贺穆兰退回屋子里，那些人并没有追进来。她松了口气，皱紧了眉头。

刚刚出去时，她看到远处还是一片黄沙。换句话说，他们还是在沙漠里。

郑宗醒来后，两人交换了一下信息，心里都有些不安。"我们不能一直在这里待着，否则不是饿死就是渴死。"郑宗胆子小，可是一旦有了求生欲望，比任何人都敢拼。"花将军你扶我出去，我和他们沟通一下，问清楚他们到底要干什么。"贺穆兰也觉得这样做比两眼一抹黑强，就扶着郑宗再次打开了门。

这一次，小屋门口聚集的人更多了，贺穆兰极力向四周眺望，发现这个小屋附近并没有其他建筑，倒是远处有不少土屋，看起来那边才是真正的村落。

郑宗用卢水胡话、匈奴话、羯语和氐语来回问了好几遍："这里是哪里？你们是什么人？你们能帮帮我们吗？"

看到两个人都能走动，其中一个还会说自己的语言，一群人欢呼了起来，其中一个看起来沉稳些的中年人立刻用氐语回话："这里是乱井头，你们被我们救回来的！"

郑宗低声告诉贺穆兰他们的回答。

贺穆兰点了点头，让郑宗问他们自己的武器在哪里。

郑宗依言询问，那个中年人立刻露出提防的表情："我们村子里没有外人，在获得我们信任之前，武器不能还给你们。"

"那你们准备怎么办？把我们关在这里？"郑宗指了指背后的小屋子。

"不不不，我们对外人有自己的规矩。我们会把在沙漠里救起的人放在这里照顾，如果活下来，就是我们的客人；如果死了，那我们也无能为力……"

"你身边的男人高烧到全身红得可怕，可还是醒了过来。你也是，你的脸和后背都烂了，还能说话，那一定是老天和佛祖在保佑你们，我们不会对你们无礼的。"

贺穆兰和郑宗之前千想万想，怎么也没想到是这样的理由！

他们对视一眼，眼神里都是不可思议。

郑宗劝解贺穆兰道："我们身无分文，全靠他们才活下来，现在还需要靠他们帮忙才能走出去。活着总比死了强，是不是？"

"什么身无分文。"贺穆兰面无表情地吐槽，"我脖子上原本挂着一根赤金的链子。"

"啊，你说那个……"郑宗抓了抓有些痒的脸，"我怕他们不肯救我们，就把它摘下来送给他们了……"

"算了，都是身外物，比不得我们的命贵重。"贺穆兰想了一瞬就想通了，"我们要尽快养好伤，到钦汗城打听虎贲军的消息。"

就这样，贺穆兰和郑宗被困在了这个小村子里。

让贺穆兰和郑宗有些介怀的是，虽然村民口中说着会把他们当"客人"，但每次他们只要出去晃悠晃悠，就会有好几个大妈出来制止，两人只能被迫在那间屋子附近走动。

郑宗伤得很重，但因为有水，有充足的食物，乱井头里又有几个会粗陋医术的，用一些沙漠里的植物给他治伤，伤口竟开始慢慢愈合。

有一次，村子里的人端了一盆水来给他们擦洗，郑宗在水里看到了自己的脸，当场就退了几步，一天都没有出门，也不和贺穆兰说话。

无论什么人，知道自己毁容了都不好受，尤其是郑宗心性并不豁达。

长得难看的人是不能做官的，无论是什么出身都一样。一旦毁了容，前程也好，未来也罢，都已经毁了个干干净净。

贺穆兰恢复体力之后，便经常走出屋子打探周围，也会扶着郑宗出来走走，探听点消息。

这个村子相当诡异，他们待了六七天，几乎没有看到孩子，整个村子有不少间土屋，可是从头到尾看到的只有几十人而已。

照理说这么小的沙漠村庄，又不是在绿洲附近，水和食物都会短缺，可贺穆兰和郑宗两人天天都能吃到肉食，喝到清水，这简直太奇怪了！要不是两人喝汤时能看到肉里面细小的骨头，经过贺穆兰辨认确实是小型野兽的骨头而不是人骨，他们恐怕连饭都不敢吃。

更别提晚上还有许多奇怪的声音，贺穆兰和郑宗经常能看到日出之后有人骑着骆驼回来，骆驼背上有半人高的袋子，袋子里的东西还会动，很难不让人产生奇怪的联想。

更刺激人神经的是，老是有男男女女偷偷摸摸跑来看贺穆兰。比起瘦弱又破了相的郑宗，体格瘦长精干，有肌肉、有力气的贺穆兰更受他们关注。

这些人常常对着贺穆兰和郑宗指指点点，像是挑货物一样露出诡异的笑容，很多大妈和中年女人会趁着送饭的机会偷偷捏一捏贺穆兰的肌肉或者拍一下她的臀部，像在掂量哪里的肉会更好吃一般。

贺穆兰不堪其扰，好几次都冲动地想干脆扛着伤势未愈的郑宗跑了算了。

因为不知道村民到底在做什么，贺穆兰和郑宗一直保持着警惕，晚上通常是贺穆兰守上半夜，郑宗守下半夜，白天再补眠。

事情发生在一个上半夜，贺穆兰陡然发现有个女人偷偷摸摸地进了屋。

女人直奔贺穆兰床边，贺穆兰微眯双眼，紧绷着肌肉，做好蓄势待发的准备。

女人伸出手……摸向了贺穆兰的裤裆。

贺穆兰飞起一脚将女人踹开，厉喝："你们到底想干什么？"

郑宗顿时被吓醒了，长时间饱受折磨的他一起身就看见地上坐着一个满脸痛楚的女子，接着那女人扶着墙站起来，居然说着他听不懂的话向贺穆兰走了过去，他终于爆发了，大叫一声冲了过去，一头撞翻那女人，坐到她身上使劲掐住了她的喉咙。

"你们想吃了我们是不是！你们把我们养肥了是想吃了我们是不是？！我杀了你！我杀了你！啊啊啊啊！"

疯狂了的郑宗爆发出恐怖的力气，那女人长得粗壮，平时一个甩手就能把郑宗甩出去，可现在喉咙被掐，只能无力地蹬着腿，眼睛看着贺穆兰，满脸的求救之意。

郑宗突然感觉胳膊上一痛，掐着女人脖子的手不由松了开来，与此同时，他被半抱半架着离开了那个女人，而后倚入了一个滚烫的怀抱。他感到一条有力的手臂环过他的胸前扣住了他的左肩，让他不能再动弹，另一只手像是母亲安抚小孩那样轻轻拍着他的胸口，让他不由自主地流下眼泪。"别害怕。"他听到身后的人说，"她的目标是我。就算目标是你，我还醒着呢……"

贺穆兰察觉到怀里的人颤抖得没有那么厉害了，所以她带着笑意安抚他。

"要想伤害你，也得看看我同不同意。"

那个死里逃生的女人瘫软在地不停地咳嗽，待咳嗽稍歇，立刻发出了震天的尖叫。

尖叫声让郑宗又瑟缩了一下。

贺穆兰的忍耐到了极限。不管这些人葫芦里卖的是什么药，今天晚上都必须给她倒出来。这种被蒙在鼓里的感觉实在是糟透了！

女人的尖叫引来了不少人，屋子外面火光大作，那女人想逃，却被贺穆兰一把擒在手里。

见到那女人被贺穆兰押出来，屋外的男人们都露出诧异的表情，而女人们却对着那个女人破口大骂。

前几次和他们接触过的氐人姜水，也就是和他们沟通过的中年男人，举着火把从人群里走了出来，寒着脸问了那女人几句。

那女人哭嚎着回答了几声，村民的脸色都难看了起来。

"你放开她吧，她没有恶意。"姜水诚恳地望着两人。

"放开她可以，你得告诉我们你们想要做什么。"

贺穆兰常年为将，一旦认起真来，浑身的威势绝非一般。男人的脸色更加难看，女人们却惊喜地叫了起来，匆匆说着什么。

这一幕实在太怪异了，贺穆兰的手不由得紧了紧。她的力气大，那女人顿时被她掐得白眼直翻，眼看着就要晕死过去。

姜水以为贺穆兰想掐死她，大叫着解释："壮士请手下留情！她不过是想借种而已！"

"什么？"郑宗黑了脸，"你说人话！"

"他说什么了？"贺穆兰懵懂地看着郑宗，他的样子简直像随时会扑出去一样。

"唉，这件事说来话长，又复杂得很……"姜水脸上满是犹豫之色。

"那就长话短说！"郑宗索性盘腿坐下，"我就坐在这里听！"

此地叫乱井头，有好几处会冒水的泉眼。虽然水量不大，且味道有些古怪，但在水和金子一样珍贵的沙漠里，乱井头的村民还是靠这些水生存了下来。

这里偏离绿洲和商道，很少有人踏足。虽避免了沙盗的搜刮劫掠，却也给村民们造成了许多生活上的困难。

沙漠里种植不易，他们需要出去换些必需品，或是找一些能吃的食物。这里还有个盐井，可以晒出一些盐来，他们的日常所需都是靠这个盐井得来。

他们不敢去沙漠里的绿洲或者附近的村镇，沙漠里因为水源地造成的惨剧不知道有多少，他们不敢冒险，所以男人们会到很远的地方去换取必需品。

贺穆兰和郑宗遇到的就是交换货物回来的驼队。

这里的人很喜欢吃一种沙漠鼠，这种老鼠肥大、肉质鲜嫩，而且没有异味，无论烤着吃煮着吃都很适宜，村民很容易就能在夜晚抓到他们。

贺穆兰和郑宗看到的那些会动的袋子，里面装着的就是被抓来养的沙鼠。

姜水无奈地摇着头："不知道从什么时候起，就像是中了诅咒一样，村子里的女人接二连三地生下没有脑子的孩子……"他哆嗦了一下，"不但没有脑子，头皮、头盖骨都没有，头顶就一张透明的皮，能看到里面什么都没有。这样的孩子一生下来就死了……"

贺穆兰一听就明白了，这个村子因为闭塞，肯定一直是近亲结婚，由于人越来越少，近亲的几率也越来越大，可能这个村子里的人携带的"无脑儿"基因因为这个缘故越来越显性，所以到了后来，畸形儿和残疾儿的几率就更大了。

"一开始十个孩子里只有两三个是这样，到后来，看起来没有问题的孩子，也不是成了傻子，就是成了瘫子，完好的不足十之一二。就是因为这个，村子里的女人不敢生孩子，好好的日子越过越坏……"

村民不愿意他们去村里闲逛，并不是怕他们跑了，而是因为有些屋子里面关着痴呆的或者疯掉的孩子，有些甚至是被捆在屋子里，任谁见了都会想歪。

他们害怕贺穆兰误会了暴起杀人，当然不敢让她乱走。

后面的事情就很好理解了，村子里老是出现不健康的孩子，年纪大的人认为问题发生在男人身上，因为种是男人的，于是他们就把希望放在外面的男人身上，出去交换东西也会带上几个女人，在外面借种。

可惜的是乱井头里的女人长得普遍难看，而且许多年轻女人出去后就再也不回来，对于整个村子的存续起不到任何帮助，这样"借种"就变得少了，换成偶尔救回来的人或者迷路的商队路过这里，村里会用"水"来交换"种子"。

但这样做非常危险，一旦乱井头产盐和水的事被不怀好意的人发现，村子就大祸临头了。驼队救回了贺穆兰和郑宗，就是因为这次队伍里有一个出去借种的中年大妈。

这个大妈的儿子是个痴儿，她对村子忠心度很高，但好多次出去借种都没怀孕，就想着是不是"种子"不够强壮的缘故。

全身是伤还能杀狼的贺穆兰成了大妈的"目标"。

今晚夜袭的就是将贺穆兰带回来的中年女人，可戒心太强的贺穆兰差点割了她的咽喉，爆发了的郑宗更是差点掐死她。

原因居然如此荒诞。

"把磐石和匕首还给我。"贺穆兰皱了皱眉，看着那个叫姜水的男人。如果她猜得不错，他应该是类似于村长一般的地位。

听郑宗翻译了贺穆兰的话，姜水满脸不安地问道："如果把武器给他，他不会做出什么不好的事吧……"

"杀人是吧？"郑宗满脸嘲讽地冷哼，"你放心，你们是我们的恩人，我们还不至于为这种事动手。再说了，你们连自己救的人是谁都不知道，就敢借种？也不怕惹祸？这位可是不需要剑也能杀人的猛士！"

再三确定贺穆兰不会动手之后，有人把磐石和匕首丢在离贺穆兰不远处的地上。

贺穆兰放了那女人，从地上捡起磐石插在腰带上，又把匕首丢给郑宗。

"你说现在怎么办？"贺穆兰问郑宗。

"我觉得不管借不借成种，他们都会想办法杀了我们。"郑宗的面色在火光下有些阴森森的，"他们的话没有说全。"

"咦？"

"这里既然有泉水，有村子，为什么没有向导知道？他们能去南边换货，说明经常出入沙漠，有这个独屋也表明这个村子并不是没来过人，可这个村子一点消息都没有走漏出去……"郑宗向来是把人先往坏里想，"要想离开村子，还要他们指引我们正确的方向，我觉得有些玄。"

"你是说，"贺穆兰压低了声音，"他们会指引我们错误的路？"

"说不定没人知道乱井头就是因为这个。"

因为出去的人都走错了路，最终都迷失在沙漠里了。

贺穆兰皱起眉，看着面色各异的村民，戳戳郑宗："我来说，你翻译。"

"哦。"

"我不可能借种给你们，因为我认为只是为了生孩子而做这种事是没有办法接受的。但是我知道你们为什么会变成这样，你们想得没错，确实只有和外面的人结合才能生出健康的孩子。男人和其他女人，女人和其他男人，都能再生出健康的后代，而且和你们住得越远的人，生出健康孩子的可能越大。"

听到郑宗的翻译，村民们沸腾了起来。尤其是男人，他们一直以为是自己的种子生了病，结果这个人说他们没有毛病，只是必须要和外面的人结合？

"你怎么知道！"一个女人尖叫了起来。

乱井头的男人们都很健壮，长相中上，有的甚至很英俊，女人却粗壮黝黑，一旦真的出去了，男人再找个妻子应该很容易，但这些"借种"都很困难的女人就难保证能够重新组建家庭了。

"我见过不少这样的事。许多闭塞的村庄到后来都会这样，因为有血缘关系的人结合，很容易生出这种'诅咒'。"贺穆兰解释，"唯一的解决办法，只有……"她看着因为郑宗的翻译而突然兴奋起来的男人们，"走出去，彻底放弃这个地方，去其他地方生活。"

小剧场：

贺穆兰（怒）：作者你给我滚出来，敢不敢给我点正常的桃花？什么百合花菟丝花也就算了，变态的未完全形态宦官我也忍了，这些如饥似渴的中年妇人是什么鬼？

作者〲(￣▽￣)〳：不怪我喽，剧情需要向导啊。

贺穆兰：敢不敢给点靠谱的、正直善良又正常的向导？

作者：……正常人干吗跟你背井离乡，你有钱吗？

郑宗（瑟缩了一下）：别看我，将军说了金链子没命值钱。

【第 285 章】

拓跋焘最近很满足。

北燕那边的战事，因为库莫提采纳了崔浩的计策，秋收前收割了北燕所有能见到的粮食，导致北燕的军队节节败退。

然后是冯家策反了沿路不少城镇，一路开城相迎，没废什么力气就打下了北燕的南部。大军一路向着北燕的国都龙城而去，每三天一次的战报从未报过败绩，从北燕掠回来的人口源源不断地送往魏国，朝中的大臣都是心情大好。

高车人的冶铁进展也十分骄人。崔浩、古弼和一干值得信任的大臣已经换了高车人新产的钢制武器。拓跋焘的新铠甲"寒光铠"，重量只有以前的一半，却连箭头都射不进去，远远望去，寒气逼人，隐隐有蓝光流转，其精良程度，更胜之前魏国的高级铠甲照夜明光铠。

北凉那边也还算顺利，虽然之前沮渠牧犍和李顺接连出事，但北凉希望册封沮渠菩提为世子的国书已经到了魏国，这是魏国最希望看到的局面。

然而就像是老天要劝诫他戒骄戒躁一样，拓跋焘兴奋了没多久，就被无情的事实狠狠地打击了。

这一天，正在大朝时，宫城外两个方向的军鼓都响了起来。

平城内外对应八个方向各有一锣一鼓。敌人入侵时鸣金，军情紧急则擂鼓。军殿和平城内外根据军情的传达方式做出应对。一旦军鼓响起，说明有十万火急的军情通过军中渠道送入了京中。

拓跋焘一听鼓声从北方和西方传来，当场站了起来，奏本也不听了，按着腰间的长剑一动不动地望着殿门。

崔浩和古弼互相对视了一眼，两人均是摇头，显然是不知道发生了什么事情！

不过片刻，北门方向马蹄声大作，一个背插彩旗的信使骑着马直冲大殿，身上骚臭无比，显然一路都是在身上拉撒的，就为了快一点把军情传到平城。

信使扑到大殿之上，声音沙哑地嘶吼："报！北燕王假意送世子出逃，颍川王出击，半路遭遇高句丽大军伏击，被困昌黎尹以北！"

"什么？"拓跋焘以为自己听错了，"你说哪里的大军伏击？高句丽？"

高句丽和北燕只隔着一条辽水，两国确实交好，但几十年前，前燕太子慕容元曾击败过高句丽王，焚烧其国都，高句丽又被百济骚扰，国势大不如前，已经很少派兵出来惹事。

库莫提的七千鹰扬军出征时从不离开主帅，就算他再怎么疏忽大意，七千人也不能说被围就围了。以高句丽的国力，莫非是举国来援不成？

信使眼睛通红，拼命点头："来的是高句丽大将葛卢和孟光，领了三万大军。乐平王和颍川王的大军原本已经围了龙城，结果龙城大门骤开，里面杀出一支精兵护着车驾逃跑，颍川王怕是北燕王送出世子，所以率军队追击，乐平王继续攻打龙城，就是这个时候出了事。"

"龙城如今还被乐平王围着，一旦离开，龙城的文武百官和王族就会逃跑，所以无法分兵救援颍川王。颍川王的人马进了昌黎尹，据守城中，但敌军人数众多，恐怕维持不了多久，还请大可汗救援！"

这种事朝中经历得多了，见军使通报完，立刻有宫人送水、送参汤，给他补给，以免他心神大泄之下骤然死在当场。

拓跋焘闻言后心都凉了一半，移目望向崔浩和古弼。

"高句丽国力孱弱，派兵来援绝非是仗义相救，恐怕是得了北燕许诺的好处。"崔浩分析，"高句丽人不善攻城，武备又差，没有攻城器械很难攻下昌黎尹。而龙城被乐平王围住，高句丽人得不到补给，必然不会在颍川王身上浪费时间，应该会想办法和龙城里的北燕士兵内外夹击乐平王的部队，一来得到补给，二来进入龙城才能得到许诺的好处。所以，颍川王据守昌黎尹是对的。一旦高句丽人逼跑了乐平王，龙城之危一解，颍川王就真的危险了。"

听崔浩这么一分析，拓跋焘忧色更重："那依崔爱卿之见，应该派大军直奔龙城而非昌黎尹救人？"

"大军要立刻出发，越快越好。乐安王有两万大军，加上颍川王留下的黑山军一万，就算攻城不下也能自保，可如果北燕王和世子跑了，这场仗就得不偿失，必须尽快救援！"崔浩躬了躬身，"此事不可拖延！"

崔浩的话音刚落，又有信使疾奔来到殿前。

"虎贲左司马花木兰急报！使团大行驿在北凉宫中死于非命，经花将军调查乃北凉宫中之人所为。受使团威压，凉王送世子沮渠菩提随使团入京为质，中平公兼骁骑将军孟玉龙送嫁，但由于大行驿暴毙，路上缺乏指引，所以钦汗城已经派人前往北凉迎接……"

那信使从怀中掏出一封长信，立刻有舍人接过送到殿上，交由拓跋焘和其他几位大臣传阅。

崔浩看过信后眉头皱了半天，就连刚才听到库莫提被困的战报，都没有这样的神色。拓跋焘见他半天不说话，一颗心渐渐沉了下去。

北凉现在最不敢得罪的应该就是魏国，被使团逼迫着立了沮渠菩提为世子就是最好的证明，在这种情况下，北凉敢对使团下手，倚仗的是什么？不怕魏国的报复？还是有什么其他意图？

拓跋焘因为龙城战事不顺正在焦急，再见崔浩久久不开口，忍不住发声询问："崔太常，是不是有哪里不妥？众位对此事有什么意见？"

崔浩还在思索，古弼先开口说道："大行驿负责安排沿途路线，之所以被害，很可能是北凉想设下陷阱，让使团无法顺利回到平城。"

尚书令刘洁摇了摇头，脸色怪异："沮渠蒙逊既然已经把世子和公主送入京中，足以说明交好之心，又何必得罪我国？"

"万一，沮渠蒙逊明面上属意沮渠菩提，实际上完全不重视这个儿子呢？"崔浩陡然开口，面沉如水，"如果沮渠蒙逊情愿牺牲这个儿子，让魏国在道义上站不住脚，来换取沮渠牧犍继承世子之位呢？"

"使团发生危险的可能有多大？"拓跋焘最重视的两个兄弟被困在北燕，最得力的手下又有可能陷入阴谋，他已经有了磨刀霍霍的冲动。

"我怕是有八成。如果真如我想的，北凉大概不想留活口了。"崔浩脸色越来越难看，"使团不是迷了路失了水源，就是路上有大军埋伏，不然以花木兰和虎贲军的实力，北凉的人马还不至于让使团吃亏。"

拓跋焘看了看崔浩，又看了看古弼，开口说出百官们耳朵听出老茧的一句话："朕要御驾亲征，前往北燕，以解龙城之危。"

"我心意已决，各位不必多言。我御驾亲征是最合适的。如今已过秋收，粮草丰盈，除龙城外，北燕和魏国之间的道路已经打通，粮道无虞，此次出征，必能鼓舞士气。高句丽国小力弱，见我御驾亲征，一定会闻风丧胆，退避到辽水之后……"

拓跋焘言之切切："我走之前，会立拓跋晃为太子，令其监国。"

百官大吃一惊，立刻有人看向贺赖家的族人。贺赖家出身的官员面色不乱，似乎早已经有了心理准备。

"大军出征后，令太常崔浩、尚书令刘洁、宜都王丘穆陵寿辅佐太子，窦太后掌管二十四军殿虎符，守卫京城。文武百官需各司其职，由太子主持朝政，裁决日常事务。"

百官的内心已经崩溃了，拓跋晃才五岁，他监国？

这场朝会一直进行到中午，所有人饿得头晕眼花之际，拓跋焘终于下令在宫中摆饭，留下一干相关官员继续议事，其他官员散朝各司其职，整个国家机器开始迅速地转动起来。

一群人正食不知味地吃吃喝喝，却听到外面通传平原公赫连定来了。

就知道陛下不可能眼看着花木兰有危险不管。崔浩眯了眯眼，若无其事地夹起一块五味脯。

拓跋焘正在大块吃肉，见到赫连定进来，筷子一丢，迎上前去："我还是不大放心北凉那边，担心亲征北燕后北凉会有异动……"

赫连定倏地抬起头错愕地看向拓跋焘，他话里是什么意思？北凉有事？

拓跋焘拍了拍赫连定的肩膀，接着说道："我准备让赫连公回西秦去，率领西秦兵马屯兵北凉以南，再另派一支大军前往钦汗城，迎接使团。若使团无事，钦汗城的人马就是迎亲的队伍；若使团有事，它就是前往北凉的先锋。"

"陛下，北凉的情况现在还不清楚，贸然屯兵，会不会……"

愿意放赫连定回去，表示拓跋焘完全信任赫连定的忠诚，愿意像启用其他拓跋家宗亲一样，将他真正当成魏国的将领。

赫连定心中五味杂陈，平日的毒舌利齿竟像是坏了，只是看着拓跋焘，等着他做出决定。

"花木兰的虎贲军皆是精兵，我一个都损失不起。北凉若真想用这种小聪明来试探我，就要做好被灭国的准备。"

自从袁放提出富国论，拓跋焘就想打下北凉，无奈国中都担心多线作战国力消耗太大，所以只能作罢。如今得知花木兰可能出事，北魏使团里的人也许全部会死在北凉的阴谋之下，拓跋焘哪里还坐得住？

但魏国的官员们不可能完全信任赫连定，哪怕拓跋焘心意已决，他们都有各种理由表示西秦不需要屯兵，或者不需要赫连定冒着危险亲去。

崔浩咽下最后一块五味脯，掏出帕子按了按嘴，语不惊人死不休地道："众位无非是担心赫连公一去不复返罢了，其实此事容易得很……"

拓跋焘眼睛亮亮地看向崔浩。

"陛下爱慕赫连公主已久，赫连公何不考虑考虑联姻？我大魏的后戚视同宗室，依旧可以掌兵。赫连公以前是夏国王亲，世人会有疑虑是人之常情，但你若和陛下成为姻亲，那就是一家人了。"

拓跋焘的眼睛更亮了，巴巴地看向赫连定。

谁料赫连定怔怔地想了一会儿，摇了摇头："此事须征得我妹妹同意，我不想强迫她。"

"如果是这样，那也简单。"崔浩将帕子放下，继续说道，"宫中有几位适龄的公主，赫连公妻室尚空，几位公主都美貌可人，配赫连公也不吃亏。"

说来说去，都是要联姻而已。

赫连定知道这一天迟早会到来，却不知道竟然不是拓跋焘提出来，而是来自于这样的局面。

见到赫连定犹豫，拓跋焘虽然有些失望，但不愿因此事引起矛盾，借口要去如厕，拉着赫连定退离了席位，到了后室僻静之处，有些无赖地说道："我现在真需要你去西秦，你就不能让明珠和我做场戏吗？先定下婚约，让她进宫，我反正要御驾亲征去北燕，一时半会儿也没办法和你妹妹那个……呃，你懂的……"

赫连定瞪得他有些说不下去，停了停又说："回头让寇道长卜一下，就说不合适什么的……"

"我不懂。"赫连定好整以暇地开口。

"哈？"拓跋焘傻眼。

"我不懂，为何陛下确定我去了西秦，发兵北凉就能获胜？北凉不比北燕，精兵强将众多，姑臧城高坚实，举西秦和秦州之力，人马也不足两万，哪里打得下姑臧？"他看着拓跋焘，"我虽愿意为陛下效力，但也不愿意白白送了性命，打这种送死的仗。"

"我在北凉有安排。"拓跋焘沉默了片刻，终于还是和盘托出，"这件事许多人不知道，其实源破羌并不在使团里。我让他在北凉附近便宜行事。算算时间，他大概已经联络到了鲜卑诸族，也取出了南凉昔日的宝藏，正在北凉招兵买马。"

他顿了顿，继续说道："除此之外，昙无谶大师向我表明了北凉佛门的心思，他们准备改投魏国，我顺水推舟，答应了那边的使者，他们恐怕也会有些动作，用来向我证明他们有和我交易的能力。"

"陛下竟和佛门……"赫连定错愕，不是说拓跋焘和道门走得近吗？寇谦之到现在还住在后宫里呢，能眼睁睁看着昙无谶传教？

"什么佛门、道门，都是小孩子过家家自己骗自己的东西。"拓跋焘不以为然地说，"信就有用，不信什么力量都没有。"

赫连定点了点头："我明白了，如果源将军在北凉真有动作，佛门又能策反一批人，确实有取胜的可能。"

拓跋焘脸上神采奕奕，期待地看着他："是吧？那赫连明珠的事……"

赫连定露出一个歉意的笑容："我还是得回去和明珠商量商量。"

"什么？赫连明珠答应入宫了？"拓跋焘听到素和君传来的回话时正在批阅奏折，笔杆一震，好好的朱批划出长长的一道，将落款给毁了。

他将笔一丢，问殿下的素和君："是要嫁我了？"

素和君同情地看了一眼拓跋焘："她答应先订下婚约，进宫待嫁。赫连公的意思是，等陛下亲征回来，再请寇天师占卜。"

这就是做戏的意思。

"此外，赫连止水作为送嫁的家人，会住在西宫里。"

连人质都留下来了，赫连定诚意十足。

就在这个时候，突然有近卫通报，高车虎贲司马狄叶飞求见。

狄叶飞领了高车虎贲之后，就有了随时入宫面圣的权利，他大部分时间在外练兵或保护冶铁之地，但每隔几天就会入宫汇报一番。北凉使团出事，瞒得过别人，却瞒不过古弼身边的若干人，他原本就是替古弼处理各方文书的，一听说北凉使团的大行驿死了，立刻知道大事不妙，马上告知了狄叶飞。

狄叶飞一入殿立刻跪下请命："臣请领军，前往钦汗城！"

"你这么做，高车虎贲的其他将士也愿意？"

狄叶飞十分肯定地点了点头："高车虎贲之前和虎贲军并肩作战，两军感情深厚，加之使团之事事关重大，花将军又于我们高车人有恩，我等均愿前往！"

拓跋焘没想到高车人如此信义，意外地看了眼素和君。

素和君考虑了一会儿，开口说道："我看此事可行。高车虎贲已经全部换了武备，虽然人数不多，但武器和铠甲都十分精良。"他看着露出喜色的狄叶飞，话锋一转，"只是狄将军不通路径，经验也有些不足……"

狄叶飞大急，纳头便拜："末将愿意充当副将，随有经验的宿将一起前往钦汗城！望陛下给我们一次机会！"

拓跋焘立刻点头："素和君性子沉稳，又精通武艺，便由他率领高车虎贲前往钦汗城。你虽武勇过人，但缺乏经验，凡事多听从素和君的意见，不可擅自行动。"

狄叶飞知道素和君和花木兰私交很好，绝不会怠慢此事，更加惊喜，立刻叩谢君恩。

"北凉之事，朕就托付给你们了。"拓跋焘对着素和君和狄叶飞拱了拱手，"于公于私，花木兰都不可有失，希望你们能帮我把她带回来。"

"是，陛下。"

"末将万死不辞！"

北燕的战事吃紧，三天后，拓跋焘就率领羽林军出发北上。

临走之前，拓跋焘祭告了天地，立长子拓跋晃为太子，命他监国，贺夫人因为腹中怀有龙种而逃过一劫。

平城二十四座军殿里，只剩下不到一万的精兵，这次拓跋焘为了速战速决，可以说是举平城之力。城中的武将们为了给家中子侄争取战功，也都披挂上阵，带着私军和粮草随驾前往。

崔浩被留下来辅助监国的太子，赫连明珠住进了后宫，赫连定带着三百羽林军和三百亲兵秘密出城，急行军直奔西秦而去。

拓跋焘走后的第七天，一封来自钦汗城的信函震惊了朝野。

使团在沙漠里误入风城，遭遇大沙暴，北凉世子沮渠菩提、和亲公主兴平公主，以及使团的主使花木兰全都在沙暴中失踪。

除此之外，送嫁将军孟玉龙身受重伤，虎贲军五千人中确定死亡六百余人，一千余人下落不明，魏国使团四十六人失踪十二人，死亡十九人，伤亡惨重。北凉送嫁的大臣死伤了一大半，活下来的几乎都是无足轻重之人。

剩下的人在左卫率那罗浑和主簿袁放的带领下，总算是活着找到了最近的绿洲，但因为失去了大量补给，又有许多珍贵的财物被风沙掩埋，全军不敢离开风城太远，现被困绿洲，只派出一小部分人到了钦汗城报信。

消息走的是军中急报，但即使如此，这封信至少也是一个月前寄来的了。

此事攸关内政和接下来的"平凉策"，监国的太子立刻下令侯官令素和君带领白鹭官前往北凉彻查此事，狄叶飞率领高车虎贲护送前往。就在接到钦汗城信函的第二天，大军离开了平城。

【第286章】

高车虎贲军前往钦汗城的速度，快得犹如风一般。

这并非是某种修辞手法，而是真的犹如乘风而行，因为队伍里跟着一个开了挂的存在——寇谦之。

寇谦之是拓跋焘在收到袁放的信后从泰山召来的，不知道是不是因为贺穆兰的影响，寇谦之没有受到前世那般重用，只是在平城传道授业，被封了一个"天师"的名分，算是朝廷正式承认的道家魁首。

他使用了一种叫作"强体"的符箓，虽然不能让人速度变快，却可以作用在马身上。马匹跑起来身轻如燕，三匹马轮换几乎可以不眠不休，因而速度快到让人咋舌。

一到钦汗城，狄叶飞直奔城守府。

"使团下落如何？"狄叶飞也不绕圈子，一见刘元宗就直接问，"怎么没在钦汗城看到使团的人？你们没有去接他们吗？"

刘元宗冷着脸说："伤者和文臣早就送进了丽子园，狄将军如果想要知道详情，可以去丽子园里打听。冯都尉一个多月前带着补给进了沙漠，迎到了使团，可虎贲军不愿意离开，非要继续寻找花将军的行踪。加上兴平公主的陪嫁陷落在风城，还需要人手将它们挖出来，就耽搁了这么久。"他顿了顿，接着说，"北凉比我们还着急，沮渠菩提出事，孟王后直接疯了，带着女儿率领宫中侍卫冲出了宫城，去沙漠里寻找儿子，到如今都没有消息。沮渠国主派出上万人马在沙漠里搜寻幸存的虎贲军下落，凡是有人的绿洲都被搜寻了个遍，也没有找到沮渠菩提等人的下落。"

"北凉派出上万人马？是想杀人灭口还是真的在找人！"狄叶飞黑着脸掉头就走。

"狄将军？你去哪儿？"刘元宗连忙追出去问。

"去丽子园！"

素和君带着一群白鹭官来，就是为了查明此事，他直接去了丽子园，向幸存者盘问。

可惜风沙起得太急，所有人都不知道发生了什么事情，只有几个离得近的看到了一些情况。

一个断了胳膊的士卒骂道："当时卢水胡人里的向导老桑头告诉我们只有晚上才能赶路，妈的，那天晚上我就觉得不对，哪有赶路赶得跟走鬼道一样，什么都看不见，还有鬼叫鬼叫的声音……那天风大得能把马吹起来，没有跪倒的骆驼一下子都不见了，许多马都遭了殃，没进圈子的人都被吹飞了。"素和君觉得不可思议："花将军没进去？兴平公主和菩提世子也没人护卫吗？"

"花将军当然进去了，可是兴平公主被吹飞了，他出去救她，就被吹跑了。"那士卒想起这事还心有余悸，"菩提世子在风起时就不见了，他的营帐整个被卷到了天上，沮渠国主派去的贴身死士丢了世子，一从沙子里爬出来就自尽了。铁卫营也伤亡惨重，孟将军肋骨受伤，到了绿洲的第二天就咳血死了。"

听起来确实是天灾，因为北凉国不可能牺牲这么大，连自己人也全部算计进去。可是老桑头会把人引进这个地方，确实有很大嫌疑。

"老桑头呢？"

"沙暴过去后，他也失踪了。有人看到他爬向两匹骆驼，然后骆驼和人都不见了。我怀疑他是怕担责任，看情况不对跑了。"

"老桑头是卢水胡人？盖吴的手下吗？"素和君接着发问。

"据说是盖吴父亲的部下，那些卢水胡人……"另一个伤者骂道，"他们居然说要不是老桑头让使团的人躲在骆驼下面，所有人都会死。可明明就是老桑头有问题！要不是看他们一直在沙漠里到处找花将军，我们肯定……"他啐了一口，明显对卢水胡人有了芥蒂，"就不该带外人一起走！"

"那里的风很大吗？你们难道没有带别的向导？"

"带了别的向导，但都说没听说过风城有这么大的风。那几天确实一点风都没有，向导们都以为没事。"

狄叶飞从外面进来，一见素和君立刻高声呼喊："素和君，城主说钦汗城的队伍去了沙漠，到现在都没回来，我们是不是要去沙漠迎接使团？"

素和君摸了摸下巴，推理出一个大概来："我怕花木兰他们遇到的既是天灾，又是人祸。有人心怀不轨，将使团引进了风城，却没想到风会那么大。所以原本应该借着风行什么方便的有心之人恐怕也没得到好处……"素和君眉头紧锁，"难道是寻仇？使团得罪了什么人？"

"沙风盗！"一个虎贲军士卒突然叫了起来，"我们之前在绿洲，曾经为了救商队杀了一群沙盗，老桑头也是在那里救下的。商队后来返回北凉了，老桑头留在军中做向导。袁主簿说，老桑头有可能是沙风盗的内应，故意把我们骗到那里去的！"

"什么？"素和君的眉头皱得更紧了。

"沙风盗是吗？"狄叶飞胸中的怒气越积越重，"是为了使团带的财宝，还是马匹？难怪那罗浑他们要守在风城附近，是为了抓住沙风盗吗？"

"袁主簿说，依花将军的性格，只要活着，一定会回风城看看，所以陈节将军和蛮古将军不时回去风城查探。如果背后的主使是沙风盗，他们不会料到我们的人根本没走，只要有蛛丝马迹，就能将他们抓住……"一个受伤的使团译官说道，"冯都尉将钦汗城的士兵伪装成商队给绿洲的虎贲军运送补给，也是为了骗沙风盗出来。"

"抓到沙风盗又能如何。已经一个多月了，如果还活着，花木兰早就该出现了。"狄叶飞的脸色越来越白，心中已经有了不好的预感。

"不，将星未陨，花将军还活得好好的。"一直闭目养神的寇谦之突然睁开了眼睛，"但老夫刚刚观气，西边似有红光，应该是有重要之人被困囹圄，诸位动作要快些了。"

狄叶飞："这么重要的话你怎么现在才说！"

素和君："道长不能早点说吗！"

寇谦之无辜地眨了眨眼："我说了你们会信吗？"

被狄叶飞等人惦记的贺穆兰，安全自然是无虞，只是完全谈不上好。

贺穆兰和郑宗没有暴露身份，只是假说贺穆兰是钦汗城的大户，只要到了钦汗城，就能安排乱井头的村民以后的生活。

当贺穆兰提出让村子里的人跟她走的时候，有许多人不愿意离开。到了最后，愿意和贺穆兰与郑宗离开的，只有十二个人，不过他们是先遣队，如果在外面混得确实不错，就会回来把村民全部接走。

村子里有骆驼，这些男人都是经常出去以物易物的健壮青年男子。贺穆兰和郑宗跟着这十二个人，骑着骆驼，带着村子里搜集来的物资，朝着他们经常易物的河儿滩而去。

贺穆兰和郑宗跟着他们在沙漠里走了五天才走到据说很繁华的河儿滩，其实不过是个绿洲附近聚集起的集市，离"繁华"还差得远。

这一群人除了郑宗带着伤又体弱，其余都是健壮之人，自然引起了许多人的注意。他们没有钱，又不认识路，还不是当地人，哪怕用贺穆兰那根金链子也聘请不到向导。但还是有个商队的首领看见贺穆兰腰间的大剑，认为她一定武艺非凡，提出让他们在商队里打杂加护卫，充当旅费跟他们到钦汗城去。

贺穆兰的本事自然是没得说，那首领测试了一下就十分满意，希望聘请她做自己的贴身保镖，被她婉拒了。而乱井头的村民靠捕捉沙鼠为生，食物充足，无论是精神面貌还是体格都比其他沙漠居民彪悍得多，也全部被雇用了。

郑宗因为脸被毁容，又有伤在身，商队首领原本不愿意带上。但郑宗是什么人？他可是精通多国语言的通译，能读会写还能算，很快就得到了商队首领的重视。

在路上，郑宗去打听那座砂岩之城的事情，问了一圈后告诉贺穆兰，那地方是沙风盗经常出没之地，所以商队不会从那里经过。当地人说那里经常刮风，除非要躲避灾祸，否则是不会往那里去的。

贺穆兰等人跟随商队一路往钦汗城而去，昼伏夜出，一路还算安稳，商队是贩售各种香料和稀奇玩意儿的队伍，货物易于携带又没多少分量，这种商队在沙漠中行走是最安全的。

但即使如此，在第三天清晨，商队还是碰到了沙盗。

这支沙盗的人数并不多，商队里带的勇士应对起来完全没有问题，对方也错估了贺穆兰的武勇，这一战贺穆兰斩杀三十余人，惊得沙盗抛下受伤的同伴逃走了。

郑宗心眼多，抓了一个受伤的沙盗反复拷问，得到一个惊人的消息。不知道是从哪里走漏的消息，魏国使团在沙漠里遇到沙暴，兴平公主的嫁妆——一笔巨大的财富，被掩埋在了传说中的"风城"，得到消息的马贼彻底沸腾了，都拼命赶往风城。

贺穆兰和郑宗得到这个情报后，肠子都要绞起来了。

"老桑头一定是沙风盗的人，说不定这消息就是他传出去的。"郑宗道，"可惜现在联络不到使团，否则就能守株待兔，抓住沙风盗那批人，弄清楚我们遇到沙暴是怎么回事。"

贺穆兰眯了眯眼："我要去风城一趟，以袁放的谨慎，不可能不留虎贲军在那里看守财物。"

郑宗嗟叹："乱井头离风城已经很远了，我们被风吹走不过半天，跟着商队却走了几天才到。如果我们现在脱队，也许再也回不到钦汗城了。"

"那你回钦汗城去找援兵。"贺穆兰突然开口，"我跟着这个沙盗去风城查探究竟。"

郑宗连连摇头："太危险了！如果沙风盗在附近，你岂不是羊入虎口？"

"所以，你晚上要不露痕迹地把他放了，让他以为是自己逃跑成功。他没骑马，想要在沙漠里活命，只有尽快找到自己的同伴或老巢，又或者是绿洲。"她看着满脸不同意的郑宗，拍了拍他的肩膀，"你要相信我的本事，哪怕找不到风城，也绝对不会出事。我这条命原本就是捡的，要是不能弄清楚真相给那么多无辜枉死的兄弟们报仇，我不会回平城去。"

郑宗看着贺穆兰："你去意已决？"

"这是最好的法子。你现在受了伤，跟我一起行动只会拖累我。如果动作太慢，说不定所有证据都会被北凉人掩埋。最重要的是……"贺穆兰若有所思，"沙暴刮起前，我就去找过沮渠菩提，可他不在帐中。帐外有一整队虎贲军看守，他不可能突然不见，一定是有人做了什么。我怀疑老桑头把我们引到那里，不见得是要毁了我们的使团，而是要把沮渠菩提偷走。"

"偷走？"

"谁知道呢。也许是有人不想他到达平城吧？也许是北凉的内斗，又或者是有人想要杀人灭口。"贺穆兰摇了摇头，"我得潜入风城去看看。之前我在风城时，向导们已经给我指引了通往最近绿洲的路径，不行我就去那边的绿洲休整，找到商队再继续前往钦汗城。"

这天傍晚，商队里的人正准备吃晚饭，猛然听到护卫队里发出一声大喊："那个被抓的沙盗跑了！"

一听到沙盗跑了，商队首领立刻带着人过去查看，只见骆驼腿上绑着的绳子已经被另一只骆驼咬断了，骆驼们无辜地看着他，蠕动着自己的嘴唇。

郑宗在绳子上抹了盐水。在沙漠中行走，骆驼也需要大量盐分补充，所以旁边围着的骆驼们闻到了盐的味道，纷纷来吸捆绑的绳子，就硬生生把绳子嚼断了。

商队首领看到被骆驼咬断的绳子脸就黑了半截，看向郑宗和贺穆兰，意思是要他们负责。

贺穆兰顺势说："这人不敢骑着骆驼跑，所以必定没有跑太远，给我一匹骆驼，再给我些水和食物，我去追他，杀了再回来。"

郑宗翻译完了后接着补充道："我们必须马上出发，如果附近有他的同伴，说不定会合之后会反杀回来。"

形势一下子紧张起来，贺穆兰问明商队接下来要走的方向、下一站要到达的绿洲名称，就带着足够两天食用的水和食物，骑上骆驼追着沙盗而去。

郑宗催着商队赶快出发，因为他和十二个村民都留了下来，商队首领不疑有他，立刻启程往钦汗城的方向而去。

贺穆兰骑着骆驼不紧不慢地追踪逃跑者的脚印，朝着他的目的地而去。

逃跑者并没有慌不择路，而是十分精确地朝着北面而去。

终于，贺穆兰听到了熟悉的凄厉而尖锐的鸣沙声。

贺穆兰听到尖锐声大起，就知道附近一定有不少人。沙风盗果然将这里当作接头的地方。

这么难听的声音，没有人能够坚持着待下去，必定是加速通过，而加速的时候最容易中埋伏，嘈杂的声音也能够隐藏他们的行踪。

也许那天使团通过这一片沙丘的时候，沙风盗们就已经隐藏在那里，做好了把菩提接走的准备。他们到底是受谁指使？

一片嘈杂的鸣沙声后，传来了马匹嘶鸣的声音。贺穆心中一喜，按着骆驼跪下，伏在一片高大的沙丘之后，将身子藏在阴影之中，伸出头去眺望。沙盗们行夜路带着火把，所以看得很是清楚。

那个逃跑者大喊了一声什么，有可能是接头的暗号，沙盗们派出几个人过去查看动静。

逃亡者终于松了一口气，他跑了一整晚，早已精疲力竭，立刻一屁股坐倒在沙子上，想躺倒休息。

一个身上裹着红色斗篷的男人制止了他的动作，逃亡者动了动身子，大概是太累了，站不起来。贺穆兰在他们身上既没有看到水囊，也没有看到其他物资，知道附近必定还有他们的人，暗想：错过这次机会，就不一定能这么容易找到头目了。擒贼先擒王，也许能逼他们投鼠忌器……

贺穆兰没有带磐石出来，而是将它作为信物交给郑宗，去钦汗城求助。她想了想，拔出匕首刺了骆驼一刀，骆驼吃痛，猛地站起身，喷着鼻子在原地转圈。

趁这个机会，贺穆兰贴着沙丘边沿将自己整个埋在沙子里，藏得严严实实，只留出小洞注意外面的动静。

骆驼胡乱扭动，惊得沙子乱响，动静很大。沙风盗里立刻有人过来查探，看到骆驼后便对着下面的同伴吆喝。

贺穆兰紧握匕首，盯着外面的动静，一匹马从她身边过去了，两匹马从她身边过去了……她屏住呼吸，精神高度集中，当视线里出现一抹红色时，立刻挺身而起！有心算无心，她的身手又极为矫健，沙盗们还没明白过来发生了什么事，贺穆兰已经跃到了目标附近，一只手抓住马上之人的小腿，使劲一抖！

"给我下来！"

穿红斗篷的沙盗十分警觉，立刻拔出腰上的弯刀，削向贺穆兰的手臂，然而一股大力从他腿上袭来，他竟整个人被倒提起来了！

此人身材较为矮小，被贺穆兰一提，原本削手臂的动作变成了削脚。贺穆兰一脚踢飞了他手中的弯刀，再起一脚踩住了他的心口，顺势拔出了自己的弯刀抵在了他的咽喉上。

整个过程不过片刻之间，原本被护卫在队伍中间的红斗篷就成了贺穆兰手中的俘房，仰倒在地，喉咙上抵着一把锋利无比的弯刀。

其他沙盗甚至没有来得及下马，一个个瞠目结舌，呆若木鸡。

贺穆兰猜得没错，红斗篷果然是这支小队的首领，沙盗们都紧紧地盯着贺穆兰手中的弯刀，生怕她手一抖就把人割了喉。

红斗篷胆色过人，面色平静地开口道："听你说话，是汉人？"

他的汉话带着很重的口音，像是某地的方言。

刚刚贺穆兰一声大叫"给我下来"，因为太紧张下意识用了母语，地道的普通话。她不欲暴露身份，顺水推舟道："是，我是汉人。你也是汉人？"

她故意将自己原本就沙哑的声音捏得更粗噶一点，感觉就像是经常在沙漠里来回的旅人。

"我也是汉人。"红斗篷套关系，"你想要什么，我们好商量。"

"你身为汉人，竟然做沙盗，一点气节都不要了吗？"贺穆兰假装大怒，脚下用了用力。

这时候，刚刚的逃跑者被人搀扶着上了沙丘，一见到贺穆兰，就大喊大叫了起来："就是这个人！就是这个人让我们栽了，死在他手上的兄弟有好几十个！他一定是跟着我的脚印追上来了！"

"这人是跟着你来的？"

红斗篷原以为这人埋伏在这里，是沙风盗里哪个头目新请来的高手，专门伏击他的，现在听说是商队里的人，松了一口气的同时，也打起了主意，凭一人之力杀掉三十多个沙盗，这份武勇着实罕见，若能招至自己麾下……于是他开口道："这位勇士，你是商队里的护队？"

贺穆兰虎着脸道："是又怎么样？"她也不啰唆，弯腰抓住红斗篷的肩膀，刀架在他的脖子上。

"勇士，你既然是商队的护卫，那出生入死只是为财，不如跟着我们。看你的身手并非等闲之辈，会在商队当一个护队，定是有什么缘故……"红斗篷舌灿莲花，"我们马上就有大买卖做，我愿意出一袋黄金赎回自己，若你愿意入伙，还有黄金可分，如何？"听到他的话，贺穆兰突然想到风城里的那些财富，立刻扭头看向那个逃跑者。

红斗篷心细如发，用匈奴话对那逃跑者大叫道："你落到他们手里时是不是已经说了什么！"

逃跑者打了个寒战："他们队伍里有个人是个魔鬼……我我我……我没说多少……"

红斗篷闭了闭眼，觉得自己应该是猜错了。这个人也许不是追踪那个逃跑的人而来，而是听到了有这么一笔财富，所以想跟过来碰碰运气的。

若是此人误认为自己是沙风盗的首领，那危险就大了。这样的人最难对付，因财起意说明贪，孤身一人则百无禁忌，说不定挟持他逃出去后会直接一刀将他杀了。

红斗篷的后背已经被汗浸湿，贺穆兰却在想这些人说的"大买卖"指的肯定是风城里的那些嫁妆。如果风城里的嫁妆无主，沙风盗只要把它挖出来就好，又为何守在外面，像是随时要发动火拼一般？他们到底要做什么"大买卖"，又在等什么人？

贺穆兰沉下心思，装作感兴趣地问他："一袋金子？多大的袋子？"

此时鸣沙地上凄厉之声又起，听声音应该是有大部队开到了山丘之下。

红斗篷喊道："给他一袋金子！"

一个沙盗远远地抛过来一个口袋，袋子不大，约莫一尺见方，但装的金子也算不少了，贺穆兰看到有好几个沙风盗咽了口唾沫。

"勇士有所不知，我是这支队伍的几个头目之一，不是大首领。这么多金子，已经是我们所有的积累。但前面却有一处宝藏，埋着无数金子，只要勇士肯保护我去那里，像这样的袋子，你可以再装几袋。不知勇士意下如何？"

"若有宝藏，你自己去挖就是了。"贺穆兰冷笑，"我看你是想骗我去捡金子，趁机杀了我吧？"

"你知道了我们的秘密，就算杀了我，我的手下也会追杀你，直到把你灭口。你只有跟着我，才能活命。反正都是卖命，拿谁的钱并没什么区别，是不是？"

"当然不是，我不想当沙盗。"贺穆兰装作犹豫不定的样子。

"那我就花钱雇佣你，保护我的安全，就像是客卿一般，不算我们沙风盗的人，如何？"

"当真？"

"我们是沙盗，不是无赖，自然是当真。"红斗篷的嘴角泛起了得意的笑容。

他是沙风盗五个首领之一。沙风盗由五支单独行动的队伍组成，平日里互相合作援助，听从最有势力的那个首领调遣。然而最有势力的首领却突然想带着人马脱离沙风盗，还使出手段让实力第三的首领死在了魏国使团手中。

沙盗有沙盗的规矩，一旦入伙，除非死了，否则不可散伙。要不然今天这个要散伙，明天那个要散伙，怎么可能活下去？

大首领想洗白，又陷害昔日同伴，其他几个首领不是傻子，都在他的人马里安插了耳目，于是消息就传开了。

等他们一路赶来，发现大首领的人马已经内讧，他的部下一边传信招呼各方首领合作来分这一杯羹，一边发动叛变控制了大首领一干人等。

除了大首领和死去的三首领，剩下来的三支在风城附近集结起来，即将展开谈判。如果能合作最好，三方一起取出财宝平分。如果不能合作，恐怕就要动手比拼，根据实力分配财宝。

红斗篷的实力在众首领之中排第四，手底下的人马不到一千，但他出手大方，性格又圆滑，手下人很忠心，除非杀死他，否则他的人马倒戈的可能不大。这也是红斗篷一开始以为贺穆兰是别人请来刺杀他的高手的缘故。

红斗篷手下没几个高手，一旦开始谈判，说不得就有比武或者刺杀之类的事情，他在这方面一点优势都没有，因而迫切需要招揽高手。这个护队身份虽然复杂，却可以借来用一用……至于钱……要看他有没有命拿。

贺穆兰原本只想挟持着他去找魏国使团的行踪，可听红斗篷的意思，沙风盗内部似乎起了纠纷，以至于不能顺利取出宝藏。她权衡片刻，放开了红斗篷，弯腰捡起地上的金子。

"保护你一个月，两袋金子。"贺穆兰硬邦邦地开口，"这一袋是你小命的赎金。"

"哈哈哈，成交！"红斗篷放声大笑。

红斗篷，哦，他被自己的手下称作"血披风"。在他的队伍里，贺穆兰至少听到了五种语言。直到这时，贺穆兰才意识到自己之前想得太过乐观，能够活着混进来，是天大的运气。

她不愿以真面目示人，血披风也不想让其他首领知道贺穆兰的底细，所以他弄来了一副遮住半张脸的铁面具，让贺穆兰戴着。

大首领叛变的手下并不想得罪他和他身后的靠山，他们哗变只是为了谋财，所以召来了其他人商议如何取出这些财富，顺便推举出新的大首领。

大首领会不会死，就看新首领如何处理。大首领的手下们不愿背上这个罪名，情愿甩给别人，但别人要接这个包袱也得有些保命的本事，大首领绑来的人质就成了那个后台不会一怒之下灭了他们的保证。

谁说沙盗不聪明？如果不聪明，早就被剿光了。

贺穆兰知道的这些，都是血披风不经意间透露出来的。

天亮时分沙盗们忙乱起来，"谈判"的时间到了。

三方首领约定，每人只能带十个手下进鸣沙地谈判，其余人在外围等候。

风城附近的鸣沙地被四首领血披风占据，风城以北则是二首领恶狼，势力最小的五首领燕尾直到天亮才赶来，离他们远远地。

日出前，血披风收到了一封信，信封上画着一只小小的燕子，血披风看了一眼就把信随手丢到一旁。

血披风有一个光头手下，大概是整个团队里的智囊，他从地下捡起信，看完后道："燕尾和你私交一直不错，说不定是真的呢？"

血披风冷笑一声："你信不信她给恶狼那边也写了一封一模一样的？她势力最小，当然希望我们先斗起来好渔翁得利。"他眺望远方，"我情愿三方平分少冒些风险，也不愿意做这种白便宜了他人的事情。"

光头十分可惜，把那信看了又看，最后塞入了怀里："如果燕尾有坏心，这个算是证据。"

血披风看了一眼裹着斗篷的贺穆兰，提醒道："宝藏到手我才有钱给你，所以这一次谈判，请你一定要全力以赴！"

贺穆兰压低了声音回道："人为财死，鸟为食亡。我自然会尽全力。"

先登上山丘的是大首领那边的人马，他们押着人质、大首领，以及三四个被绑着的人上了沙丘。血披风之前说过，大首领叛变的手下们由一个军师做主，传信也好、召集人手也好，要求谈判将所有人马带来也好，全是这个军师策划的。大首领以前待这个军师不薄，所以军师也没要他的性命，甚至连他的人马都安抚住了。

贺穆兰掖了掖斗篷，紧张地等着那位"军师"的到来，然而她怎么也没想到，裹着一身皮衣，头发卷曲佝偻着身子的，居然是老桑头！

所有疑惑都迎刃而解，也许沙风盗就是知道她的队伍里有卢水胡人，才把昔日天台军的夜枭放出来做内应！使团从头到尾都在这些人布的局里转悠，被坑得体无完肤。

贺穆兰捏紧了拳头，心中暗道：老桑头，我一定要让你不得好死！

老桑头笑着和血披风打招呼："血首领还是风采如昔啊，看你的披风又红了一些，怕是最近收获不错？"

血披风抖了抖胡子："桑爷真是说笑了，不懂事的小子们吹牛说我这是鲜血染成的披风，桑爷这么聪明怎么也信？不过是我又换了一件新斗篷罢了，沙漠里风沙大，披风磨损得快。"

大首领被五花大绑，嘴里还塞了东西，对老桑头和血披风怒目而视，他身边还站着一个矮小的少年，披着斗篷罩住了面目，穿的鞋子华丽之至，鞋尖上还镶着两颗硕大的珠子。

贺穆兰和沮渠菩提日夜相处，怎能不认识这双鞋？她一直以为沮渠菩提是被这些人绑走的，现在见他缩着身子，还不知道受了什么虐待，顿时怒不可遏，恨不得冲上去杀了他们夺回菩提才好。

贺穆兰发现旁边被绑的都是铁卫营里孟家的死士，心中更肯定了全身披着斗篷的是沮渠菩提了。

她强迫自己不去看任何人，只闭目养神，直到听到耳边沙鸣声大作才睁开眼睛。

其他几个首领也登上了沙丘。

恶狼是个魁梧至极的男人，脸上有道伤痕，从右边太阳穴直划向左边嘴角。他带来的人也都是体格彪悍之士，有几个和贺穆兰一样戴着面具或披着斗篷的，显然是临时找来的帮手，不愿意让人知道自己的身份和来历。

这么一比，血披风身后只有一个藏住面目的人，就没那么显眼了。

"各位首领来得好快！"一阵清脆的笑声传来，穿着白黑相间的紧身衣、腰上缠着鞭子的女郎踏上了沙丘，"我可是紧赶慢赶，好不容易才准时到了鸣沙地！"

血披风想到了天亮前那封早早送来的信，忍不住撇了下嘴角。

"老子觉得这谈判纯粹多余，大首领倒了，我实力最强，理应是我得了大首领的位子！"恶狼有些不耐烦地嚷嚷。他看起来粗鲁蠢笨，但真正粗鲁蠢笨的人怎么可能有这么多的手下，又活到现在？

所以他试探的话一出，老桑头立刻开口："今天不光是为了大首领的事。大首领抓了北凉的世子向孟家要赎金，这笔赎金，还有这个世子，比大首领更重要。无论谁当大首领，这件事也要给兄弟们一个交代，这交易到底怎么进行下去，也要再商量。"

他指了指风城的方向："至于那边，沙子已经降下去一半，我们这么多人，再多的财宝也挖出来了，只要手脚快些，反倒一点危险都没有。"

燕尾好奇地偏头看了看那个少年，问道："那就是北凉的世子？蒙得好严实，让我们看看呗！"

"你以前见过世子吗？"老桑头问。

"那种贵人，我怎么可能见过！"燕尾掩口而笑，"桑爷说笑呢。"

"那你就算看了，又能知道什么？"老桑头摇头，"他皮肤又娇嫩，一晒太阳就肿，你们谁要，得了大首领的位子自己带回去好好看。"

恶狼狞笑："原来是孟王后的儿子？好！好得很！老子的脸就是被这小子的阿公劈的！等我当了大首领，看我怎么把这笔账找回来！"听到要和孟家交易，他有些不耐烦了，看了看燕尾带过来的人，嗤笑起来，"我就知道燕尾没有多少好手，人都是借来的吧？莫不是找了你以前的相好们？"

"你瞎说什么，我有什么相好！"燕尾紧张地看了一眼自己的几个侍卫。

她的举动让恶狼嘲笑之声更大："哟，看来这几个侍卫里，真有你的相好？"

"再瞎说，别怪老娘不客气！"燕尾虎着脸，扯出鞭子对着沙子一挥，沙子的尖锐之声顿时让所有人都捂住了耳朵。

"你就知道拿这个办法恶心人。"血披风好笑地摇了摇头，"我们是合作者，没必要弄得像仇家一样。恶狼，你也少说几句！"

血披风的话一出，恶狼和燕尾借台阶就下，互相瞪了一眼，又继续看着老桑头，等他说话。

"风城随时可能来人，我们时间紧迫，这样吧，你们三方各派一个人出来比斗，当然，若是哪位首领对自己的实力有信心，也可以自己上。倘若有人死伤，可以再派出一人顶上，直到有一方认输为止，赢到最后的就是新的大首领。"老桑头郑重地道，"之后就按照以前的规矩，大首领拿两份，其他的我们再平分。可算公平？"

"公平，公平得很！"恶狼大笑起来，"就这么办！"他的高手最多，加上他，就是十一个好手，一定能站到最后。

血披风也觉得不错，他有"铁面"做杀手锏，有相当的把握将其他敌手全打趴下。燕尾是三人之中势力最弱的，愁眉苦脸地叹道："这不是要把我逼死？"

"你现在认输也行，让我和血披风比一比，无论谁赢了，都少不了你那一份。"恶狼趁机劝降。

"我倒是想，可是我要那世子去做交易啊……"燕尾叹了口气，"你们两个应该最清楚，何必再提。"

两人一想到燕尾的出身，果然不再多说。众人退后几步，留下中间的空场，各派第一轮的高手上前。

恶狼点了一个体格粗壮的高手，燕尾点了个身手敏捷的矮个子，血披风则点了一个瘦长脸的汉子。三人站在老桑头画的圈圈里，比斗正式开始。

三支人马彼此都熟悉，打斗的过程中互有伤亡。燕尾请的确实不是俗手，联合恶狼的人杀了血披风好几个手下，血披风原本准备车轮战把其他高手累趴下后换贺穆兰上，这一看势头不对，再也藏不住人了，连忙让贺穆兰上场。

　　"燕尾，你那信果然不是只给了我一个人……"血披风恨声道，"恶狼，你也信她的话？！"

　　"为何不信？你也知道燕尾为了救家人，把命豁出去都愿意，她说她不要大首领，也不要风城的宝贝，只要那个世子，我反正只要给孟家找不痛快就行，世子就给她了。"恶狼不听他的挑拨，"对不住了兄弟，就算我当了大首领，也不会动你分毫的，你可别怪我们不够意思。"

　　血披风差点气得呕血。燕尾果然奸诈，而恶狼自信自己的实力不怕燕尾耍诈，两人联合起来，要先把他弄出局去。还好，他有铁面！

　　"铁面，把恶狼的人都杀了！"血披风恨声说道，"燕尾，你最好还是跟着我，世子我也可以给你！"

　　贺穆兰大步踏入战圈，她必须要帮血披风成为大首领，才能救出菩提，顺利前往风城，于是出手极狠。三个首领说话间，贺穆兰已经连斩三人，她心中对这些沙盗恨之入骨，又有对老桑头的一腔怒气无法发泄，如今下起手来，那真是刀刀夺命，大有神来杀神佛来杀佛之势。

　　恶狼和燕尾被她的神勇惊得心中犹如擂鼓，尤其是恶狼，昨日之前他还得到内应的消息，说血披风没招募到像样的高手，这才和燕尾结了盟，如今一看，不是那内应撒了谎，就是血披风将这个高手雪藏着，到现在才露出来！

　　两人咬牙切齿，都对血披风的忍耐和狡猾有了新的认识。

　　贺穆兰的凶残吓到了所有人，一时间没人敢进入战圈，她举着刀无辜地看向血披风，斗篷上全是敌人的血，看起来斑斑驳驳，更是可怕。

　　血披风大喜过望地对老桑头笑道："桑爷，再没人进去，我是不是直接就可以做大首领了？"

　　老桑头点了点头："是。"

　　恶狼气急，立刻将自己最厉害的人派了上去。

　　燕尾身旁一个蒙住头脸的人按住她的肩膀，低声说了些什么。

　　"你确定要上场？"燕尾为难地看了一眼戴着面具的贺穆兰，"他真的很可怕……"

她身后的高手又对她说了句什么，从背后拔出一杆短枪，迈步入了战圈。

贺穆兰将刀上的鲜血抖落，见进来的人一个用短枪，一个用长剑，不由得一凛。

长剑在近身搏斗里不如刀好用，刀可以劈，可以斩，可以削，都是最大的杀伤面积，但剑削、刺虽厉害，却难于精通，杀伤力也没刀大，故而近战用剑之人，无一不是高手。

短枪是长枪的变化，练短枪者，必定更擅长枪，而长枪是战阵武器，近战用枪的一定都是家学渊源，又或者是武将出身，比用剑者更加麻烦。

想到这里，贺穆兰率先挥刀攻向灰衣剑客，剑客抬手一剑，直接刺在她的刀背上，逼得贺穆兰不得不撤招回保。

贺穆兰心中微寒，这人已经看出她的力气异于常人，所以根本不会硬碰硬，只用高深的剑术缠住她的动作，一触即走，让她没有办法出杀招。

如果这是单打独斗，贺穆兰有自信不出三十招就把这个人的手臂削掉，可是场上还有一个高手，让她不得不时时防备，限制了攻击的力度。

贺穆兰心中十分焦急，猛然感觉到脑后生风，顿时大惊失色，一个侧身避开后面的偷袭，防范地看向手握短枪的那人。

那人头面全被蒙住，只露出两只眼睛，他仔细地扫了几眼贺穆兰的铁面，突然抬手使出了一招"蛇吐信"。

这一枪既疾又狠，杀气直透枪身，带着无尽的杀意。这样精妙的招式、有如实质的杀气，沙漠里有几个草莽见识过？就连剑客都"咦"了一声，手中青光一闪，跟着短枪一起刺向贺穆兰的要害。

两人一前一侧，像是封死了贺穆兰的所有退路，她只能挥刀选择攻击一人，血披风大叫着"杀用剑的人"，她只好状似无奈地抬手攻向剑客，将身侧的要害暴露给了用枪的高手。

如果这一枪刺中了，贺穆兰的肚子就要被捅个窟窿。

剑客却是哈哈大笑，手中的剑使得像是个光圈一般，贺穆兰根本无法前进，可再退就退到了枪尖之下。剑客的双眼精光灿灿，面对她的宝刀不退反进，贺穆兰只觉得寒气袭人，斗篷被剑光所绞，直接碎成了碎片。

血披风已经捂住了头脸，料想到贺穆兰被一前一后捅个透心凉的下场，心中大骂恶狼不知道花了多少钱才请了这个老不死的来，燕尾也是有本事，娅头里居然还有这种出身将门的高手。

"啊！"

一声惨烈的叫声过后，鸣沙之声大起，身躯落地后带起的沙扬之声犹如拉动胡琴却滑了弦一般发出了一声怪异的叫声，然后是恶狼恼羞成怒地大骂："燕尾，你居然敢阴老子！"

血披风拿开遮在脸上的手，却见"铁面"好端端站在原地，脚边躺着的却是死不瞑目的剑客，他满脸惊骇地望着上方，仿佛发生了什么不可置信的事情。

原来看似捅向贺穆兰的一枪，险而又险地擦过她的胸前，直直刺向了剑客举剑上撩而露出空门的心口。

剑客没想到刚刚还和他一起携手攻击贺穆兰的盟友突然就挺枪偷袭，心口正中一击"蛇吐信"。一个剑术大家，莫名其妙地殒身在这个小小的鸣沙之地，连名号都来不及报出。

"血披风、燕尾！好，好，好，你们暗算我的梁子我记下了！"恶狼气得手直哆嗦，为了请这个高手，他不知付出了多少，如今这人死了，弄不好他的弟子们会以为是他暗算，要满天下地追杀他。

贺穆兰低头惋惜地看了看死掉的剑客，这剑客是她穿越这么久以来，见过的剑术最精湛之人，奈何为虎作伥，以致惨死在别人的枪下。

她当然不认识燕尾，也没想过什么合作，只是当她看到了那一招熟悉的"蛇吐信"，就明白自己不是孤身作战，因为这一招，她每天早上练武的时候，已经见过太多太多次。

杀气比几个月前更加恐怖，想来两人分开之后，他又有奇遇，终于将这门枪法练至大成。

"恭喜。"贺穆兰弯腰捡起剑客的剑，插在自己腰上，对面前的枪客小声开口赞道，"你武艺又精进了。"

这是把好剑，留给恶狼可惜。

枪客与贺穆兰擦肩而过时，丢下一句不露痕迹的轻喃："火长，虎贲军就在附近。"

_____

小剧场：

狄叶飞：又雪藏我这么多章！

作者：安啦，马上就出！

库莫提：……我在东北那对付野人呢，我才惨。

郑宗（喜滋滋）：还是我好，快要平安到达钦汗城了……（打了个哆嗦）咦？怎么感觉越靠近钦汗城，后背越凉凉的？

众狄党（淫笑）：嘿嘿嘿嘿嘿嘿……

【第 287 章】

此时不光是恶狼以为燕尾早已经和血披风联合在了一起，就连血披风都对"铁面"的身份起了怀疑，以为贺穆兰是燕尾的人。

血披风和恶狼几乎同时看向燕尾，只见她脸上若有所思，却没有透露出多少其他情绪。

注意到血披风和恶狼的瞪视，燕尾带着歉意地抱了抱拳："恶狼兄别生气，我说话算话，只要世子交换我的家人，什么财宝、大首领我通通不要，无论两位谁当了大首领，我这话都算数。"又朝着血披风示好地一笑，"既然恶狼兄那边没多少高手了，大首领就是血首领了。"

血披风心中一定。是了，这丫头不稀罕当沙盗，若真当了大首领，就算救出家人也会被斥有辱门风。

恶狼听燕尾说会放弃财宝，原本准备自己捋袖子上的脚步也顿住了。要是为了意气之争死在这里，岂不是更加得不偿失？

贺穆兰不着痕迹地打量着燕尾身后的几个蒙面人。那罗浑不会一个人来，那么剩下的两个……

是陈节和盖吴？

陈节用的是槊，那恐怕不是陈节，而是蛮古和盖吴。是了，有老桑头在，所以盖吴不能上场，蛮古的战阵功夫又太明显，只有那罗浑的武艺最看不出来路。

老桑头嘿嘿一笑，恭维道："燕尾首领真是手段了得，只是恶狼首领底下死了这么多好手，血披风首领也死了几个，燕尾首领只损失了一个无关紧要的手下，有些不太厚道呢。"

这话一说，血披风和恶狼齐齐变了脸色，扭头向燕尾看去。

燕尾则怒斥老桑头："你这话什么意思？是要挑拨我们斗到最后吗？既然是比试，当然有死伤。我们是来解决问题的，不是来复仇决斗的，桑爷难道是准备让我们手底下人都死完了才好？”

老桑头表情一僵。

“什么叫无关紧要的手下？”燕尾手中长鞭一甩，“正因为我每一个手下都很重要，我才不想他们死！”

她之前其实也胜了几场，但怕人折损在这里，所以都换下去了，后来和恶狼一起对付血披风，以二打一，当然死的人少。

老桑头这话确实有挑拨之意，也正是因为老桑头想要挑拨，让恶狼彻底打消了继续折腾下去的心思。

血披风就算收拢了大首领的人，也还要对他客客气气，如果他得了北凉王室的财宝，何愁不能扩大势力，和血披风日后一争？先取出钱财要紧。

想到这儿，恶狼拱了拱手，干净利落地服输：“我认输。”

贺穆兰和那罗浑见不用再打了，都收起武器，回到各自首领的身边。血披风见贺穆兰靠了过来，满脸感激地向她道谢：“原来你竟是燕尾那边的，这次比武，多亏你了，你放心，佣金绝不会少。”

贺穆兰看了一眼血披风，莫名其妙地道：“什么燕尾那边的？”她是真没想到血披风和恶狼会把她和燕尾联系在一起。

血披风听声音看眼神都觉得对方没有说谎，心中忍不住诧异，难道是自己猜错了？

血披风扯了扯嘴角，刚想继续追问，恶狼已经不耐烦地大声吼叫：“血披风，你既得了大首领的位子，快去收拢了兄弟们，再一刀砍了大首领去！”

燕尾也迫切地望着他：“请把世子交给我，我可以现在就带着人马走。”

血披风志得意满地对老桑头说道：“速速了结此事，一起去风城吧。”语气里满是迫不及待。

老桑头脸上微微露出焦急之色，开口请求道：“大首领为人豪爽，这次虽然脑子不清楚，但罪不至死，你若要压服手底下的兄弟，最好不要杀了他。”

血披风对老桑头的话不以为然，敷衍了一句“那是自然”，转头命令光头心腹将几个捆得严严实实的人带过来。

大首领和菩提世子以及铁卫营三个死士被押到血披风身前，燕尾也连忙带着人走了过来，迫不及待地掀开菩提世子的斗篷，一张白嫩惶恐的小脸出现在了她的面前。

燕尾脸上满是喜色，但还没来得及开口，就听到身边的人脱口而出：“这

109

世子是假的！"

"什么？！"燕尾和血披风闻言大惊，朝老桑头看去，齐齐喝道，"怎么回事！"

"他哪里会知道真假……"老桑头刚刚挤出笑容，就听到四周鸣沙齐齐作响的声音，立刻止住了话头。

就在这时，大首领突然挣断了绳索，伸手就朝血披风的咽喉掐了过去！

大首领成名的绝技就是一手锁喉的功夫，血披风惊慌失措地大叫："铁面！"

贺穆兰挥刀削向大首领的手臂，这人一击不成立刻退后。贺穆兰拔腿欲追，却听身后惨叫连连，回头看去，三个铁卫营的死士也挣断了绳索突然发难，血披风的手下被杀得干干净净。

而另一边，燕尾的人也已经被老桑头带来的侍卫包围。

"铁面，你答应护卫我一个月的！你收了我的金子！"血披风紧紧抓住最后一根救命稻草。

贺穆兰点了点头，护着血披风退到燕尾身边，和他们会合。

燕尾命令手下吹起哨子，通知自己的人前来接应。

血披风则从怀里掏出一物丢下，那东西一见风立刻冒起十丈高的红烟，径直朝着天空而去。

"哪里跑！"

燕尾身后一人见老桑头跟着大首领等人逃下山丘，立刻拔出双刀快跑几步，一个用力，将右手刀掷了出去，直直钉在老桑头的腿上，老桑头吃痛，大叫一声跌倒，大首领和铁卫却脚步不停，径直跑下沙丘去了。

他们下了沙丘连连尖啸，大首领的人马齐声尖啸响应，又有手下从阵中送出马匹给几人乘坐，哪里有半点"哗变"的意思？简直再忠心不过了！

血披风见老桑头被那双刀客像是拖死狗一般地拉过来，立刻狠狠地瞪了老桑头一眼："你们想做什么？把我们一锅端了好去取出宝藏？"

老桑头惨笑一声，摇了摇头："非也，这是惹到了母老虎，你们要倒霉了。"

贺穆兰和那罗浑心头都涌起了不好的预感。

活捉老桑头的当然是盖吴，燕尾身边最后一个蒙面人大步上前，一把掐住老桑头的脖子："你这家伙愧对我们的信任！你害死了多少族人！你知不知道我们差点和他们内讧，自相残杀！"

竟不是贺穆兰猜想的蛮古，而是卢水胡人路那罗。

老桑头一言不发，腿上被刀刺中的伤口还在涌出鲜血，贺穆兰看不过去，让盖吴用腰带将他伤口绑了，路那罗则结结实实地把他捆到了自己的马上。

"来的是什么人？"贺穆兰眯眼遥望围上来的队伍，对方的将旗渐渐清晰，她疑惑地喃喃，"孟？凉国的军队？是孟家哪一位过来剿匪了吗？"

鸣沙的声音响到许多人都忍不住捂住耳朵，等看到远处一阵云雾腾起，贺穆兰等人的脸色越发沉重起来。那不是乌云，而是大军行动时扬起的尘沙。

血披风和燕尾绝望地意识到，这个陷阱恐怕不是一两天布下的。

血披风纵马驰上高坡，打量周围的形势，一瞧之下，登时呆了，只见骑兵连绵不绝，人数恐有四五千之众。他立刻冲下山丘，对燕尾叫道："恐怕是找世子和兴平公主的军队，我们拿那质子去和他们谈判！"

"没用的，这人是假的。"燕尾摇头，"他只是穿着世子的衣服而已。"

"可那些人不知道他是假的，唯有如此做才有一线生机！"血披风抓过那少年，重新把他头上的斗篷盖上。

"她果然亲自来了。是了，不看到所有知情人死在这里，她怎么放心？"老桑头自言自语，"这么狠毒的妇人，我居然为她谋划……"

"什么狠毒的妇人？"路那罗捏住老桑头的脖子使劲摇起来，"你知道来的是谁？是你们引来的？"

"来的到底是谁？"那罗浑也开口问道。

老桑头开口欲言，却听到沙丘那边有人大声通传："西国大将军孟秋霜征讨沙盗，放下武器者可免不死！"

他身后的士卒们如山呼般吼了起来："放下武器不死！放下武器不死！"

"孟王后！"贺穆兰错愕，"怎么可能？"

"罗睺那货坑我们！"血披风眼睁睁看着大首领的人马归到了孟王后的阵中，不可思议地叫道，"菩提世子不是他们抓的吗！怎么孟王后不去找他，却围了我们！"

老桑头幽幽开口："大首领和大首领的人马都是孟家的人。你以为大首领是谁？按辈分，他要喊孟王后一声姑奶奶。"

"什么！"恶狼差点跳起来，"老子说那时候怎么会差点被孟家老鬼杀了！就是因为我当时大败养病，罗睺才抢了大首领的位子！原来他吃里扒外！"

"不要放下武器！他们是来杀我们的！"血披风马上明白了过来，孟王后是为了掩盖孟家人和沙盗勾结的真相，甚至就是为了制造世子失踪在风沙里的事实……

恶狼对孟家恨之入骨，情愿死了也不愿降。燕尾虽然满脸忧色，但还算镇定地看了那罗浑一眼，见他点了点头，才干脆地回答："我听大首领的。"

有三个首领坐镇，大叫着不准放下武器，又杀了几个想逃跑的人，近两千的马贼才没有溃逃。

"虎贲军什么时候过来？"到了这种地步，贺穆兰也懒得掩饰身份了，干脆地问自己的几个熟人，"我们可拖得到那个时候？"

"袁主簿留了一千卢水胡人和一千虎贲军在绿洲驻守，风城附近有一千多兄弟，我和他们约定了辰时过来接应，现在应该已经动身了。"那罗浑立刻回答，"不过不能等，孟王后是要杀人灭口，我们得自己杀到北边去。"

北面正是之前大首领的人马归阵的方位。孟王后的本阵守在东边，北面人马不算太多。东边正是魏国的方向。

血披风和恶狼听到那罗浑与贺穆兰说着鲜卑话，大惊失色地叫了起来："你们到底是什么人？"

血披风更是直接逼问燕尾："他们到底是什么身份？"

现在大家都算一条船上的人了，燕尾也不隐瞒："你身边那位勇士我确实不认识，但这几位都是魏国的将士，我在绿洲里被俘，所以归顺了魏国。"

血披风又惊又疑地看向贺穆兰："那你是谁？"

贺穆兰没有回答，而是淡淡地道："我有办法能让你们活，只是从现在起，你们的人马都得归我指挥。否则，大家一起死。"

凉国兵马随时会发动攻击，血披风当机立断："好，我以大首领的名义答应你，将人马暂时交由你指挥！"

恶狼不愿意，他准备自己率领人马向西杀出去。

贺穆兰原本也是要分兵打散对方阵型，恶狼要走，她也不加阻拦，只是希望他跑得越快越好，最好不要回头。

事不宜迟，贺穆兰当即吩咐了血披风几句，后者打马来到阵前，向着对面大叫道："王后，你不要世子了吗？"

有人将假菩提推到阵前，一把掀开他的斗篷，露出"沮渠菩提"全身华丽的打扮。一些不明情况的孟家军哗动了起来，发出窃窃私语声。

孟家和沙风盗勾结是孟家核心人物才知道的秘密，沮渠菩提从使团里被偷走的事更是没几个人知道。

孟王后带着孟家军出走，对外宣称是寻找菩提，对孟家人则是打着为孟玉龙报仇的旗号。然而老桑头的谋划破坏了这一切，魏国虎贲军伤亡惨重，沙风盗为了财宝将一些只言片语传了出去，许多人更是不愿意离开风城，为了那批嫁妆，越来越多的沙盗往这里聚集。

事情闹得那么大，悄然无声地死遁是不可能了，北凉朝廷很快会察觉到不对，而北凉和魏国一旦携手调查，孟王后和沮渠菩提是藏不住的。

到了这一步，痛恨沙风盗画蛇添足的孟王后也只能想法子将这件事给抹平了。沙风盗人员复杂，几个首领更是知道一些大首领要绑架菩提索要赎金的内情，所以只有杀了这些首领才能彻底灭口。

"别听他们胡说！"孟王后身边的一个副将急了，"世子绝对不会在他们的手里！世子在……"

"住口！"孟王后一声断喝，声音在头盔下越发低沉，"沙风盗听着，再不下马投降，我就让你们鸡犬不留！"

"俗话说虎毒不食子，想不到王后为了剿匪，竟然还能大义灭亲。"血披风嘿嘿一笑，在背后悄悄打了个手势。

"咻！"

唿哨声乍然响起，被包围的沙盗们打马狂奔起来！

"谁敢动手，我就杀了世子！"血披风将那个假世子挟持在自己马前，向北方的沙丘急冲，"谁逼死了世子，谁就是北凉和魏国的仇人，更是孟王后的仇人！"

贺穆兰和那罗浑一左一右护着血披风，身后是路那罗带着老桑头、燕尾等，向着北面迅速突围。在他们的左后方，恶狼带着一干手下向西边突围。

贺穆兰率领一干沙盗冲进了大首领的阵中，胡乱冲杀了一阵后和他们混在了一起。

因为之前有贺穆兰的授意，更有阴损的沙盗杀了孟家军的人之后，就往大首领的队伍里钻，装作是他们的人马，在两方之间挑拨。这些沙盗的打扮都一样，大首领的手下不敢随便对相同打扮的人下手。

而孟家军北面的部队明明杀的是冲上来的沙盗，对面却喊着"别下手我是罗睺的人"、"你怎么对自己人下手"、"我就知道归降没有好事"之类的话，孟家军只要一犹豫，刚刚还在哭喊的人立刻变了脸，一刀就捅了过去，也不知无辜枉死了多少。

孟家军的人对假世子投鼠忌器，贺穆兰和那罗浑等人又神勇无比，还有一干卑鄙无耻的沙盗在阵中搅浑水，原本就不高的沙丘，给这支沙盗登上了一半。

这时孟王后已经杀到了北面的沙丘下，正待骑马登丘，却听得北方号角之声大作，让人胆战心惊的鲜卑话随着骏马奔驰的声音传来，孟王后变了脸色，大叫："不可能！怎么回事！"

贺穆兰和那罗浑出了一口长气，贺穆兰用汉话高声道："魏国的铁骑杀过来啦！魏国人来给使团报仇啦！"

血披风知道贺穆兰不会说卢水胡话，于是连连用卢水胡话和匈奴话跟着重复，还多加了几句："魏国人要的世子在我们手里！这些卢水胡人不愿意给我们赎金，魏国肯定愿意给！我们保护好世子，升官发财就在今日！"

孟王后听到血披风的话顿时气得眉毛直跳，从副将手中拿过铁弓瞄准血披风一箭射出。

贺穆兰催马上前，挥刀劈去，箭矢被削成两半，落在地上。

随着箭支落地，不远处的虎贲军犹如疯虎出山一般，手中长弓连射，将孟家军纷纷射落马下。

孟王后咬咬牙，举长弓直指前方："孟家军随我出击，先把他们杀了再说！"就算是魏国人，也不敢拿她这个北凉王后如何。

贺穆兰丢掉脸上的面具，用足以让孟王后胆寒的鲜卑语发出一声长啸："花木兰在此！虎贲军，随我冲锋！"

她的眼里满是汹涌的怒火，像是被困于囚笼的猛虎，终于找到可以肆意发泄自己愤怒的机会。

复仇的火焰，早已在她心中燃烧了许久。

那些在沙漠里死于非命的兄弟，那些遐想着和平而千里迢迢前往平城的使臣们，那位被祖国牺牲只身嫁到异国的绝世公主……

最终都化为了阴谋诡计之下的一声叹息。

— —

小剧场：

血披风：押着人质去阵前露脸这种拉风的事，你身为主角为毛不自己上？

贺穆兰（耸了耸肩）：这种小事还是交给你吧，我有更重要的事情。

那罗浑（小声）：火长不会卢水胡话啊！

郑宗（号哭）：将军你就应该带上小的！

【第288章】

虎贲军见到自家主帅还好端端活着，俱是又惊又喜，持缰大喊：
"冲锋！"

登上沙丘的虎贲军犹如一道无敌的洪流，跟随着冲锋在前的贺穆兰由高坡
急冲而下，向孟王后队伍发动了攻击！

孟王后明白花木兰不可能让她凭借身份跑掉，她还有一双儿女留在别处，
绝不能折损在这里，只能命令全军撤退。

贺穆兰怎么可能让孟王后逃走？她不过片刻就已杀到阵前，挥动长刀直劈
孟王后的马头！孟王后用的也是长刀，两柄刀劈砍在一起，火星飞溅。

"他们到底是什么来路？魏国真派人来打北凉了？"血披风压低声音问
燕尾，"孟王后会输吧？"他不想蹚这浑水，可现在跑了，就真是一无所
有了。

"那是魏国的虎贲军，是送嫁的军队。"燕尾一鞭抽翻一个想跑的马贼，
恨声道，"跑个屁！外圈都是大军，留下来等着投诚说不定还能活！"

血披风心中大恨，暗想：老子哪个都不投，等你们分出胜负，我便将沙漠
里有宝藏的消息传遍整个北凉，想要金银财宝拥兵自重的势力多如牛毛，到
时候别管你是魏国人还是凉国人，在这沙漠里都施展不开，就等着活活被累
死吧！

燕尾突然对血披风娇俏一笑："大首领，我看孟王后那边坚持不了多久了
哩，我想为自己挣个前程，不知道大首领有没有兴趣？"

血披风心中不耐："什么前程？我们都是杀人不眨眼的马贼，难道还真的
能投诚魏国不成？"

"你以为魏国人不是杀人不眨眼？"燕尾挑了挑眉，"你以为你招揽的那
个铁面是谁？那是虎贲军的主将花木兰，你帮了他一把，说不得他会送你一场
前程。"

血披风不敢置信地看着燕尾。

"罗睺投靠了孟王后，一心想把魏国使团出事的脏水往我们身上泼，我们迟早会成为魏国和北凉的替罪羊，与其如此，还不如跟着魏国回去做证，就说是北凉在幕后指使，为的是让使团回不到中原……"燕尾越说眼睛越亮，"看啊，大好的前程就在那边！"

她伸手一指，直直指向罗睺的位置。

"你是说把他抓过来？"

"就是他，他为了自己的前程，把我们害得这么惨！"燕尾咬牙切齿，"我们一起过去把他杀了！"

"杀了，不抓他？"

"他死了，那我们说什么就是什么。为了得到我们的口供，魏国人也会对我们客气几分。"燕尾话一说完，率先挥着鞭子向大首领杀去。

"兄弟们，杀了罗睺投诚魏国，方才有条活路啊！"燕尾一边叫着，一边向罗睺身边靠近。

罗睺注意到燕尾的动作，打马迎上，狞笑道："你还算聪明，知道投靠魏国，可惜都是白搭，等使团出事的事情传回魏国，你们这些可怜鬼就要被两国的军队追杀，哈哈哈哈——"

血披风紧跟在燕尾身后，听到罗睺的话，恨恨地咬牙，大叫道："魏国的大军马上就要到了，跟着孟王后连小命都难保，拿了大首领的人头投诚，还能有活路！兄弟们上啊！"

沙盗们不是笨蛋，看到血披风和燕尾拼了命地攻击罗睺，而身后被虎贲军直接截断逃都逃不掉，只能当场做出决断是投靠魏国人还是投靠北凉人。

孟秋霜是孟家刀法的传人，羌人的刀是重刀，讲究"渊渟岳峙"，心性要沉，行事要稳，方能在刀法上大成。

孟秋霜以前受家中刀法的影响，心性磊落，所以刀法中的气魄犹如渊水深沉，高山耸立，和她动手者，常常还未落败，心中已经有了巨大的压力。

可自从孟玉龙枉死、使团死伤无数，沮渠菩提心里无法接受，一意要求继续前往平城赎罪，这个原本刚强的女人心性上也终于出现了裂痕。

更何况，她实在是太老了。而贺穆兰，无论是身体还是心理都在巅峰。

外人看来，似乎是贺穆兰被咄咄逼人的招式压得喘不过气来，唯有孟王后知道，再对战下去，累死的肯定是她。

眼见着孟王后座下的战马喷出许多白沫，贺穆兰知道反击的时刻到了，她站在了马镫上，整个身子跃了起来，高喊一声："那罗浑！"

贺穆兰瞅准了孟王后旧力已尽、新力未生之时突然发难，像一只大鸟般扑向孟王后。

孟王后的亲卫们吓得胆战心惊，纷纷来援，却被那罗浑奋力阻住。

只不过瞬息之间，孟王后已被贺穆兰扑下马，直接压倒在身下。

贺穆兰掀掉孟王后的面甲，用鲜卑话怒喝道："你别想逃，魏国那么多的冤魂正看着你呢！"

孟王后苦笑着用鲜卑话回答："成王败寇，我认输了。"

如果是其他人，恐怕还怜惜孟王后是个女人，可惜身为女人的贺穆兰半点没这个想法，用力将她从地上扯起来，大吼："孟王后已被擒！尔等速速放下武器！"

孟家军你看看我，我看看你，不知该如何是好。

孟王后光棍地笑了笑，大声道："魏国人不敢杀我，否则无法和北凉交代，你们速速去了吧！"她已存死志，用羌话高喊，"保护好白马！"说罢就撞向贺穆兰手中的刀。

贺穆兰反应及快，立刻松开手，孟王后只划破一点皮肉。贺穆兰怒极，伸手扼住了孟王后的脖子。

孟家军知道孟王后落到魏国人手里讨不到好，当即下令撤军回国，去搬援军。虎贲军的数量还不足以留下这些孟家军，只能看着他们有条不紊地退去，却不敢追击。

贺穆兰整队收兵之时，燕尾也砍下了罗睺的脑袋，她兴奋地直起身，却发现血披风纠集起自己的人马，准备离开。

"你们要走？前程不要了？"燕尾焦急地扑上前去。

"我和你不一样，我是沙盗。一入沙风盗，一辈子都是沙风盗。"血披风摇了摇头，"你去挣你的前程吧，以后咱们不要再见了。"

"我不懂，这么好的机会……"

"沙盗的规矩，散伙之人不得好死，我们都发了毒誓，罗睺已经应誓了，燕尾，你以为老天爷真的不长眼吗？"血披风已经受够了今天的一切，什么财宝大首领之身都不再想了，一抖披风率领一众手下往北方的沙丘呼啸而去。

燕尾打马欲追，却听得血披风远远喊道："花将军，你曾答应保护我一个月，金子我已经付了，如今不需要你保护，你让我们离开便是！"

贺穆兰此时也顾不得这支沙风盗，干脆放他离开。

血披风奔出老远才敢停下，再见天高云阔，阳光刺眼，四周白茫茫一片，身后的兄弟只剩下一半，忍不住对天狂叫："啊啊啊啊！"

他发泄完了，身后的手下才瑟缩着开了口："首领，我们现在去哪儿？"

血披风习惯性地摸了摸腰侧，这才想起宝刀借给铁面后没拿回来，心中更是烦躁，再看东边尘头滚滚，应该有更多的魏国人来了，便策马向东狂奔。

"财宝是起不出了！让我把这一池水给搅浑！"

一个两个都把沙风盗当成棋子，就让他们尝尝被棋子反咬一口的滋味！

贺穆兰平安回来的事很快传遍了营地，所有人疯了一般涌向绿洲中心。

贺穆兰见到自己认识的大部分人都还活着，心中一松，再见冯恒居然也在这里，也就明白了虎贲军为什么没有离开。有冯恒负责提供向导和辎重，这里离钦汗城又不远，虎贲军能支撑到现在也是寻常。

"……郑宗死了吗？兴平公主也没找回来？"袁放没看到郑宗，原本升起的希望一下子黯了下去。那样的大风，能护住自己就已经是了不起了，郑宗那样的弱鸡……

"啊？哦，不，郑宗没死。我在路上发现了沙风盗的影踪，让他带着我的磐石去钦汗城求救。"贺穆兰道，"我能活下来，全靠郑宗相护。"

她抬眼一扫，没有看到蛮古，连忙问身边的陈节。陈节还在擦眼泪呢，闻言忙说蛮古被飞来的杂物撞伤了腿，正在养伤。

"其实使团没有立刻返回钦汗城也是因为伤员太多，有些人一旦移动就有生命之忧，我已经命人回去请郎中过来了。"

贺穆兰叹了口气："现在最重要的是稳定军心，虎贲军何曾受过如此重创……"

在这热死人的沙漠里，就算有绿洲可以栖身，也不是养伤的好地方，伤员肯定是要逐步送回钦汗城的。而且，兴平公主的嫁妆也不能丢在风城不管。

贺穆兰命陈节和袁放召集使团成员到帐中议事。她先是言简意赅地说了自己的经历，没有多少惊心动魄，只有说不尽的苍凉。

白鹭官刘震和袁放等人也说了她失踪之后的事情。在这场灾难中，卢水胡人只失踪了四十多个人，余下几乎没有死伤，虎贲军却失踪了一半。许多虎贲军认为这是卢水胡人想要谋财害命设下的圈套，两方差点火拼起来。

好在那罗浑和袁放及时阻止，使团里几位德高望重的使臣也大力调停，这才没有出事。活下来的人将所有能找到的辎重和水粮物资全部翻了出来，骑着还活着的骆驼和马匹，开始朝东边撤离。

使团里还留着几位向导，骆驼也能寻找水源，他们在水草耗尽之前找到了这处绿洲，却发现绿洲里已经有沙盗盘踞，不得已大战了一场，最终卢水胡人立了功，将沙盗杀了小半，剩下的纷纷投降。这支沙盗就是燕尾的队伍。

燕尾的真名是扈地干燕，她以前是南凉的贵族，随着南凉破灭，扈地干家投奔了北凉。扈地干家是大王子帐下的将军，因为护卫不利，满门被抄，男子罚为苦役，女子成了官婢。由于燕尾的父亲在河西有许多旧部，沮渠蒙逊没有杀他，而是把他关进了牢里。燕尾跟着兄弟逃出姑臧，半路被追兵追到，最终只有燕尾逃出。

一个女人在外生存实在艰难，扈地干家的家将后来也走了大半，剩下的人跟着她加入了沙风盗，聚集了越来越多的人手。

燕尾原本打算去西秦和北凉边境将做苦役的家人劫回来，只是苦于找不到机会。

这时，老桑头的使者找到了她，说是大首领要借世子索要赎金，希望她能够帮忙出一些人手。她动了心。若有世子在手，就能和北凉谈条件，于是燕尾带着所有手下赶到风城附近，暂时停留在绿洲等候下一步消息。

结果却等到了风城被埋，大首领的手下哗变，老桑头示好希望能通力合作取出财宝的信函。而这时，虎贲军也到了绿洲。

袁放和刘震策反了燕尾，答应对北凉施压要回她的家人，于是双方一拍即合。

只是原本大家以为世子和孟家是受害者，却不想一切都是孟王后的遁走之计，所有人都恨得睚眦欲裂，直想把孟王后和老桑头生吞活剥了。

"可惜菩提世子是假的。"那罗浑叹了口气，"孟王后地位虽尊贵，却对北凉大局无用啊。"

"假的？"白鹭官刘震冷笑，"谁知道是假的？"

一群人莫名地看向刘震。

"北凉人以为我们魏人那么好糊弄？哪怕他是假的……"刘震虎目圆睁，"我们说他是真的，那就是真的！"

119

孟王后一直在等，等花木兰来逼问她。

然而花木兰对待她，就像是对待朋友家中某个长辈一样，虽然客气，但根本没有多少交流，这让她一肚子的打算和计划都落了空。

按照沮渠蒙逊的速度，知道她遇袭，不可能到现在还没有动作，最大的可能就是姑臧有什么变化，这变化大到让北凉人无法顾及她的安危。想到之前和沮渠牧犍掏心挖肺的那番话，孟王后往后仰了仰，觉得自己似乎是挖坑把自己埋了。

"你找我有事？"贺穆兰跨入屋内，满脸疑惑地看向孟王后。

"你们打算怎么处置我？"孟王后再也忍不住了，之前的猜测更是让她心烦气躁，"是找北凉要赎金，还是干脆将我押往平城？如果你们想要侮辱我，我绝不会苟且偷生！"

"孟王后，请你弄清楚，是你设计我们在先，虎贲军死了上千儿郎，魏国使团和北凉使团十不存一……"贺穆兰冷下脸，"如果我国和北凉开战，这条路上必定血流成河。孟王后，你才是北凉的罪人！"

孟王后似笑非笑地道："贵国正在和北燕开战，听说战事已经胶着，必然不能两线作战。这件事是我一个人的计划，北凉最多把我交出来，最坏的不过就是菩提世子被废，可我想，贵国花了这么大工夫，应该不会只想着带一个被废的王子回国吧？"

贺穆兰提防地看着孟王后，冷声道："你有什么打算，大大方方地说出来吧，我是粗人，听不懂这些拐弯抹角的话！"

孟王后面容一整，直接说道："我可以承认你们抓到的那个假世子就是菩提，我也可以随你们回平城，只是沙盗这件事，我希望不要牵扯到孟家……"

贺穆兰嗤笑："那些沙盗也真可怜，被你利用完了就丢。"

"那不是我的意思，虽然你可能不会相信，但我从来没有安排过老桑头将你们骗入风城。我得到的消息，是他们会派人在预先设计好的沙地里打洞，将菩提偷出来，然后联系我。"孟王后冷着脸，"我不愿儿子去平城做人质，准备带着他一走了之。既然是遁走，当然动静越小越好，何必惹出这么多事？"

贺穆兰摇了摇头："从你谋划的那一刻起，你便破坏了我们双方的盟约，我不会再相信你说的任何话了。沮渠菩提世子现在应该已经自由了，那么，我祝他好运，不要被我国找到……至于你说我国不会两线开战，那你是不了解我们的大可汗。"她露出恶意的笑容，"你以为沮渠菩提能逃得掉？一旦北凉被灭，我国是不可能允许有一位世子流亡在外的，无论是对诸国施加压力也好，还是派人追捕也好，沮渠菩提的余生都会在仓皇逃窜、隐姓埋名中度过，再无安宁之日。"

"你！"孟王后刚准备嘶吼又压下了情绪，极力平静地道，"现在开战得不偿失，明明有现成的沙盗做替罪羊，对两国都好，我也可以协助魏国谋划北凉，你又何必选择损失最大的一条路呢？"

她说得没错，只要让沙盗背了黑锅，这件事就可以和平解决。北凉再派出一位公主和亲，为了弥补魏国的损失，这次和亲的嫁妆只会更多。孟王后回国后地位不减，就能帮助魏国策反、做内应，甚至在必要的时候发动武装政变。但前提是……

贺穆兰想起刘震刚刚说的话，压低了声音问她："沮渠菩提在哪里？"

孟王后沉默了，半晌之后，才开口回答："我不会交出他的，既然你们得了假世子，用他也是一样……"

"你当我们是傻子吗？"贺穆兰懒得再和她啰唆了，"我们之间的盟约已被你撕毁。可你不愿接受教训，弥补自己犯下的过错，只想用交易来抹平自己的所作所为，保住孟家和你自己的地位……"

贺穆兰闭了闭眼，眼前浮现出那些惨死沙暴中的虎贲军。

"我的答案是——不！"贺穆兰看着脸色灰败的孟王后，斩钉截铁地从牙缝里逼出一句话来，"我根本不关心你要做什么，虎贲军的仇，我是一定要报的。"

抓住孟王后的第八天，北凉的使者到了绿洲，传达了北凉王的旨意。

然而这位北凉王，已经不是沮渠蒙逊了。

孟王后离开姑臧的第二天，沮渠蒙逊亲率大军追赶，由于年老体弱，身体不堪急行军的重负，暴毙于半途之中。

沮渠牧犍奉宗室之命前往扶灵，因为沮渠菩提世子失踪，国内以"国不可一日无君"为由，拥护沮渠牧犍登上了王位。

换句话说，现在孟王后一文不值了，她变成了"孟太后"。

这么多天的时间，足以让北凉天翻地覆，沮渠牧犍一招"釜底抽薪"，直接将了魏国一军。王后原本是一招好棋，现如今却成了废棋。

北凉的使者很客气，不但愿意派出大军护送魏国使团回国，还愿意重新送出其他公主和亲。为了表示北凉的臣服，沮渠牧犍提出休了现在的王妃李敬爱，迎娶魏国的公主为王后。他甚至愿意将他和李敬爱生的唯一的儿子沮渠封坛立为世子，送往魏国为质，用以表明北凉绝不会背叛的决心。

"我现在恨不得身插双翅，回京去问问古侍中和崔太常该怎么办。"一干使臣没了主意，头痛得很。

"我们是继续和北凉交好，换一位公主和亲，还是按兵不动，等朝廷的国书到来？"

北凉提出的条件实在太优渥，让人很难不心动。

"我倾向于再等等看，先稳住北凉朝廷。"刘震发表意见，"沮渠牧犍骤然登位，肯定忌惮孟王后的势力。况且，沮渠牧犍继位也要得到我国的同意，陛下的封授到了北凉，他才是名正言顺的凉王。"

北凉是魏国的臣国，新王继位，必须要拓跋焘下诏书正位。

"他虽登上了王位，可并没有解决国内的危机。他之所以许出优厚的条件，就是想要得到陛下的封授，来堵住国内反对的悠悠之口。"袁放和刘震意见差不多，"现在我们占主动，不如借口等待国内消息暂时按兵不动。"

贺穆兰听取了众使臣的意见，了然地点了点头："我明白了，那就拖吧。只是我们的消息实在太少了，姑臧到底什么情况，沮渠菩提现在到底在哪儿……"

她的话引起一片沉默。离开姑臧之后，刘震就和那里的白鹭官失去了联系，大漠之中交通不便，想要传递消息很是麻烦。

不过，他们猜测得不错，北凉的使者很着急。

沮渠牧犍是顶着巨大的压力登上王位的，姑臧城里至少有一半大臣和武将没去参加他的登位大礼，甚至连朝都不上，闭门不出。

更何况沮渠蒙逊死得太过蹊跷，国内已有谣言传是沮渠牧犍暗下毒手。在各种流言、否定、观望，以及各种逼迫之中，沮渠牧犍虽坐上了王位，却如坐针毡。支持他的酒泉派官员和敦煌派官员又在等着他大肆封赏，好回馈他们的拥立之功，偏偏现在是最需要安抚人心的时候，沮渠牧犍怎么可能自毁城墙撤下那么多老臣换上自己的人马？

沮渠牧犍对外战战兢兢，对内如履薄冰，天天都有重臣催促他迎回孟王后，寻找失踪的沮渠菩提，而他却知道孟王后十有八九是带着菩提和白马远走天涯了，对他们的要求不免有些敷衍，这就更让重臣们怀疑他的王位来得有些猫腻。

原本沮渠牧犍想着过个一年半载，待孟王后和菩提再无声息，他就好好安抚孟家和拥后派老臣，然后齐心协力发展国力，两边交好刘宋和魏国。谁知道就在这个时候，孟家军突然急行军回到了姑臧，说是孟王后被魏国俘虏了！而沮渠菩提世子也在魏国手里，是魏国的虎贲军从沙盗手里抢回来的！

御座上的沮渠牧犍生生喷出一口血来。

孟家人言之凿凿，说是沙盗要拿沮渠菩提世子向孟王后索要赎金，孟王后率领孟家军去剿匪，却碰上了正在和沙盗相斗的虎贲军；虎贲军的主帅花木兰策反了沙盗，夺回了世子，孟王后想要抢回世子，于是两方起了误会，孟王后被俘虏，只放了孟家军回来。

这一切和孟王后之前说得完全不同！

这下子，整个姑臧都沸腾了，一干老臣派出了使臣，想要前往绿洲交换沮渠菩提世子和孟王后，拥戴他们回来登基。

沮渠牧犍听取宰相宋繇的建议，派出死士杀掉了北凉拥后派官员派出的使者，命令自己的使者星夜赶路，先行找到魏国使团，在魏国人知道国内剧变前率先订立盟约。

为了防止孟王后和魏国人联合在一起，带着沮渠菩提回国，沮渠牧犍调动重兵封锁了风城以西的城市。他要抓紧时间稳住魏国，然后收拾国内的残局，只要将局面稳定下来，魏国想借沮渠菩提生事也没用了。

沮渠牧犍缺的就是时间，他需要时间调兵遣将、排除异己，需要时间抄家灭族，拉拢旧臣，他不能让魏国往姑臧前进一步。

他却漏算了一个人。

【第 289 章】

率领手下私兵和鲜卑旧部前往敦煌的源破羌，在接到魏国使团出事的消息后日夜兼程赶到了风城附近的绿洲，见到了贺穆兰。

贺穆兰疑惑地看向源破羌："你是说，沮渠牧犍的王位坐得不稳，只要孟王后和沮渠菩提回国，各地的将领会拥戴沮渠菩提？为何？"

"因为佛门插手了。老凉王供奉佛门已久，死之前曾委托佛门帮忙寻找沮渠菩提，佛门认为沮渠蒙逊应该是属意沮渠菩提继位。沮渠菩提既然没死，佛门就会信守承诺，保护世子。"源破羌压低了声音，"但我觉得，应该是陛下和北凉的佛门达成了盟约……"

"陛下……唉，这不是与虎谋皮吗？"贺穆兰摇了摇头，"那我们现在要把孟王后送回去吗？我们手中的菩提世子是假的，真的只有孟王后知道在哪儿。"

"我们不能插手此事，否则北凉人会以为我们要趁机覆灭凉国，到时候即使是支持沮渠菩提之人，也会转而倒戈支持沮渠牧犍。"源破羌脸色极其慎重，"我一路行来，沿镇都布有重兵，就凭我们这两三千人，是无法送沮渠菩提回姑臧的，我们只能在背后支持他招兵买马，然后杀回北凉登位。"

"招兵买马？"魏国使臣们面面相觑，"这……这合适吗？"

"名义上是孟王后的人马，但其实还是我们招揽的人手。首先要做的，是把风城的钱财取出来，以孟王后的名义派出使者，重金贿赂动摇沿路城镇的将领，我相信佛门很快会联系我们，这件事可以委托佛门去做。"

源破羌在来的路上就已经盘算得很清楚了。

"沮渠牧犍想要休妻再娶魏国公主，使得敦煌的西凉遗民非常不满，还有许多与孟家交好的地方豪酋，都可以用钱财贿赂。我此番取回了南凉藏在敦煌的一笔金子，正好可以拿来行事。"

"这么一来，倒是便宜了沮渠菩提和孟王后。"那罗浑有些不满，"我虎贲军死了那么多好儿郎……"

"这笔债，日后会算的。"源破羌抬眼望向贺穆兰，"护送孟王后和沮渠菩提是假，趁此机会借道攻打姑臧是真。只要拿下姑臧，菩提退位将凉国纳入魏国，就如赫连定献西秦一样，我国兵不血刃，就可和平得到北凉，甚至不需要再发兵远征……"

"我等立下不世的功勋，就在眼前了！"

源破羌的提议很好，只要贺穆兰点头，他们就可以将偌大的北凉作为贡品，进献给他们的大可汗。

问题是，拓跋焘要的是这样的臣服吗？事情可以如此顺利吗？人心真的可以算计吗？

贺穆兰深吸一口气，对源破羌说道："你的谋划很好，可我们毕竟是魏国人，对北凉并不熟悉，更不了解他们之间复杂的关系。你说依靠金钱就能腐蚀北凉将领们的心智，但如果遇到不能用金钱收买的人，又该如何？更何况，孟王后和北凉的大臣们都很聪明，一不小心，我们就会给别人做了嫁衣。"

源破羌没想到贺穆兰竟然如此理智，一颗心不由得沉了下去，有些不太高兴："那你是怎么想的？一直等到平城有消息？那我们就完全失去了主动！"

"我不认为和孟王后合作是好办法，现在该做的是尽量收集消息，联络钦汗城的官员和白鹭官。沮渠蒙逊驾崩的消息很快就会传遍四方……"贺穆兰冷静地回答源破羌，"我们现在需要做的是静观其变。"

"你就是榆木脑袋！你根本就是想报虎贲军的仇，所以不愿和孟王后合作！"源破羌眼看着百年难遇的机会被贺穆兰果断拒绝，忍不住红着眼睛叫了起来，"这是对魏国最好的办法！你应该为我国的利益考虑！"

"孟王后并不在意自己的性命，你能用什么法子控制她乖乖听你的话？如果她得到了人马，带着菩提进了姑臧，最终却选择了将我们一脚踢开呢？"贺穆兰想得很实际，"我不同意。"

"你会同意的！"源破羌一咬牙，从怀里掏出一包事物，"如果加上这个呢？"

贺穆兰疑惑不解地问道："这是什么？"

一包乱糟糟的木屑和碎片？不像是木屑，倒像是什么碎刺。

"这是一包刺猬刺，刺头沾满了豹子的血。"源破羌语气中带着威胁，看着贺穆兰，"这是李顺的家人给我的，应该是从李顺衣服上搜集来的。有人将这些东西洒在了李顺的房间附近，所以母豹才会袭击李顺，将他咬伤。"

"什么？李顺是被人设计死的？"贺穆兰瞪大了眼睛，"谁会这么做？"

源破羌觉得自己真是太小瞧这位虎威将军了，看看她那无辜的眼神，听听她那无辜的口气，若不是李顺的家人言之凿凿说那天陈节和郑宗抓了许多刺猬，也许连源破羌都会觉得是自己怀疑错了。

"那天，很多人都看到陈节和郑宗抓了刺猬，而且虎贲军里也有传闻，说是将军你最喜欢幼小的刺猬。"源破羌似笑非笑，"英勇过人的花将军居然喜欢这种东西？说出去谁信？除非你那时需要刺猬来做什么……"

贺穆兰一口气鲠在喉咙里，半天呼不出来，她最喜欢小刺猬是什么鬼！

她只不过不愿意伤害小刺猬而已，被陈节和郑宗误会了，所以才做出抓小刺猬讨好她的举动！而且，那些刺猬早就被她勒令丢掉了，一只都没有留下，竟然也成了栽赃嫁祸的手法。

到底是谁这么可怕？能近距离接触到李顺，一定是使团里位高权重的使臣，而且对她和李顺的一举一动都十分了解。是王斤身后的那些宗室来报复了吗？还是单纯想要排除异己将自己撸下去？

见到贺穆兰变得难看的脸色，源破羌心中坚信此事和贺穆兰有关系。

"如果花将军同意谋划北凉，首功依然是你的。这包刺猬刺，我也会装作不知道，将它交还给你。"源破羌努力让自己的话显得更有诚意，"孟王后那里你如果担心，我可以亲自去交涉。她是聪明人，知道怎样做才对她和她的儿子最好。"

"我行事光明磊落，你说的刺猬纯属臆测，我行得端坐得正，你就算把那东西送到陛下那里也是无妨！"贺穆兰见源破羌居然威胁她，心情更加烦躁，"我不要什么功劳！我只想把这些虎贲军平安带回平城而已！"

"那么，所有人都愿意和你回平城么？你们丢了世子，丢了公主，死了那么多人，起因不过是因为你的轻信而已！你以为你不会受到惩罚？虎贲军能得到应有的荣耀和赏赐吗？你们一回到平城，面对的将是耻辱和无休止的谩骂！"源破羌冷笑，"就连这次出使的使臣也是一样，这辈子也别想着能更进一步了，就算花将军不为虎贲军考虑，也要为这些使臣们想一想。"

"这些不劳你操心，源将军远来辛苦，还是去休息吧。"

贺穆兰已经不耐烦和源破羌啰唆，呼唤陈节："陈节，送源将军回去！"

陈节和其他侍卫都在帐外守卫，听到贺穆兰大叫，立刻进帐。

源破羌没想到贺穆兰软硬不吃，冷着脸收起那包短刺，有些恼羞成怒地丢下一句话："就算陛下认为证据不足，可李家人却不会放过任何可能是凶手的人，希望花将军能一直这么'坦荡'才好！"说罢，满脸怒气地拂袖而去。

陈节送走源破羌，返回到贺穆兰的营帐时，发现那罗浑和袁放都在，贺穆兰正在吩咐那罗浑不要让源破羌靠近孟王后的帐篷，很是奇怪，便问道："将军，我模模糊糊地听到源将军说什么陛下怀疑，什么李家人，什么意思？"

贺穆兰沉着脸道："说起来还是你们惹的事情，说什么我喜欢小刺猬，弄得人尽皆知，刚刚源将军拿了一包刺猬刺威胁我，隐隐谴责我谋害李顺！简直荒谬！"

"什么刺猬刺？"袁放心中一惊，装作不经意地问。

"这些等会儿再说，先说重要的……"贺穆兰略过此节，说起源破羌希望能够以财帛招揽人马，护送孟王后和沮渠菩提回姑臧夺取王位的事情。

莫说心中对李顺之事有些心虚，不想让源破羌和贺穆兰撕破脸的袁放，就连一旁听着的那罗浑和陈节脸上都是异彩连连，大声叫好。

"这真是聪明！不费一兵一卒就能拿下北凉！"

"我真想看到沮渠牧犍眼珠凸出来的样子！将军，我们为什么不答应？"

那罗浑和陈节的态度让贺穆兰心中隐隐有些不安。源破羌的话实在太让人心动了。

袁放极力劝说："我知道将军对孟王后恨之入骨，我们哪个人不恨？只是为了沮渠菩提世子一人，就损失了我们几千个人，连魏凉两国交好的可能也化为泡影，但正因为如此，我们更不能让他们如愿以偿。"

"你们以为我不同意，是因为对孟王后的仇恨？"贺穆兰扫了他们一眼，"我是不顾大局的人吗？"

那罗浑正了正神色："不，正是因为将军太过谨慎，我们才担心将军错失良机。"

袁放期待地看向贺穆兰："西北民风彪悍，很多人愿意为了金子冒险，源将军的谋划也许真的能成……"

"都冷静下来！"贺穆兰见他们一个两个都像是魔怔了，连声斥责，"北凉的使者还在我们营中呢！"

源破羌的谋划如果成了，魏国得到的好处极大，而所耗费的不过是一笔金钱而已。魏国的使臣们也确实希望能够谋取一些功劳，来弥补这一行的失误，源破羌的计划给了他们表现出能力的机会。

于是魏国的使臣们私下联合源破羌动了起来。

几天后，贺穆兰率着虎贲军出绿洲去风城挖掘财宝，她走后不久，营地便发生了哗变。

刘震一开始就被源破羌控制了起来。魏国使臣们在北凉使者的营地里弄出动静，以调虎离山之计引走了那罗浑和部分虎贲军，源破羌带领着自己的私兵，以及几百个卢水胡人，杀了北凉使者，将孟王后抢出，遁走大漠。

押送着大批嫁妆回到绿洲的贺穆兰得知此事，整个人都愤怒得颤抖。

"发生了什么事？"盖吴脸色也很难看，他问没有离开的天台军旧部，"路那罗为何跟着源破羌走了？你们受雇佣了？"

留下来的卢水胡大多是有伤的，又或者是忠于盖吴不愿意离开的。

"少主，并非我们背信弃义，而是源将军拿着天台旗，命令我们协助他护送孟王后离开绿洲。"一个卢水胡人满脸无奈，"见天台旗如见首领，路那罗只能服从天台旗的指挥。"

"天台旗？第三面天台旗怎么会在源破羌手里！"

"说是昔日南凉国主曾经救过天台军一次，大首领为了表示感谢，就送出了一面天台旗。老桑头说，当年敦煌那笔宝藏也是南凉国主委托大首领封存的，当年南凉国主付了五分之一的黄金作为佣金，源将军是南凉国主之子，取出那笔黄金的同时取出了天台旗。"

盖吴这才想起，以前两个叔叔似乎是说过，曾经做过一笔大买卖，冒充沙盗去抢过什么宝藏，然后藏了起来。

"老桑头呢？也被带走了？"

"没有，路那罗说老桑头是卢水胡的罪人，不准他再以天台军自居，所以没有带走。"

贺穆兰的脸色难看至极："风城的嫁妆已经取出大半，现在形势已经不受我们控制，必须收拢人马回钦汗城去，找白鹭官传回消息。"

"刘震呢？"

"被带走了。"那罗浑脸色难看，"源将军如果不是想谋反，那就是需要白鹭官证明自己的清白。希望他是后者。"

"大军出发，其他嫁妆不要了，北凉使者都到了，军队肯定也离得不远，一旦发现使者迟迟不回，说不定会横生波折。"贺穆兰黑着脸命令，"撤回钦汗城！"

郑宗到钦汗城的路上不怎么顺畅。他毕竟是外人，商队首领会对他和颜悦色，大多是看在能打的贺穆兰身上。自打贺穆兰假借去追沙盗离了团，还带走了一匹价值不菲的骆驼，商队的首领对他也就没了好脸色。

如果不是他透露了自己是钦汗城的官员，因为风沙落难，又带着十几个乱井头的村民，可能根本就熬不到钦汗城。

可到了钦汗城，郑宗也没那么容易进入城主府。

他容貌已毁，所有能证明身份的东西都被风吹走了，只有一把磐石剑作为信物。城主府的门丁把他当成了疯子，无论他怎么说，都不愿意帮他通传。

偏偏冯恒不在城中，刘元宗事务繁忙，郑宗在城主府前等了许久也没等到他，心中更是焦急。

没办法，他只好扛着磐石剑，带着村民们去丽子园，因为贺穆兰的虎贲军曾经在丽子园驻扎过，她的磐石让许多人都记忆犹新。

郑宗赌对了，丽子园里有受伤的虎贲军，他们一听到贺穆兰的佩剑到了，都沸腾了起来。

慈心大师也回了钦汗城，负责照顾伤员，听说丽子园外有人拿着磐石自称是通译郑宗，立刻迫不及待地冲了出来。

"阿弥陀佛，就知道花施主这样的好人一定会受佛祖保佑，郑施主也算万幸，没有大事。花将军呢？现在在哪儿？"

"花将军去追踪沙风盗了。我担心他有危险，所以回来传达消息，希望能派援兵去接应将军……"郑宗有些着急，"刘将军呢？我要见他！还有冯恒都尉！"

"虎贲军还在风城附近，将军如果找到风城，就能找到附近驻守的虎贲军，你先别急……"慈心大师见郑宗嘴上都是泡，知道他这段时间一定十分心焦，连忙安慰，"冯都尉一直来往于沙漠和钦汗城之间，亲自为虎贲军运送物资，消息也是每三天一传。京中已派了人马来钦汗城，刘将军每天都忙到晚上才回，我明日一早就带你去见他。"

"明日？"郑宗摇头，"我等不及了，我马上就要见他。"

"……我觉得你最好拾掇一下自己。"蛮古看见郑宗的样子忍不住叹气，"你现在这样子让城主府的人见了，还以为花将军遭遇了不测，回来交托遗物呢。更何况，你身后的这些朋友……"他指了指那些乱丑头的村民，"他们护送你出来有功，是不是至少要安置一下？他们的肚子在叫了。"

郑宗脸红红地摸了摸肚子。这些村民跟着他东奔西跑，确实一天都没有吃东西了。

终于见到熟人的郑宗放松下来，这才想到自己的样子确实不适合见人，而这些村民再不耐烦下去恐怕也会生事。

他们都不会鲜卑话，只会匈奴话和氐话，听不懂蛮古和郑宗在说什么，只是看到蛮古指了指他们的肚子，似乎在说给他们搞点吃的，一个个都高兴地猛点头。

饱餐一顿后，郑宗去房间休息，满脑子想着一些乱七八糟的事情，愁容满面地进了梦乡。

第二日一早，蛮古见郑宗虚耗得狠了，没忍心叫醒他，天还没亮就出发去了城主府，却被告知京中兵马已到，刘元宗半夜就率军出发，迎出一百里外。

蛮古扑了个空，追出去又来不及了，只能在城中空等，谁料大军根本没有进城主府，而是直接进了丽子园。蛮古一打听到率军的主帅和副帅是素和君和狄叶飞，哪里还顾得上其他，打马就往丽子园跑。

郑宗醒来时，头还昏昏沉沉的。

他睁了睁眼，发现面前黑压压的，迷糊了片刻，他才意识到不是天黑，而是有人坐在他的榻前！

郑宗惊得猛地坐起身来，定睛看去，见榻前坐着一个穿着男装的女子，容色艳丽，只是皮肤不是很好，表情也太过严肃。

再一看，那丽人竟然抱着放在床头的磐石在抚摸，顿时大怒："你是丽子园里的宫人？居然敢碰花将军的东西！护卫呢，眼睛瞎了吗？人呢？来人！"

"我让他们离开了，我想找你问问花将军的情况，却发现你睡得太熟，索性便等一等你。"那丽人把剑放在手边，侧过头来和郑宗说话，俨然从此那把剑就由他保管的样子。

"你是何人？把磐石还来！那是我的剑！"

"这是花木兰的剑，你身材瘦弱，不能保护好它，现在归我保管。"

丽人抬手间，轻松把郑宗扑过来的身子拂回床上。

"我马上就要去北凉，替你将剑带回去。"

"你到底是谁？"郑宗满脸错愕，"女人也要去北凉吗？"

"女人？哈哈哈，你竟不知道我是谁？"丽人大笑，"我是奉命来迎接使团的高车虎贲左司马，花木兰的军中火伴，也是花木兰的至交，狄叶飞。"

––

小剧场：

郑宗：我家将军不爱女人！

狄叶飞：我不是女人，我是左司马狄叶飞。

郑宗（面无表情）：作死吗？我可是谈笑间杀了一个主使的聪明人，你想成为第二个死掉的主使吗？

狄叶飞：……素和君！

郑宗（换脸）：啊，不是，刚才开个玩笑，我想说的是，你缺翻译吗？

【第 290 章】

"沮渠蒙逊死了？"素和君得到冯恒送回来的消息，有些不敢相信，"你确定没听错？"

"是，北凉使者传过来的消息，沮渠牧犍希望得到我国的封授，愿意重新派公主和亲，巩固两国的关系。"冯恒满脸无奈，"孟王后和老桑头实在太毒了，虎贲军伤亡这般惨重，还让沮渠菩提跑了，否则现在哪会有这么多事。"

只要带回沮渠菩提，再迟迟不发赐封的圣旨，沮渠牧犍根本就坐不稳那个位置，一辈子生活在沮渠菩提随时会借兵打回来的恐惧之中。

"沮渠牧犍的事情自有朝中大臣商议。"素和君担心沮渠蒙逊死了会让北凉局势有所动荡，"他想登位，就等着先放放血吧。"

寇谦之叹了口气："我们得快走，花将军有危险。"

"危险？"

狄叶飞一惊，他身边的郑宗已经忍不住叫了出来。

狄叶飞和素和君立刻就点兵准备启程。

行军第三日，忽有斥候回报，说是北方尘头滚滚，似是有军队正在交战。

贺穆兰极其焦虑。

不知道是哪里出了问题，从前天开始，虎贲军就一直受到不明队伍的骚扰，偏偏他们带着大量财宝，根本走不快，只能被迫防守，更拖累行军速度。

"他们分明是想累死我们！"那罗浑顶着黑眼圈怒吼，"恐怕是得到消息，冲着那些嫁妆来的！"

这些不明人马就像是追着猎物的鬣狗，每一支都有七八百人，日夜不停地骚扰，根本不给虎贲军休息的时间，再这样下去，战斗力很快会被消耗完。

贺穆兰揉了揉太阳穴，长期睡眠不足让她快疯了："燕尾是地头蛇，她怎么说？"

"燕尾说不是这条路上的沙盗，看行事风格，倒像是西边的沙盗。那些人昼伏夜出，神出鬼没，经常尾随跟踪商队不停骚扰，直到将商队累垮再群起而攻之。"那罗浑脸色沉重。

"水和粮草还够吗？"

"水还够，粮食能再用五天。只是没有多少可以喂马的牧草，原本运送来的新鲜草料都已经被高温烤干了。"

贺穆兰仔细想了想，沉声道："我们要将他们都引出来，一次解决掉。"

沙丘地。

追击贺穆兰的人和血披风有些交情，是真正的穷凶极恶之辈，听说虎贲军被重创却带着倾城的财富时，立刻就纠集了西边沙漠里三四支沙盗，准备一起吞掉这尾大鱼。

马贼首领听了探子的消息，眼中精光闪烁："他们快撑不住了，行军时间越来越短，今天还有从马上掉下来的，依我看，明天日出时分发动袭击，应该就能得手。"

血披风有些不安："追击三天就够了吗？要不要多等几天……"

"这里已经离钦汗城很近了，再等下去恐生意外。"首领断然道，"我们抢了骆驼便跑，虎贲军人困马乏，一定追之不及。"

沙盗团伙的两千六百多人是为了这次大买卖临时凑在一起的，到时候能抢到多少，就各凭本事，这是沙漠里生存的规矩。

"其他几位首领怎么说？"沙盗首领问身边的部下，"有没有意见？"

部下笑着回他："他们也等不及了，都急着出手呢。"

"那好，明天半夜发动几次小的骚扰，天一亮就动手！"

午夜时分，沙盗们分好队伍，约定好轮流骚扰的顺序，便潜伏在虎贲军的营帐旁，等着最终时刻。

就如这位首领所说的，因为越来越疲惫，他们派出去骚扰的队伍得手更容易了，射出去的火箭烧了一大排帐篷。最后，对方的将军不得不命令收起帐篷，所有人到骆驼群里去睡。

骆驼围成一个圈，虎贲军将士就睡在圈里，那些财宝也都在骆驼旁边。

一个晚上，沙盗骚扰了三四次，最后一次，出来抵御和回射的只有三百多人。骚扰的沙盗十分高兴，立刻飞快地回报。

大首领当机立断——在凌晨睡得最熟、最松懈的时候发动攻击！

天色渐亮，虎贲军开始了痛苦的清晨。每个人都拖着脚步，奴隶们将财宝往骆驼上装着装着就靠着骆驼睡着了。

整个营地的速度比以前慢了一倍都不止，贺穆兰甚至没有顾得上在营中巡视。

就在这种让人压抑的氛围下，沙盗发动了总攻。

黄沙滚滚中，高举着马刀的沙盗穿着遮住全身的劲装，只露出两只眼睛，从黄沙尘雾中直奔虎贲军而来。

他们像是疾风般冲到营地附近，虎贲军早已习惯他们时不时出现，善射的将士立刻射出箭矢还击，但因为太疲累的缘故，那些箭都软绵绵的，准头也有限。

虎贲军根本没怎么反抗就在贺穆兰的指挥下迅速收拢，朝着财宝的方向急退，看到虎贲军想带着骆驼跑，沙盗们眼睛都红了，一个个拼命抽着马屁股，挥舞着武器，向骆驼群狂奔。

"啊！"

"啊啊啊啊！"

"沙子里有陷阱！"

骆驼附近的沙子里浅浅地竖埋着箭头和枪头，吃痛的马匹没有防备，人立而起，将沙盗摔到了沙子上。

沙盗贼心不死，即使摔到地上依旧往骆驼群狂奔，他们的眼睛里只有一个目标——满载着货物的骆驼！

然而当这些沙盗千辛万苦地冲到了骆驼旁边，才发现骆驼后埋伏着无数的虎贲军！

这些将士各个犹如杀神附身，手中刀光剑影一片，瞬间就将这些摸到骆驼身边的沙盗杀得血流成河。

外围的沙盗发现情况不对，立刻纠集人马杀向往南边撤退的虎贲军，却发现他们结起了圆阵。

队伍的最前方，一身戎装的贺穆兰手持弓箭，专门射被众人包围的头目，她的箭矢精确有力，几个头目后背生寒，大叫着向后撤退。

埋伏在骆驼边的精兵干掉了意图牵走骆驼的沙盗，也不与贺穆兰的队伍会合，反倒翻身上了骆驼，随着一声声嗾哨，骆驼站起了身子，大概是觉得今天身上轻了不少，在尖利又短促的哨声之后，骆驼们开始狂奔！

骆驼腿长、步幅大，持久力也强，疾跑时的速度可以和马媲美。

骆驼很少奔跑，是因为骆驼奔跑起来骑者的舒适度会大大降低，颠簸的骆驼会让人晕眩，甚至把人摔下去。

现在虎贲军管不了这么多了，他们将腰带系在骆驼背上事先预留好的固定物上，背后倚靠着箱子形成天然的避震空间，疯狂地追赶着沙盗。

很快就有一些倒霉蛋被骆驼大军撞得阵型大乱，有些更是直接掉下马来，被虎贲军迅速收割。

不过骆驼后继乏力，速度渐渐慢了下来，沙盗首领当机立断："骆驼跑不动了！回头抢骆驼背上的东西！"

看到们沙盗掩杀过来，虎贲军们跳下骆驼背，没命地向后狂奔。

沙盗们大喜，眼睛里就剩下那些骆驼和箱子。

飞奔回去的虎贲军与迎上来的同袍会合，翻身骑上队伍里的空马。

这时候沙盗们按照势力大小抢到了各自的骆驼，却发现无论是用力拽、拼命指挥，或者骑上骆驼学着虎贲军一般挥舞缰绳，骆驼都一动不动，只会定定地站在沙地里。

沙盗们急了，眼看着虎贲军越来越近，有些沙盗拔出匕首戳骆驼的身体，可骆驼一吃痛，立刻在原地发了疯一般地乱跳乱转圈圈，根本不听人使唤，让其他准备依样画葫芦的沙盗都打消了这个蠢主意。

"放弃骆驼，取下箱子走！能取多少取多少！"

沙盗首领的心头如同擂鼓一般地乱跳，整个人心浮气躁，有了可怕的预感。"不要贪心，装了就走，别折损在这里！"

听到大首领的叫喊，沙盗们手忙脚乱地爬上骆驼背，丢箱子的丢箱子、卸绳子的卸绳子，这些封着北凉皇室的火漆封条的箱子都十分沉重，他们拣重量轻、容易带走的箱子丢上马背，迅速离开。

贺穆兰率领虎贲军不紧不慢地坠在后面，沿路做好标记防止迷路，骆驼则被随队而来的奴隶们重新牵回营地去。

"他们不知道箱子里装的都是黄沙，哈哈哈！"陈节见前方的沙盗越跑越慢，忍不住哈哈大笑，"驮着那么重的箱子在沙地上跑，那些马真可怜！"

沙盗的速度越来越慢，虎贲军中途换了一次马，重新蓄养了马力，跑起来特别轻快。这真是风水轮流转，现在是轻装上阵的虎贲军骚扰沙盗了……

沙盗们是在一个箱子滚到地上散开后才发现情况不对的——箱子里装的居然是黄沙和石砾！

大首领瞠目结舌地翻查着手边的箱子，发现封漆虽然没掉，但是漆上烙着的印记已经糊了，说明是被火烤过重新封上的，手法虽然很巧妙，可仔细看还是看得出端倪。

他歇斯底里地大喊："我们被耍了！抛掉箱子，赶快逃跑！"

沙盗们慌慌张张地丢掉箱子，可即便如此，疲累至极的马儿们也已经有些体力不支。大首领一行人看向血披风的眼神冷酷无情起来。

血披风背后生寒，刚准备解释，就听到大首领阴恻恻地说："既然是你挑起的事端，你就要负责。留下来断后吧！"

血披风脸上变色，只是形势比人强，他根本不敢反对，恨恨地一咬牙："好，大首领保重！"

其他的沙盗立刻拼命向南去。南边是前往姑臧的商道，常常有商队经过，他们人数众多，只要打劫一两个商队，就能获取新的补给和财物，弥补今天的损失。

虎贲军将血披风的人马包围起来，贺穆兰越马上前，冷冷地盯着血披风。

血披风惊慌失措地用汉话大声喊道："花木兰，你收过我的钱，答应一个月内保护我的安全！你不能杀我！"

贺穆兰还没说什么，陈节已挺槊来刺："我家将军答应了你，我可没答应！"

"我知道沮渠菩提的下落！我在罗睺身边安插有内应！"血披风大叫，"留下我们的性命，我告诉你他们在哪里！"

贺穆兰眼睛微眯，淡淡地道："将他绑起来，那罗浑和亲卫队将这批沙风盗控制住，其余人随我继续追赶沙盗。"

如果不能将他们全歼在沙漠里，说不定来围追堵截虎贲军的贼寇会越来越多，她可没时间天天和他们玩智力游戏。

贺穆兰正率领虎贲军追赶沙盗，却见远处的尘头铺天盖地，马匹嘶鸣的声音隔着老远都听得到，她惊得勒马下令："虎四的斥候出去打探消息，飞马来报！"

"好像是钦汗城的方向。"那罗浑从奔跑的战马上由坐姿变成站姿，眯着眼睛看向远方，"这么多人马，是不是钦汗城的人来了？"

贺穆兰皱着眉头："应该不是，冯恒说过钦汗城的人马要守城，最多只能调动一千多人，看这尘头，人数不在五千之下。"

沙盗们也发现了尘头，同时听到让人胆丧心惊的"锵锵"声。这"锵锵"声是武器和马鞍、铠甲等摩擦后发出的声音，是属于军队的声音，也是属于死亡的声音。以为自己落入了魏国早就布好的陷阱，沙盗们如丧考妣，前有埋伏，后有追兵，他们的结局早已注定。

"完了，完了……"

贼首们目眦尽裂地看着远方鲜衣怒马的军队。

他们见多识广，却从未见过如此威武的军队。

每个将士的武器都闪耀着令人心寒的光芒，在日光下闪耀得眼睛都疼。

"怎么办？投降吧？"

贺穆兰和狄叶飞的相逢，颇有戏剧性。

贺穆兰和虎贲军在风沙里蹉跎了一个月，一个个都衣衫褴褛，从头到脚披着遮蔽日光的斗篷和衣衫，捂得就剩眼睛，再加上风尘仆仆，长期不洗澡，比贺穆兰之前见到的卢水胡人还不如。

所以当装备豪华闪亮登场的高车虎贲出现时，虎贲军们纷纷捂住了眼睛，大骂着"我去！这是给老子们添堵的吗""这群高车人来北凉相亲是不是"，喧闹嘈杂地靠近了高车虎贲军。

然后就被高车虎贲给围了。

先前已经吃下了一群投降沙盗的高车虎贲，以为又遭遇了另一波沙盗呢，打量着这些自动送上门的功劳，高车虎贲俱是满脸堆笑，然而还没来得及喊话，便猛听得一声大喝：

"来将通名！吾乃虎贲军左司马花木兰！"

得，贺穆兰还以为来的是斛律光斗呢。

高车虎贲大吃一惊，待被围的虎贲军一个个揭开蒙脸的头巾，露出熟悉的面容，双方都大笑起来。

高车人收起了武器，跳下马来和友军拥抱问好。

狄叶飞和素和君打马向前，陡然间耳边风声大作，一匹白马疾奔着向着贺穆兰而去。

"将军军军军军——你没事太好了！！！！"

"这郑宗，真是狗腿。"素和君摇了摇头，"也不知道我将他推荐给花木兰是对是错。"

"他起了不少作用，是素和使君慧眼识珠。"狄叶飞对郑宗印象不错，他从自己的替马上取下磐石，"我去看看火长的情况。"

　　见到郑宗没事，还带了钦汗城的人来，贺穆兰等人也很高兴，下马去迎。

　　郑宗跳下马一头扎进贺穆兰怀里，激动地抱住她："将军果然是和虎贲会合了！"他抬眼扫了扫贺穆兰身后的人马，大惊失色地叫了起来，"怎么就剩这点人！虎贲军伤亡那么惨重吗？"

　　贺穆兰拍了拍郑宗的背，将他轻轻推开，笑道："不是，一部分伤员去了钦汗城，还有一部分在营地看守辎重和马匹，跟我出来追击沙盗的都是精锐。"

　　"火长，下次找个身子壮点的托付你的佩剑啊。"熟悉的清亮声音响起，贺穆兰惊喜地抬起头，看到手握磐石的狄叶飞。他笑得灿烂极了，在贺穆兰接过剑后也上前抱了抱她，又转身和陈节拥抱。

　　"总算没让我耽误了！花木兰，使团的人现在在哪儿？"素和君亲热地拍拍贺穆兰的肩膀，"那些沙盗又是怎么回事？"

　　"素和君，你也来了？"贺穆兰微微错愕。

　　"还有老道。"寇谦之笑吟吟地下了青骢马，对贺穆兰笑道，"花将军别来无恙……唔，不对，是别来有恙……你这阳气，确实成了大问题啊。"

　　贺穆兰现在不想纠结这个问题，只是冲他点点头，便道："这里不是说话的地方，你们先跟我回绿洲的营地吧。等太阳完全升起来，你们穿成这样继续前进有的苦吃。"

　　到了这里，就算是到了阳光炙烤的地狱了。

　　贺穆兰扫了眼被高车虎贲控制住的上千个沙盗，不由皱起了眉头。带着这么多人一起走，浪费粮草，他们也不需要这些乌合之众做俘虏。

　　狄叶飞看出她的心思，立刻挑了挑眉，很自然地说道："这些沙盗留之无用，都杀了吧。"这些沙盗手中不知道有多少条人命，杀了是替天行道。

　　沙盗们投降就是为了能有条活路，一些听得懂鲜卑话的沙盗当场就叫了起来，其他知道要发生什么的沙盗鬼哭狼嚎的有，凶神恶煞的也有，当场拼死挣扎的更多，引起一阵骚乱。

　　素和君皱了皱眉："杀死这么多人不好吧？"尸体暴于荒野，会引来猛兽和猛禽，也会引起其他恐慌。

　　郑宗一路上跟着素和君和狄叶飞，只觉得这两个人十分温和，和在宫中见过的许多官员不一样，现在一听他们张口就是"杀人"，而且一杀就是上千人，顿时一阵胆寒，张大了口说不出话来。这……这算是好人吗？花将军应该不喜欢这样性子的人吧？

"无量天尊，杀了这些人，怨气会久久不散，不利于行军。"寇谦之换个容易让人忌惮的说法求情，"不如派出几百个士卒，将他们送到钦汗城去？"

"让他们骑马，他们肯定会逃跑。"素和君也是为难，"要是走着去，押送的几百个士卒会被拖垮。"

贺穆兰略一思索，指了指沙盗队伍，开口道："让他们把首领指认出来。"

郑宗用匈奴话和卢水胡话说了几遍，很快就拖出来十一二个头目，贺穆兰下令斩了。

"将所有人扒光了丢在沙漠里，不要给他们水和食物，是生是死各凭本事。"贺穆兰对这些沙盗没什么恻隐之心。

在沙漠里，没有衣服遮蔽，又没有水、食物和马，不死都难。

最近的两个绿洲，北面那个有虎贲军扎营，南面那个却要走上近一天，马上烈日就要当空，沙盗们已经想象到了自己的下场，只能拼了命地往南边狂奔。能多跑一寸，都是好的。

两支虎贲军沿路回返，半路收拢了押送血披风的那罗浑。

贺穆兰吩咐回去时将沙盗们掳走的箱子全部回收。

"这些箱子怎么回事？我看漆封都是开的。"素和君小声询问，"风城里的嫁妆挖出来了？有看到兴平公主吗？"

"没有，只挖了大半，还有埋着的。发生了许多事，我是匆忙离开的，路上还被这些沙盗盯上了，骚扰了好几天。"贺穆兰简短说道，"这些是嫁妆的箱子，拿来做诱饵的。"

素和君惯于坑人，听到贺穆兰寥寥几句就大概拼凑出了结果，摇了摇头，心中嘲笑这些沙盗倒霉，撞到花木兰的枪口上。

留在绿洲的虎贲军士卒远远看到来了一大片军队，先是惊讶得不行，片刻后，就欣喜地叫了起来。

他们看到了魏国的大旗。

"来人了！终于来人了！"

"花将军威武！"

此处绿洲甚小，根本容纳不下那么多人，冯恒苦笑地看着这两支加起来七千多人的队伍，对补给更加头疼起来。

贺穆兰一回营就下令清点损失，将财宝装箱，让骆驼休息，并且协助高车虎贲扎营。

狄叶飞和素和君等人则迫不及待地钻入她的大帐等她。

此时已是正午，狄叶飞和素和君汗流浃背，素和君脱得只剩一件小衣，狄叶飞更是随便，直接在帐子里赤裸上身，下面也就穿着一件单裤，胡乱拿着东西扇风。

贺穆兰一进帐就乐了："要不要这么夸张？你们又不是第一天在沙漠行军。"

"我们从钦汗城出发还没这么热。"狄叶飞擦了把汗，"你们就一直在沙漠里这么熬着？"

"不熬怎么办，东西还在风城呢。"贺穆兰看了下四周，"我刚从血披风那里过来，得了沮渠菩提的消息，不知道是真是假。寇天师不一起来吗？"

"我没让寇道长来，他毕竟是道门中人，我们讨论的都是国家大事。"素和君有些焦急地看着贺穆兰，"到底发生了什么事，你赶快说吧。"

"这次出使真的是一波三折。那一天，北凉王宫大宴，大行驿却突然失踪……"贺穆兰娓娓道来。

"如果找不到菩提，只能让牧犍登位。"素和君脸色很不好看，"若是册封的金函迟迟不到，北凉就会对我国产生不满……陛下如今亲征北燕，北凉不能再乱了。源破羌真是胡来！"

"我看源将军倒像是要复国的样子。"郑宗摸了摸下巴，坑死人不偿命地说道，"将南凉王室的宝藏取出来招兵买马，又招揽卢水胡人，这样庞大的势力，隔几年连西秦都能打下，在我国做一个将军实在太委屈。也不知道他盘算了多久，才找到机会到北凉来拿回这些东西。"

"郑宗，休要胡言。"贺穆兰板下脸，怕郑宗给他自己惹麻烦。他一个毁了容的舍人，如何与宗室直勤身份同等的源破羌对抗？

郑宗以为贺穆兰是维护源破羌，心中不甘，有些恼羞成怒地继续说着："他得了孟王后，如果再找到菩提世子，挥军杀入姑臧城，到时候就一定是让菩提归顺魏国吗？如果是禅位给他呢？他可是南凉的王子，这姑臧城以前就是南凉的王城！"

贺穆兰见郑宗误解了她的好意，闭了闭眼，不再说话。倒是素和君拍了拍郑宗的肩背，安抚道："知道你着急，不过花将军是为你好，如果这话传出去，源将军日后肯定视你为敌。"

郑宗不是蠢人，闻言后背生出一股寒气："谢将军提醒，我不会在外面乱说的……"他还不知道源破羌拿了那一包刺猬刺，否则现在腿大概都要软了。

"你说得有些道理，不过源破羌……"素和君皱了皱眉，"他很崇拜陛下，而且还有兄弟在平城，应该不会这么做。就算沮渠菩提禅位给他，他也只会归顺我国，不会拥兵自立……"

"现在怎么办？既然你来了，我也可以松口气了，这些事我实在不擅长。"贺穆兰吐出一口气，"这些日子以来，我一闭上眼，眼前就会出现那些死去的兄弟，一想到是我轻信外人导致他们遇害，我就内疚不已。"

"此事恐怕真是北凉安排好的，否则大行驿不会那时候出事。如今我们倒不适合去钦汗城了，最好到姑臧去。"素和君考虑了一下，"北凉急着等我们的回应，我们使团里少了人这件事是瞒不住的。如果源破羌在北凉扯着虎皮做大旗，有我们在还能做些事情。不过我们这七千人的队伍沿路补给太困难了，我认为现在应该赶紧把沮渠菩提救出来，由花将军送回平城，高车虎贲留下来策应赫连公的西秦大军。"

"西秦？赫连公去西秦了吗？"贺穆兰政治上迟钝，在军事大局上却敏锐得很，"是为了防止北凉有变？"

"是，陛下命赫连公在西秦与北凉边境整备，一来是震慑北凉，不让他们轻举妄动，二是怕如果你真陷入北凉，也有人马相救。"素和君笑了笑，"就是寇道长本事太厉害，让我们飞速赶来，现在算算，至少要半个月后赫连公的人马才能陈兵西秦边境。"

"沮渠菩提到底在哪儿？"狄叶飞问贺穆兰，"我们多耗一日补给都很麻烦，最好速战速决。"

"血披风说，当初约定交换赎金的地方在鸣沙郡，罗睺身边的内应也曾有过密信，说是罗睺得了菩提世子后曾经秘密带人去了鸣沙郡的普宁寺。这件事知道的人很少，孟王后大概是把人安置在那里了。"

"既然如此，明日就向北凉诸州下文书，就说使团愿意考虑沮渠牧犍的要求，所以大军要回姑臧等待国书，我们回程时进鸣沙郡要求补给，顺便打探菩提的消息。"素和君不太乐观地说，"孟王后如果把菩提藏在鸣沙郡，那鸣沙郡的将领和官吏一定都是孟家人，说不定我们还要打一仗才能入城。"

"希望不要如此吧。"贺穆兰疲惫地揉了揉眼睛，被沙盗骚扰了这么多天，有些熬不住了。

素和君善解人意地笑道："我去拟文书让白鹭官们送去北凉诸州，安排接下来的行程。今天就由高车虎贲看守大营，花将军好好休息吧。"

那罗浑待其他人都离开大帐后，不自在地摸了摸鼻子，对贺穆兰道："火长，那句话你最好和狄叶飞自己说吧。"

贺穆兰一下子没反应过来："什么话？"

"他不是断袖那句。"那罗浑飞快地丢下这句话，一抖帐门，猫腰钻了出去。

贺穆兰怔愣在原地。

【第 291 章】

天尚未亮，大军拔营，向着鸣沙郡而去。

冯恒介绍："灵州的鸣沙郡算是这条路上最大的城镇，商队和僧人会在这里歇脚，也有许多沙盗化装成商人脱手抢来的货物，所以鸣沙郡三天两头就有争斗，毕竟有些商人发现了抢自己东西的沙盗，总是要去指认，官府又不能不管……"他苦笑着补充，"不过要是沙盗以商人身份进入，不闹事又愿意交税，当地的太守是管不了的，地方的卫戍军人数也不够剿匪。"

一支如此庞大的军队在凉国地界行动，不一会儿就有武将打扮的北凉官员前来询问人马的来历。

在得知一干人等身份后，北凉官员立刻派人火速回姑臧和灵州禀报，然后小心翼翼地陪同前行。

随着两支虎贲军再次进入北凉，各种谣言传遍四方。有说魏国要攻打北凉了，有说沮渠牧犍准备去国投降了，还有说沮渠菩提和孟王后都在魏军手里，这次是给名正言顺的世子撑场子来继承王位的……

在这样的情况下，贺穆兰和狄叶飞率军进入鸣沙郡时，遇到了不小的麻烦。

"没有大王的手令，我不能放他们进鸣沙郡。"此地的镇戍校尉王兴对魏军颇为忌惮，"我收到的文书里，魏国使团已经启程离开北凉，我怎么会让一支来历不明的军队经过卫城！"

沮渠牧犍派来的官员黄明仁脸色难看。灵州的刺史是坚定的世子派，和沮渠牧犍并不对付，他们甚至不承认沮渠牧犍是新的凉王，迟迟不肯回姑藏庆贺新王继位，而且对京中的来使也多有防备。

黄明仁气急败坏地高喊："王兴，你给我开城！我是尚书令，按礼你该出来拜见，在城头上呼喊，成何体统！"

素和君饶有兴趣地看着面前的外城城郭。卫城不是军事要镇，矮小的城墙看上去没有什么防范能力，为什么这些人情愿冒犯新王和魏军也要阻止他们入城呢？

"尚书令不是刘使君吗？怎么变成黄使君了？"王兴在城头上大笑，"这近万人马，我这小城可容纳不下。"

"答应他。就说只进城一千人，其他人在城外驻扎。"素和君悄悄告诉贺穆兰，"城中必有古怪，你、狄叶飞和我入了城肯定要被这些官员绊住参加宴席，让盖吴带些精锐趁夜溜去普宁寺，打探沮渠菩提的下落。"

贺穆兰按素和君的说法要求黄明仁安排。

黄明仁见魏军主将没有生气，反倒做出退让，脸上神色才算好看了一点，对着城头大叫起来。

王兴知道不可能阻挡魏军入城，能将人数控制在一千已经很不错了，当下下了城头，亲自开了城门。

卫城的卫戍兵和北凉其他地方不太一样，满身彪悍之气，而且有许多人的发型和打扮都与寻常士兵不同，贺穆兰不由得多看了几眼。

王兴见贺穆兰对他的兄弟十分好奇，撇了撇嘴说道："他们都是些投诚的沙盗，又或者是当地游手好闲的刺儿头收编，我们这里可不太平，手软点的都没命了。"

贺穆兰这才想起这条商路上鱼龙混杂，城镇间常有争斗，恐怕就是这个原因，这里的守卫才有一股彪悍之气。

王兴只是地方军事武装的长官，很快郡守和县令都满脸大汗地跑了出来，狠狠地骂了王兴一顿之后，毕恭毕敬地说城中宴会已经安排好，劳军的辎重也准备好了，就等将军们赴宴。

晚宴中规中矩，贺穆兰在外面从不喝酒，都给身旁的陈节喝了。

酒量惊人的陈节喝到一半，感觉腹中有些不适，顿时就警惕起来，在贺穆兰耳边说道："将军，我闹肚子了……"

自从大行驿死在北凉王宫，贺穆兰对酒水就很敏感，立刻小声问他："是不是酒有问题？"

"我有些憋不住了，怕是泻药……"

贺穆兰立刻沉下脸，让陈节去方便，暗中悄悄让那罗浑带着几个武艺高强的亲卫跟在陈节身后，如果有人要下毒手，立刻活捉。

素和君坐在贺穆兰对面，见陈节和那罗浑离席，忍不住露出关切的神色。王兴也感觉到有些不对，派了几个侍卫去看动静。

这一下动作就大了，整个宴会厅里人人都心不在焉。

不一会儿，厅外就传来了老大的动静，一个满脸是灰的小子被那罗浑提了进来，往厅中一掷。他身后的虎贲军推搡进来五个被捆住的壮汉。"将军，这几人在厨房里埋伏，要不是我们跟去，陈节恐怕就要被他们暗算了！"那罗浑蹙眉指了指地上那个身形矮小的孩子，"这个小子应该是主谋！"

郡守震惊地站了起来，满脸不安。

那小子在地上扭着，听到那罗浑指认他，立刻梗着脖子叫道："我一人做事一人当！这些人害得我们城里所有商人都跑了，我想教训教训他们不行吗？"

听声音尚且尖细，恐怕都没有变声，还是个孩子。

素和君开口相询："这样的宴会，为何什么人都混得进来？"

"真是抱歉，这是犬子！"郡守满脸大汗地离席奔了下来，对着地上的少年就是一巴掌，"这是我的外室所生，最近外室死了才回我府里，是我没教好，来人啊，将这孽子给我拖到……"

"等等。"贺穆兰觉得这很荒谬，"在我们的酒中下毒，又带着人在厨房里埋伏，一句孽子就完了？"

贺穆兰冷着脸走上前，将少年拽起："你到底是谁？在酒里下药有什么目的？"

少年倔强地咬着下唇，一句话都不说，只是满头乱发抖落开来，露出一张有些熟悉的脸来。

"土漠使君，虽说是你的儿子，不过冒犯他国使节是大罪，你还是将他处置了吧。"黄明仁咬了咬牙，"按照我国的律例，谋刺冲撞他国使臣，应该鞭死。"他知道此地郡守有三个儿子，死了一个庶子不会影响香火，所以开口就是让他死，以此来平息魏国人的怒火。

少年抖了抖，不敢置信地看着黄明仁："你是什么人，是大王吗？一句话就要我死？"

黄明仁原本是酒泉的官员，沮渠牧犍登位后才得了势，和魏国使臣接触、打听孟王后的下落是他的第一个差事，生怕做错事引起举国大祸，此时见这小孩冥顽不灵，心中更是厌恶。

"我是尚书令，处置你一个小小顽童还是可以的！"

谁料那郡守一把拥住这个少年，大哭特哭："我和那外室感情甚好，她一辈子没名没分地跟着我，临死前只求我照顾好我们的孩子，是我没教好他，怎么能让他就这么死了？诸位如果非要杀他，不如杀我吧！杀了我，放了他！"

"好一出父子情深。"素和君没好气地说道，"不过你们两个都跑不了。"

贺穆兰转头问那罗浑："陈节怎么样了？"

那罗浑回道："还在厕房里蹲着呢，一时半会儿出不来。"

"把这孩子带走。至于土漠郡守……"贺穆兰意味深长地看向黄明仁，"相信黄尚书会给我们一个满意的答复。"

黄明仁原本就想替沮渠牧犍将灵州"梳理"一番，这里是后党的大本营，得到这个机会，立刻满脸诚恳地表示一定会给魏国使团一个满意的答复。

就在宴厅里一片乱糟糟之际，王兴悄悄溜出大厅，融入夜色之中。

宴席不欢不散，贺穆兰等人没有留在卫城之内歇息，而是连夜返回了在外城驻扎的大营。

被押回来的少年除了一开始嚎了几嗓子，后来就像是哑巴一样，一句话都不说。

黄明仁担心魏国栽赃嫁祸，借故生事，要求一起审讯这个少年，素和君笑了笑没表示反对，就让他在旁边看白鹭官的手段。

那孩子如何受得住白鹭官手段，直接崩溃了，自称叫土漠小白，哭着说没人撺掇，就是因为看不惯魏国在北凉作威作福，想教训教训花木兰。

这一听就是假话，带着人手在厕房等着，明显是想等人虚脱时杀人或绑架，可惜太过幼稚，不知道一军主帅即使如厕也会有人守卫；要么就是事先打听过，知道贺穆兰如厕从来不让人伺候。

如果是后者，那就更加居心叵测。

这少年年纪太小，没多久就体力不支昏了过去，再勉强刑讯恐怕会猝死，素和君遗憾地命令明日继续。

当晚，陈节发起了高烧，贺穆兰又气又急，连夜带人敲开了城门，要求城中送名医来治。

她本想借这场骚动让盖吴等人趁乱溜回大营。

然而直到第二天上午，贺穆兰也没有等到盖吴和郑宗回来。

盖吴和郑宗带着几个斥候出身的黑山精锐小心翼翼地隐藏行踪，靠郑宗熟练的羌语打听到了普宁寺的下落，可还没有进入普宁寺，就在后门的小径给一锅端了。

普宁寺内外看似平静，实际上连只鸟都飞不进去。

孟王后把亲卫队和所有心腹都留在一双儿女身边。这些人里有生活在地道里的暗卫，眼睛在黑夜里也能视物，盖吴等人虽然惯于隐匿身形，但对于这些专门用来在夜晚放哨的"暗卫"，盖吴他们就像是黑夜中的火把那么显眼。

来之前，素和君告诉盖吴和郑宗，如果不幸落入敌手，就大大方方报出来历，北凉的佛门已倒戈了魏国，如果真是佛门的人，说不定他们会主动送沮渠菩提回来。若不是佛门中人，只要咬死了孟王后还在魏军手里，就一定能保命。

于是盖吴直接说出自己是虎威将军花木兰的弟子，卢水胡人盖天台的儿子；郑宗更是担心小命不保，说出自己是魏帝身边的近臣，天子舍人兼使团的译官，是使臣之一。

其他几位虎贲军都是那罗浑从虎贲军里挑出来的精锐，忠心绝对没有问题，老实做各种沉默状。

普宁寺里的人更加惶恐，将盖吴等人关押起来后，匆匆忙忙就要带着沮渠菩提跑。

"你们想要我跑去哪儿呢？"沮渠菩提已经被躲躲藏藏的日子弄得快要疯了，"牧犍兄长已经继位，我无论出现在哪里，都有杀身之祸。更何况母后还在魏人手里，阿姊又被寄养在土漠伯伯那里，你让我一个人逃？"他眼圈深陷，脸瘦得没有巴掌大了，"我不想逃了，让魏人把我带走吧。我原本就是要出使魏国的啊。"

孟王后身边的将领卫亢龙沉声道："为了世子的安全，我们牺牲得已经太多，我知道世子你很累了，但在你安全之前，不能轻易妥协！"

"我根本不想要你们为我牺牲这么多！"

卫亢龙的话像是压死骆驼的最后一根稻草，让沮渠菩提大叫了起来："你们把我关在这里，天天等着阿母来接我，结果呢？阿母回来了吗？我阿姊被你们送去郡守那里冒充我，我求你们不要这么做，可你们一个个都不愿听！"沮渠菩提捏着拳头颤抖，"我们一开始就错了，一步错步步错，还要为我牺牲多少人才够呢？"

卫亢龙听着沮渠菩提的哭诉，心中一阵酸楚，却只能化为一声叹息："属下有罪……"他垂下眼眸，"送世子回房！收拾东西准备从密道走。"

"那些魏国人呢？"

卫亢龙苦笑："把他们捆了丢在禅房，等我们走了之后魏人会来找的。"他终是不敢做什么。

沮渠菩提不是第一次被强迫着走了。当初黄沙漫天之时，他就想去找最近的绿洲和城镇求救，却被铁卫营打晕送到了沙漠边徼的小镇。

他不止一次地要求母亲将他送回去，一切就当沙盗见财起意，还有挽救的余地。可是母亲却安慰他只要做得不留痕迹，虽然有些变故，结果还是一样。然后，在某个深夜，母亲带着三千孟家军离开了卫城。

鸣沙郡的郡守是他大兄的死忠，鸣沙郡的校尉王兴是他阿母的徒弟，宫中暗卫出身，普宁寺是他表嫂的父亲出家为僧的寺院，整个寺庙里的小和尚都已经被换了，只有大和尚济宁还留在寺中主持法事，以免卫城的权贵发现寺中不对。

一切都是因为他的懦弱无能造成的，如果他像两位兄长那样能干，母亲一定不会只想着带他们离开北凉。

"要离开了，为什么还哭呢？你不是并不想留在这里吗？"

和蔼的声音从门前传来，沮渠菩提抬起泪眼婆娑的小脸。当看到济宁和尚进来时，他忍不住害羞地擦掉了眼泪。

在普宁寺的这些天，济宁像是位慈祥的长辈一般照顾着他，每当沮渠菩提情绪低落时，侍卫们就请他去安抚。

这一次也不例外。

"济宁大师，我想去换回阿母。"沮渠菩提抽了抽鼻子，"花将军是好人，盖吴师父也很好，我在魏国使团里受了他们许多照顾，他们不会加害于我，我不想再逃了……"

"你可想过以后该怎么办？"

"我……我不知道……我一直都是跟着阿姊和阿母的。"

"你不知道外面的情况，我却是知道的。"济宁经常出入鸣沙郡的富豪人家，讲经说法，消息从未断绝。

"王后率领三千孟家军去剿匪，却遇到虎贲军，据说是找回了失踪的你，王后心忧儿子，主动要求留在使团里……"济宁看着满脸疑惑的菩提，同情心大起，"这是不满三王子登位的大臣们散布出去的消息。他们希望借你的名义让三王子退位，毕竟你才是名正言顺的世子。"

沮渠菩提低了低头："我不想坐那个位子。"

"孟家和沙盗勾结，意图吞没兴平公主的嫁妆，在沙漠中设伏袭击魏国人，最终使魏国伤亡惨重，孟王后起兵灭口，反被魏国所擒，被沙盗掳走想黑吃黑的世子殿下也被救回，如今魏国对世子殿下满腔怒火……"济宁吁了口气，"这是大王传出来的风声。"

"……和嫁妆没关系。"沮渠菩提脸色更白了。

"所以，殿下，这可能是我第一次，也是最后一次问你。你有没有勇气面对愤怒的魏国，面对登位后很可能将你除之而后快的大王？"济宁温和地看着沮渠菩提，"接受保护，也许是最好的结果。你母亲留下的人，能安全地送你去这世上任何一个地方。刘宋也不错，你不是一直想去那里看看吗？"

"我……我只想让两国不要打起来，我想救回阿母，我想赎罪……"沮渠菩提被济宁的话吓得后退了一步。

"诸法从缘起，如来说是因，有因必有果，彼法因缘尽。"济宁听见外面有不少人过来的声音，只能草草丢下一句佛偈，塞给他一样东西，"你名为菩提，应是有慧根的孩子。"

沮渠菩提还没有明白济宁要说什么，就被卫亢龙抱了起来，朝外面走去。

"怎么这么快……"

"郡守府的消息，白马公主行刺花木兰，被魏人抓走了。再不走就走不了了。"

卫亢龙感觉怀里的小孩全身一震，很是心疼，柔声安慰道："世子不必担心，王后都安排好了，如果这里被发现，我们就往鄯善逃。鄯善国的女王和王后有旧交，一定会庇护你的。"

"阿姊被抓，会怎么样？"

"如果魏国人用刑，很快就会发现她是女的……一旦白马公主的身份暴露，大世子手下的人就会知道受了欺骗，普宁寺一定会彻底暴露。鸣沙郡不能待了，得赶快离开。"

"在阿母看来，我和阿姊是一样的。"沮渠菩提的声音闷闷的，"从来就没有女儿一定要为儿子牺牲的说法。"

"什么？"

在卫亢龙看来，世子本来就比公主重要，连公主自己也是这么想的，才一点怨言都没有地去了。

"咱们走了，济宁大师怎么办？"沮渠菩提突然又问。

"他会去他该去的地方。"卫亢龙有些不忍地咕哝了一句，脚下没停。

"你们把他杀了，是不是？因为害怕暴露密道和行踪……"沮渠菩提的声音更加悲哀，"又一个人因为我死了。"

"这些牺牲都是值得的，哪怕要我死了才能保护世子，我也愿意。"

他们一直都坚信这是孟王后设的一个局，到最后北凉一定还是沮渠菩提的，所以所有人才拼死保护世子，哪怕牺牲一切都不在乎。因为只要他登位，所有的牺牲都能得到补偿。

"我知道济宁大师给我这个是做什么了。"沮渠菩提嘲笑着自己，"可是我连杀人的胆子都没有呢……"

"世子！你干什么！"

密道里，暗卫们突然被这一声暴喝惊得停下了脚步。

沮渠菩提用匕首抵着自己的喉咙，示意卫亢龙将他放下来。因为并没有在黑夜中视物的本事，菩提下了地稍微踉跄了一下，在一片惊呼声中勉强站直了身子。

"送我回普宁寺，否则我就自尽。"

"世子，被匕首捅死是最痛苦的死法，我看到你的手在抖，给你匕首的人不安好心，这匕首的尖头这么锐利，你会误伤到自己……"卫亢龙冷静地朝暗卫做了个"稳住"的手势。

"你们根本不懂，我现在抖，不是怕死……"沮渠菩提泪流满面地说，"我受够了，我是怕我忍不住直接刺死了自己，所以才在发抖。

"就算你们现在将我的匕首夺走了，我会咬舌、会撞墙、会投湖、会上

148

吊，我会想尽一切办法自杀。如果阿母和阿姊都不在了，我活着又有什么意义？你们送我回去！"

【第 292 章】

"算了吧，还是个孩子。"陈节看着被绑在柱子上的白马，动了恻隐之心，"吊了一天手臂会坏掉的。"

"陈将军，素和使君不许他睡过去。"白鹭官摇头否定，"我们要在他最困的时候不停地问他问题，那时候他防备最弱。"

"痛苦会让他的头脑清醒。"陈节只是好奇害得自己这么倒霉的人是什么样才进来看看，但看到严刑拷打一个孩子，还是有些不忍。

白鹭官见陈节婆婆妈妈的，忍不住撇了撇嘴："陈将军真是好心，但我们不能放，只有看到素和使君的手令我们才能将他从柱子上放下来。"

陈节在孩子身边绕了绕，看他昏昏沉沉又强忍着不睡，手腕被吊起的地方已经磨到出血，想了想撕下前襟，稍微折叠了一下塞在铁链和手腕摩擦的地方，叹着气说道："我们家将军真的是一个好人，我不知道你为什么要害他，但是把你知道的都说出来，是对你最好的做法。"

那孩子斜看他一眼，又有气无力地垂下了脑袋。

陈节做不了更多，拖着虚软的双腿离开了帐篷，离得老远还能听到他和外面守着的同伴议论的声音。

"自从到了北凉，什么破事都发生了，我们虎贲军一定是和北凉八字不合……"

"第二次刺杀了，北凉真拿我们魏国人当傻子……"

白马微微了动麻木的脚踝，立刻感受到刺骨的痛苦。如果不是她从小跟着母亲学武艺，根骨比其他姑娘要好一些，这一晚上下来已经残废了。

饶是如此，不停来袭的困意和锥心刺骨的疼痛还是在不停地折磨着她，伴随着白鹭官"你叫什么名字""谁授意你刺杀花将军的"之类的问题，白马感觉自己的灵魂已经渐渐脱离了躯体，飘到更远、更远的天上去。

那里有疼爱她的大兄，还有嘴巴最严从不告状的二兄，还有英俊的表哥孟玉龙……

好疼啊，母后。

好疼啊，菩提。

我有些后悔去找花木兰麻烦了，可是我又不能说出自己的身份，这算不算是自作自受呢？

一盆凉水泼来，晕死过去的白马打了个哆嗦，重新醒了过来。

手腕的疼痛因为有陈节塞入的布条做缓冲，那疼痛不再让人恨不得将牙齿咬碎，但随之而来的寒冷让她忍不住发抖。

一个老成的白鹭官皱了皱眉头，对另两个白鹭官说道："把他的衣服扒了，再拿个火盆过来，湿衣服贴在身上一晚，明早他就真要死了。"

多少人在刑讯过程中就是这么猝死的。

那两个白鹭官点头应是，一个撕扯白马的衣服，一个出去要火盆。白马不管不顾地尖叫："你们离我远一点！不要碰我！"

白鹭官哪会听她的话，三两下就把她剥了个精光，一具没有发育完全的女孩身躯暴露在白鹭官们的面前。

白马满脸泪水，羞怒让她完全丧失了理智，大声吼叫："你们这些畜生！你们这些魏国的畜生！"

年长的白鹭官脱下自己的斗篷往白马身上一罩，沉着脸开口："去找花将军、狄将军和素和君，这人既然是女孩，那土漠郡守就说了谎，这不是他的儿子。"

"是！"

天色渐亮，贺穆兰已经坐不住了，准备带兵闯卫城，去普宁寺找人。

盖吴和郑宗没有消息，刚刚黄明仁传讯来说，土漠郡守畏罪自杀了，死前只希望不要连累家人。

贺穆兰刚点齐兵马，素和君和狄叶飞就匆忙来到，告诉她昨晚行刺的那个孩子是女孩，而且很可能不是土漠家的人。

贺穆兰正愁没有借口入城，当即带着白马一起入城去找黄明仁议事。

发现魏军突然兵临城下，城门官惊惶地大叫："花将军，离开城门还有一个时辰啊，有什么要通传的小的们跑一趟就是了！"

贺穆兰还没开口，就听得城门内打杀声一片，还有人不停地叫着"开城门！开城门！不要误伤前面的贵人"云云，心中更是紧张。

没一会儿，不知是城门里的人终于妥协了，还是守城人马被杀了，城门打开，露出黑压压一片的人影。

等为首的几人护着一个矮小的身影走出城门时，贺穆兰等人都失声叫了出来。

"盖吴！"

"郑宗！"

"天啊！世子！"

被盖吴和几个虎贲军紧紧护着的，正是失踪了许久的沮渠菩提！

贺穆兰、狄叶飞和素和君哪敢轻忽，立刻率大军涌上前去，将他们护在阵中。

"怎么回事？"贺穆兰看着盖吴，"我还以为你们在普宁寺出事了！"

"确实是出事了。"盖吴低下头，"普宁寺埋伏着大量人马，就是那些侍卫。我们全靠世子才逃出来的。"

此时的沮渠菩提已经不是以前那副天真呆萌的样子，身上有了果决的气质，眼睛里有了悲天悯人的光彩，看到贺穆兰的目光扫向他，他微微点了点头，开口说道："花将军，这里不是说话的地方，我跟你回使团后再谈。"

贺穆兰没有异议，将沮渠菩提护在自己身边，下令收兵回营。

那些追出来的侍卫跟了上来，被虎贲军强硬地阻挡住，贺穆兰疑惑地低头问沮渠菩提："这些是你的亲卫？"

菩提摇了摇头："那些是我阿母的暗卫，奉命保护我的，这段时间，他们一直和我寸步不离。"

他停住脚步，对那些暗卫叫道："你们都走吧，离得远远的！你们有一身本事，天下哪里都去得！你们不是想光明正大地生活吗？现在就可以去了。"他对着一直保护着他的卫亢龙躬了躬身子，"卫阿叔，对不住了，我只想和阿母阿姊在一起。"

"你可以为王的。"卫亢龙面无表情，"你是大王钦定的世子，朝中无数大臣翘首盼望你能登基，我等奋不顾身地护着，是为了辅佐你完成北凉的功业。世子，你不考虑我们，至少也要想一想北凉的百姓，想一想死去的兴国世子和政德世子。"

沮渠菩提脸色一僵，腰带下坠着的核桃香囊让他感觉沉重得走不动路。

"那太好了，我们的目的并不冲突。"素和君满脸笑容，"我们也是要送沮渠菩提世子回姑臧继承王位的。"

"什么？"匆匆赶来的黄明仁失声叫了出来。

卫亢龙脸色一变。

"世子到我们魏国学习，本来就是要跟在陛下身边学习治国之道。现今沮渠蒙逊国主崩逝，于情于理都应该是沮渠菩提世子继位。"素和君表情温和地继续说道，"这是陛下的意思。"

沮渠菩提脸色更黯，从他决意投向魏国时，就知道会是这个结局，但他并不后悔。

"卫阿叔，你们离开才是最好的选择。我是个不祥之人，跟着我的人都没有什么好下场。"沮渠菩提满脸痛苦，却被卫亢龙突然亮起来的眼神止住了话头。

"我们当然渴望光明正大地出现在人前！"卫亢龙和一干暗卫如同打了鸡血一样激动，"我们都是大好男人，自当建功立业，立下赫赫战功，怎可安心做一田舍翁？请让我们继续跟随世子！"

素和君笑得眼睛眯了起来："大丈夫当如是！诸位不如跟着我们使团一路回姑臧去，也好照顾菩提世子，不知意下如何？"

卫亢龙当即答应。

"素和使君！花将军！你们答应了大王要去姑臧商议两国交好之事的！"黄明仁见情况发展完全失控，整个人都颤抖了起来，"你们不可背信弃义！"

"对，是啊，我们不能背信弃义。"素和君摸了摸脸，笑着说道，"黄尚书，我们是准备去姑臧共商两国交好啊！为两位殿下做协调么。北凉只有先安定下来，我们才能放心啊，你说是不是？"

"你……你们……"

"来人啊，黄尚书生病，站都站不稳了，把他和其他几位使君请回营去！"

"是！"

贺穆兰和狄叶飞瞠目结舌地看着素和君轻而易举地结束了一场可能引发的大战。

就算灵州和鸣沙郡的势力不同意他们带走沮渠菩提，可是在听到素和君许诺会让沮渠菩提登上王位，而且还软禁了黄明仁等人后，自然就会明白魏国的立场，对沮渠菩提进入姑臧提供方便。

沮渠菩提见局势稳定下来，就请求贺穆兰把自己的姐姐放了。贺穆兰等人这才想起之前被拷问却不肯透露身份的那个女孩，一时有些无语。

他们的沉默让沮渠菩提误会了，脸色煞白："难道……你们把她……"

"不不不，没有没有！"贺穆兰被他话中的意思吓了一跳，"她之前打扮成男孩，又自称是郡守的儿子，因为行刺我被白鹭官审问，吃了点苦头，但性命无碍！"

沮渠菩提松了一口气，整个人都瘫了下来，连路都走不动了。

"谁叫你投靠魏国人的！"白马一看到弟弟就叫了起来，奔到他的身边胡乱摸着，"他们打你了没有？他们欺负你了没有？有没有？"

菩提看到伤痕累累、连路都走不好的白马，就"哇"的一下哭了，抱着白马哭得山崩地裂，江海倒转。

白马见到弟弟哭得这么惨，再一想自己被几个混账看光了身子，还受了这么多苦，不由悲从中来，她受了白鹭官一夜拷问，身体和心理都已经到了极限，全靠一口气撑着，这下子也忍不住放声大哭。

沮渠菩提听到姐姐哭得比他还伤心，倒收起了泪，哭丧着脸求素和君和贺穆兰为姐姐找个好郎中疗伤，姐姐伤没好之前哪里也不去。

素和君已经从卫亢龙那里打听清楚了有哪些州郡是支持沮渠菩提的，正想着趁源破羌没有胡闹之前把沮渠菩提在使团手里的消息传播出去，听沮渠菩提有些抵抗情绪，连忙哄道："之前不知道公主的身份，现在知道了，自然不能怠慢。为了你们的事，虎贲军已经损失惨重，再耽搁不得了，这样吧，我会让白鹭官照顾你们……"

"你还敢让那些人碰我！"白马尖叫，"我差点死在他们手里！"

素和君脸色有些不好看。他提到虎贲军就是想提醒他们，他们对于魏国来说其实是有罪的，不要太过分，结果不知是白马故意装傻还是没听懂，居然还继续告状。

"可是使团里大多都是男人……"素和君伤脑筋地叹道，"你叫我去哪里给你找伺候的人呢？"

"我要那个圆脸的人照顾我！他们喊他陈将军的！"白马眨了眨眼，看着手腕上的伤，突然说道，"就是我在厨房里袭击的那个人！"

"不行，陈节是我的亲卫，负责保护我的安全。"贺穆兰生气，"而且你巴豆下得太多了，他现在根本照顾不了人，还要别人照顾。"

白马脸色一黑："我就要他呢？"

素和君很是为难。在他看来，让陈节安抚这个小鬼几天没什么，最多是被捉弄捉弄。然而贺穆兰这般抵触，他也不好开口劝她。

"我照顾你吧。"郑宗突然上前一步，笑着开口，"我会卢水胡话，我听你鲜卑话说得很生疏，陈节和你交流肯定有问题……"

"离我远点，丑八怪！"白马尖叫。

郑宗一僵，像是被刺中了刻意忽略的角落，不由自主地向贺穆兰看去。

贺穆兰沉着脸开口："孟王后英雄了得，怎地生了这么个女儿！"

白马满腔怨恨，咬牙道："我阿母怎么教我，不关你的事！我要像我几个姐姐，你们才真是倒霉呢！"

"兴平公主比你可人多了。"那罗浑小声嘀咕。

"陈节不可能，郑宗是我的译官，也不会照顾你。你可以在卢水胡人里挑几个合适的。"贺穆兰下了决定，"我们会为你采买几个女仆，但现在没有女人伺候你。"

"那她呢！"白马指着狄叶飞，"她是你的美妾吧！"

"噗！"素和君捂着脸喷了。

郑宗使劲瞪她，什么叫美妾！

"我是高车虎贲左司马，是男人。"狄叶飞没好气地哼出声，"你要我照顾你？只要你有胆子，我无所谓。"

见到姐姐把魏国重要人物全部得罪完了，沮渠菩提拉了拉她裹着的斗篷，歉意地开口："我们没有什么要求，我只希望能早日见到我阿母，请问她在哪儿？"

"在安全的地方。"素和君高深莫测地回答，"你们放心，她没事。"

源破羌也不会让她有事。

两个孩子对视一眼，眼睛里满是惊疑，竟有些不敢再开口了。

- -

小剧场：

狄叶飞：……美妾？

那罗浑：意思你长得不像正房。

贺穆兰（捂脸）：重点不是这个吧！

郑宗（尖叫）：为什么我就是丑八怪！作者和我有仇吗？

作者（冷脸）：我也可以让你升官发财……宦官，你要试试吗？

【第293章】

"来来来，让老道看看，到底伤到哪儿了。"仙风道骨的寇谦之拉着白马的手，露出慈祥的笑容。

白马快要哭出来了："我我我我我哪里都好，不不不需要看看看……"

"公主刚刚不是还说头疼？"寇谦之认真地把了把脉，"唔，好像真有些问题，且让老道开几副……"

"我我我没病！我装的！我就是想骗陈节过来！"白马大叫，"我不要吃药！我不要吃虫子！你这个老疯子别过来！"

"那怎么是虫子呢？那都是药啊。"寇谦之笑得更灿烂了，"很多药只有西北有呢，那些蝎子比中原的个头大多了，我都恨不得多带些回去，这边的药，药性真是不错……"

"我不吃！我不吃我不吃！"

听到帐篷里的动静，陈节总算是松了口气，蹑手蹑脚地跟着满脸笑意的素和君离开。

"姜还是老的辣。"陈节抹了一把汗，"我可不想再伺候她了，简直是不把我当人。"

说要骑马，结果让他趴下来给她骑！当他是畜生不成？还好寇道长回来了，否则他真要杀人了。这么小的女孩，怎么肚子里有这么多花花肠子？

寇道长从接到贺穆兰以后就离开了队伍，去找北凉当地的道门打探消息，顺便寻找源破羌的行踪。之前东晋混乱，十六国并立，不少河西大族到了姑臧、酒泉、敦煌等地，也带去了道门的信仰。

寇谦之出去一趟，带回来两个关于北凉的重要消息。一是，源破羌真的把假世子当真世子用了。另一条是，北凉派人在大漠寻找兴平公主时，发现某个商队带回了一个女人，兴平公主也许还活着。

贺穆兰问："那现在怎么办？"

"照时间推算，赫连公应该到西秦了，安全应是无虞。我想让高车虎贲大张旗鼓地带着沮渠菩提回姑臧去。"

"如果源破羌只是因为你的谨慎不合作而另辟蹊径的话，知道我来了，而且找回了沮渠菩提，他就会带着孟王后和假世子与我会合，一起共谋。"

"如果他是为了夺那个位子呢？"贺穆兰叹着气问素和君。

"如果是那样，他当然不会把孟王后和假世子送回来，但被他迷惑的人却会醒悟。使臣都是我和陛下挑选的，对陛下的忠心不用怀疑。听到平城派人来了，而且菩提在我们手上，使臣们会催促源破羌赶快会合。一旦源破羌表现出推脱或者不愿意，他们就能发现不对。"素和君对此非常肯定，"源破羌要招兵买马，利用孟王后收拢军队，需要孟王后和使臣们配合，失去哪一方都无法取信于人。"

贺穆兰点了点头："素和使君好计策。"

"不是我好计策，是事到如今只能这么做，说到底我是来给你们收尾的，等赫连公到了，常山王恐怕也会陈兵到边界来，以防北凉生乱。"

素和君根本不担心自己人的安全，就怕北凉生乱，这样就算魏国占了北凉，也是一片荒土。

贺穆兰舒展了下筋骨，想到不知还要在北凉待多久，心中有些烦躁。

素和君却突然正色喊她："花木兰。"

"嗯？"

"奉陛下的口谕，北凉局势稳定之后，你必须快马加鞭带着虎贲军回京。"素和君脸上半点说笑的神色都没有。

贺穆兰错愕："为何……"

"陛下带走了羽林军，两支虎贲军都被派来北凉，京中防卫空虚。你离京之前，吴提在京中自尽的事情引起柔然人的不满，漠南归顺的柔然人和当地频频产生摩擦。你也知道，平城离柔然很近……"

素和君说出拓跋焘的担忧："太子才五岁，窦太后年事已高，宗室对太子的态度十分暧昧，陛下担心京中会出事。"

"陛下是担心柔然人又反，还是担心京中有人作乱？"贺穆兰这下真是归心似箭了，别说太子了，花父花母都还在平城呢！

"如果真要生乱，恐怕是两个一起来。"素和君冷笑道，"不过你不用担心，陛下在京中早有预备，二十四军殿里其实还有一支人马，兵符在窦太后手中，你回到京中后，自然有人给你兵符和入宫的信物，你可直接带着虎贲军镇守宫城，听候太子的调遣。"

素和君拍了拍贺穆兰的肩膀："所以，北凉的事就交给我们吧，你带着寇道长尽快回平城去，你的身体也耽搁不了了。"

贺穆兰一愣，马上醒悟过来："什么担心柔然生变是为了安抚我吧？你们是怕我死在北凉吧？"

京中哪里就缺她这两千多人！

"你也把自己看得太重要了，陛下是相信你，才把太后和太子托付给你。"素和君撇了撇嘴，笑着摇头，"这里有狄叶飞和高车虎贲在，你不必担心。反倒是京中，我实在是挂念，想来陛下也是如此，平城离北燕近，有事也好支援。"

贺穆兰本来就不愿耗在北凉，当即点头答应，准备回营交代离开的事情。

贺穆兰带着虎贲军和从钦汗城征调的民夫回平城。沮渠菩提、嫁妆，还有白马公主都交给了素和君和狄叶飞。除了刚刚离开时白马缺心眼地来她的营帐里讨陈节被她丢了出去，一切都还算顺利。

回去的路上，白鹭官的消息一直源源不断。

现如今，北凉的局势一天一变。贺穆兰走后没几天，在乐都招兵买马的源破羌带着孟王后前来与素和君会合，只留下假世子和一干魏国使臣继续在乐都以沮渠菩提的名义招揽人马。

"沮渠菩提"下了檄文，直斥沮渠牧犍杀兄弑父，抢夺王位，还把虎贲军在沙漠中遇到沙暴的事推到他头上，说沮渠牧犍暗中加害魏国的大行驿，又安排居心叵测的向导，将魏国人诱入死地，就为了杀他这个幼弟。

檄文是北凉颇有文采的大儒撰写，直把沮渠牧犍气得鼻子都歪了，他陈兵三万在乐都往姑臧的沿路城池，趁着秋收囤积大量粮草，又和北凉当地的豪酋大族、将门名士联姻，大肆选取贵女入宫，巩固自己的地位。

孟王后和沮渠菩提则成了素和君的傀儡，令旗一摇，北凉四方来投。源破羌将自己的心腹和鲜卑旧族混入各军之中，沿路所有的州府要钱给钱，要粮给粮，还有大族带着牛羊来归附的。

由于沿途有不少大族归附，源破羌又威逼利诱使得许多州府的官员变节，加上佛门的鼎力支持，姑臧很快成为一座孤城。

狄叶飞则率领高车虎贲和孟家军攻打河西支持沮渠牧犍的诸郡州县，获得畜产十余万头，彻底解决了冬日补给的问题。

沮渠牧犍看情况不对，立刻写信向刘宋求援，愿意举国归附刘宋，希望刘宋能够支援。

刘宋对北凉觊觎已久，沮渠牧犍愿意称臣换取刘宋支持的信函一到，刘宋马上派出使臣赐给沮渠牧犍不少东西，又封他为"都督凉、秦等四州诸军事，兼任征西大将军、凉州刺史、河西王"，然后调动兵马沿黄河布防，大有魏国一旦调动兵马，立刻趁魏国兵力空虚北上伐魏的意思。

这时，在西秦坐镇的赫连定点起三万人马，陈兵在刘宋和北凉之间。统万城的常山王拓跋素也调动夏境的兵马，一旦刘义隆真的起兵，首先就会被夏国和西秦的兵马包抄，到不了北凉就会被吞掉。

困守姑臧的沮渠牧犍四处求援。吐谷浑、高昌都明确表示不干预北凉的内政，酒泉和敦煌两地支持沮渠牧犍的将领则率兵南下救援姑臧，与高车虎贲和孟家军组成的联军陷入了胶着之中。

沮渠牧犍占据天时地利，又占齿序。沮渠菩提却是正统，拥有兴国世子和政德世子的人马，不但北凉陷入了征战，朝堂上更是明里暗里无数刀光剑影。

姑臧城内、敦煌、酒泉、沙洲、灵州，各地到处都是魏国的白鹭官和佛门的僧人挥舞着财宝或利刃进行游说，沮渠牧犍渐渐对臣子失去信心，总觉得他们都被魏人贿赂，整日里就镇守在长明宫中，哪里都不去，生怕一出去就被刺杀。

姑臧曾经被沮渠蒙逊加固过，城内外都有流动的水源，又刚刚经过秋收，按照正常的估算，至少能撑过半年。

孟王后的人马全靠各地投靠者支撑，若再无胜绩就会人心不稳。而沮渠菩提又年幼，不足以服众。渐渐地，孟王后这边的联军开始出现问题。

北凉的局势，彻底让源破羌、素和君和狄叶飞扬名天下。源破羌取出南凉宝藏，对当地风俗人情和地理都了如指掌，又有近三万的鲜卑旧部来投，加上这些鲜卑旧部的牛羊财产，成为比归顺大魏的赫连定人马还要庞大的一股势力。

狄叶飞在北凉一战中也初露峥嵘，高车人制造的兵器原本就天下闻名，他所率领的高车虎贲装备之精良简直是骇人听闻，人手一把改良的马刀，不知毁了多少刀枪剑戟，加上射出去就会卡入骨头的特殊箭矢、连环编成的锁甲，以及战马披挂的马甲，屡屡让北凉人闻风丧胆，称之为"铁甲军"。

他武艺高强，新造的双戟又锋锐，和贺穆兰专挑强者对敌，擒贼先擒王不同，狄叶飞没有这种无谓的"自尊"，一旦出手力求克敌，杀起北凉的普通士卒也毫不留情，渐渐在信佛的北凉落了个"血腥修罗"的称号。

素和君是真正的笑面狐狸，他安排白鹭官和卢水胡人混入北凉各州县的城中，要么暗中结盟，要么挑拨离间，引发城中哗变，使得不少北凉原本忠于沮渠牧犍或者不愿沦为亡国之人的忠臣谈之色变。

除此之外，这位白鹭官身边一个叫"鬼面"的谋士让人恨得牙痒痒。他炮制了无数可怕的谣言，包括沮渠牧犍强迫寡嫂、专好人妻，喜欢召朝臣的美貌妻子入宫云云。

这些谣言都是十分香艳且通俗易懂的黄段子，北凉王室本就荒淫，弄得好像沮渠牧犍手下的大臣妻妾都给沮渠牧犍睡了一轮似的，连城下骂阵都是这些东西，北凉士气陡然大跌。

沮渠菩提因为年纪小，孟王后控制宫中又严，沮渠牧犍想找人反击都找不出理由，只能污蔑沮渠菩提并非沮渠蒙逊之子，是孟王后与侍卫乱性生下的孽子。然而沮渠菩提虽然年幼，却是沮渠蒙逊几个儿子里长得最像他的一个，这种说法徒让外人笑话而已。

刘宋大军陈兵布防，还等着魏国一动兵马就趁机收复河南地区，哪知道魏国靠着手中掌握的王后和世子就搅动得北凉一片腥风血雨。北凉要求沮渠牧犍退位平息战乱的呼声越来越高，沮渠牧犍的位子是越坐越烫。

而此时，魏国对北燕的战事陷入了可怕的局面。

拓跋焘率领大军北上，先去解救被困在昌黎郡的库莫提，高句丽人果然闻风而逃，直接调转人马和龙城里的北燕大军里外夹攻围城的乐平王拓跋丕。

拓跋丕考虑到拓跋焘的大军已到，此时不宜损失太多人马，而应尽早和羽林军会合，所以下令撤军。

拓跋焘率领羽林军解了库莫提之围，大军进了昌黎郡，正在整军之际，渝水溃坝，水淹昌黎，魏军遭受突然打击，拓跋焘和库莫提下落不明，上千名羽林军和宿卫军也失去行踪。

拓跋丕大惊失色，连忙派人去渝水上游打探。

等到了渝水上游，魏人才发现燕国早就设下了重重圈套，先是用世子引诱库莫提率精兵追击，又派出高句丽人，迫使能征善战的颍川王困守昌黎，而后趁着夏天雨水充沛，将昌黎上游筑起了河坝，蓄起了大量河水。

待拓跋焘大军一到，北燕的工匠们挖开河坝，使得渝水决堤，让魏军遭到了灾难性的打击。

魏军人数众多，又有大量的马匹和器械，即使发生洪水，依然能够逃到高处脱离险境。可昌黎县的百姓却遭了殃，大量房屋被冲垮，粮食和家畜毁于一旦，到处都是人间地狱的惨状。

刚刚回到平城的贺穆兰，接到拓跋焘和库莫提双双失踪、漠南投降的柔然人蠢蠢欲动的消息，顿时大吃一惊。

"那么多羽林军和宿卫军保护，到底是怎么让陛下被水冲走的！"

【第294章】

当看到虎贲军大营熟悉的营门时，有不少兄弟抹起了眼泪。

五千人出征，只有两千多人回返，昔日那些一起操练一起上阵的日子，那些要扬名立万的豪言壮志，就这么无疾而终。

悲伤的气氛一直持续，直到宫中来了人。看到满载着各色物品的车队，贺穆兰吃了一惊，连忙整衣迎接宫中御使。

"太子殿下宣召花将军进宫！虎贲军诸位将领随同前往！"

贺穆兰等人接旨，每个人的脸上或喜或忧，不知道这位五岁的小太子宣他们进宫做什么。

"诸君出使北凉辛苦，太子殿下特赐美酒两百坛，猪牛羊各一百头，诸位这几日可好好休息。"礼官满脸惋惜地道，"你们可以安排祭拜事宜，这不算违背军令。"

贺穆兰闻言惊讶地抬起头。从北凉来回一趟，足足用了大半年时间，其中发生的事情更是让人满心伤痛，已经到了要爆发的边沿，这时候宫中送来酒，就不怕虎贲军出事？还是那位太子就等着虎贲军闹事？

这是太子赐下来的恩旨，贺穆兰不可能推辞，心中已经打定主意等会儿暗暗传令众人不得狂饮失态，免得惹出祸端。

那宫使像是看穿了贺穆兰的心思，解释道："花将军不必惊疑，这是窦太后的意思。各位在北凉压抑狠了，回了平城就等于回了家，只是京中现在有些不太安宁，不便大张旗鼓地接风，但虎贲军放松放松还是可以的。"

听到是窦太后的意思，贺穆兰怀疑是窦太后有什么谋算，必须要麻痹别人的视线，让他们认为虎贲军已经又醉又疲，不可大用。

于是贺穆兰谢过恩旨，回营梳洗换衣，准备进宫。她暗中让那罗浑通报各军，酒可以喝，牛羊猪也宰了，但必须保持清醒，不可以丧失作战能力。

贺穆兰及一干将领一进东宫的传文阁，心中就是一惊……传文阁里，除了五岁的小太子外，还有端庄慈祥的窦太后、风度翩翩的崔太常，以及应该随着拓跋焘御驾亲征的中书监兼征东大将军丘穆陵寿。

见到丘穆陵寿与崔浩并席而坐，贺穆兰就知道大事不妙。

丘穆陵寿是鲜卑勋臣大族丘穆陵氏的族长，能文能武，娶了乐陵公主为妻，和宗室关系紧密，身份尊贵。他祖上一直辅佐拓跋鲜卑，为人聪敏能辨，是管理鲜卑南部的南部大人，也是中书监，总录机要。

然而此人和崔浩一般，因为年少成名，身份贵重，颇有些恃才傲物。

古弼和崔浩不对付，多是因为政见不合；而丘穆陵寿和崔浩不合，纯粹是互相看不顺眼。在许多场合里，除非实在没法子，拓跋焘是不会把这两个人安排在一起的。

贺穆兰等人给太子见礼，短手短脚的拓跋晃有模有样地上前搀扶，惊得贺穆兰几人恨不得蹲下身子说话。

"诸位在北凉的遭遇实在是让人惋惜。"一脸稚气的拓跋晃童声童气，"花将军放心，虎贲乃是为国捐躯，我必会抚恤这些勇士的家人。大行驿的家人，我也会派人妥善照顾。"

此言一出，虎贲军众将领们立刻又跪下了。

两千多人的死难并不是个小数字。太子说这句话，肯定是已经得到了拓跋焘和太后、官员们的肯定，否则五岁的孩子怎么能想到抚恤死人？他也许连什么是死人都不知道！

单独提到大行驿，那更是说明京中真的把使团放在心上了，怎能不让他们生出"士为知己者死"的感慨？

别说这些心思简单的汉子，就连贺穆兰都是满心感激。年幼的太子殿下只不过是一句话，就得到了虎贲军的忠诚！

崔浩捻着胡须微笑。太子虽年幼，却有英主之相。

他的生母贺夫人这个月初刚刚因难产去世，留下一个还未足月的弟弟，他将弟弟带到自己宫中居住，凡事不假他人之手，生母去世还能强抑着悲伤跟着大人们处理国事，看来意志坚强。

客套一番后，太子回到席上端坐，又给虎贲军们赐坐。

161

这时，窦太后才郑重地开了口："花将军，召你前来，是因为北燕那边出了事。"

贺穆兰一凛。

"乐平王拓跋丕来报，昌黎城被人放水淹城，陛下被水冲走，当天值守的宿卫军不见下落，应当是找寻陛下时一起被水冲走了，同时不见的还有颍川王库莫提和鹰扬军的精锐。"窦太后表情还算镇定，"据说，出事时陛下应该正在水边，颍川王恐怕是为了救陛下跳入了水中。鹰扬军和宿卫军一起下水去救，都给冲得没了踪影。"

贺穆兰一时间天旋地转，整个人都不好了。

拓跋焘和库莫提都会水，怎么可能会给水冲走？

她背后一寒，第一个涌入脑中的就是有人谋反。莫非宿卫军中混入了不轨之人？还是，库莫提有问题？

贺穆兰越想越是心惊肉跳，却见崔浩和丘穆陵寿一派安稳，拓跋晃也并不担忧，她眉头紧蹙，不解地看向他们："陛下出事，为何诸位使君如此镇定？"

"我夜观天象，紫微星依旧明亮，便知陛下安好。如果陛下出事，寇天师的信件早就已经送到我的府上，既然寇天师还能跟着你不紧不慢地回平城，显然没有什么大事。"

崔浩对天象十分有研究，但仅仅是靠这个推断拓跋焘无事，也太无稽了。

还好，太子回答了这个疑问。

"中书监原本是随父皇北上的，行军到一半时父皇却突然让其率领精兵离军，并嘱咐他分兵埋伏在漠南一带，以防柔然生变。柔然吴提可汗死在京中，柔然诸族都在觊觎汗位，父皇担心柔然人侵犯边陲，所以留下了后着，若胡虏反了，便引他们深入国境，然后一举成擒。"

拓跋晃摇头晃脑一本正经的样子很是可爱。

"崔太常和太后都认为父皇既然能算到柔然之事，必定不会将重心全部放在北伐上，也许他失踪另有原因，只是掩人耳目罢了。"

贺穆兰虽然觉得这个说法有些道理，心中却还是犹疑不定。

一国之君与黑山大元帅同时失踪，这对魏国及士气的打击简直是地震式的，一个已经被灭了国的柔然，值得拓跋焘如此安排吗？

柔然大部分青壮都迁到魏境牧马放羊或服役，留在漠南的是柔然各宗室和表现良好的降臣，实力大不如前，他们真的敢南下骚扰吗？

贺穆兰开门见山地说道："太子殿下召末将前来有何吩咐？请直说无妨。末将深受陛下之恩，必当赴汤蹈火，在所不辞！"

"嗤……"

一声嗤笑响起，正是坐在崔浩身侧的丘穆陵寿。

见贺穆兰看过来，他摇了摇头，满脸嘲笑地道："陛下给我留下一万壮兵，足以应付现在的局势，莫说你的虎贲军满员时也就五千人，现在你们长途跋涉而回，人困马乏，哪需要你们赴汤蹈火？"

崔浩却不理他，正色对贺穆兰道："柔然确有异动，间毗有密报入宫，说有柔然遗族偷偷遣使见他，请他共谋大事，我已经让他将计就计。但此事重大，我们都不放心间毗，希望花将军能暗中监视这支柔然人马。"

"末将领命。"

大事谈完，太子和窦太后下令送客。

众人正准备离开宫中，突然跑过来一个小宫女，脸红红地拦住了贺穆兰："请问你是花将军吗？"

虎贲军一干将领平时接触女人少，乍看一个清秀可爱的宫女拦住了贺穆兰，顿时满脸八卦，耳朵竖得老长。

唯有知道贺穆兰真实性别的那罗浑哭笑不得，脸色古怪。

贺穆兰确定自己没有见过这个宫女，皱眉道："外臣不得与宫中私交，你是何人，竟如此大胆？"

小宫女脸色更红了："王贤人听闻将军进宫，差我来找将军。王贤人说，和将军好久不见，甚是挂念，已经向太子请示过了，太子允王贤人和将军在文华阁的书房里叙叙旧……"

一听是太子身边的女官找贺穆兰，几个虎贲军将领顿时露出一副"将军真是艳福不浅"的样子，体贴地吆喝着同伴赶紧出宫。

贺穆兰好笑地看着一群部下兴致勃勃地快步离开，摇了摇头吩咐那罗浑："云娘不是外人，你先回将军府等我。"王慕云是素和君年幼时的玩伴，和贺穆兰也有些接触。

贺穆兰跟着小宫女回到文华阁，王慕云远远迎上来，亲热地将她拉进书房，转身关上房门，脚步不停地走进歇息的内室，随即，一道矮小的黑影闪了出来。

借着昏暗的光线，贺穆兰看到了一张清秀可爱的面庞。她惊得连忙下拜："太子殿下！"

拓跋晃并没有搀扶贺穆兰，反倒矮下身子，屈膝跪地，左手按右手拱手于地，头也缓缓置于地上。

这是九礼之中最隆重的"稽首礼"，一般是臣子叩拜君王、儿子叩拜父亲、祭祀时叩拜祖宗，或是拜师时叩拜先生才用。

贺穆兰见拓跋晃叩得这么慎重，闪身要躲，却听到"嘎"的一声，慌忙中，她把腰给闪了。

"嘶……殿下折煞我了！"

见贺穆兰扶着腰龇牙咧嘴，拓跋晃把嘴张成了"O"字型，突然噗嗤一声笑了出来。

"难怪将军和父皇如此亲近，原来将军和父皇一样有趣。"

贺穆兰满头汗。这这这这这，这算是恭维吗？

"这一礼，将军当得。等将军回家后就明白了。"拓跋晃笑得灿烂，"以后还请花将军多多照顾我，父亲常提起将军的人品，让我向将军学习。"

贺穆兰跪在地上，正好平视拓跋晃的眼睛，她疑惑地说道："殿下难道是想学武？末将的武艺对身体要求很高，殿下的根骨恐怕不太合适。"

"不知道怎么回事，我一看到将军就想和你亲近，明明以前也没见过几次。"拓跋晃天真地笑着，"不过我请将军到这里来，不是为了让将军教我武艺，而是希望将军能经常到东宫来陪伴我。"

"自从弟弟出生，就老是有各宫里的夫人窥探，我听从王贤人的建议将弟弟抱到东宫，可这些人还是不停出现。我年纪小，入住东宫也没多久，东宫官员人数不多，加上我还要监国，总担心弟弟会出事。"拓跋晃满脸忧虑，"东宫里的侍卫比不上宿卫军，连羽林郎都比不上，还希望将军多多教导。花将军的武勇天下皆知，有将军亲自教导，我想安全至少无虞。"

东宫侍卫都是拓跋焘挑选的，并不蹩脚。拓跋晃这么说，无非是希望贺穆兰经常入宫震慑一二，好让宵小之辈不敢进出东宫。

贺穆兰慎重地允诺："末将会经常入宫的，殿下若有什么吩咐，也别客气。"

拓跋晃开心地笑起来，拍掌问道："听说外面玩的东西和宫里的不一样，能给我带些新鲜东西吗？"

贺穆兰为难地挠了挠脸："这个……末将也不知道外面有什么好玩的，等末将去打听打听。"

拓跋晃点了点头，一点也不担心贺穆兰敷衍他。外臣不能和宫人相处太久，从贺穆兰进书房到离开不过也就一刻钟而已。

她跨过门槛时，不知怎么心有所感，回过头，看见小小的拓跋晃身穿华服，独自站在昏暗的宫室之中，说不出的孤单和萧索，竟有些迈不出脚去。

"将军？"王慕云好奇地开口催促。

贺穆兰突然回身对着拓跋晃揖了揖。

拓跋晃愣了愣，有些不明所以。

"贺夫人的事，还请太子殿下节哀……"贺穆兰不自然地捏了捏衣服的下摆，不知该如何安慰他，"贺夫人温柔贤良，见到太子殿下这么优秀，九泉之下也不会心中有怨的。"

拓跋晃蓦地低下头去，快得贺穆兰都来不及看清他脸上的表情。

片刻之后，拓跋晃小小的肩膀突然抖了起来，贺穆兰更是揪心，不由埋怨自己好死不死干吗临走非要扯这么一句。

"我知道的。"拓跋晃抖着肩膀，声音闷闷地，"将军有心了。"

贺穆兰叹了口气，头也不回地离开了宫中。

【第 295 章】

在宫门口取了剑，骑上越影，贺穆兰归心似箭，当看到昌平坊那熟悉的坊门时，脸上露出了笑容。早有家人在坊门口等着她了，一看到她回来，立刻有人火速跑回去通报。

贺穆兰一路奔到门口，正遇上花父花母携着花木托一起出门相迎。花父像之前无数次那样，倚在门口，满脸欣慰地看着贺穆兰。

"阿爷，阿母，阿弟，我回来了！"贺穆兰挥了挥手，跳下马冲上前去。

花父满脸高兴地点着头，花母迎上前抱着她开始掉眼泪："怎么又黑了？脸上的伤是怎么回事？他们说你在沙漠里被风刮走了，我就是不信，你这样的好孩子，老天爷怎么舍得把你收走……"

经过这一年的担惊受怕，花母已经全都想开了，什么富贵荣华，什么地位尊崇，全都是靠花木兰靠命博来的。富贵也好，花夫人的称呼也好，都是身外之物，只要一家人开开心心在一起，就比什么都好。

花母一边抽噎，一边挽着贺穆兰往里走，嘴里还絮絮叨叨地："你走了之后，家里老是有你的同袍来拜访，生怕我们在京中受委屈。你弟弟跟游使君学文识字后，话比以前还少，我心里难受都没人说……"

那罗浑和陈节有些羡慕地看着，他们到现在还没回家去看过，甚是想念家中的父母，神色中不免带出一些。贺穆兰不免有些歉意，准备等柔然之事一过，就放他们回家休息一段时日。

到了宴厅，贺穆兰一皱眉头："家中添了不少侍女？"

"不是买的，是你那个叫杜寿的朋友送来的，我们怎么推都推不掉。"花母有些不好意思地开口，"他求了我们一件事，我们答应之后他就送了许多奴婢过来，我又不知道你那朋友在哪里住，退都退不回去。"

杜寿？陛下？

"杜寿曾经来过？"贺穆兰一惊，"什么时候？"

"大概半年前吧。"花父开了口，"一天夜里突然来敲门，看起来很为难的样子。我记得你说过他曾经提携过你，所以便让他进来。"

花母附和："他是个好小伙子，一直很客气。唉，就是已经娶了妻，家里还乱七八糟的……"

贺穆兰听得满头雾水，那罗浑和陈节更是两眼迷茫。

"我答应了他不乱说，否则要害人性命的。等吃完饭，我再告诉你。"花母悄悄在女儿耳边道。

贺穆兰食不知髓地吃了一顿晚饭，就被花母领着往主院而去。

"阿母，怎么我的院子也安排了这么多婢女……"贺穆兰看看沿路不停向她屈膝行礼的婢女，压低了声音，"不怕我身份暴露吗？"

花母也压低了声音说道："这些婢女是那位杜将军送来的，你是不知道，半个月前，杜将军走投无路之下来求我们……"

贺穆兰瞪大了眼睛，拓跋焘还能走投无路？

"他跟我们说，他的美妾性子柔顺肚子也争气，一进门就怀了孕，无奈他家中的正妻太过凶悍，一直想要打死这个美妾，他护了几个月，马上就要出征了，担心那妾室会死在家里一尸两命，所以就想把那妾室托付给我们，等她产下孩子，就在我们这里先养着，等他打仗回来再接回去……"

花母说到这件事忍不住叹气："唉，真是个苦命的孩子，你是没见他那小

166

妾，美得像能滴出水一样，也难怪杜将军情愿冒着得罪正妻的危险，又拉下面子求我们。"

贺穆兰咽了口唾沫，突然产生了不好的念头，刚生产，美妾……

除了什么凶悍的正妻，似乎只有一个人对得上。

贺穆兰心如乱麻，花母还在继续小声解释着："这位夫人被送来的时候连月子都没出呢，她的儿子被正妻抢走了。我们家其他地方都没收拾出来，我就把你屋子旁边的偏院先给她住了。她刚来的时候日日都做噩梦，哭着要自己的孩子……"

两人边说边进了偏院，廊下的两个婢女见到她们，立刻进屋通传，夫人很快就请她们进去。

房间里有股淡淡的瓜果香味，一个身材丰腴的女子斜靠在床头，见贺穆兰进来，有些不好意思地颔了颔首。

"我身体不适，不能见礼，让花将军见笑了。"

那脸型和眼睛，和拓跋晃几乎是一个模子里倒出来的。

贺穆兰一时间觉得有些天旋地转，不管不顾地又转身走出了屋子，大吸了几口气才算缓了过来。

陛下没有杀了贺夫人！贺夫人在她家里！还在坐月子！

花母见贺穆兰跑出去了，忙对贺夫人抱歉地笑笑，跟出来关切地问道："你被吓到了？她是不是杜将军的妾室？"

贺穆兰闭着眼点了点头："是。"

"唉，杜寿将军的正妻到底是什么来头，都不怕杜寿将军因此和她生分吗？我见过不少妻妾不和最后闹得家宅不宁的……"

贺穆兰笑了："那正妻来头确实很大，连杜将军都不敢怠慢，每天辛苦地伺候她。"

"啊？难道是鲜卑大八族家的贵女？要知道你救了这位夫人，会不会给你带来麻烦？"

"不是鲜卑八族的女儿，却比那个还麻烦。"贺穆兰吁出一口气来，心中却莫名地轻松，"那正妻姓魏。"

正是拓跋焘的正室，大魏国是也。

得知拓跋焘半个月前曾掩人耳目地来过花家，贺穆兰松了一口气。她就知道以拓跋焘身边侍卫的实力，是不可能让他落水的。最大的可能是拓跋焘遇见大水淹城，将计就计带着宿卫军离开了，库莫提的失踪都有可能是拓跋焘的安排。他们化明为暗，将大军交给乐平王，北燕战局已定，只要乐平王不是笨蛋，至少还能继续围城几个月。而拓跋焘拐着弯子告诉她他其实没死，说明拓跋焘并没有把她当外人，这让贺穆兰的心暖暖的。

"花将军，给你添麻烦了。"产后虚弱的贺夫人靠在床上，笑了笑继续说道，"你这个'床'睡得很舒服，凳子和椅子也很方便，我实在太感激了。"

"没什么，我不喜欢地上的寒气传到身上，所以才做了这个。"贺穆兰淡淡地将床的问题带过，"我刚刚从宫里回来，大郎君现在过得很好，表现很优秀。小郎君被大郎君带到东宫去住了，由大郎君亲自照顾……"

贺夫人眼睛里突然涌出眼泪，贺穆兰连忙安慰："夫人别哭。杜寿将军安排夫人到我府里来住，一定会经常把孩子带出来给夫人看的！"

"谈何容易。"贺夫人擦了擦眼泪，"能活着已是艰难，不敢奢求其他。大郎从小乖巧听话，陛……杜郎又是宽厚的人，父子两个相处起来应该不难，倒是我那小儿子，还不知道以后是什么性格，万一是个顽劣的……"

贺穆兰无奈地搓搓手，对于这种妇人之间的话题，她不知道该怎么应对。

好在贺夫人是个坚强的女人，一时的软弱过去后，歉意地道："让将军见笑了，月子里是不能哭的，我又忍不住。我离开家的时候，杜郎已经嘱咐过我了，等我身体好了，会帮着花家二老打理将军府，做个合格的管家娘子。"

她在家中时也学过如何交际、如何做好一家的主母，只是后来入了宫，没有多少能用上。

贺穆兰并未将贺夫人的事放在心上，她眼下最关心的是柔然的动静，以及拓跋焘到底在提防什么。其他人不在京中，她只能单独行动，连打探消息的人都没有。

贺穆兰想了想，觉得自己在将军府枯等也不是事，不如主动去联系闾毗。

贺穆兰见了闾毗也不废话，直接说明来意。闾毗便和她说起现在的局势。

"当初大檀可汗西逃，有一些早就不满他的郁久闾氏宗亲趁机带着人马自立，没有跟着大檀的大部队走，这几个大部族一路收拢柔然子民，行至金山之西驻扎下来。吴提被抓到平城后，这一支柔然人认为他丢失了柔然的荣光，不配为太子，所以改立我的堂兄郁久闾乞列归为左贤王兼太子，妄图复国……"

闾毗将自己知道的告诉贺穆兰。

"郁久闾乞列归武艺并不出众，但他之前是柔然的'莫弗'，负责管理王帐事务，又数次出使北凉，和凉国关系交好，所以才会逃到北凉与柔然边境生存。你们出使北凉，他就曾联系过我，希望我能协助他煽动魏国境内的部民造反，掠夺北凉的大片领土以做复国之用。我那时觉得实在是无稽，就拒绝了他的要求……"

贺穆兰心中有些不祥的预感，追问道："他是什么时候联系你的？"

"唔，大概是你们使团遇见沙暴前的一个月吧……我那时觉得他派来的使者口气太大，从漠南逃到柔然有重重阻碍不说，就算回了柔然，北凉又不是傻子，边境的城镇哪会那么轻易攻下来？他们信誓旦旦，说是等我知道了北凉的详细消息就会主动找他们。现在想想，恐怕他们早就知道这次出使不会顺利……"

"闾乞列归难道和孟王后有勾结？"贺穆兰喃喃自语，"不，北凉出事对孟王后有什么好处？孟家还在北凉，一旦打仗……"

贺穆兰猛地瞪大了眼睛。

如果柔然和孟王后有约定，那孟王后当然希望开战！一旦边境动荡，哪怕她做了再严重的事情，沮渠蒙逊也不敢动孟家人。北凉能征善战的将领不多，孟家几位元老级将领一到了战时，就是真正的主心骨！

那现在呢？贺穆兰陷入了深深的担忧之中。

如果孟王后和柔然余部、孟家军都有联系，素和君却一无所知，很可能会酿成大患！可就算现在写信示警，也要二十多天才能到达北凉，二十多天，足以发生很多事！

"几个月了，为何你现在才说！"贺穆兰深吸一口气，抑住自己的愤怒，"北凉出了那么多事，你居然一点消息都没漏出来！"

"花将军，请你考虑考虑我的处境。我在平城身份尴尬，那些人找上我的时候，我怕惹祸上身，谢绝之后就立刻让他们离开了。他们语焉不详，许多事是使团出事后我才推测出来的，这时候说什么都已经晚了！"闾毗脸色也很难看，"我身后有上万部民，做事必须慎重再慎重。"

若不是这些人威胁到他家人的安全，他压根儿都不会管。魏国要和北凉打、和柔然打、和北燕打，关他什么事？他又没有被点兵上阵，魏人将他们当外人，他们干吗掏心挖肺？

贺穆兰心急北凉的安全，一时有些控制不住，待想起此次是来合作的，顿时收敛了情绪，对闾毗拱了拱手："是我想得太简单了，闾将军勿怪。"

闾毗知道和贺穆兰闹翻没意思，也跟着客套几句，将此事揭了过去。

"上个月我去行猎，偶然遇见我的几个部将鬼鬼祟祟地在一起商议什么事，后来我派出心腹去追查，发现他们联合了不少柔然旧臣，经常以打猎为名，在京外的吐颓山聚集，这些人都是柔然被破后投奔我的手下，我担心他们给我招祸，就私下在他们面前数次假装对陛下不满，果然引来了乞列归的人……"他好笑地撇了撇嘴，"这次价钱就开得高些了，他许诺，只要我愿意配合，就让我做柔然新国的左贤王。"

"什么计划？"贺穆兰好奇。

闾毗虽有上万部民，但大多都在六镇以南放牧，除非拓跋焘允他点军出战，否则这些人一辈子就是牧民了。在京中的，不过是他养着的几百精锐和将领罢了。

闾毗扯了扯面皮，表情更奇怪了："这就是我要将消息传入宫里的原因，他们居然让我想办法抓住太子殿下。"

贺穆兰眉头皱紧："他们是怎么找上你的，能不能抓住他们？"

"这些人一直都是和我单方面联系，有时候信件出现在我的马鞍下面，有时候则是出现在我的房中，我怀疑府中的家奴里有他们的人。"闾毗叹了口气，"说老实话，我比你们还希望抓到这些人，家母和妹妹都在平城，我非常担心她们的安危……"

贺穆兰点了点头："我明白了。"

"他们让我注意西城门，我不知道是什么意思。我经常去西门，没发现什么异常。我可以把有异动的部将名字告诉你，你们派白鹭官盯着，总能发现不对。我知道的就这么多了。"

说完后，他报出一大串名字，贺穆兰记不住，要了纸笔写下来揣在怀里。

"那我先告辞了，你别送我。"

贺穆兰来的时候就掩人耳目，打扮成柔然贵族的样子，走的时候更是小心翼翼，确保没人看到。但既然可能有内应，也许她来这里根本逃不过他们的注意。

吐颓山，西门，闾毗府中的内应，还有柔然人早就知道北凉要出事……难道历史的轨迹又要渐渐重合？

贺穆兰脸色铁青。间毗之前肯定有私心，只是柔然给的价码不够他冒那个风险，又或者真的是为了自己的母亲和妹妹着想，所以他最终还是选择了站在魏国这边。

她心中揣着各种念头，马不停蹄地往城中而去。

贺穆兰走后，间毗书房里靠墙的柜子被悄悄移开，从里面钻出一位山羊胡子的中年人。

"阳先生，你说花木兰会不会信？他们会不会信？"

间毗有些惴惴不安地问阳哲。

"他们不管怎样都会相信，我们拖延到这个时候才透露出去，他们没有时间了。"阳哲叹了口气，"乞列归太小心了，派出来的人都是无关紧要的，也没法当成证据，现在唯有希望他们动作再快点，魏国才能重视你。"

"我只是好奇，乞列归怎么那么肯定能成功南下。从阴山过来绕不开武川镇，就算佛狸带走了大量将士，平城防卫空虚，可六镇兵马却不会少。"间毗觉得心跳得有些快，"我担心平城要出大事，如果我押错了边……"

"既然选了，就不要多想。"阳哲慈祥地看着间毗，"哪有既要富贵，又没有风险的好事。那位陛下走得这么干脆……"

"主人！主人！"书房外突然有人压低着声音说话，"外面现在在传，说是大可汗出事了……"

"什么？"

阳哲和间毗对视一眼，间毗立刻将人唤进屋子。

传信的是间毗在外打探消息的心腹，他一进门，就直扑到间毗脚下："北面来的消息，魏国大可汗率军入昌黎城时，北燕掘开堤坝放水，他当时正在过护城河，吊桥被冲断，宿卫军精锐和大可汗不见踪影，库莫提下水救人，也被冲走……现在都下落不明。"

听到这样的消息，莫说魏国人，就连间毗都不怀疑。

这个时机太巧了，巧到阳哲和间毗心乱如麻。

间毗苦笑："阳先生，你……你觉得我押对了吗？"

监国的太子只有五岁，窦太后是个女人，崔浩领导的汉人大臣和鲜卑大臣们一直有矛盾，上下难以齐心，如果居中协调的拓跋焘出了事……

想到平城的位置靠近边塞，间毗脸色铁青。

"消息确切吗？"

"昌黎县被淹之后，许多百姓也遭了难，还有从北方逃避战乱南逃的人，消息早就在北方传遍了。京中应该是早就已经收到了消息，大可汗每三天一封的战报已经很久没送回来了，早就有大臣在议论，这消息是掩盖不住的。"

那亲信抬起头，劝说闾毗道："主人，现在改变主意还来得及……"

"来不及了。"闾毗铁青着脸咬牙道，"消息已经送出去了。"

阳哲闭了闭眼。

"现在，只能祈求佛狸命大了！"

【第 296 章】

贺穆兰揣着那张写着人名的纸离开时，心中其实已经大致推测出发生了什么事。

虽然记忆不是很深刻，但在花木兰时代，拓跋焘曾经西征北凉，也像现在一样带走了平城附近大量兵马，导致京城防卫空虚，结果那时还活着的吴提举柔然仅剩的兵马，破了北方的武川镇一路南下，直接杀向平城。

那一战，窦太后指挥得当，用虎符号令京中将领率兵在平城以北的吐颓山抵抗，柔然三日无法攻克吐颓山，最终造成内讧，被魏军反过来追杀。

溃散的柔然人一路逃到阴山，率兵南下的柔然大将乞列归战死，吴提遁走，也是那一战，原本降了魏国没多久的柔然又反了，苟延残喘了许多年。

花木兰原本当年征完北凉就可以论功行赏退役返家，却因为柔然入侵，黑山大营一直在增兵，直到第三年柔然渐渐衰败得不成气候，才开始大规模退兵还乡。所以，对这一场变故，花木兰印象很深，贺穆兰也渐渐想了起来。

这一世贺穆兰蝴蝶翅膀扇得太厉害，许多事都和前世对不上号了，曾经死了的人，很多都活着。曾经活着的人，很多都死了。而原本应该发生在五年后的事，现在就发生了。

那她呢？这次的事件里，她又能起到什么作用？

她乱七八糟地想着，在东西两市胡乱逛了一会儿，才回了自己府上。

"主人回来了！"门子立刻迎出来牵过马，"有位姓寇的道长等了主人很久了！"

前厅里，寇谦之带着孙子寇逸之正在欣赏字画，袁放在一旁作陪，眼圈通红，似是大哭了一场。

见到贺穆兰，袁放低下头去，不自在地看向别处。

"两位道长安好。"贺穆兰给寇谦之和寇逸之见过礼，好奇地看向袁放，"他怎么了？"

寇逸之满面羞愧地开口："小道无能，这位袁兄的兄长，原本已经快要治好了，结果入秋时感染上一场风寒，还是去了。"

其实是下元节前，袁化梦到赫连郡主来找他，于是下元节当日拖着病弱的身体去祭祀她，着了风又悲痛过度，最终病情加重，药石罔救。

贺穆兰见袁放悲痛得全身都在颤抖，忙让他先下去休息，至少找个地方哭出来。

袁放离开了，留下寇谦之和寇逸之、贺穆兰三人，气氛略微有些沉重。

"袁放兄长的后事……"贺穆兰小声询问。

"由殷氏带着袁家大郎的儿子操办。殷家人其实很厚道……"寇逸之摇了摇头，"造化弄人，瘟疫虽然没在陈郡蔓延开，可还是传出许多风声，现在袁家在陈郡声誉极差。殷氏能带着儿子来扶灵，真是贤良的妇人。"

贺穆兰听了之后更加惆怅了。

寇谦之一挥尘拂，说道："花施主，我是为了你的性命而来。"

他让寇逸之出去，寇逸之领命出去给两人把门。

贺穆兰心中还是有些期望："道长有什么法子？"

寇谦之低声说："原是打算将你的阳气转到别人身上，你是武曲，能受你阳气的，只有身具龙气的帝星。未来的皇帝也有帝星之命，储君年幼，元阳尚存，即使得到你的一半阳气，阳气也可以随着元阳宣泄出去，比陛下亲自承受你的阳气风险要小得多。这对于一个男孩来说并不是坏处，至少能早些有子嗣，也有利于国家的安稳……"

贺穆兰的眼睛越瞪越大，寇谦之摸了摸胡子，声音更小了。

"虽说性格会变得急躁激烈，可那位现在看起来，倒像是有些过于沉稳了。就算那位变成了暴虐的性子，陛下还有其他子嗣，这位储君也会有子嗣继承，不会落得太过凄惨的下场。"

贺穆兰冷汗直冒，看着满脸高深莫测的寇谦之，渐渐将他和后世那位七十有余的寇天师重叠了起来，就像是那位天师正附在他身上和她建议一般。

她何德何能，能让陛下为她牺牲自己的储君！

这简直是开玩笑!

因为有贺穆兰的叮嘱,虎贲军这段日子看起来似是在休息放松,其实外松内紧,每日里都打起精神不敢懈怠。每天早上,贺穆兰都会带着陈节和那罗浑巡视军营,然后回到城中,向太子汇报一天的情况。

这和之前在平城的生活没什么不同,区别就在于汇报对象从拓跋焘变成了拓跋晃而已。

贺穆兰步入东宫时,拓跋晃正跟着宫中的剑师练剑,那剑师专门负责给皇子们启蒙,教过拓跋焘、拓跋提、拓跋范等众多王亲,已有快五十岁了,很受皇室尊重。

小小的拓跋晃提着木剑在他的教导下练习着诸如"劈、砍、刺"这样枯燥的基本招式,哪怕汗流浃背也继续坚持。

"背要挺,用丹田吸气,不要大口大口喘!"老剑师用手中的剑鞘挑掉了拓跋晃的木剑,叹了口气,"殿下还是改用刀吧,剑术很考验人的根骨天赋和悟性,殿下以后是要在战阵之中杀敌的,用剑不如用刀……"

他没说拓跋晃在练武上面没什么天赋,剑法难学难精,不如刀法学得快。

"剑乃百兵之君,我身为储君,自然要从剑开始学习。"小小的拓跋晃板着脸看着手中的木剑,"刀是杀人利器,又怎能和剑相比?"

"刀剑都是杀人的武器,没有任何区别。"贺穆兰原本站在门口等东宫舍人通传,无奈她听力太好,听到拓跋晃和老剑师的对话忍不住开了口,惊动了里面的太子。

"花将军!"拓跋晃听到贺穆兰的声音从墙后传来,又见东宫舍人匆匆靠近,毫不扭捏地摆手,"别跟我通报了,下次花将军入宫,让他直接进来!"

那位剑师虽是宫中的"供奉",但并没有官职在身,见到贺穆兰立刻行礼,贺穆兰先对拓跋晃行了臣子之礼,这才搀起老剑师。

这是一位真正的剑客。他须发皆白,虽然年纪大了,但并未老朽,眼神里的锐利隐藏于恭敬之下,就像一把名剑藏于剑匣之中,只等着有人开匣取剑的那一天。

魏国宫中卧虎藏龙,果真不假。

知道贺穆兰入宫来找肯定有事,拓跋晃和老剑师说了几句之后请了他回去,又差人去请崔浩和东宫太傅高允前来。

高允四十多岁，长相显老，眼睛有些内凹，脸上法令纹很深，不苟言笑。

二人相互打量了一番后互相拱了拱手，没多攀谈。

拓跋晃入住东宫后，拓跋焘给拓跋晃选了好几位东宫的官员，教导他学问、辅佐他。崔浩虽是太子太保，但他身居高位，根本没有多少时间来亲自教导拓跋晃帝王之道，学业上的教导就交由了中书侍郎高允和中书博士游雅。

"花将军可是在闾毗那里得了什么消息？"崔浩开门见山地问贺穆兰，"柔然人准备什么时候起事？"

贺穆兰摇了摇头："闾毗知道得很少，之前柔然和他联系过，他担心和他们牵扯会招祸，没有搭理。而这次虽然答应合作了，但对方并不信任他，只是告诉他一些只言片语，许了柔然左贤王的好处。"

她从怀里掏出一张纸："这是闾毗让我带回来的，是柔然旧臣中有异动的将领名字。据说联系他的是吴提的堂兄弟乞列归，此人试图复国，得到了北凉的支持。我现在担心北凉的战局会被柔然人影响。"

崔浩接过纸，细细问过贺穆兰在闾毗府中的见闻，脸上浮现出忧色："北凉若与柔然有盟约，应该早就行动了，为何到现在都不动？"

高允比崔浩担心得还要多："平城附近柔然人有多少？怕有几十万吧？"

崔浩负责田赋，立刻就报了出来："有八万柔然户在平城周边屯田，约有三十多万人。这还不包括六镇周边和漠南放牧的……"他想了想，又补充道，"不过这些人大多是混居，又有地方上的监管，想反没那么容易。就怕有不轨之人藏匿在其中，这才是大问题。"

"除了丘穆陵寿手上的上万人马，虎贲军三千人马，还有镇守平城的城卫七千余人……"拓跋晃计算着手中能用的人马，"军殿有五千人马，只听虎符的派遣，就算宫中的侍卫都用上，也不到四万。"

高允和崔浩都默然不语。四万人听起来虽然多，但平城大，需要防卫的地方也多，加上要担心柔然人趁乱北逃，还需要派出人马做好"维稳工作"，人手根本不够用。

"你们少算了一个地方。"贺穆兰的声音平静地传来，"你们忘了平城北面的高车作坊。那里现在大量炼铁、炼煤、制造兵器，如果柔然人南下，也许会途经高车人所在的猎场。现在必须派人先去把高炉和兵器转移。"

崔浩"啊"了一声，脸色沉重地点头："确实如此，我们都把那处忘了！"

拓跋晃立刻准备拟写诏令。崔浩在一旁亲自执笔，高允磨墨。

正在这时，深厚低沉的号角声骤然响起，惊得几人俱是一颤。

北面来的号角！

拓跋晃赶紧将印匣收回库中，抬腿就往太极殿跑，崔浩和高允也是一般。

拓跋晃跑了几步，发现自己人小腿短实在跑不快，直接对贺穆兰喊道："花将军，你带我一起走！"

贺穆兰弯腰抱起拓跋晃，大步流星地往太极殿赶去。

继北方传来号角声后，军殿又点起了狼烟。

最让人担心的事情，竟然同时发生了！

从北方狼烟大起、号角声作，到太极殿文武官员到齐，不过将将半个时辰。

丘穆陵寿和尚书令刘洁负责守城，立于大殿的最前方，军报已经传到素和君的副手手中，他等太子和窦太后一入座，立刻面色严峻地读起手中的军报。

"燕国乐平王的急报，北燕筑堤蓄水，水淹昌黎城，恰逢陛下过桥入城，被冲入护城河之中，下落不明。乐平王在北地搜寻半月无果，高句丽已入龙城，乐平王怕继续搜寻下去延误战机，请求太子殿下下令……"

那白鹭官面容挣扎："乐平工想问，到底是撤军，还是继续围城……"

龙城现在加上高句丽的三万兵马，再守上一年都不成问题。马上就要进入深冬，北地寒冷，如果继续守城，就要准备让几万大军的冬衣，否则冻也把人冻死了。难怪乐平王情愿把拓跋焘失踪的事捅出来也要京中给一个明确指示。

窦太后当然明白乐平王为什么这么做，满朝文武也有大半能猜得出乐平王的心思，忍不住偷偷去看拓跋晃。

听到拓跋焘失踪的消息，太子只是咬着牙全身发抖，比起当场号啕大哭或者惊慌失措要好得多，许多老臣心下颇慰。不管怎么样，哪怕陛下真的有个万一，有这样一位太子，好好辅佐，未必不是明君。

"陛下是天子，是鲜卑人的大可汗，有天相护，绝不会有事！"窦太后沉声道，"大军现在还在北燕，到底是打是回，总要有个主意！"

"狼烟呢？狼烟是怎么回事？"司空长孙道生直起身子，直问拓跋晃，"太子殿下，是哪里起了战事？"

拓跋晃捏紧了双拳，恨声道："长孙司空，柔然人又反了！"

长孙道生满脸凝重："反了？是六镇附近的平柔户还是？"

"武川来的消息，攻来的人马打的是蠕蠕王帐的王旗，只有四万人马，但收拢了不少沿路的柔然奴役和平民，已经过了武川，快到吐颓山了。"窦太后说，"就不知被收拢的蠕蠕到底是被胁迫的，还是早就想要反的。"

"什么？"

一群和蠕蠕有冤仇的武将破口大骂了起来，殿上有不少先帝时期就归顺的柔然人，也有闾毗这样的柔然旧臣，听到这些污言秽语后神色愤怒，有脾气暴烈的竟然动起手来！

拓跋晃小小的身子跪坐在案几后，见一个柔然大将和鲜卑豪酋毫无形象地扭打在一起，气得跳起来大叫："花木兰何在！把他们都给我丢出去！"

贺穆兰也觉得这样打成一团实在是太丢人了，无奈两个都是位高权重的大人物，只能站在贺赖家主的身后发愁，听到拓跋晃尖亮的童音突然响了起来，顿时条件反射地上前几步，伸手将两人格挡开。

豪酋和柔然大将一齐瞪向她。

贺穆兰抿了抿唇，抱歉道："对不住，奉命行事，得罪了！"

当下先举起体形较小的柔然人，将他"轻轻"地丢到了外面。

"将军还是先在外面静一静，你现在身份尴尬，在外面也许好些。"

她小声说完，又拱了拱手，见对方若有所思，这才松了口气入殿。

见到那老对头被贺穆兰"丢"了出去，鲜卑豪酋大感解气，再见贺穆兰又要伸手，连忙整了整衣服叫道："你别拽我！我自己走！"他抬头挺胸地跨了出去，随即听到他在外面笑话对方像小鸡一般被丢出去的声音。

拓跋晃发怒，花木兰出手，虽然没有多大的动作，却已经让人明白了御座上坐着的小娃娃不是一点脾气都没有的泥人儿，他的身体里流着的是陛下的血！

贺穆兰干完了打手的活儿，刚想回到列中，就见拓跋晃站起身，一步步踏到了御阶上，面色说不出的肃穆。

尚书令刘洁站在前列，见小小的太子已经有了成人的风骨，眼神里出现一丝晦暗，其他几位宗室有的欣慰，有的皱眉，不知道在想什么。

"花木兰，你站到我身前来。"拓跋晃清脆的童音清楚地回响在大殿之中。

"末将遵令。"贺穆兰心中有些不安，但还是快步走到御阶之下。

"情势紧急，众位爱卿当齐心协力，方才那种事，必不是我父皇愿意看到的情景。"

拓跋晃隐隐威胁那些失态的大臣，潜台词是"我真的会告状的"，他看了眼殿下的贺穆兰，继续说道："我个子矮，又怕吵，从现在开始，谁要再喧闹，我就命花将军，将他丢出去！"

一个五岁的孩子，力气、身高、声音、学问都不如一个正常的大人，他能做什么呢？

唯有借势。

拓跋晃清楚地知道这些大人会尊敬他，只是因为他在御座上。如果是父亲坐在御座上，那现在这群人讨论的会是由谁带兵出征的具体准备了。

拓跋晃深吸一口气，看了眼身边的窦太后。

她做出一个赞许的表情，将所有的主导权让给了他。

"报！柔然人已经攻到了吐颓山，在吐颓山附近驻扎。沿途百姓伤亡惨重，大量牛羊马匹被掠！"

"这些畜生……"

独孤家的几位年轻将领牙咬得嘎吱嘎吱响，吐颓山离平城不过百里，拓跋晃心中突突乱跳，稚嫩的脸上露出了思考的神色，只是在所有不明所以的人看来，这倒像是小孩子强装大人后遇见困难而露出的迷茫和无措。

一时间，许多老人想起了十年前，先帝驾崩，新帝登基，柔然南下，拓跋焘力挽狂澜。只是拓跋晃才五岁，能重现拓跋焘当年的奇迹吗？

怀疑、担忧、惊惧的目光向着拓跋晃看去，被拓跋焘留下来的丘穆陵寿心中更是惶恐不安，冷汗早已浸透后背。

因为拓跋焘临走时预见到柔然人会趁机起事，给他一万精兵，安排他沿途布防，以免造反的柔然人毫无阻拦。但他得到拓跋焘失踪的消息后担心失去"拱立新君"的机会时，却急忙回了京。

在他内心，根本就不相信被打得无法恢复元气的柔然人会主动挑事！

丘穆陵寿心中拼命想着弥补的法子，到底该怎么办？若真让柔然人打进来，太子出了事，陛下若安然回来，丘穆陵家可能被愤怒的陛下族诛；可若现在去抵挡柔然人，一万人不知道够不够……

他突然跪伏于地："陛下失踪，太子殿下身份贵重不容有失，保太后还需辅佐太子殿下监国，臣请太子殿下和保太后去南山别宫暂避，待我等臣子击退外敌再还平城！"

丘穆陵寿这番话说到了许多人的心里，不管拓跋晃表现得多成熟，毕竟只有五岁。

有许多大臣跟着跪下，请求太子和太后暂避南山行宫，防止平城附近的柔然奴隶趁机生乱。

丘穆陵寿等人哭着喊着求"避祸"，高允一张脸漆黑，站出来大骂道："君辱臣死！如果真让柔然人打到平城，那就是我们无能！大魏从建国到现在，还未有外敌入侵而退避三舍的储君，诸位是想毁掉我大魏的基业，败坏太子殿下的名声吗？"

崔浩也摇着头笑："先别说柔然不善攻城，就算真攻到平城下，平城里的百姓一人一石头也把他们砸死了。今日的平城早已不是昔日的平城，使君也太畏缩了！"

"崔浩，陛下将太子托付于你，你便该保证太子的安全，怎能说出这样的话！"丘穆陵寿又俯下身子，跪地请求，"万无一失之策，便是殿下和太后前往南山！南山易守难攻，我亲自率领五千精兵防守，哪怕真有柔然人攻进平城，也可保平安无事！"

高允梗着脖子斥责："殿下监国，便是国之表率，怎能随便离开皇宫！"

"你看看平城的宫墙！几十年来都没有筑高一寸，搬个梯子就能翻进来的宫墙，能防卫什么！"丘穆陵寿口水喷出，溅得老远。

"既然宜都王认为皇宫不够恢弘，那就应该记得陛下曾经说过什么。"窦太后站起身，大声说道，"夏国统万城的城墙高耸入天、坚如铁石，夏宫墙高数丈、宏伟至极，可还是被我国灭掉，问题不在于城墙坚固与否……"

窦太后直视丘穆陵寿，一字一句地道："宜都王，保卫家国，只在人心，不在险要。"

丘穆陵寿不甘地辩驳："此一时彼一时也。如果是陛下在这里，臣绝不会提出这样的建议，臣会跟着陛下一起上阵，可陛下失踪，太子殿下是未来的大可汗……"

"说到底，还是因为我年纪小吗？"拓跋晃清脆的童音响起，身子晃了晃，脸色变红。

高允见他失态，有些意外，正准备上前安抚，却见拓跋晃从怀中拔出一把匕首，高高地举了起来！

"太子殿下！"

贺穆兰离得最近，伸手准备阻止拓跋晃乱舞武器伤到自己，却见拓跋晃将匕首尖朝下，狠狠地扎在龙案之上。

拓跋晃激动得浑身发抖，大声叫着："父皇历来冲锋陷阵，亲冒矢石，我拓跋家的天下便是这么打下来的！我身为拓跋鲜卑的后代，怎可让祖宗蒙羞！谁要再建议我退守南山，要么等着被我用匕首抹脖子，要么我干脆在这里抹了脖子！"

他环顾大殿中惊慌失措的众臣，深吸一口气："我意已决。如果诸位不想我死，那就好好想一想如何将外敌拒于国门之外！"

贺穆兰松了口气，意外地看着这个五岁的小孩，惊疑爬上了心头。同她一般又惊又惧的臣子，不知有多少。

因为拓跋晃表现得太好了，许多大臣反倒不觉得是他自己的主意，再联想到拓跋晃来之前召了崔浩和花木兰议事，又有高允和一干东宫臣僚辅佐，许多大臣默默想着是不是拓跋晃之前早就接到了陛下失踪和柔然南下的消息，并且已经和太后、崔浩等要臣做好了应对的准备，这场朝议不过是做戏罢了。

想到这一切都是拓跋晃提早安排好的，也许说的话、做的事都是演练过无数次的，这些人心中对拓跋晃"多智"的惊惧才消失了不少，但即使如此，他们看向拓跋晃的目光也更加耐人寻味。

"臣等会誓死保护殿下的安全！"出列效忠的是拓跋鲜卑的王室，建宁王拓跋崇。

"臣请命率军前往吐颓山！"

"末将请命！"

一时之间，表忠心的声音不断传出，窦太后笑容满面。见到士气突然大振，崔浩不由得在心中叹了句"后生可畏"，以为是窦太后教得好。

而窦太后则认为是崔浩和高允教的，打定主意等敌军退去就好好嘉赏他们。如果不是拓跋晃今日表现镇定，一场大祸就在眼前！

听到众将纷纷请战，贺穆兰心中也蠢蠢欲动。从前世的花木兰到今世的贺穆兰，抵抗柔然人似乎成了本能，一听到要防御柔然，立刻有着当仁不让的想法。

谁料拓跋晃看到贺穆兰请战的眼神，竟然将头偏了过去，眼神求助地看向窦太后。

窦太后知道京中关系复杂，一个没选好就会得罪不少人，如今拓跋晃正是需要众臣鼎立相助的时候，便毫不避讳地自己背了这个选人的黑锅。

"诸位都是我大魏的好儿郎！有众卿在此，何惧柔然人作乱？"窦太后大笑，"如果柔然人真的兵临城下，老太婆我亲自挥刀上城墙，做个表率！"

她沉吟了一会儿，当场点了身为武官之首、时任司空兼柱国大将军，有十二转军功的长孙道生为主帅。

长孙道生已经六十三岁了，几年前还曾作为西线主帅跟着拓跋焘亲征柔然，身体十分硬朗。

"敢问殿下，防御七介山和吐颓山的将领，是京中指派，还是殿下钦点？"长孙道生倒不觉得一两万柔然人值得担忧，立刻开始履行职责。

拓跋晃看向崔浩："崔太常认为呢？"

崔浩多次随军，是拓跋焘的军师智囊："将军在军中四十余年，对军中情况最为了解，即使是殿下指派，也要征求他的意见。我认为，还是由长孙将军点将为好。"

拓跋晃点了点头："那就请长孙司空在殿上任命吧。"

长孙道生心中已经在盘算人选了，立刻当庭点道："长乐王嵇敬！"

嵇敬兴高采烈地站了出来："在！"

他是华阴公主之子，华阴公主和先帝拓跋嗣同母，身份地位家室都显赫无比，有他在军中，后戚派立刻噤声。

"建宁王拓跋崇！"

"在！"

拓跋崇是陈留王之子，在宗亲之中，他最能征善战，又在壮年，点他出战，宗室也十分满意。

到了最后一员将领，长孙道生的眼光横扫过殿上的武将，盘算派出哪位鲜卑贵族合适。无论选了谁，其他人都不会服气，除非是一位不会被争议的……他看了看独孤家，又看了看贺赖家和尉迟家，最终将眼神投向了贺穆兰。

"花木兰……"

贺穆兰高兴地上前一步，正准备叫一声"在"，却被身后之人的声音生生噎在了喉咙里。

"其他人可以，花木兰不行！"

拓跋晃摇头，阻止了长孙道生点贺穆兰。

"太子殿下，花木兰目前军功十转，他的虎贲军是黑山军的精锐，又了解柔然人的战法，乃是最合适的人选。最重要的是，他曾取了大檀的人头，对柔然人有极大的威慑力！"

长孙道生直觉花木兰是最合适的人选。就在刚才，他已经想出了最好的战略。然而拓跋晃竟然不允！

崔浩和窦太后一齐向拓跋晃看去，其他大臣也觉得匪夷所思。

"花木兰的虎贲军刚刚回京，很是疲累，而且我还命人送了不少酒肉去犒劳，让他们放松几天，他们不能马上投身战场。"拓跋晃强词夺理，"而且虎贲军的人数太少，我不放心。临时再派新军给他，肯定没有虎贲军指挥得当。司空，换个人吧。"

窦太后心中微微一动。拓跋晃不是任性的孩子，他为什么不愿花木兰离开？莫非陛下走之前，给他安排了什么？

这么一想，窦太后便不干预了。

长孙道生是个老成之人，见窦太后不发话，拓跋晃又死活不愿意花木兰走，只好点了丘穆陵寿带领精兵抵抗。

丘穆陵寿也是猛将，而且有拓跋焘留下来的人马，还是鲜卑南部大人，必定会带众多部民家将参战。

只是这么一来，花木兰就没有露脸的机会了。喜欢提携后辈的长孙道生遗憾地看了贺穆兰一眼。

贺穆兰接受着众位大臣或幸灾乐祸或遗憾或若有所思的注视，不免有些尴尬。

如果虎贲军没损失惨重，这次去的是不是她？

如果坐在这里的是拓跋焘，这次去的是不是她？

接下来的朝议，自然是讨论出征人马的调配、发往各州的文书、战报等等，至于拓跋焘"失踪"的事，像是被众人刻意遗忘了，没有放在明面上，只是下朝之后，崔浩和十几位大人被窦太后召了去，在宫中闭门商议了许久。

而此时的贺穆兰，正在太子的示意下，送他回东宫。

初冬的宫城里一片萧瑟，满眼枯枝残叶，配合着山雨欲来的气氛，连行走的宫人都缩着脖子，一副恨不得插翅飞出去的样子。

拓跋晃似是感受到了贺穆兰的不安，突然停下脚步，要求："花将军，我走得太慢了，你抱着我走。"

"是！"贺穆兰躬身将拓跋晃抱了起来，让他坐在自己的胳膊上。

五岁的孩子，说大不大，说小不小，即使一个成年男子一直抱着也很吃力，贺穆兰却像是手臂上没有重量一般地走着，引得拓跋晃不停地捏贺穆兰的胳膊，发出惊叹。

"好结实的胳膊！花将军看起来瘦弱，其实力气很大嘛！你的力气都是从哪里来的，骨头里吗？

"花将军你好黑啊，西边太阳是不是很大？"

拓跋晃天真地说了许多话，突然抱住贺穆兰的脖子，在她耳边问："花将军，我不让你出征，你不会生气吧？"

"殿下是储君，不让臣出战，定然是有殿下的道理，臣怎敢生气。"贺穆兰硬邦邦地回答。

"你这么说，表示你生气了。"拓跋晃软软的手捏了捏贺穆兰的耳垂，发现没有耳洞时，好奇地多看了几眼。

"我确实不愿意放你走……"他小小声地说，"从我被立为太子以来，很多人都认为能摆布我，用各种手段想让我相信他们，可我不相信。"

贺穆兰克制着将捏她耳朵的孩子摔下去的冲动，好奇地开口："有窦太后保护殿下，殿下还担心什么？"

"我知道父亲召你回来是为了什么，他是想要你保护我。我相信长孙司空就能将那些蠕蠕打得落花流水。"

贺穆兰好奇地看向拓跋晃："你不怕？"

拓跋晃将脸埋在贺穆兰的脖子旁："我很想说不怕。可我将花将军留下来，就是因为……"他软糯的气息吹拂在贺穆兰的颈间，"我很害怕啊。"

贺穆兰的心，一下子就软了。

【第 297 章】

北凉。

源破羌和孟王后走在阴森漆黑的地道里，举着火把的亲兵们护在左右，由于长期有人打理，这里的地道不似源破羌之前走的那条充满着霉味和各种古怪的气味，而且也并不潮湿。

"孟王后不愧是镇守中宫多年的顶梁之人，只是孟王后既然知道这些地道，为何不经常借着地道出去走走，透透气呢？"眼看着就快突围进入宫中，源破羌有些放松。

　　这段时间战局十分稳定，沮渠菩提的王旗一举，立刻有无数人来附，源破羌将亲兵和鲜卑旧部混编到这些归顺之人的军中，有了一支庞大的队伍，势如破竹地杀到了姑臧。

　　孟王后已经和魏国合作了，对地道的事情也直言不讳。中宫明面上只有几百名侍卫，其实每日在地道巡视的不知有多少，源破羌当时能安然进入东宫，自己事后想想都捏一把冷汗。

　　若不是东宫的主人死去多年，沮渠蒙逊又常常出入东宫和大李氏幽会，东宫地道里的侍卫不会比中宫少。

　　孟王后知道要入地道自己躲不开，只提出了一个要求，就是希望魏国能保护好沮渠菩提和沮渠白马。一旦源破羌率领"反贼"队伍入了姑臧，狄叶飞又在姑臧以北，保护沮渠菩提和白马的人手就不够了。

　　源破羌留下了两千多人马保护沮渠菩提姐弟，加上素和君带着白鹭官和卢水胡们留守，总算是让孟王后放了心，同意引路。

　　孟王后身边的精锐都留给了菩提，只身带着几个心腹随源破羌入了地道。源破羌不敢小瞧长明宫的防守，便带了六千人，准备分批进入不同的地方。

　　一切都很顺利，源破羌和孟王后先将一千多士卒送往外城附近的出口，才又折返回去，点了一千人进入地道，直往长明宫而去。

　　为了鼓舞士气，源破羌甚至亲自入了地道。

　　他提防着北凉在地道里有埋伏，走得十分小心，每个路口都分兵打探一番才敢继续前进，就这样行了半日，到了一处极为狭小的地道，只能一个人弯腰走过，孟王后脸上有了喜色。

　　"到了，过了这里就是长明宫。此处狭小，正是为了摆脱追兵的。只要有一员猛将守在这里，哪怕后方有千军万马，也攻不进来！"

　　源破羌松了口气，派了几个武艺高强的亲兵守住入口，自己率先进入地道之中。孟王后也低下身子钻进地道，后方一个跟一个，足足用了半个时辰，才全员通过这个入口。

　　前方的地道渐渐就宽了起来，但之前空气稀薄的情况却没有减轻多少，孟王后走着走着，突然停住了脚步。

"怎么了？"

孟王后惊疑地开口："情况有些不对。我在地道里留了不少奴隶，应该也有奴隶定期清理通道、更换油灯。可这段路这么黑，地上灰尘这么厚……"她踏了踏地，皱起眉头，"如果地道里有人看守，我倒不担心了，沮渠牧犍不是笨蛋，一定不会漏掉地道，除非……"

"不好了，不好了！王后，前面出口被堵起来了，推不开啊！"一个跟随孟王后的北凉宫人大叫着跑回来，"不光是去中宫的，去尚衣局的也堵起来了！"

孟王后越想越心慌，当机立断："沮渠牧犍应该是没把握守住地道，干脆把所有的出口全部封死了，我们得赶快离开……"

"地道里有没有不为人知的密道？"源破羌不甘心地追问。他好不容易离成功只有一步了，就这么回去，他怎么能甘心？

"要是有的话，这么多年我早找出来了。你是南凉王子，你知不知道？"孟王后反问。

源破羌摇了摇头："我姐姐知道，我兄长也知道，可我并没有在地道里走过几次。"

孟王后表面焦急，心中却暗暗高兴："那我们还是回去吧！"

源破羌见孟王后不愿再找，只好率人原路返回，心中却在默默记着路径，准备回去之后再秘密派人过来探查。

一千人的队伍首尾变化，源破羌和孟王后走在最后，行了一段时间，突然听到前面队伍大叫了起来，源破羌升起了强烈的危机感，大叫："前面发生了什么事！"

一个心腹火速跑去前面查探，没一会儿，又满头大汗地回来了，面如金纸地回道："将……将军……入宫的入口那里被人包围了，先钻出去的兄弟都被腰斩而死，现在没人敢出去了……"

源破羌倒吸一口凉气，扭头看向孟王后："你不是说这条地道绝对安全，连凉王也不知道吗！"

"我怎么知道为什么会有人！"孟王后冷起脸，"我在这里，儿女也在你们手中，我难道会设计陷害你们吗？"

"罢了，现在不是争吵的时候。"源破羌闭了闭眼，"我们先去前面看看。"

在天梯山下扎营的魏军喝着山上潺潺流下的雪水，忍不住打了个哆嗦。

"哎呀，这才几月啊，就这么冷了……"

魏国现在应该连叶子都没落光吧？

"别那么娇气，比起在沙漠里苦熬的虎贲军，我们算享福了，只要保护世子和公主就行。"一个白鹭官安慰士卒，"等打下姑臧就可以回去了，希望能赶得上春暖花开。"

"听说兴平公主找到了？为什么沮渠牧犍不把她送回来和亲，对外还说她失踪呢？"

这件事在姑臧附近传得沸沸扬扬，许多商队都信誓旦旦地说看到北凉人护送一个女人去姑臧。只不过她全身上下裹着厚厚的衣衫，连脸都被遮住了，没人看到兴平公主的绝世风采。

"这些事不是我们该——那是什么！"

白鹭官手中的水囊突然掉下，犹如虾子一般跳了起来。

"敌袭！敌袭！南边来了大军！"

【第 298 章】

拓跋晃没有离宫避难极大地安定了局势，至少平城里的权贵人家、富商、外使等紧要之人，大都因为储君未动没有离开平城。

有些官员只是送走了家人，自己依旧坚守"岗位"，整个大魏如同拓跋焘还在一般快速高效地运作起来，在极短的时间里，外城的城墙上已有士卒日夜巡逻，让百姓们的心安定下来。

但对很多心中有鬼之人来说，这两天的震动却比柔然人入侵大得多。

"你们说一定会让库莫提平安无事的，你们答应过的！"端平公主毫无形象地咆哮着，"现在他失踪了！他跟着佛狸一起失踪了！你们还要我继续帮你们？"

"我们也没想到会这样。"几位王爷脸色很难看，"谁知道库莫提会下水去救人？那里水势湍急，就连马被冲下去也瞬间没了影踪，更何况是人？我们之前派出过人隐晦地提点过库莫提的！"

"是我的错……是我害死了兄长唯一的血脉……"端平公主掩面而泣，"他那么年轻，他还没有孩子……他一直很痛苦，既不能告发我们，又不愿意佛狸出事……"

"佛狸在逐渐削弱宗室的力量，除了拓跋素、拓跋崇几人外，年轻的宗室几乎得不到提拔，乐安王被罢黜在家，乐平王无能，只会左右逢源……"说话的是尚书令刘洁，"宗室的威严不存，国戚就更加艰难。公主，你的丈夫和儿子为什么会死，死了也讨不回公道，不就是这个原因吗？

刘洁的夫人是拓跋珪的女儿乐昌公主，按辈分算，他比拓跋焘大一辈。刘洁对拓跋嗣又怕又敬，对拓跋焘这个"不守规矩"的皇帝却很看不上。

"牺牲是必须的，姑姑。"拓跋范强抑着心中的不安，劝说道，"陛下现在失踪，拓跋晃只有五岁，却不是个好摆布的，崔浩和高允对他看顾得严密，唯有控制住小皇子才能有宗室喘息的余地。这么多年了，汉人的势力越来越强，陛下用寒士、用汉人、用异族，就是不肯用宗室……"

"如此下去，最多两代，我们就会沦为无用之人，我们的封地、牧场和奴隶都会被收回去。要是陛下继续推行新政，说不定有朝一日，再无我们的立锥之地！"

"我苦命的侄儿……"端平擦了擦眼泪，"我儿子死了，丈夫死了，现在连最亲的血亲也死了。你们走吧，我不想再掺和这些事了，我已经后悔了！"

"姑姑！"拓跋安有些失态地叫道，"你还有我们呢！如果小皇子登基，只能依靠我们这些宗室！如果小皇子也出了事，乐安王和拓跋良都有可能登位，我们继续富贵下去，你才能过好！"

"……"端平闭了闭眼，"我……我要想想……"

"如果姑姑愿意帮我们，我可以把良儿过继给你。"拓跋范突然开口，"良儿性格纯善，又长得壮勇，是最合适的人选。"

端平公主知道拓跋良很优秀，闻言有些狐疑："此话当真？你真愿意把良儿过继给我？"

如果日后真是拓跋范或者拓跋良登基，凭借这一层关系，端平公主权势不在太后之下。这种事拓跋范都愿意做，他们是对自己的谋划多有信心？

"我现在就可以写一纸过继文书给你，日后尘埃落定，良儿就是你的嗣子，你和王家的一切都不会断绝。当然，如果良儿他日……"拓跋范顿了顿，"这个我不能保证。但有我的文书在手，你也可以放心了。"

端平公主盘算了一阵，想到自己和这些人根本撇不开关系，就有些焦躁。之前她陷得太深，甚至连库莫提都失踪了，如果还不能成功，她确实离万劫不复不远。

唯有成事才能保证日后的荣华富贵!

想到这里,端平公主紧张地捏住了衣角。

"你们到底要我做什么……"

拓跋焘失踪的消息根本没有瞒住,虽然说京中派出了大量的人马去北燕搜寻,甚至请了寇天师和昙无谶一起占卜吉凶,为拓跋焘祈祷,但京中所有人心中都像是压着一块大石,根本喘不过气来。

为了安稳并拉拢平城附近柔然贵族的心,窦太后在崔浩的建议下,下了一道懿旨。

懿旨是下给间毗府中的,大意是听闻乐浪公主贤良淑德,希望她进宫教导公主一段时间,再称赞郁久间月牙公主貌美可人,乖巧伶俐,窦太后甚为欣赏,希望月牙公主陪伴她一段时间。

接到懿旨,间毗又惊又喜。

惊的是太后和魏国大臣们果然还是不信任他,要把他的母亲和妹妹做人质,以免他带着柔然部民反了。喜的是懿旨里隐含着的意思,是要把他的妹妹配给那位已经表现出不凡一面的太子殿下!

柔然降将和未来国舅爷可就是两个身份了。

"醒醒吧,间毗!"乐浪公主看着间毗魔怔了的样子,叹道,"想一想鲜卑人的规矩。"

一盆冷水"哗"的一下泼了下来。子贵母死,足以让许多心疼女儿的人家不想把孩子送进宫去。

"说不定日后会有转机。你既然选了这条路,就得走完。"阳哲见间毗有些摇摇欲坠,宽慰道,"赫连定不是连妹妹都送进宫去了吗?"

"阿母,我们要去哪儿?"因为环境大好而变得越发活泼的月牙儿,听闻要出门,拉了拉乐浪公主的手,"是要去里面那座大城吗?"

在草原上长大的她,到现在还为魏国到处都是城市而感到震撼。她没去过宏伟的大夏宫,也没去过长安和洛阳,心中只觉得平城是天底下最大的城市,而魏宫就是城市中最神秘的地方。

"是的。"乐浪公主摸了摸女儿的头,温柔地哄着她,"我们要去平城的王宫了。那里有一位很慈祥的阿婆,她的儿子出门了,她非常孤单,知道我们的月牙儿性格好长得漂亮,希望你能去陪她几天。宫里还有个小男孩,想要一个姐姐做玩伴……"

"他能和我骑马射箭吗？会写字吗？"月牙儿抬起头问，"不会和兄长同伴的几个儿子那么笨吧？"

"会骑马，会射箭，会写字……"间毗回过神来，替母亲回答，"而且阿母也要一起去。"

"阿母也去，那我去哪里都行。"月牙甜甜地笑了，"等那位阿婆高兴了，阿兄就接我们回来，对吧？"

"嗯，阿兄会把你们接回来的。"间毗不忍心看妹妹天真的脸，点了点头。

"主人，夫人，有车来接了。"

"东西收拾好了吗？"

"说是东西宫中都有，不需要准备。"

间毗埋怨："不准备怎么行，要是……"

乐浪公主拉住了他："就这样吧，宫中不会亏待我们的。"

不知为何，间毗的眼泪突然就下来了。

他曾经有成为汗王的机会，却因为放不下家人，最后还是和那个位置失之交臂。他带着母亲和妹妹来到魏国，是为了给妹妹和母亲最好的生活，却一直怀才不遇，得不到重用。

曾经的选择让他两边都得不到信任，一个人一旦背叛过自己的国家和君主，是不是永远就盖上了"背信者"的烙印？

希望这一次，至少不会选错吧。

"祝母亲平安康泰。"

间毗抱住母亲，像小时候那样靠在她身上，希望从她的身体里汲取勇气和力量。

"也祝福你，希望你得天相助。"乐浪公主也抱了抱儿子，又转头看向阳哲，"我把儿子托付给你了，你要帮我照顾好他！"她的眼神中全是让人心折的信任和温情。

阳哲并没有发下什么誓言，只是嘴角含笑地点了点头。

间毗亲自陪着母亲、牵着妹妹，将她们送上了前往宫中的车驾。

他怔怔地站在门口，一直到什么都看不见了。

"传我号令，所有部民准备作战！"间毗握住了腰侧的金刀，"守住外城的四门，无论什么人想进来，就得踏过我们的尸体！"

"是，主人！"

"我不同意！"拓跋晃抱着还在襁褓中的弟弟，拼命地摇头，"我不能把弟弟送走！我答应过阿母要照顾好他！"

"可你的叔叔们说得没错，大臣们的顾虑也是需要考虑的。"窦太后第一次听他提起死去的母亲，心中忍不住一酸。

"既然我留在宫中，那宫里就是最安全的地方，阿弟在我身边有什么不可以？他不能去南山！"

拓跋焘还没给这个新出生的孩子取名，所以宫里人都喊他"小皇子"，拓跋晃则一直喊他"阿弟"，宛如普通的鲜卑家庭。

"殿下是储君，所以代替陛下坐镇宫中，防御国门，危险都由殿下承受了。"宗室里年龄最长的直勤王爷冷哼道，"若是有万一，所有的侍卫和臣子都会保护你，将你们分开保护，才是对小皇子好。"

"我会让身边的人优先保护阿弟！"

"你觉得这可能吗？"

直勤王爷犹如有天神保佑，总是大难不死，大家都认为他有吉兆，所以拓跋焘让他做了内宫的"大司礼"，但凡宗室子嗣录入名册、死亡或继承王位爵位等等，都要请他去见证。

这位长辈辈分太大，年纪也大，对待拓跋焘和拓跋晃都不是很谦恭，见这个小娃娃不愿意让小皇子退避南山，心中很是不耐。

他能活到现在，就是知道鸡蛋不能放在同一个篮子里的道理。宗室们的顾虑是正确的，若拓跋晃出了事，至少陛下的血脉能存活下来，王位不会空悬。

"晃儿，南山的别宫易守难攻，是比宫中更安全的地方。"窦太后伸出手，"把你的弟弟交给我吧。"

拓跋晃人小力薄，但他抱紧了弟弟，侍卫根本不敢用力抢夺，任由局面僵持。

"你难道能一直抱着他不成！喂奶怎么办！更衣怎么办！"窦太后见拓跋晃油盐不进，只能耐下性子哄他，"你不愿意送他走也可以，那就把他放在我身边。你要上朝，要上课，要和大臣一起批阅奏折，把他放在我身边是最妥当的。"

"太后，你会保护好我弟弟？"拓跋晃毕竟年纪小，这会儿有些支持不住了，干脆跪坐下来，将弟弟放在大腿上护住。"我和他是母亲牺牲一切换来的，谁也不能有事。"

窦太后的心更软了，似乎看到了当年因为母亲自尽而夜夜跑到杜夫人殿中哭灵的拓跋焘。

"交给我吧，我不会让他出事的。如果你不放心，可以自己指派照顾他的人。"

最合适的人选，只能是聪敏且值得信任，而且身份不能太低，可以震慑住其他宫人的女人，最好还懂武艺，能够在关键时刻自保，至少不会拖累别人。

拓跋晃在脑子里苦苦搜寻合适的人选，突然灵光一闪，向窦太后恳求："请太后让赫连公主照顾我弟弟，我小时候得到她许多照顾，她细心体贴，是最合适的人选。"

"她倒是可靠，而且身份也够。"窦太后点了点头，"可以。"

"我身边的女官王贤人武艺高强，性格谨慎冷静，我希望能调她去慈安殿，辅佐赫连公主照顾我弟弟。"拓跋晃又吐出一个名字。

窦太后笑着骂他："我这里是龙潭虎穴吗？你还弄个武艺高强的来！"

拓跋晃不接她的话，只摸着弟弟的襁褓俯身请求。

"王家那个女儿？好吧，让她也来。"窦太后还是妥协了。

直勤王爷见窦太后和拓跋晃都不愿意将小皇子送往南山别宫，气得吹胡子瞪眼，就差没在慈安殿里破口大骂了。

到最后，窦太后妥协了，答应如果一旦生乱，会立刻将小皇子转移走，交由宗室将领保护，才换来暂时的妥协。

可以想象，明日上朝，没有把弟弟送走的拓跋晃，恐怕会面临更多大臣的抨击和反对。

这不是拓跋晃想要的结果，却是能争取到的最好结果。长孙道生的大军已经出发，他走之后，除了内政，还有许多军务要处理，他根本没有时间留在东宫照顾弟弟。

但是他根本不愿意把弟弟送去南山别宫，在平城里，他不相信任何人。父亲临走时曾嘱咐他，花木兰不可以派往他处，更不能离开宫城附近，他不明白为什么，却笃定父亲一定对花木兰托付了什么，所以宫中才是最安全的地方。

从花府所在的昌平坊到宫城，跑步不过半刻钟，骑马更快，再加上自己的母亲还在花府……拓跋晃知道自己太过自私。但重来一回，他已经不愿意再失去任何自己重视的人。

"好了，一切都如你所愿了！"

送走宗室来人后，窦太后逗弄着小皇孙，笑话他："外人还说你聪慧早熟，敏而好学，却不知你是个喜欢胡闹的家伙，倔起来连牛都拉不回！"

拓跋晃笑了笑，没有接话。

"对了，今天我的宫里多了一个人。我要照顾怀里这个，没办法照顾好她，你有空就带她到处走走，熟悉熟悉宫里。"

窦太后摇了摇怀里的孩子，回头对宫女说道："去请月牙公主过来。"

拓跋晃听到窦太后说出"月牙公主"四个字，顿时如遭雷击，愣在了当场。

就在他浑浑噩噩时，一身宝蓝色裙衫的漂亮小姑娘被人领了进来，一双又黑又圆的大眼睛好奇地打量着拓跋晃。

拓跋晃的相貌并不似鲜卑人，倒像汉人多一些。

年幼的公主和年幼的皇子第一次相遇，原本该是童话里美好的开始，谁料拓跋晃却把脸一捂，掉头就跑！

"太子！你们愣着干吗！快把太子殿下追回来！"

"天啊！小心摔着！"

小月牙莫名其妙地眨了眨眼，又摸了摸自己的脸，难道我长得太吓人，把那小弟弟吓跑了？

小剧场：

拓跋晃（悲愤欲绝）：当年我才十岁啊！她就把我生吞又活剥，可怜我身娇体柔易推倒，再回首已非童子身！

月牙儿（莫名其妙）：你在说什么鬼？

拓跋晃（更加悲愤）：如今我才五岁！五岁！放过我吧，我还是个孩子啊！

【第 299 章】

"卢侯爷家来人了！独孤家郎君也来求见！"

"他们来做什么？独孤诺不是正等着当爹吗？"

听到下人通报，贺穆兰有些奇怪，这几天来示好的人家不少。独孤诺和邻居卢家的几个儿郎与贺穆兰私交不错，贺穆兰整了整衣服出去见他们。

"今天什么风把你们吹来了？"

"咦，你还不知道吗？"独孤诺见贺穆兰一脸迷糊，咳了一声道，"长孙司空临走前向太子请旨，如果对柔然战事不利，就要立刻将你召入军中，殿下答应了。你的虎贲军人数不够，少不得要去其他地方抽调……"

贺穆兰恍然大悟："怎么？你们都想来虎贲？"

"将军但凡有用，直接去独孤家送帖子，我马上率甲兵家将来投，粮饷都不用你操心，我自己带！"独孤诺笑出一口大白牙，"怎么样，划算吗？"

"虎贲军现在缺两千多人。"贺穆兰笑了笑，"柔然人要真打进来，你们有两千人填吗？填不了我还是要去军中调。"

"我是没有那么多，可愿意来的人可不少。"独孤诺伸出手算给她看，"尉迟家、我、卢家几兄弟，还有许多汉人五姓家从小习武不想入朝廷的子弟，这么一算，何止两千人，你要五千人我都能给你拉来。"

独孤诺一说完，卢家几兄弟立刻眼巴巴地望向贺穆兰："怎么样，将军，答应吧答应吧？"

贺穆兰被他们逗得发笑："先别说前方不一定会失利，就算司空要用我，你们要给我拉来一群不能用的……"

"能用能用能用！要不然我们家长辈为什么要我们来……啊！"独孤诺看了一眼打他的卢家七郎，"你打我做什么。"

卢家几个要被说话直白的独孤诺气死，再见贺穆兰似笑非笑地看着他们，只好竹筒倒豆子说了干净。

"消息传出来后，我们都动了心，想走家里长辈的路子到你这里来说动。只是花将军平日里深居简出，和我们这些人家没什么交情，有交情的又拐着十万八千里……"卢七郎不好意思地说，"将军可能不知道，连若干家的门都被人踏过了，就因为若干家小儿子和将军是莫逆之交。"

贺穆兰眨眨眼。之前确实有不少人拜访，还都是需要她恭恭敬敬接待的人家，只是他们语焉不详，她又听不懂那些弯弯绕绕，最后都是相对无言地送走了。

"我家祖父比较严格，不愿意替我们疏通，让我们自己想办法，但是答应若我们能进虎贲军，就给我们三百私兵，俱是会武的青壮老兵，自带甲胄战马。"卢家七郎指了指独孤诺，"我去找他，他说……"

"这有何难？跟我一起找花将军去！"卢九郎捏着鼻子学着独孤诺说话。

贺穆兰真是给这群青年逗得又喜又愁。喜的是自己得到了大家的认可，愁的是如果许多人都怀着这样的想法，那她肯定会得罪一部分人，除非她的虎贲军能容纳得下这么多子弟加入。

"花将军要是担心我们的人无能，或是不听你指挥，从明天开始，我们就带着甲兵跟将军去虎贲军操练，让将军看看我们的本事！"

正所谓初生牛犊不怕虎，外面人心惶惶，这些贵族子弟却想着这是建功立业的好机会，恨不得蠕蠕们再往南打一点，好让他们迎头痛击，打得蠕蠕落荒而逃，摘取首级换军功。

"我考虑考虑。"贺穆兰没立刻答应他们，"说不定你们得到的消息是错的呢？"

"怎么会错，是长孙家和崔太常那传出来的——哎呀，你又打我做什么！"独孤诺怒目而视，"再打我我就翻脸了！"

卢家人齐齐翻起白眼。

贺穆兰昨日送走一堆"公子哥"，大感吃不消，加上虎贲军这几日的操练还不知如何，清晨给花父花母留了话晚上再回，立刻打马出城，与那罗浑一起直奔虎贲军营。

两人到了虎贲军营附近，见到各色旗帜、各种装束的人马在虎贲营外煊煊赫赫地围成几圈。

"这是干什么，开武林大会吗？"贺穆兰错愕地瞪大了眼睛。

这些人都衣甲鲜明，还有些队伍是清一色的白马，看得贺穆兰都自惭形秽。

定睛看去，贺穆兰觉得平城几大家族的旗帜似乎都已经占全了。

她甚至看到了照夜明光铠！她混了这么多年才被赐了一副！夭寿啊！

见到贺穆兰那标志性的大宛良马，一群人立刻奔了过来。

"花将军，你可来了，兄弟们等许久了！"独孤诺有些委屈地告状，"虎贲军的人不给我们开营门啊！"

"废话！"贺穆兰没好气地冷哼。这么一大群人，怎么看都像是来砸场子的好吧！

这些人年纪都不大，贺穆兰又不是贵族，一个士族来蹭寒门的便宜，那都得是家中十分荒诞不羁的子弟才做得出来。但凡有点架子的，一辈子饿死穷死也不会来丢这个脸。

"花将军，我身高八尺，仪表堂堂，又有伏虎的力气、猿猴的灵敏，我家八十家将，个个……哎呀花将军你别走啊，你听我说完啊！"一个敞开衣襟的儿郎追在贺穆兰身后大叫，"考虑考虑我！"

"花将军，至少让我们进去吧？"独孤诺羡慕地打量虎贲军的校场，有些想要进去打马转上一圈的冲动。

贺穆兰看着这群不知天高地厚的公子哥和他们身后的甲兵、家将。甲兵和家将看起来威风凛凛，率领他们的公子却是有好有差。

贺穆兰用韩信点兵之法数了数。围在这里的人加一起大概不到三千。

"入我虎贲，要会领军，还要足够强。"贺穆兰朗声道，"我派五百虎贲守住营门，各位各凭本事，只要主将能踏进营门半步，我就收下你们。"

"花将军，这不公平，我就带了三百人！"

"就是，花将军你带着人站在门口，我们怎么进得去啊？"

贺穆兰扫了一眼，发现说话的是两个不认识的公子哥，她表情疏淡地说："在战场上，敌人可不管你公平不公平，你们身份贵重，虎贲军不能伤了你们，你们却有可能伤到他们，这才是最大的不公平。"

"可以用武器？"一群人眼睛亮了。

"我提供木枪、木剑给你们。"

独孤诺跃跃欲试地捋起了袖子："我来试试虎贲军的厉害！"

贺穆兰见他们真要试，轻笑着嘱咐了那罗浑几句，让他主持大局，自己转身朝营门而去。

守着大营的虎贲军打开营门，对她身后的公子哥们很是好奇。

"将军，他们是干什么的？"

"仰慕我们虎贲军的威武，想要加入我们的。"贺穆兰开了一句玩笑。

"啥？他们是贵人吧？能上战场吗？"

"所以，我要你们考验考验他们。"贺穆兰大笑，"他们想加入我们虎贲军，要先让他们知道虎贲军是什么！"

长久以来，压抑在贺穆兰心头的憋闷突然一下子爆发了。

"我们是剑，是盾，是让敌人闻风丧胆的虎贲军！永远不要忘了你们是为何来到平城的！是如何在重重选拔下来到这里！要想加入你们，就得有与你们并肩的本事，否则对死去的同袍来说，就是侮辱！"

"岂曰无衣，与子同袍！"

"虎贲威武！"

营门前的一干虎贲军顿时泪流满面，很长一段时间的沉闷，他们都快要忘了曾经的荣耀。然而他们的将军还没有意志消沉，他们凭什么消沉？门外还有那么多人带着人马、捧着兵甲希望加入虎贲军，已经是虎贲成员的他们难道有资格懊悔曾经加入吗？

"去吧！让他们知道，想要踏进这道门，没有那么容易！"

激动得浑身颤抖的虎贲军大声应和。

另一边，独孤诺满怀期望地问卢家兄弟："我带的私兵也是五百，只是肯定比不上黑山精锐，要不然，我们一起冲冲看？"

卢家兄弟瞪大了眼："花将军说了可以结盟吗？"

独孤诺不以为然地反驳："花将军也没说不可以啊！"

"要是不可以，等下虎贲军会提出反对的，到时候再想办法……"

"如果不同意，能临时想出什么好办法？"

"那我家甲兵们护着我往里面冲，我杀进去！"独孤诺自信地捏了捏自己的胳膊，"我的武艺也不是假的！"

卢家兄弟摇了摇头，为独孤诺的盲目乐观捏一把汗。

选派出的五百虎贲军有的高有的矮，有的瘦有的壮，有的看起来就像是平平无奇的农夫，因为刚从北凉回来，每个人都晒得和煤炭一样黑。他们傲慢地看了一眼"哭着喊着要加入"的公子哥们，从地上捡起趁手的木质兵器，站在了营门之前。

大营的吊门在那罗浑的指挥下缓缓开启，虎贲军在三秒内结成阵型，整齐划一地穿过营门来到门前的空地上。

空荡荡的大门前，唯有这五百虎贲军作为阻挡。

那罗浑站在营门边做记录，而贺穆兰已经登上了箭楼，从高处俯视着下面。

"花将军不下场？"一位郎君松了口气，表情也轻松起来。

"对你们，用不着将军上场。"一个精干男子瓮声瓮气地回他，"我们就足够了。"

"真是好大的气魄……"那郎君没被人这般小瞧过，看了看这一水像是南蛮一样肤色的虎贲军，再看看他们高矮胖瘦不齐的体形，心中对自家的甲兵更是有信心。

那罗浑高声询问："谁先来？"

"武川独孤诺！"直肠子的独孤诺带着甲兵跳了出来，"我人最多！我先来会会！"

独孤诺所在的家族是鲜卑大族，豪酋之家，能上马控弦的部落奴隶就有几千，更别说家将甲兵了，虽然大多都在郡地武川，但能够上京保护族长的，都是精锐之士。

独孤诺没有功名，他的兄长独孤唯做到镇守一地后，家中资源才有余力向他倾斜。

独孤家私兵一上阵，虎贲军顿时感受到极大的压力。对方人人都披甲上阵，又人高马大，站在第一排的虎贲军立刻举起坚盾。

独孤诺家的甲兵还没到虎贲军身前，就被从盾兵身后突然跳出的刀兵打了个措手不及，独孤诺举着长矛不管不顾地往营门冲，只听见一阵乒乓作响之后，独孤诺身边已经没有了护卫……

"这么快……"独孤诺傻了眼，看着地上哀嚎一片的甲兵，"你们也太阴险了吧！"他看到有自家人捂着胯下滚的！

"战场生死无小事！"一个虎贲军咧开嘴笑了起来，露出一口大白牙，配着那漆黑的面孔，看上去很好笑。

独孤诺却笑不出来，他被虎贲军生擒了……

可怜的独孤诺自告奋勇第一个尝试，却落得披头散发被送还回来的下场，整张脸都黑了。

"哈哈哈，独孤家的，看看我们的本事吧！"一个年轻小将笑话完独孤诺，对贺穆兰大叫，"花将军，我的家将都是骑兵，我要求骑兵出阵！"

"这小子狡猾！"

"真是，骑兵要占便宜多了！"

杀不进去，凭他们家的良马，冲也冲得进去！

贺穆兰一听就笑了："你们要骑马？你们确定？"

"是！"

"虎贲军，都去牵马！"

一旁早有马奴准备好了战马。

骑兵守城并不占优势，但冲破防线确实是骑兵有优势。

然而当虎贲军翻身上马之后，所有人都沉默不语了。

骑上马的虎贲军，犹如利刃出鞘一般，浑身上下散发着惊人的气息，那发自内心的满足和只有在沙场上历练过才会游刃有余的自信，让那位提出骑马作战的郎君脸上现出犹豫之色。

他是不是弄错了什么？为何他感觉到强烈的不安？

他低下头，和身边的家将们嘱咐了几句什么，立刻挥手。

"冲锋！"

队伍最前方的骑士提起了长矛，虽说是木矛，但被马匹带动冲锋的力道，依旧可以让人非死即伤。这位郎君隐藏在队伍之中，使出一招"鞍下藏身"的马术，将自己藏在骑兵之中，朝着营门而去。

门前空地不大，一眨眼的工夫骑士们就冲到了虎贲军眼前。

随着一声"变阵"的喝令，虎贲军的马就像是能通晓人言一般，向两侧"滑去"。

藏在马下的主将看到营门前有了空隙，正准备加速冲过营门……

"变阵！"

那罗浑又一声喝令，虎贲的阵型突地首尾相连，形成了一个圆阵，将整个队伍包围在了其中。

已经冲到了最前方的主将首当其冲，从马身下探出身子的他，甚至不知道刚刚分开的人是怎么合起来的！

虎贲军或挑或刺，又或者三五合击，不过片刻，就将不少甲兵扫到了马下。

也有功夫扎实的家将一直纠缠，无奈虎贲军配合默契，一个眼神一个动作都能立刻得到回应，一人受阻，立刻有四五把矛来援，反观私兵太过在意主将的安危，身边的袍泽被群攻落马都无法顾及。

胜负非常明显，从地上爬起来的郎君输得心服口服。

虎贲军好久没有这样上过阵了，哪怕手中拿着的不是真刀真枪，在享受过战斗的快感之后还是忍不住开怀大笑。

许多围观的虎贲军也变得跃跃欲试，加上敌人数量众多，确实有累极了或者掉下马受了轻伤的兄弟要被替换。

这场"资格之战"一直延续到中午，能进营门的主将寥寥无几，其中就有一起合作的卢家兄弟，以及武艺不弱，且能踩着马背跳跃前进的宇文家郎君。

好歹有人成功进了门，才没有打了所有人的脸。

贺穆兰见这样的训练比平日的操练更能调动虎贲军的积极性，心中也很高兴。虎贲军气氛压抑已经不是一天两天了，但通过"调戏"这些名门公子，他们的郁气也随之一扫而空。

心情大好的贺穆兰大手一挥："今日已经过了的，明天带上家将和私兵来虎贲军一起接受操练。没过的，回去想想该如何改进，明日再来！不许换人，你们明天还得带身后这群人来！"

虎贲军见这些公子哥们远比他们想象的坚强，既没有痛哭哀嚎也没有迁怒乱骂，心中顿时有了好感，听到花将军同意他们明天再来，也高兴地大喊大叫。

独孤诺等人原本以这没戏了，听了贺穆兰的话让他们高兴地连连击掌！

"我回家去翻翻兵书！他娘的，我汉字都不识得几个字啊！"

"肯定是你们太不经用了！晚上都给我少吃……算了，等明天比试过了再少吃一顿！"

"啊哈哈哈哈，我明天肯定能过，刚才会掉下马是因为我尿急啊！"

一群被揍得鼻青眼肿的公子哥，兴高采烈地走了，引得虎贲军纷纷发笑，在营中议论纷纷。

"看起来贵人也没有那么难相处……"

"喊，那是我们本事强，要换一群蹩脚的，看他们可看你一眼！"

"你说他们进了虎贲军，我们能不能多吃一点肉？他们自己会带吃的吧？"

"你觉得哪些人比较合适？"贺穆兰下了箭楼，问营门前的那罗浑。

"独孤诺不错，他第一个出阵，说明并不畏难，虽然有些鲁莽，但时刻注意着甲兵的位置。但他的决断差点，遇见队伍失利不能壮士断腕，放弃身后的人自己冲出去……"

"这是许多没上过战场的人都有的毛病。"贺穆兰叹了口气，"私兵是自家的资源，和我们这些从军户杀出来的将领不一样，死一个私兵，损失的是自己家的实力，但军户死了……"

她苦笑着看了那罗浑一眼，那罗浑了然地点了点头："是的，我们军户的命最不值钱，死了还有军府发帖子再送人来。"

"但不管怎么说，虎贲军的士气终于昂扬起来了。"贺穆兰伸了个懒腰，"也不枉我在箭楼上站了那么久。"

"不知明日为了出战的名额，多少兄弟晚上要在营中打破头。"那罗浑笑笑，"要不然，我晚上留在营中吧，免得这些小子太过亢奋，把营地给掀了！"

贺穆兰欣然同意。

【第 300 章】

贺穆兰处理完虎贲营的军务，差点来不及在城门关闭之前赶回城中。

南门处，出城之人络绎不绝，有些人甚至是拖家带口，赶着牛车、马车，小孩子的哭闹声和大人的叫喊声嘈杂成一片。

"还没到时辰，为什么就关城门了！"

"不准关！按时辰来！"

"就是就是！城楼的鼓还没有响呢！"

城门下吵了起来，被推搡得快要发火的城门官"噌"的一下拔出了长刀："上官说要关城门，我能不关？再推搡，我就当你们要造反了！"

"造反？你吓唬我们是不是？我们不过是要出城！"

"现在还没关，我们冲过去！"

贺穆兰身上穿着将军的服饰，腰上佩着磐石，再加上越影比其他马都高出一个马身，出城的百姓都匆匆避开她，让她得以逆着人流，到达城门之下。

这时，拥挤的人潮终于失控，还有人驾着马车奔驰，一些百姓避之不及，被那辆发疯一般的马车撞倒在地。

城门官们立刻将自己的枪矛等武器塞入车辕和车轴之中，将疾驰的马车轮子卡住，然后大叫了起来："都闪开！别被撞了！闪开闪开！"

百姓们疯狂地往外涌，城门官们瞬间就被推倒了，手中的木杆一个倾斜，整辆马车倒了下来。

一声巨响之后，马车的窗子里爬出一个衣着华贵的妇人，她惊叫着："我的箱子！我的细软！来人啊，把我的东西搬出来！"

"啊啊啊！我的孩子！"

"我的相公！我相公被压在车下了！"

两声惨叫之后，妇人的嚎哭声像是撕裂耳膜一般乍然响起。

从马车里爬出的妇人紧张地指挥家仆去搬开车门，留意到许多百姓对她怒目而视，她尖叫道："你们知道我是谁吗？要不是我赶时间出城，哪需要和你们这些贱民在一起排着？还不给我闪开，你们是要抢东西吗？"

两个身材魁梧的壮汉挡在那妇人面前，拔出了腰上的短刀。

许多百姓都是没办法才南逃的贫寒之人，见家仆拔了刀，顿时后退了几步，只有家人被压住的围在马车附近，拼命地对着车下喊。

"幺儿，你还好吗？"

"相公，相公你怎么样！"

"你们干什么！"夫人尖叫，"天啊！要死人了多晦气！不会把我的车子弄脏吧！"

"夫人你让让。"一个城门官咬着牙请求，"我们的兄弟也被压在下面。"

"我的腿好像被压断了，孩子没事，在我怀里呢！"一个男人叫了起来。

跪倒在地的中年女人顿时哭了起来："相公！相公！"

"我好像快死了……"之前用木柄阻止车子疾驰的城门官惨叫，"矛插在我在胸口上……"

贺穆兰跳下马，牵着越影硬挤到了里面，并顺手扶起了几个倒在地上的人。

尽管知道情况不乐观，看到现场的贺穆兰还是倒吸了一口凉气。

倾倒的马车下，正不停地流出红色的液体，染红了大片土地。

马车边一个妇人神经质地不允许任何人碰她的车子，她的家仆持着武器和城门官对峙，那妇人边瞪眼边骂："你们知道我是谁吗？我阿爷是尚书令刘洁，我阿母是公主之尊！给我让开！"

贺穆兰面色严峻地走到马车边，伸手抬了抬车辕，抬不动。

不知道车厢里装了什么，重成这样。如果不能一次抬开，很容易造成下面被压之人的二次伤害。

"花将军！"几个已经快要忍不住拔刀的城门官见到贺穆兰犹如见到救星，如蒙大赦地迎了上来，"我们能借虎贲军来帮忙维持秩序吗？其他几个门的兄弟还要镇守城门，不能离开！"

"你去虎贲营找那罗浑，让他带五百人过来。"

贺穆兰将磐石的剑鞘给了一个城门官，然后看了看还在往外涌的百姓，皱眉道："怎么不关门？"

　　"门落下时很可能砸死人啊……"一旁的门将愁道，"这么多人，万一砸下去……"平城外城的城门是绞盘控制的那种，城门会从上方重重落下来。

　　"你是谁？"自称刘洁之女的妇人大声喝问，"你有人用？那快快把我的东西抬出来！"

　　"你的东西？"贺穆兰挑了挑眉。

　　"是是是！我的箱子都在车里！"那女人立刻点头。

　　贺穆兰绕到马前，看到马匹倒在地上，两条后腿伤了，一个城门官陷在车轮之间，胸前插着半根木棍，应该是活不了了。

　　这个时代的车子都是高轮的两轮车，车子倾倒后还有一丝空隙，一个中年文士打扮的男人就卡在那个缝隙里，怀里抱着一个小女孩。小女孩晕过去了，男人满身是血，但看起来还算精神。

　　只能先把东西搬出来，再和城门官一起把车子掀过去。

　　"你要做什么！"那妇人见贺穆兰靠近了车子准备出手，大叫道，"你一个人搬不动的！再叫两个人！"

　　贺穆兰懒得理她，一只手托住车辕，一只手拉住车门用劲，硬生生把车子侧面的车板给拽了下来！

　　"砰！"

　　突然传出两声巨响。第一声是车板被拉下的声音，第二声是城门终于关上的声音。

　　城门关闭让许多人无力地跪坐在地上大声哭喊，似乎明天就是末日一般。

　　嘈杂的声音让贺穆兰无法听到车下那男人的动静，再见到乱成一片如同无头苍蝇一般乱窜，却没有一个愿意帮忙的百姓，她怒从心起，喝道："哭什么！喊什么！蠕蠕还没有打进来呢！长孙司空领了那么多人马出城抵御外敌，我们当兵的还没死完，轮不到你们死！太子殿下和太后都没跑，你们跑什么！"

　　"可是已经有人跑了啊！"一个男人大叫，"宫里的车马都去南山了！"

　　咦？去了南山，所以这才是百姓大乱的原因吗？

　　不过贺穆兰的呼喊还是镇定了不少人的心神，有些人止住了哭哭啼啼，拽着儿女和包裹往回走。

"都和你们说过了，走的是小皇子，不是太子殿下。"门将没好气地大骂，"你们居然还冲击城门！这和杀人有什么区别！"他瞪着马车的主人咬牙切齿。

刘家妇人眼神飘忽，再见贺穆兰已经探身进了车子，惊惶地大叫："箱子装车时用了好几个人，你一个人不……哎呀！"

贺穆兰一搬起箱子就觉得沉得可怕，不过却不能放下，否则下面已经断掉的车轴承受不住，只能憋着一口气将之搬出车厢然后一下子砸到地上！

落在地上的木箱裂开了一个缝隙，从里面滚出了许多金子来。

一时间，嘈杂的声音突然一静，无数人看向木箱，贺穆兰甚至还听到了有人吞咽口水的声音！

她冷着脸，将几个箱子陆陆续续拖出来，心中越来越寒。

车子是减负了，但还是不能将这些人救出来。

旁观的人露出了贪婪的表情，连城门官都直勾勾地盯着那些箱子。

这时候，谁还记得帮忙抬起马车！

刘家的妇人扑到了那些箱子上，尖叫着、唾骂着，那两个家仆满手冷汗，就等人有人敢抢就捅对方一个透心凉。

"他已经没气了……"女人的悲声在贺穆兰身边响起。

贺穆兰循声一看，那女孩的母亲面无人色地指了指头已经垂下的城门官。

终于有人往前动了一步，似乎是想要伸头看看金子。

越来越多的人开始往前靠近。

而前方，就是马车！

"我……我有些喘不过气了……"马车下的男人喘息着道，"我觉得车子在往下陷……"

"别靠过来！"刘氏妇人还在尖叫，"我家的人马上就要来了！谁敢上前，我让他碎尸万段！"

"已经死了一个兄弟，我拿一点补偿他的家人总可以吧！"

城门官带着怒气向前走了一步。

旁边的妇人无力地跪坐了下来，贺穆兰望着前方只看着金子的那些人们，苦涩地摸了摸越影："你会拉车吗？"

越影甩了甩鬃毛，鄙夷地看了一眼贺穆兰。

"我知道你不会拉车……"贺穆兰的表情更加苦涩，"那只有这样了……"

她吸了口气，突然躺了下来，滚到车子下面。

缝隙里，蜷缩着的男人满脸大汗地抱着女孩，眼神中闪耀的求生欲望简直惊心动魄。

"救救我……"他对着贺穆兰轻声开口，旁边的嘈杂声几乎盖住了他的声音，"我家只有我一个男人，我若死了，阿母和媳妇都没办法活了……"

贺穆兰没有听清他的话，但看得懂那种眼神，所以她点了点头。

男人咧开嘴笑了，更加用力地拱起了后背，让那小女孩能够多一点空间。

几个城门官看到贺穆兰钻进随时可能散架的马车下面，发出一声惊呼。

"天啊！花将军！危险！"

"不值当的！"

"完了完了，花将军要是出事，虎贲军能把我们撕了！"

忽然，那辆马车颤抖了起来。

车辕下只露出一半身子的贺穆兰胸腔里发出拉扯风箱一般的声音，车子开始慢慢往上抬起……

然而只是片刻，车子又不动了。

"求求你们，求求你们，抬一下啊！"

男人的妻子和老母，小女孩的娘亲以及瘦得只剩骨头的父亲，四人热泪纵横地抬着车辕，车子却连动都没动一下。

"城门官，一起抬！"贺穆兰的声音像是马上就会断气一般，"只要一点点空！他们就能钻出来了！"

没有那一点点空，贺穆兰也要被压在下面。

在贺穆兰以自身做威胁的情况下，十几个城门官终于妥协了，又有看不过去的百姓上前帮忙，终于将那车抬得离开了地面。

那男人先把小孩子推了出去，然后连滚带爬地爬出车底。

贺穆兰刚准备滚出去，可抬眼看见那被贯穿了胸膛的城门官从车轮之间跌落在车底，忍不住心中大恸，抬手抓住他胸前的木棍，将他从车底甩了出去！

"砰！"

车子落回地面，轰然散裂，发出让人胆丧的巨响。

"呼……"

精疲力竭的贺穆兰滚出车底，仰躺在地上，根本不想再动上一动。

耳边的欢呼声、惊叫声、唾骂声，都像是离得极远极远一般。

原本可能因为金子引发的混乱，随着尚书令刘洁府上的人马到来很快被镇压住。刘洁家累世公卿，娶的又是公主，私兵比城门官能打，嚣张跋扈地逼开人群之后，成功地靠近了刘洁之女的身边。

"这里怎么还躺着一个人？主人，马车是他弄翻的？"一个家将看到躺在地上的贺穆兰，抬起脚想拨一拨，看看她还能不能动。

"你敢！"贺穆兰冷冷的眼神如同电光划过一般震得那家将浑身一抖。

"你……你挡到我们抬马了……"家将往后退了一步，抬起手来示弱，"我只是担心会伤到你……"

此时刘洁之女已经命家人收拢了所有的箱子，见家将和贺穆兰起了争执，连忙上前阻止："休得无礼！多亏这位将军才把箱子从车子上弄下来！"说罢又行了个礼，"今日多亏将军出手援助，不知将军府上在哪儿，改日我家定然登门道谢……"

贺穆兰恢复了两分力气，慢悠悠地从地上坐了起来。

"纵马行凶，按律当处鞭刑。有死伤，黥面流放。"贺穆兰望着面前的女人，并不接话，冷着脸道，"夫人让车夫驾马冲门，虽未酿成大祸，但也死了一个城门官，夫人难道不想说点什么吗？"

刘家女的笑容僵在了脸上，弯下去的腰慢慢直起。

"将军是觉得我刘家的门第不值得你出手？"她诧异地歪了歪头，"你为这些贱民说话？"

听到刘家女的话，周围百姓露出敢怒不敢言的表情，有人当场就恶狠狠地对着地上啐了一口。

"我是怀朔花木兰，忝居虎贲左司马之职。"贺穆兰深吸了一口气，"我是军户出身，不好意思，我就是你说的那种贱民。"

贺穆兰的话引起了不少城门官的共鸣，有几人立刻大叫了起来："我们虽是贱民，可也是朝廷任命的官员，守卫城门并无过错，被你的马车碾死，总不能就这么算了吧！"

刚刚兵慌马乱的，百姓们的心神又被金子所慑，大家都忽略了刘家女的恶行，现在一切安定下来，城门也已关闭，百姓所有的不甘、恐惧、怨怼一下子爆发了起来，大有她一言不对立刻暴动的架势。

"今日的马夫是谁？"刘洁之女从头到尾表情都很高傲，正是那种抱有"下位者鄙"观念的麻木和淡然。

满脸颓唐之气的马车夫跪行至她的面前，低下头去。

"是小人。"

刘家女看着他的表情很是平静："你也知道现在情势有多么不好，既然是你驾马有过，你就跟着几位官长去中尉府认罪吧。"

"是，小人这就去。"车夫俯下身子叩了叩头，"请主人转告小人家中儿女，就说我出远门去了。"

刘家女点了点头。

车夫从地上爬起身，擦了一把眼泪，头也不回地去了。

没有人怀疑他会不去投案，因为这个时代的奴仆性命掌握在主家手里，哪怕是家将，也是随杀随卖，没有什么不同。

这不是贺穆兰想要的结果，却已是她能争取来的最好结果。这样的事实让她更加疲累。疲累不仅仅来自于身体，更是来自于内心。

"花将军，我们一家都很敬重你的人品，你今日出了这么大力，最好还是好好休息休息。"刘家女露出关切的表情，"要不要我派人送你回去？"

"不必了。"贺穆兰咬着牙吐出这句话，"留着送那受惊的两家人吧。"

刘家女只是随口一说，见对方不领情，不再多言，扭身从破掉的箱子里掏出几块金子，递给贺穆兰："多亏将军相助，这几块金子就当作谢礼。"

柔然人离得还远，刘家的女儿就带着家财想要悄悄出城，要么是对长孙道生不放心，要么就是府中出了什么事。

贺穆兰的脑子里先浮现上来这个想法，然后才看向那几块金子。

以她的脾气，肯定是不屑一顾转身离开的，可当她看到那个可怜枉死的年轻人，不知为何心中更沉，伸手接过了那些金子，转手递给门将："拿去抚恤兄弟吧。"

"咦？啊？"门将茫然地接过金子。

"我不知道他是谁，也不知道他家在哪儿，没办法把钱送到他的家人手上。这些金子，就麻烦你送到他家人手中，就说是刘家人补偿的。"贺穆兰瞪着那门将的眼睛，"我会派人去查，如果你私吞，我会让你知道我的本事！"

"不敢不敢！这位兄弟说来还和将军有旧，也是从黑山回来的，当城门官还不到两年呢，家人都在沃野。他是条好汉子，将军放心，钱我一定送到，我亲自去送！"

贺穆兰的视线投向地上躺着的年轻人，只觉得空气都稀薄起来，越发想逃离这个地方。这就是从战场回来后的下场吗？将士若不战死沙场，就只能落到被权贵任意欺凌的地步？！

"花将军，你怎么了？"

门将上前一步，关切地看着摇摇欲坠的贺穆兰。

"没什么，有些脱力，我要回家去了。"

贺穆兰一声唿哨，越影抖着鬃毛靠上来，撑住贺穆兰有些无力的身体。

她抓住马鞍，翻身上马，再不愿回头，慢慢地往城中而去。

走了一段，她还能听到刘家女的呼喝："把马丢在路边别管了，把车子给我拖回去！什么？不行也得行！这车子可是阿母送给我的！"

贺穆兰冷笑。那车子除了车辕和车底都破得不成样子了，有什么好拖回去的？除非是金子造的……等等！

贺穆兰不可思议地睁大了眼睛。她知道自己的力气，可刚刚却觉得费劲得要命……看来，那不是木头做的。

贺穆兰心中越想越是不对劲，但她对京城里大部分人家的情况都不了解，但她清楚一点，那就是如果自己想不明白，就去问聪明人。

崔府。

贺穆兰见到崔浩，恭敬地行了一礼，也不多赘言，立刻将自己从虎贲军营回来后的事情一一道来，重点说了刘家女乘坐马车混在平民百姓中出城的事。

崔浩想了想，道："刘洁是尚书令，官品虽高，权利却不大，只能管一些琐事。我国以鲜卑旧制为主，尚书、门下、中书三省虚有其名而无其实，但刘洁这尚书令却有些特殊……"他脸色沉重，"他负责调度宫城的防卫。"

贺穆兰陡然一惊："什么？"

"陛下登基之后，欲加强三省权力。刘洁能文能武，家中三代为官，曾经追随先帝和陛下东征西讨，陛下很是看重他的能力。他拔城破国，聚敛财物，曾引起不少民怨，但因其才干超绝，最终也都不了了之。刘家财盈巨万，就算那辆车全是金子做的，再装满了金子，也不奇怪……"

"我听说小皇子被送到南山去了……"贺穆兰突然想起这件事，顿时心惊。

崔浩茫然地问："小皇子？去的是端平公主啊？"

"端平公主？"贺穆兰也是莫名，"外面都在传是太子从西门而出，去了南山避难，门官则解释走的是小皇子，所以京中大乱！"

"端平公主入宫询问颍川王的行踪，太子殿下和窦太后无法回答，她家男丁已绝，家中私兵又少，便哭求太后能允她去南山别宫暂避。"崔浩说清楚原委。

"但我在外面听到的，全是说宫里把太子送走了。"贺穆兰越来越不安。

"有人在恶意散播谣言？难道是蠕蠕？不会，间毗已经监控了在平城的柔然将领，他们不敢异动……"崔浩捋了捋胡须，突然站了起来，"此事大为不妙，如今宫城空虚，外面又人心惶惶，城中百姓今日没有走掉，必定会聚集在四门附近，等明日一早开城离开。我担心内城要出事。"

他看向贺穆兰："城门已经关了，花将军可有法子让虎贲军入城？"

贺穆兰吃了一惊："为何要虎贲军入城？"

"我怕……"崔浩深吸了一口气，"有人要造反！"他一刻都坐不住了，"我得去和其他几位使君商量，宫城已经落锁，我无法入城，花将军最好备些人马，以防出事。陛下失踪，人心浮动，太子年幼，太后年老，都不堪一击。"

他边说边抬脚往外走，连身着便衣都不管了，到了廊下就叫人备马，同时派人去把拓跋焘赐的夜间行走腰牌拿来。

"你拿着这个，也许有用！"崔浩把腰牌递给她。

"那崔太常你用什么？"贺穆兰也不推辞，接过系在腰上。

"我不用这腰牌好几年了，城中巡逻的金吾卫都认识我，我的脸就是最好的腰牌。"崔浩对着贺穆兰弯了弯身子，"如果真起了乱事，请将军务必以太子殿下的安危为先！"

贺穆兰怔了怔。她没有保证什么，只是握紧了腰牌，郑重地道："崔使君放心，我知道该怎么做。"

崔浩对她点了点头："如此，我去了，将军自便！"

贺穆兰紧跟着离开，一出前院，立刻有门子牵来越影，贺穆兰越想越担忧，打马一路疾奔回昌平坊的将军府。

一路上，贺穆兰只遇见了两队巡逻的人，内城是宫城防御的前线，一向守备森严，这样稀疏的守卫让贺穆兰惊疑不定。

贺穆兰一到家，等得着急的陈节和便盖吴迎出府来。

"将军怎么现在才回来！"

蛮古被贺穆兰打发回乡养伤顺便娶媳妇，袁放和那罗浑留在虎贲军营，自家能用的亲兵不过一百多人，根本起不了什么作用，但她的腰牌出不了城，她也进不了宫，想要将虎贲军带进来，比登天还难。

对了，南门那里有她借给城门官维持秩序的五百虎贲军，现在应该宿在城门附近！

贺穆兰捥下腰上的腰牌，递给陈节，急声道："你带着这个去南门找城门官，让虎贲军到内城来，如果路上有人盘问，就说城门提早关闭被关在城中，现在回我的府上暂住一晚。"

"将军，发生什么事了？"陈节有些不安地接过腰牌。

"事情紧急，不要多问，速速去，顺便把我磐石的剑鞘带回来。"贺穆兰脸色严肃。

陈节不敢多话，回前院马厩牵过自己的马，打马就走。

贺穆兰累了一天，回到主院，吩咐盖吴不能离开半步，城内外一有异动就立刻叫醒她，然后抓紧时间和衣而睡，尽量养精蓄锐。

不知睡了多久，她听到耳边有人轻唤，立刻睁开眼。

"师父，虎贲军到了。"盖吴神色有些慌张，"还有……我好像听到北面有些动静。"

贺穆兰的家在昌平坊最深处，贴着宫城，但凡宫中有动静，主院就会听到。

"取我的披挂来！牵越……不，骑不了马。"贺穆兰抄起磐石就往外走，"盖吴，现在什么时辰了？"

"刚过丑时不久。"盖吴见贺穆兰表情如此严肃，也微微吃惊，"师父，出什么事了？"

"我担心有人要造反。"贺穆兰看了盖吴一眼，"把你的刀带上，跟我一起走。"

"是！"

贺穆兰率领部将直冲到宫门口，宫门紧闭，她上前敲了敲门。

"是谁？"门后有人发声询问。

"我是虎威将军花木兰，有要事入宫！"

"宫门已经落锁，再过一个半时辰就开宫门了，将军不妨等那个时候再来。"

"可否通传一声？"

门内的人不耐烦地道："宫中有宫中的规矩，除非有军情，否则怎能擅开宫门？"

不对……就算不能开门，通传内务却是可以的，以前贺穆兰就曾晚上往宫中传过消息。

贺穆兰转头看向身后乌压压的一片人影，这五百虎贲加上盖吴身边的三十多个卢水胡，是她能动用的全部。她将他们领到南城一处低矮的宫墙之下，命一个卢水胡汉子仔细听墙根。

卢水胡人趴在地上听了一会儿，爬起身对贺穆兰道："有动静，像是有马在跑。"

宫中非信使不可奔马，这下贺穆兰确定是出事了，立刻命令虎贲军："别愣着了！爬墙！"

"爬墙？"虎贲军哪里敢闯宫城，吓得倒吸凉气，"深夜闯宫是要灭九族的！"

"我怀疑有人造反，否则宫内不可能有人跑马。我们人少，不知道里面的情况，根本无法动作。"

贺穆兰知道尚书令刘洁不可能调动四门所有侍卫，必定只有一两个门安排了自己人，最有可能是南门和东门，东门离东宫最近，南门利于撤退。他们从南门进去，如果真有人在宫中作乱，只要杀了南门的叛贼，就能引援军入宫。

然而无论贺穆兰怎么喝令，也没有一个虎贲军踏出一步。对于鲜卑军户出身的虎贲军来说，大可汗的王宫就是汗帐，大可汗定下的规矩不容破坏，哪怕是贺穆兰命令，他们也不愿闯宫。

反倒是卢水胡人没什么禁忌，跟着盖吴一个踩一个爬上了宫墙。

贺穆兰往后退了几步，一个助跑踩着墙角跳了起来，拉着盖吴的手蹭蹭上了墙头，站在墙头上往东边一看……

这一看不得了，东边的宫殿居然在冒烟！

"他们居然烧宫！"贺穆兰脸色难看地对着墙下的虎贲军轻喊，"宫中果然有人造反，速速上墙，去救太子殿下！"

虎贲军此时也看到了烟头，虽然大半夜黑烟并不明显，但他们离得近，看得清——果然是生乱了！

虎贲军立刻上墙，就跟下饺子似的纷纷跳入宫墙内。

陈节也准备上去，却被贺穆兰喝止："我们的人不够，需要援兵！陈节，你去宇文家、卢家、独孤家、若干家、素和家……"贺穆兰报了一大批今日在虎贲军中闯关小将的府邸。

"你拿着我的将牌去请援兵，如果找不到他们家的主人，就找白天去虎贲军的那些郎君，他们知道轻重！"

"这……"陈节接了将牌，一咬牙，"将军没有我在身边护着，千万要小心！"

"你快去吧，还有我呢！"盖吴连声催促。

"不好！巡逻的人来了！"

墙头上的人纷纷跳下，沿着墙根猫着腰往东宫的方向疾跑。

宫中情形十分诡异，原本巡逻的士兵最多二十人一组，如今一组却有五十人左右，而且神态慌张，像是无头苍蝇一般东跑西晃。

贺穆兰越靠近东宫，遇见的甲兵越多，虎贲军杀了一批，遭遇的第二批却是一支骑兵！

一看人数有一百左右，盖吴当机立断抽出双刀，叫道："师父给我留下一百人，你们快走！"

骑兵的冲锋何其快速？刹那间百余骑已经到了跟前，贺穆兰点出一位百夫长，此人也不啰唆，立刻率领自己的百人队跟着盖吴迎面而上。

"闯宫者何人？不知道深夜闯宫者诛九族吗？"有人大声疾呼。

"阁下深夜在宫城中纵马疾奔，是和家中九族有仇吗？"贺穆兰冷声喝道，"吾奉陛下之命，入宫保护太子殿下！"

"什么陛下？"那人冷笑，"你们的陛下死在北燕了！"

果然不是魏人！

贺穆兰一声唿哨，往东宫疾奔。

"想跑？"

马上的武将对着贺穆兰兜头就是一箭！

贺穆兰听到脑后的风声顿觉不好，就地一滚，狼狈至极地躲开，爬起身回头一看，那武将似乎很是意外，打马欲追。

"你的对手是我！"抢了一匹马的盖吴挥舞着双刀劈向那武将的马头，"给我留下！"

"凭你也配？"

"休伤少主！"

一干卢水胡立刻挥刀来救！

"走！"贺穆兰声嘶力竭，"不要回头，直奔东宫！"

不能回头，不能看，不能想！晚上一分，说不定就是火烧东宫的下场！

四百虎贲跟着贺穆兰发足狂奔了约莫一刻钟，总算到了东宫，却看到宫门外全是柔然人打扮，披着兽皮或剃着各种难看发型的精壮之士！皇宫里怎么可能有柔然人？一定是平城那些柔然贵族搞的鬼！

"你们这些蠕蠕，不在土里藏着，居然敢到人的地方来撒野！"一个会柔然话的虎贲军大吼。

"去死吧！"

"杀！"

"什么人？"

"糟糕，来人了！"

"柔然人"嘴里冒出了字正腔圆的鲜卑话。

"真是可笑，我们是鲜卑人，说着柔然话，柔然人却说鲜卑话！"一个虎贲军挥刀和敌人的兵器相接，瞬间倾泻而下的火花照亮了彼此的脸庞。

两张脸就相貌特征来说，看不出有什么大的分别。

"冲过宫门！"

贺穆兰挥舞磐石砍向敌人，就像是下山的猛虎，所过之处头颅飞起，血雨洒落，吓得敌人纷纷叫了起来。

"疯子！疯子！"

"天啊！他是从哪里冒出来的！"

贺穆兰牵挂太子的安危，一心只有杀！杀！杀！一路杀下去就对了！

势如猛虎的虎贲军跟在杀成血人的贺穆兰身后冲进东宫，看到殿门外已经死了一片东宫侍卫，大殿的殿门紧闭，一群"柔然人"挥刀劈砍着明德殿的木门。

明德殿前院飘起的黑烟竟是东宫的人自己放的！一定是东宫中的人见情势不妙，关上殿门，然后焚烧殿中的帘子幔帐等物升起黑烟，发出警示。

"劈！踹！给我撞开！"几个身材壮如熊的男人歇斯底里地大吼着，"你们这些废物！连一扇门都弄不开！再打不开给我射火箭进去！他们不是要烧吗？干脆把他们烧死在里面！"

一群背着陶罐的汉子疾跑到弓手身前跪下，弓手在箭上缠上布条，打开陶罐的封口，将箭头塞了进去，另有一批人举着火把准备给他们点火。

"哪里来的贼子，竟敢在东宫放肆！"

贺穆兰见势不好，一脚踹开围攻过来的敌人，朝着弓箭手的方向疾奔！

"这些人哪里来的！"穿着熊皮的男人大吼，"杀！杀了他们！"

"锵！"

磐石和用力挥来的一把斧头撞在一起。

挥斧砍向贺穆兰的是一个穿着灰熊皮衣的男人，这个人方才一直在砍门，见有人杀到近前，脱身来挡。

虎贲军高喊着杀向敌人，然而敢冲撞东宫的都不是庸手，虎贲军人数又少，没一会儿就陷入了包围之中。

贺穆兰凭借磐石的力道将对方斧子的木柄砍断，但对方也是猛士，居然不管不顾地伸出手臂朝她的脖子掐了过来！

"将军，我们来挡着！"

一支十人队冲上前来。

贺穆兰趁机抽身离开，见弓手们已经射完了一轮火箭，怒不可遏地抬起手臂就把磐石的剑鞘掷了出去，砸中了一个跪在地上背着陶罐的男人，那男人应声而倒，背后的陶罐倾倒在地上，洒了满地的火油。

这场景提醒了"柔然人"的首领，他大喊了起来："把火油浇到门上！烧！烧！"

"嘭！"

"嘭！"

陶罐纷纷砸在殿门上，首领狞笑着举起手中的火把，朝着已经破烂不堪的殿门投了过去。

轰的一声，火焰冲天而起！

"快！动作快！烧得差不多就给我冲进去！"

首领丢完火把，立刻从手下人手中拿过一对铁锤，对着燃烧着火焰的殿门拼命砸了起来。

咚！咚！咚！

铁锤犹如直接敲在虎贲军士卒的心上，他们恨不得变身成真正的老虎，狠狠地撕碎面前的敌人！

然而仅仅是从门口到殿门下台阶这段短短的距离，就有不下五百的敌人！

殿门口围着的更多!

"花将军,援军为什么还不来!"一个身受重伤的虎贲军不甘地叫道,"这么大的动静,东宫附近没有侍卫过来救人吗!"

另一个虎贲军苦笑:"他们要逼宫,肯定是早已经准备好了!"

时间过去了五分钟左右,贺穆兰只前进了两三步,也不知道这些人是从哪里来的,一个个手头功夫不弱,体力也异于常人,而且好像是知道虎贲军常用的战法,有些破绽立刻就掩饰了起来。

突然间,石破天惊的一声惊叫响起:"呲毗卢!你不是回乡了吗!你怎么在这里!"

一个虎贲军将士和敌人缠斗在一起,已经骑在对方的身上掐住了脖子,却借着门上的火光看清了对方的相貌,顿时惊讶地大叫:"你……你不是柔然人!你是……你是……啊!"

这个虎贲军还在惊讶,呲毗卢却趁机一个翻身,将他掀落在地,挥刀砍向他的脑袋!

"卢日土鲁!"

"不!"

"锵!"

顺势而下的磐石撞飞了敌人的长刀,将卢日土鲁从"柔然人"手中险之又险地救了下来。

"什么情况!你为什么不还击!"贺穆兰一声怒吼,将卢日土鲁拎起。

"不!不!将军!将军!这些不是柔然人,是我们自己的兄弟,自己的兄弟!"卢日土鲁回过神来,瞬间陷入痛苦之中,"呲毗卢和我同在十七火,他不知杀了多少柔然人,怎么可能是柔然人!"

"什么?"

"怎么回事!"

呲毗卢却好像半点也听不懂的样子,抽刀又再砍,几次不成后果断后撤。

贺穆兰如何会让他逃掉?

"卢日土鲁,率领你的火伴把呲毗卢拿下!不准把他杀了!"

"是!"

十人小队开始追击呲毗卢。

"他是左撇子,不要攻击他的右边,攻击左边!他腿上有过伤,下盘不稳!"

贺穆兰用余光扫过那个"柔然人"的身体，只觉得心肝被人揪得生疼。那人果真是个左撇子，一被横扫下肢就左右摇摆。

昔日纵横北境的黑山军，到底发生了什么？除了那些被抽调入虎贲的精锐，剩下的人哪怕再荒疏军务，也不见得会沦落到在平城冒充柔然人造反的地步！

卢日土鲁说他已经回乡，是陛下撤军后离开的那一批受伤老兵？还是……黑山军的元帅库莫提真的有问题？！

她的心口像是堵着一块大石，烦闷异常。

咚！咚！咚！

哐！！！

大门终于被破开了！

"柔然人"像是洪水一般涌入门内，根本不跟虎贲军纠缠。贺穆兰猛然间觉得压力一松，她举目看去，东宫里火光照映着身后部将的情形，死伤者近百，她身边的人数已经少得可怜。

但是，哪怕所有人都死在这里，也不能让拓跋晃出事！

"进殿救人！"

贺穆兰率先踏入殿中，门前两个宦官尸横在地，身首分离，鲜血兀自从颈间汩汩流出，面前是散落一地的灰烬，显然黑烟就是他们在这里烧出来的。

她心中不忍，避开宦官直奔主殿而去。主殿外已经杀成一片，所有还活着的东宫侍卫都在殿门前，站在最前方的是一位须髯若戟的剑客，正是教导皇子们习剑的老剑师。

"东宫诸人顶住！花木兰前来相助！"贺穆兰大喊着冲了上去。

"花将军来得正好，让这些蠕蠕看看我们的厉害！"老剑师朗笑着挥舞着手中的长剑，当真是"十步杀一人，千里不留行"，惊得一干敌手纷纷低呼着"妖怪"，就连贺穆兰看到那犹如青幕一般的剑光，都自叹不如。

此人的剑术已经到了出神入化的境界，丝毫不带戾气，和他们军中的杀伐之剑完全不同。

贺穆兰一阵冲杀后成功与老剑师会合，迫不及待地问道："太子殿下在哪儿？速速和我一起杀出去！"

"太子殿下已经被偷偷送出去了。"老剑师压低了声音，"我们这是在拖延时间。"

什么？贺穆兰胸口一阵翻涌，腥甜之气顿时充斥口中，虎贲军死了这么多兄弟……她咬着牙低声询问："拖延什么时间？！"

"我也不知，但我接到的命令是……"

"撤！撤！宫外来了大批人马，朝着东宫来了！"一群"柔然人"冲入明德殿，"再不走就要被包围了！"

"难道是这个？"老剑师精神一振，手中渐渐变慢的剑又挥舞得急速了起来。

贺穆兰想到扮成柔然人的吡眦卢，心中已经有了猜测。莫非这是陛下设的一个局，就为了引出所有不安好心之人？既然如此，那她就助陛下一臂之力！

她振臂高呼："援兵来了！大伙儿守住大门，殿下就得救了！"

"是！"

身披黑熊皮的首领本打算撤退，听到贺穆兰喊要护住太子，他一跺脚，下令："出去才是死，不如拼上一把，抓了太子，至少能全身而退！"

"是！"

那首领则挥舞着两把铁锤想要再次砸门。

后面就是太子所在的寝殿，哪能让他闯进去？贺穆兰抬手挥出一剑，架住铁锤。

"我要砸碎你的脑袋！"首领大叫着舞动双锤。

"那也要看你有没有这个本事！"贺穆兰冷冷一笑。

两方将领你来我往，东宫之人和虎贲军倚着殿墙和殿门努力拖延敌人的行动，既不求杀敌，也不求自保，只求他们动弹不得。

约莫过了一刻钟，独孤诺和陈节的大叫声在东宫外响了起来。

"太子殿下莫惊！独孤家/虎贲军来也！"

"宇文家来也！"

"襄城公府来也！"

骑马赶到的小将们骑马冲入东宫，齐齐杀入明德殿中，被殿内惨烈的战况吓了一跳，陈节不管不顾地骑着大红直奔殿下。

"花将军，这里应该无事了，你快带人去后宫！"

老剑师抬手指向北方。

后宫位于整个宫城北面最深处，此时也隐隐传来了杀声。

贺穆兰见陈节骑着大红冲了进来，便虚晃一招，退出双锤攻击的范围，以手嗤哨使劲一吹！

清脆的响声之后，大红嘶鸣着人立而起，将陈节掀翻在地，向着贺穆兰迎面冲来！

披挂着马甲的大红说不出的神骏，犹如坦克般横冲直撞，提着双锤的首领连忙闪躲，贺穆兰抓住空隙翻身上马。

陈节捂着摔得生疼的屁股站起身，还没有立稳，就有敌人挥刀来袭，气得陈节一挺手中的长槊，瞪眼骂道："老子今天要被畜生小瞧多少次！看槊！"

贺穆兰上了马，立刻对众人之中武艺最好的宇文郎君叫道："随我一同前往后宫！"

宇文郎君指挥着五百私兵跟着贺穆兰策马疾奔，独孤诺和其他子弟领着各家的家丁私兵和"柔然人"战成一片，很快就杀得敌人丢盔弃甲。"柔然人"没有一个求饶，有些见无法力敌，竟自刎在当场！

呲毗卢也想自尽，却被早有防备的虎贲军直接卸掉了下巴和肩膀的关节，连咬舌和撞墙都做不到。

呲毗卢发出阵阵哀嚎，听得曾经身为同火的卢日土鲁痛苦地扭过头去。

【第 301 章】

慈安殿。

"怎么，还是冲不开门吗？"尚书令刘洁焦急地询问。

"赫连公主指挥宫人堵住了殿门，我们又没有撞门的东西……"一同谋反的尚书左丞张嵩咬牙，"谁知道她会突然跑出来杀人抢了小皇子！看起来柔柔弱弱的……"

"真要柔弱，她就活不到今天！"刘洁气急败坏地大叫，"撞！撞不开就烧！一定要把小皇子逼出来！"

"你这个畜生！"被挟持着的窦太后啐道，"你深受皇恩，竟做出这种猪狗不如之事！"

"我们深受皇恩？这天下，是我们这些宗主帮着拓跋鲜卑打下来的！当年既然歃血为盟共享天下，如今鸟尽弓藏，谁才是猪狗不如？"

身为匈奴人的刘洁狰狞着面孔喝问窦太后："御印在哪里！"

"和你说了多少遍了，太子监国，御印在太子宫中！"

"太子才五岁，怎么可能将御印放在……"

"不好了！不好了！殿外杀进一支人马！"

"别慌，多少人？"

"约莫五百，是从东宫方向来的！"

"东宫？"刘洁一下子跳了起来，"不可能！"

"柔然人"明明已经趁乱打进宫中了！如果那些"柔然人"被生擒，他这边传位的诏书和小皇子又没到手……

刘洁脸色难看地望着窦太后，窦太后露出松了口气的笑容。

"带着窦太后，我们撤！"

"那小皇子……"

"小皇子个屁！走！北门有人接应！"

贺穆兰赶到慈安宫的时候，并没有看到惨烈的厮杀场面，只有沿路的侍卫尸体，昭示着这里曾经发生过什么。

宇文家也有女儿在后宫做嫔妃，算起来是这位郎君的堂姐，他心中更是焦急，和贺穆兰冲到大殿，却发现大殿里空无一人。

贺穆兰高声大呼："虎贲军救驾至此，还有人在吗！"

她连续喊了七八声，才从一处阴暗角落连滚带爬出来一个小宦官，哆哆嗦嗦说道："走走走了，他们绑了太后！"

宇文郎君是个急脾气，抓住他喝问："哪些人绑了太后走了？其他人在哪里？"

"尚书令，还有几位王爷，他们向太后要御印，说是要立小皇子为新的太子，还说是陛下走之前的意思，太后不答应，说御印在太子那里，他们不信，后来就争执了起来……"

"什么尚书令和王爷？你莫慌，原原本本说一遍。"贺穆兰耐下性子，打量着空荡荡的大殿，撤得这么空荡，想来早就走了。

"小奴也说不清楚，好像是尚书令大人和几位王爷突然求见，说是太子宫中闯进了贼人，求太后的虎符调兵平定反贼，太后不愿意把虎符给他们，尚书令就突然翻脸，抓住了太后。"

那宦官还算镇定，虽然还在发抖，可事情的经过说得仍有条有理。

"他们逼我们把小皇子抱出来，赫连公主就抱了小皇子出来，原本赫连公主边发抖边求饶的，结果来接小皇子的人一伸手，就被她用藏在袖里的金簪扎穿了眼睛，活活痛死了。"

他满脸赞叹的表情："赫连公主趁着屋子里一片大乱，指挥宫人们护着小皇子夺门而出，我跟着他们一起往外跑，结果走到一半又来了一堆官兵，我只好又跑回来，没跟着他们逃进殿中。"

贺穆兰一愣："殿中？"

"就是后面的偏殿，贺夫人和太子殿下曾经住过的万泰殿。"

贺穆兰悬着的心这才放下，立刻往万泰殿冲。

短短的一段路程，布满了尸体。死的大多是长相清秀的宦官、宫人，而且伤口都在后背，恐怕来不及跑进去的都被一刀砍死，绝对没有留下活口。

如果刘洁等人捏造的借口是"柔然人混入城中，入宫作乱，太子不幸罹难"的话，他就必须掌握小皇子和太后，才能真的拥立小皇子为太子，但还有一个前提条件……

那就是拓跋焘失踪后下落不明，就此死了。

御印肯定不在太后这里，太子又早就被安排转移了，万泰殿里的皇子说不定也是假的，所有的一切都是设计好的一个惊天骗局，刘洁和造反的宗室注定要万劫不复。

但这些宫人……

贺穆兰心情沉重，越过一具具尸体。万泰殿那一人多高的殿门被破坏得很是触目惊心，露出殿门后高高堆起的各种杂物。柜子、榻、箱子，甚至是香炉都被堆了起来，抵着殿门无法从外面推开。旁边的窗户后面也是如此。

但刘洁若丧心病狂下令放火，这一殿之人也逃不出来，必被烧成灰烬。

赫连明珠是在赌，赌刘洁不敢冒天下之大不韪烧死小皇子。

她赌赢了，所以给自己赢得了一线生机。

笃笃笃。

笃笃笃。

敲门声不停响起，幸存的宫人都向赫连明珠望去，而赫连明珠紧紧抱着怀里的襁褓，犹如惊弓之鸟一般看向殿门。

挡得住的吧？那么多炉鼎和器物……

她将襁褓往怀里再收了收，可能不太舒服，襁褓里的小孩哼了几声，伸出一只拳头摇了摇。

"赫连公主，是我。"

让赫连明珠眼泪夺眶而出的声音在门外响起。

"花木兰入宫平叛。"

"花……花将军？"一位女官颤巍巍地开口，"是陛下身边那位左司马吗？"

"不知道是真是假，最好不要开吧。"

"几位王爷和尚书令一开始不也是一副忠臣的样子吗？后来还不是说翻脸就翻脸！"

"……我们等等吧，等宫外平乱的人来了，我们再出去……"

已经吓破了胆子的宫人们纷纷摇头，用期冀的目光看向赫连明珠。

"公主，最好不要听……"

"花木兰！"赫连明珠突然控制不住情绪一般大声吼了起来，"花木兰啊啊啊啊啊啊啊！"

站在殿外的贺穆兰心中一酸。

她知道经历过一次破国的赫连明珠，恐怕对这种宫乱的痛苦尤为深刻，今日这样的乱象，对于老成持重的窦太后来说，虽危险却能够镇定，然而对于赫连明珠，肯定就是压死骆驼的最后一根稻草了。

"是，我在。"贺穆兰忍住鼻中的酸楚，伸出手去使劲一推烂掉的大门。

门后动了动，有许多东西落地，又有宫女的尖叫不停地传出。

"明珠，你叫人都往后退。我们要撞门放你们出来了。崔使君已经联系平城诸家，内城也有许多人家进宫平叛，刘洁他们都逃了。"

"我明白。"赫连明珠指挥宫人，"去把大件移开！"

门打开了，宫人半天不敢出去，倒是赫连明珠抱着襁褓，稳稳地迎向贺穆兰。

"呜呜呜……我就知道你会来的！我知道你肯定不会让这些奸贼得逞！"赫连明珠如乳燕投林一般投入贺穆兰的怀中，抱着襁褓使劲哭泣。

贺穆兰怕她伤心激动之下抱不住小皇子，连忙伸手接过襁褓，手忙脚乱地抱住。

赫连明珠在众目睽睽之下搂住了贺穆兰的脖子，埋头痛哭："呜呜呜呜呜……我杀了人……我杀了人……"

"没杀没杀，你只是戳瞎了他的眼睛，是那人没用，自己痛死了。"贺穆兰一手抱着小皇子，一手揽着吓坏了的赫连明珠，慌慌张张地安慰。

四周鸦雀无声，从宇文家的人到虎贲军的十几个精锐都露出吓傻了的表情。赫连明珠与贺穆兰"深情相拥"，再加上一个还在襁褓里的小皇子，在众人眼中，这简直就像是一家三口喜相逢。

赫连明珠将头埋在贺穆兰颈侧抽泣，一边哭一边用只有她听得见的话咬牙切齿："佛狸那个杀千刀的家伙，早就安排太子殿下将小皇子带走了，留在慈安宫的都是诱饵，包括太后和我都是掩人耳目！死了那么多人！他竟然把我们也牺牲了！他简直就是畜……"

赫连明珠大概想起来贺穆兰是拓跋焘的臣子，硬生生把"畜生"给咽了下去。

"在他的后宫，还要时刻做好为大魏献身的准备。可怜那些枉死的宫人！'小皇子'要不是我抢得及时，迟早会露出马脚，太后也要出事……"赫连明珠恨得银牙乱咬，"我好恨啊花木兰，我杀人了！我竟然杀人了！"

贺穆兰看了看怀里的"小皇子"，这孩子出奇得乖巧，接触到贺穆兰的视线还笑了笑，惹得贺穆兰怜心大起。

"你们这样抱在一起，太后不会生气吗？"

懵懂的稚嫩之声突然传出，随后就被人捂住了嘴巴。

"唔唔唔唔……"

"小女不懂事，将军和公主勿怪。"

贵妇打扮的乐浪公主捂住了月牙的嘴。这座宫殿自贺夫人死后就空着，两人入宫为质，就安排给了她们母女居住。

赫连明珠被提醒，跳出了贺穆兰的怀抱，向贺穆兰伸出手去："把小皇子给我，将军追赶贼人要紧！"

贺穆兰如蒙大赦，将软绵绵的小孩交给赫连明珠，往后退了一步。

"敢问公主，我表妹在何处？"宇文郎君问的是表妹王慕云。

"我让她逃出去送信，应该是翻墙出去了。"赫连明珠捂着胸口，内疚地喃喃自语，"要知道你们来得这么快，我就不让她走了……"

"公主放心，我表妹武艺高强，又心思缜密，不见得有事。"宇文郎君压抑住心中的不安，连声追问，"敢问公主，她往哪个方向去了？"

"往南门去了！"

"那就好，南门已被我们攻破，现在由素和家把守。"宇文郎君吐出口气，"将军，我们先把小皇子护送出去吧！"

贺穆兰叹了口气，这不像是拓跋焘的行事。按他的风格，应当是失踪回城后藏在宫中，等敌人杀入之后跳出来，得意扬扬地将所有人生擒活捉。又或者是叛贼气急败坏地搜查空空荡荡的宫室，出宫时被大军围住……

　　而此时，她却只能选择隐瞒到底。

　　"好，我们走！"

　　惊慌失措的刘洁在听到宫外有大批人马杀到时就选择了撤走，他的家财和幼子、亲眷早已通过各种方法送出城去。

　　事情到了这一步，他也分不清是意气之争，还是舍不得权势，又或者是想要更进一步。

　　拓跋范面如金纸，抖得好像随时会摔下马去一般，刘洁在马上掐住窦太后的脖子，以窦太后为人质，连冲几道防线。

　　然而随着一声声号角，王宫的四门被重兵围住，远处也传来敲鼓之声，显然外城的城门提早打开了，就等着让勤王的军队入城。

　　"刘洁，你放下太后，我让你死个痛快！"

　　骑着高头大马、身穿御甲的拓跋焘犹如从天而降一般现身北门，身后跟着的是已经一百多岁的老寿星罗结。

　　"陛下……"

　　"天啊，是陛下……"

　　许多跟着刘洁和宗室造反的鲜卑军户看到拓跋焘，都惊慌失措得不知该如何是好。

　　"陛下，事情到了这一步，我还会信你吗？"刘洁担心身后的宗室，尤其是拓跋范会动摇，故意大声笑道，"我若真将太后交给你，我是痛快死了，我的家人如何？真能活？"

　　拓跋焘脸色难看，握着长刀恨声道："怎么？你还想全身而退不成？"

　　"不敢，陛下，比不得你运筹帷幄。"刘洁掐住窦太后的喉咙，阴恻恻地一笑。

　　罗结看到刘洁身后的拓跋范，大声怒骂："拓跋范，你当年险些酿成大祸，我匆匆入宫为你请命，陛下方才留下你，你现在居然做出这样猪狗不如的事情，我真恨那时进了宫去！"

　　拓跋范一张脸又红又白，讷讷不能言。

"陛下，请给我们让出一条路！"刘洁扯着太后，"否则我就杀了她！"

窦太后恨不得干脆死了算了，无奈全身被绑，口中被塞了东西，便是咬舌自尽也做不到，只能含恨摇头。

拓跋焘心如刀割，暗想：我明明让你跟着小皇子先走的啊，阿母，你为何要留下来……但他知道，窦太后正是为了让刘洁等人上当，拖延更多的时间，才以身犯险。

如果刘洁看到一个空荡荡的慈安宫，说不定当时就跑了。

"我让你走！"拓跋焘瞪着刘洁，"但是只能让你一个人走，否则就算我救了太后，她恢复自由后也会羞愧自尽。"

刘洁在城中早有安排，只要逃出去就有接应，此时哪里管得了后面的宗室，当即拍马扬鞭、一骑绝尘而去。

这时，带着"小皇子"的贺穆兰和宇文郎君匆匆赶到，看到贺穆兰，拓跋焘连"儿子"都不管，指着北门叫道："花木兰，随我去追刘洁那厮！"

能够后发先至追上刘洁那匹宝马的，只有大宛神驹，贺穆兰不知道发生了什么事，只看到大军围宫，拓跋焘神色慌张，又有宗室人马陷入包围，杀成一片，顿时不管不顾地先凑近拓跋焘身边。

这时候，护驾要紧！

宗室人马败局已定，拓跋焘对罗结丢下一句"这里交给阿公了"，就率领宿卫军向北门急追。

贺穆兰换乘越影，打马狂奔，眨眼间就与拓跋焘并驾齐驱，却不知道该说什么话才好。

问他为什么这么做？

问他可达到了自己想要的目的？

问他知不知道会死这么多人？

他为君，己为臣，问这么多又有什么意义！

千言万语，最后只汇成一句："陛下可安好？"

"安好！"拓跋焘言简意赅地回答，眼睛一错不错地盯着前面刘洁的白马，生怕流矢误伤太后。

路上有私兵以及巡逻的金吾卫前来阻拦，拓跋焘还会大声嘶吼："全部给我滚开！滚开！他怀里的是太后！"

拓跋焘是真的担心窦太后会出事，他将她当亲生母亲一般看待。

拓跋焘和贺穆兰渐渐追上了刘洁，拓跋焘看了看距离，突然问道："给你弓箭，你可射得死刘洁？"

贺穆兰眯着眼看了一会儿，摇了摇头："除非他停下来，否则太后的安全不能保证。"

拓跋焘气得大骂。

两人一路追到西门，只见闾毗手持武器和一伙不明身份的士卒杀得昏天黑地，城门半开，无数人在城门的绞盘边斗得你死我活……

更可怕的是，想要出城的百姓以为是柔然人杀进了城，都一窝蜂地往城外涌去。

闾毗憋屈得脸都青了，身前是武艺不俗的甲兵，身后还有爱国的百姓时不时对他的手下敲冷棍，自以为帮了自己人，他连杀人的心都有了。

见到刘洁骑马奔来，又带着窦太后，拓跋焘和贺穆兰正远远追来，闾毗还有什么不知道的，立刻大叫："关起城门！关起城门！"

"护我出城！太后在此！"刘洁拥着太后，大叫着往城门口狂奔。

一些百姓见到又有大军杀到，吓得狂跑，也有不少人为刘洁让出道路，为他阻挡闾毗的手下，刘洁的马如同风一样吹过了城门洞，贺穆兰和拓跋焘哪里敢追丢？使劲打马，紧追着疾奔而过！

"快闪啊！别被马踩死了！"

"天啊！谁来救救我们吧！连太后都逃了！"

闾毗手下看守绞盘的人与城门官们一起与私兵斗了半天，对方个个悍不畏死，有一个甲兵被连砍了十七八刀，硬是撑着没死，整个人扑在绞盘上，一刀砍断了绳索。

绳索既断，就再也关不起来了，刘洁带着窦太后奔出城外，径直朝着南山别宫而去。

拓跋焘心中惊疑万分："他去南山干什么！南山根本无法逃跑！"

"陛下，我怀疑有诈，陛下带着宿卫军回宫主持大局，我定将窦太后救回来！"

"不，阿母为我涉险，我不能丢下她离开！"拓跋焘连连摇头，"刘洁的马跑不动了，一旦他的马慢下来，你就射他！"

刘洁的马果然越跑越慢，到了南山脚下便跑不动了，嘶鸣一声摔倒在地。

拓跋焘和贺穆兰见刘洁扛起窦太后就往南山别宫的入口跑，齐齐怒目狂吼！

"人呢！别宫脚下的侍卫呢！"

拓跋焘心中的不安越来越重，别宫山下的道路不宜跑马，他放缓脚步，取下腰间冲锋的号角，吹了起来。

"呜呜呜呜呜呜——"

附和拓跋焘的号角声，山顶上响起一片号角之声。

拓跋焘脸色铁青："他们居然到山顶去了！谁把他们骗上去的！"

"是端平公主。"贺穆兰叹气，"端平公主之前求了太后的恩旨，来南山暂避。恐怕是宫中出了事，端平公主借口去山顶看个究竟，把大部分侍卫都给骗走了。"

在别宫，端平公主的权力最大，除了不能擅离位置的侍卫，其他人听她调遣是正常的。丘穆陵寿之前极力要求小皇子、太子和太后到南山别宫避难，到底是意外，还是早有所谋？如果是早有所谋，那在正面抵挡柔然大军的丘穆陵寿……

贺穆兰越想越是不安，而拓跋焘却不管不顾地打马奔向通往半山腰的御道。

贺穆兰大声阻止："陛下止步！等宿卫军们……"

"不能拖了，若是他们在南山有逃跑的路径，定会嫌阿母累赘，说不定会害死她！"拓跋焘埋头苦追。

"越影，追上！"

一人一马迅速靠近了拓跋焘。拓跋焘指着前面越来越近的刘洁，叫道："花木兰动手！"

此时刘洁正将背上的窦太后交给接应的私兵……

贺穆兰立刻拉弓搭箭瞄准。

刘洁似有所感，迅速回头，看见对他引箭的贺穆兰，不但没躲，反倒露出一抹得意的笑容。

贺穆兰稳定心神，突然，大地剧烈地震动了起来，箭身快要离开弓弦的时候抖动了几下，向着目标之外的地方歪斜了出去，拓跋焘和贺穆兰座下的马都不安地踩踏着蹄子，不停地摇摆着脑袋，想要逃跑。

"你乱动什么，别跑！"拓跋焘挥鞭就打！

"陛下！陛下！快回来！"

"天啊！天啊！花将军，快把陛下带回来！"

地震了吗？

贺穆兰抬头四顾，发现除了大地以外，还有一个更可怕的东西在震动！

半山腰上，巨大的滚石正沿着山道落下，由于重力加速度，顷刻就到了不远的地方，还在继续往下滚落。

哪里是地震！是半山腰上的人开启了防御机关！

眼见最近的一块巨石已经到了眼前，贺穆兰哪里还顾得上其他，当即跳下马，先抽了越影一记，又使劲拉动拓跋焘坐骑的马尾，将它硬生生扯得半个马身朝外，吃痛地拔足狂奔，接着转身迎上巨石。

"花木兰！"

拓跋焘惊骇地扭头往回看，然而宝马跑得飞快，一会儿贺穆兰的身影就消失在了他的眼前，只听到贺穆兰歇斯底里地高喊："陛下，照顾好我的家人，还有那些战死的兄弟！"

惊天动地的响声之后，连巨石滚动的声音都像是顿了一顿，漫山遍野都是贺穆兰惊人的巨吼。

不过是一眨眼的工夫，拓跋焘已经跑出了极远的距离，再回首时，那块巨大的滚石又开始滚动。

"花木兰！！！"

【第 302 章】

"你不是不会武吗？身手挺不错的啊！"

素和君一刀砍死一个冲上来的敌人，把吓傻了的沮渠菩提拉过来。

"我……呼……呼……只会逃跑……呼……之前花将军抓着我训了半年……"郑宗像是开了挂一般险之又险地避过敌人的攻击，以狗吃屎的姿势从地上爬了起来。

被贺穆兰调教了那么久，他已经养成了条件反射。这些人的攻击虽猛，但和贺穆兰的比起来……还不够看！他躲避的姿势虽然是不好看，连滚带爬，连扑带咬，但不管怎么说比战死的士卒要好得多。

"这些人到底是从哪里冒出来的！"

这支突然从南方攻过来的敌人穿着皮衣、长袍，头上戴着巨大的装饰，耳朵上、颈项上都是骨、牙等装饰的饰物。

北凉虽然是胡人建立的国家，但受汉文化影响较大，穿着与华夏类似，哪有这么粗犷的！

"他们是吐谷浑人。"素和君将沮渠菩提抱起，跨上了战马。

吐谷浑位于西南，其境东至叠川，西邻于阗，北接高昌，东北通秦岭，幅员辽阔。后世的吐蕃兴起，灭掉的就是吐谷浑。

吐谷浑是由辽东慕容鲜卑的后裔建立。和柔然一样，他们逐草而居，与北魏、刘宋交好，和北凉的白马羌以及西秦却有仇。

东晋时，吐谷浑之子吐延想以凉地为踏板进犯中原，被白马羌孟家的先代"刀王"刺杀，最终退居西南。

吐延见进入中原无望，便在西南以祖父吐谷浑的名字作为族名，发誓要为父亲报仇，灭尽孟家的白马羌人。他们的后代发展壮大，自称"吐谷浑王"，国家没有赋税，一旦需要，就横征暴敛、抢夺富商，取足而止，国中穷人多而富人少，贫家活不下去只好往夏、北凉各地逃窜，被抓回来就是奴隶。

到了现在，素和君都不知道吐谷浑王到底是闻讯来抢地盘的，还是特地来掠走沮渠菩提要挟孟家的。

郑宗是鸿胪寺出身，一听说是吐谷浑人，立刻明白是怎么回事，不由得看向小世子，了然道："是冲着他来的？"

"你看他们可像是要抓人？都是一副千刀万剐的表情，不死不休，根本不想留活口吧！"

素和君令白鹭官们鸣金，放弃营帐，所有人护着世子撤退。

"咱们跑了源将军怎么办？"郑宗已经累瘫了，爬上马趴在马脖子上。

白鹭官和源破羌招揽来的鲜卑旧部护着他们疾奔，素和君一边安慰吓得闭上了眼睛的沮渠菩提，一边指向北方："往北跑！和狄将军会合！"

"你疯了，狄将军会腹背受敌的！"郑宗看着身后凶神恶煞、仿佛野人出山一般的吐谷浑人，仿佛已经看到狄叶飞被南下的敦煌、酒泉将领以及吐谷浑人夹击的样子。

"吐谷浑贫穷困苦，他们跟着我们一路往北必然会大肆劫掠，路上会耽搁不少时间。北凉的地方豪强不是傻子，不会放吐谷浑人在北凉国境肆意抢劫的。"素和君给郑宗分析局势，"狄叶飞和花木兰不同，他性格并不古板，如果吐谷浑追上来，他一定会打开沿路城镇的大门，放任吐谷浑人抢劫，然后以逸待劳，瓮中捉鳖。"

现在吐谷浑人可怕，是因为他们手中空空，来去如风，等他们大包小包、大车小车之后，抵挡他们就容易多了。

等他们入了城，会更加凄惨，高车士卒的装备无惧于任何巷战，吐谷浑人的破铜烂铁能不能劈开他们的甲胄都成问题！

原本一动不动躲在素和君怀里的沮渠菩提听着两人的对话，突然睁开了眼睛，面无表情地问道："你们说的是真的吗？"

素和君见吐谷浑人果然没有追赶，反而急着去哄抢帐篷、金银、马匹和归顺各部送来的牛羊，终于松了一口气，听到沮渠菩提的问话，反问了一声："你说什么？"

"你们会放吐谷浑人进城镇抢劫？"沮渠菩提扭过头，"就为了他们会跑得慢点，被你们的骑兵追上杀死？"

"殿下，你是觉得这样做很残酷？"素和君知道沮渠菩提在别扭什么，解释道，"这批吐谷浑人怕是有几万，北凉地广人稀，四处都可以逃窜，如果不能一击必胜，死伤的百姓更多。唯有让他们负重前行，才有可乘之机。"

"如果他们是冲着我和孟家来的，为什么不以我和孟家为陷阱，将他们一举擒获？"沮渠菩提经过这一段时间的磨炼，已经快速成长了起来，"为什么要牺牲百姓？"

他的背脊挺得直直地。

"因为你们无能。你们想不出制敌的法子？不，是因为你们看不起北凉人，不把北凉的百姓当作你们的百姓。我们虽然已经藩属于魏国，可你们还是不把我们当作臣民……"

沮渠菩提的声音越渐消沉，他知道以自己的身份，说出这种话不合适，但他就是忍不住。

"世子，你知道你是我们用了多少条人命换回来的吗？加上那些死掉的马贼，已经有三千多人为你而死。北凉一境，因为你活着而举族来投的人马超过两万，姑臧城内外有无数人等着你回去，那些围城的士卒、那些悍不畏死的将领，都是在为你牺牲。"郑宗瞧不惯这小孩被人宠坏的样子，冷笑着说道，"你说你要去当陷阱，我们却再也损失不起了。孟家又怎么会以自己为诱饵去吸引这些吐谷浑人，他们还等着攻下姑臧好作为国戚享有最大的功劳呢！"

沮渠菩提的脸色一下子刷白。

素和君瞪了郑宗一眼："你跟小孩子说这些干什么！"

"我不是小孩子！只是你们把我看成小孩子！"沮渠菩提不管不顾地尖叫起来，"花将军就不是这样的人！他在路上看见北凉的商队被马贼追击都会下令冲锋！在他的口中，魏国的陛下也不是那种为得到胜利就打开城池，让敌人抢掠百姓的人！"

"那是因为他们足够强。"郑宗的声音强而有力，"天底下哪有十全十美的事，如果没有我们在后方阻挡，吐谷浑人趁着内乱杀进来，还是会劫掠北凉沿途的城镇。你那些不过是空想罢了，我们现在连保住自己的命都很困难！"

"花木兰啊……"素和君低低一叹。

这个小小的世子都被花木兰的人格魅力所折服，能说出"花将军不是这样的人"，可见在这个乱世，像花木兰这样的人能让多少人刮目相看。

更何况她还是个女人……她现在到底怎么样了呢？

"不知道花木兰现在到没到平城。"

灰头土脸的狄叶飞从长城上往外望去。

这里是姑臧和张掖之间的一段长城，汉代建造，后来被南凉国主修葺用以抵抗北凉大军，可最后还是没能挡住自张掖南下的北凉，不得不迁都离国。

北凉统一西北后，这段古长城几乎被废弃，唯有焉支山到山丹这一段完整性最好，被狄叶飞用以抵御北凉北方军队。

和他并肩作战的，还有善于守城的卢水胡人，以及张掖本地效忠于王后嫡脉一系的北凉贵族。

但守城实在是太被动了，他宁愿杀出城去，和外面那些疯狂叫阵的敌方将领们大战三百回合，也不愿守在这城墙之后，等着素和君和源破羌攻下姑臧的消息。

要不是素和君认为由魏人攻破姑臧会让沮渠菩提的正统性遭到质疑，他又何必在这里消耗时间？

"狄将军，素和使君和郑先生一行人马护送世子避到山丹来了。"一个高车虎贲军飞快地跑上城墙，"要不要开城门？"

"怎么回事？"狄叶飞惆怅中回过神来，"源司马没和他们在一起？"

"没有，好像姑臧发生了变故。"报信的高车虎贲有些惊慌，"听说吐谷浑人趁机北上，源破羌和孟王后带着一干将士从密道潜入姑臧，只诈开了南门就被抓住……"

"什么？"

"具体的末将也不清楚，您去看看吧。"

"带路！"

狄叶飞走下城楼，见素和君和郑宗狼狈地拥着沮渠菩提在城楼下歇息，连忙奔上前，将他们领到一处清净地，这才问道："什么情况？姑臧没拿下？"

"源将军的人诈开了姑臧的南门，孟家军和北凉支持世子的将领冲进城去，谁料沮渠牧犍派人挟持着孟王后和源将军登上宫墙，对姑臧的百姓昭告这是孟王后和大魏企图让北凉灭国的奸计，引起姑臧城百姓一片激愤，人人奋不顾身……"

素和君没想到事情会这样发展。

"支持世子的将领和孟家军见损失太大，只好撤退，姑臧城门重新关闭。地道则被人守株待兔，进去就是一个死。"郑宗补充，"现在吐谷浑人又来了，在北凉烧杀抢掠，激起百姓愤慨，认为是孟王后和世子带来了这场灾难。"

民心一下子就变了。

狄叶飞闭了闭眼，只觉得头晕目眩："你们的人马呢？"

"我们带回来的是源家军精锐以及鲜卑旧部，世子那一派还在围城。吐谷浑人抢了我们不少人马，如果再失去当地的支持，补给就要成问题。"素和君脸色沉重，"我们必须把吐谷浑人灭掉，一来为菩提世子造势重新赢取民心，二来夺回补给。"

狄叶飞点了点头："我知道了，你想我怎么做？"

"我带来的人马士气低落，不能再正面作战了，只能把他们安置在这里守城。这支吐谷浑人就交给你了，不过他们约有两万左右，你只有五千人……"

"人数不代表什么，那些连饭都吃不饱的家伙，不过是一群乌合之众罢了。"狄叶飞冷静地说，然后开始回想吐谷浑到山丹的路线。

姑臧他们不敢进，有大军围困，那么势必只能北上。要说北方最富裕的地方……

狄叶飞锐利的目光看向素和君身边的沮渠菩提，静静地开口："你们不要守城，往东去，到宣威暂避。我扫荡过那里，很安全。"

郑宗莫名地看向狄叶飞："那这里……"

"我会把吐谷浑人骗到山丹来，引他们出城后关闭城门。"狄叶飞表情冷峻，"我们的人数不足，补给也不足，只能借势。吐谷浑人一心劫掠，便把他们引去酒泉和西域，围困我们的酒泉和敦煌诸将都是当地大族，必会与吐谷浑人相斗，虎贲军正好渔翁得利。"

狄叶飞的头脑越来越冷静，他思考着崔浩教导他的"借势"之道，世族门阀们的"求生之路"，以及"背后的政治"。

"北方是沮渠牧犍经营多年的地方，一旦后方有失，沮渠牧犍必定惊慌失措，优先选择平定后方，那就给姑臧的大军减轻了压力。"

他从地上捡起几个石子，随手在地上画了一张北凉的地形图。

临出发前，崔浩给他的功课就是背完北凉地图，他闭着眼睛都知道北凉有哪些山川河流、郡府州县。

"等吐谷浑人和酒泉人、敦煌人打起来，我们再以菩提世子的名义去收复河西三郡。"

他把代表张掖的石子拿了起来，点了点张掖以北的敦煌和酒泉。

"到时候牧犍无法帮助北方，民心定会渐渐倒向'平乱'的菩提世子。加上他休妻的想法导致西凉遗民不满，我们便可与西凉遗民联系，再联络敦煌当地的佛门，给我们提供帮助。"

他用三枚石子包围了最后一枚。

"我们以三郡为据点，随时都可以打到姑臧去，我们有了地盘，也就不必担心冬天没有补给的问题。"

素和君震惊得合不上嘴："真是士别三日，当刮目相看……你竟有这样的丘壑。"

"这件事容易，把吐谷浑人引来的任务就交给我吧。"郑宗笑着应下此事，"给我一支人马乔装成商队，就能把人一路骗来。"

素和君也极快地回应："佛门和西凉遗臣的事情交给白鹭官。"

狄叶飞说得没错，源破羌和孟王后被擒，局势几乎完全翻转，若不能扳回一城，他们连冬天都过不去。

"西秦有赫连公镇守，吐谷浑人大举北上，让赫连公分出人马去骚扰吐谷浑，掠夺牧民的牛羊，吐谷浑人后方受损，必定抢得更狠，和地方势力斗得更厉害，因为他们已经没有退路。"

狄叶飞又挑出一枚石子，压在吐谷浑的位置。

"高！"

"妙！"

素和君与郑宗赞赏的目光让狄叶飞忍不住有些飘飘然，似乎又回到了和崔浩模拟战局的时候，绞尽脑汁终于得到了崔浩的那一句赞赏。

看起来似是灵光一闪，其实却已经不知道被磨炼了多久。

这一夜，由于来了援军，每一个高车虎贲都睡得很踏实。

然而睡得安稳的人里，却绝对不包括他们的主帅。

"天啊！狄将军你怎么了！"

"发生了什么！出什么事了！"

看到狄叶飞的人，都忍不住发出了惊呼。

依旧是冷若冰霜，依旧是艳若桃李……

可原本鸦羽绿眸的狄叶飞，竟一夜白了头！

"没什么，想通一些事罢了。"

狄叶飞看向初升的朝阳，眯了眯眼。既然已经选择了做权臣这条路，现在回头也来不及了。

"我答应了火长，要为虎贲军报仇……"他自言自语，"君子一诺，出言无悔。"

"传我号令，高车虎贲拔营撤离长城！"

小剧场：

狄叶飞：一夜白头ING……

所有人：啊啊啊啊啊我好痛心！

读者们：啊啊啊啊啊鼻血流出来了！这是提早白头偕老吗？

狄叶飞（冷面）：白头偕老是什么鬼？

设想郑宗一夜白头。

所有人：哈哈哈哈哈鬼面老头子啊哈哈哈哈……

所有读者：啊哈哈哈哈哈好痛快好爽，真人版加西莫多哈哈哈哈！

郑宗（摔）：好痛快好哈哈哈哈是什么鬼？加西莫多什么鬼？这果然是个

看脸的世界吗？将军，你别抛弃我，别……（尔康手）

【第303章】

北燕。

库莫提不知道在水里飘飘荡荡了多久，只觉得自己被什么东西勾上了岸，然后被扒光了所有衣物，移到了一个火堆边。

知道自己死不了了，库莫提不知道是该庆幸还是悲哀。连老天都不愿给他个解脱吗？

库莫提和拓跋焘从小一起长大，当远远地看见那位"陛下"带着大军冲锋时，他就知道对方不是拓跋焘。

被围困了数月的鹰扬军爆发出巨大的士气，一鼓作气打开了城门，与援军内外夹击，杀得高句丽人溃不成军，仓皇逃离了昌黎城。

两方会合后，他见到了"拓跋焘"的真面目。那是身形和拓跋焘非常相似的一名宿卫，叫王青。王青穿着全甲，没和他多寒暄，只是递给他一封信。

信的内容很简单，大意是白鹭官发现京中宗室和国戚有异动，黑山大营的夏鸿和王猛又发现先前返乡的黑山军有大批不知所踪。

宗室、国戚、汉臣以及军中的矛盾由来已久，随着拓跋焘征服越来越多的土地，用封建的汉化制度取代旧部落制度的脚步也就越来越快，宗室和国戚的权柄被分走了一大部分，矛盾迟早要激化。

他率领着父亲的旧臣爱将在黑山杀出了名头，是同辈之中最早靠自己军功封王的，也是最没有利害关系的孤臣，他不娶妻，不纳妾，不生子，他是拓跋鲜卑早婚宗室中的异类，也是彻底让先帝放下心来放权的"叛徒"。

他在宗室和拓跋焘之间尽力斡旋，一边是他的亲族，一边是他的兄弟，他两边都不想失去。所以他察觉到黑山中有宗室的暗棋，却只是悄悄将他们剔除出去，让他们无计可施。

他将一切会引起白鹭官和拓跋焘生疑的不安定因素都消灭于无形之中，就犹如黑夜中的行者，走钢丝的伎人，稍有不慎，便会落个身败名裂的下场。

但他一个人能做到的实在有限，所以他必须壮大忠于陛下、忠于国家的力量，他开始在黑山提拔人才、平衡左右军和中军的关系，他不停地得罪人，又施恩于人，他制造出无数个巧合，就为了将那些随时可能爆发的不安隐藏到更深更黑的地方去。

他知道这样只是治标不治本，但孤军作战的他，再也找不到其他法子。

黑山的重新洗牌让他把许多不安定因素都踢了出去，但这些昔日在军中横行惯了的"族兵"依旧蠢蠢欲动，差点因此造成哗变，全靠他用鹰扬军才镇压下去。

从那个时候起，他才明白为何宗室那么害怕。

宗室的力量如果全部依靠坐在王位上的那个人，那么他们能做的事情就会越来越少，说的话越来越没用，到了最后，可能活得还不如普通军户出身的将领。不能打仗、无法得到战利品和人口，也不能圈地作为牧场的贵族，除了名头好听，还有什么？

他一直以为自己再坚持几年，再努力几年，等到拓跋焘统一中原，实力越来越强，宗室们就会自然放弃那些螳臂当车的想法，认识到部落制度终究是会被历史抛弃的陈旧之物，为了更大的疆土、更广阔的未来，总要舍弃掉一些什么。

库莫提并不是个爱国的人，但他憧憬拓跋焘描绘的那个未来。拓跋焘是自己亲如手足的弟弟，自己不帮他，能帮谁呢？他本以为拓跋焘会对宗室仁慈。但这一封信，彻底击垮了他的坚持。

也许花木兰对王斤的判断、以及宗室将金银藏匿于他的别庄对他进行警告的示威，让拓跋焘对目前的局势造成了错误的判断，他勉力维持表面上和平的行为，使得拓跋焘认为情况变得非常危险，宗室很可能随时发动叛变。

所以拓跋焘听从罗结的建议，先下手为强，以自己失踪为诱饵，在国内布了一场局，要将所有的不安定势力一网打尽。

从"议立储君"开始，这位已经一百多岁的老人瑞就在布局，他巧妙地利用了拓跋良和拓跋范的尴尬，让拓跋良为白鹭官传递情报，又安排宫中的侍卫故意疏忽防守，暗中却已经安排好了两位皇子和所有人的退路。

一旦宫中真的不能防备，还有特地从北凉调回的花木兰救援，虽然肯定会有些损失，但如果不拔除恶瘤和痼疾，只会造成更大的动乱。

库莫提当时心神如遭重击，几乎要站不住脚，就在这个时候，大地突然传来让人震惊的抖动声，肆虐的洪水夹杂着断枝、石头从护城河里一涌而下，彻底淹没了入城的吊桥，将原本就摇摇欲坠的他卷入了河里。

他的身边有无数鹰扬精锐，有人拉住了他，有人抱住马拼命想将他推到马上去……是他自己鬼使神差地放开了手。

他真的累了。

不娶妻，不纳妾，不结党，不营私，他努力加强王权的实力，他掩盖宗室做出的叛逆行为，为的不过是想魏国和陛下有朝一日能找到更好的法子，平稳地度过这个阵痛期罢了。然而无论他如何努力，他的用心还是抵不过那位老大人的重重盘算。

夏鸿和王猛是什么时候开始暗中传信，追查黑山的事情？

是因为陛下怀疑他了，所以不愿意把这些事交给他做吗？

拓跋良知不知道这么做会让他的家族彻底覆灭，他真知道"父子相残"意味着什么吗？

会不会有势力趁机而起，让假戏变成真做？陛下又是否真能接受这样做造成的损失？

陛下知不知道，如果真的这样做了，就再也回不了头？

陛下和他一起在被子里埋头密谋"诡计"的日子，终是一去不复返，那光明磊落的神情，会不会最终变为先帝那充满猜忌的模样？

心中维护的净土赫然崩裂，库莫提感受到巨大的颓丧感，他像是自暴自弃地松开了手，随着洪流的咆哮"自由自在"地离开了。

然而对于他这样的人来说，脆弱和逃避都是可耻的，而且解决不了任何问题。求生的欲望让他在洪流的激荡中脱掉了身上的重甲，只留下贴身衣物，在那沉浮汹涌的浪涛里，他尽力将自己的头伸出水面，他知道自己无法抵抗水流的奔腾，只能随波逐流地被冲到下游去。

在这个过程中，他突然领悟了"顺其自然"的道理。

如果历史也是奔腾不止的洪流，那些逆流而上的人终究是要被淹没的，能活下来的，永远是学会了顺其自然的人，他的掩饰，就如逆水行舟，只会让矛盾越隐藏越深，越来越无法收拾。

他一开始做出的选择是对的，但遇上了错误的时机。

他后来做出的选择是错的，却沾沾自喜地以为自己保护了拓跋焘的"心性"。

解脱了的库莫提彻底放开心胸，伸展着双臂，让自己在水面上浮浮沉沉，心中豁达一片，将那些宗室、未来、斗争都抛在脑后……

然后，他就差点被冻死了。

库莫提醒过来的时候，只觉得全身上下热烘烘的。

身下的毯子散发着热气，大概是因为土地被火烤过，身上的皮毛带着一股怪味，恐怕已经用了很多年了。

大约是北地的牧民。

北燕和其他北方诸国一样有许多胡族，在东北土地上生活的胡族被叫作"东夷"，和北燕政权几乎是井水不犯河水。

只是东夷势力太小，时不时受到北燕和高句丽的欺压，像是畜生一般被驱来赶去，好在他们都是在树林里居住，没有造成过多的伤亡。

"你醒了？"满头小辫子的首领木昆发现库莫提睁开了眼睛，顿时手舞足蹈，"活了！活了！"

"哦吼！哦吼！"

木昆所有的族人都高兴地凑过来，围住了库莫提。

这些人都穿着白鹿皮裤褂，男子索发，女子束发，皮肤粗糙骨骼粗壮，一见便知是东夷。

"我在何处？你们是何人？"库莫提动了动手脚，发现没有受伤，心中大呼"好险"。

"我们是库莫奚人，你可以喊我们奚人。"首领木昆更高兴了，用室韦话说道，"我们从河里把你救上来，看到被冲走的大多是鲜卑人，你也是鲜卑人？"

库莫奚和室韦同属东部鲜卑，是鲜卑宇文部的别部，宇文鲜卑原本是匈奴人，后来加入了鲜卑族，所以语言和习俗都和普通的鲜卑不同。

库莫提会说一些他们的语言，但毕竟很久不用，说起来很是生硬："是，我是，鲜卑，你们，奚人？"

"能说我们的话！太好了！"木昆一拍掌，举起库莫提的中衣，"你穿着丝的衣服，应该是魏国的贵人吧？按库莫奚的规矩，我救了你，你要给我们赎金，我们才能放你回去！"

竟遇到了趁火打劫的！库莫提笑了。

"不错，你们救了我，我应当送你们谢礼。你们想要什么，不妨说来。"库莫提绝口不提"赎金"，在高傲的他看来，只有被俘虏了才涉及"赎金"。

"我们要见你们的大可汗！"一个青壮突然插嘴。

"是！"

"我们要见你们鲜卑人的大可汗！"

库莫提啼笑皆非："你们是不是觉得，见鲜卑的大可汗，就像你们见你们的首领，那么容易？见大可汗，难！"

"那我们不管，我们就要见大可汗！"

东夷人头脑简单，在他们的心目中，鲜卑还是那群骑马打猎、追逐水草的游牧民族，城市也不过就是石头堆成的房子罢了。

"你们，告诉我，为什么，大可汗，去见？"涉及拓跋焘时库莫提总是十分慎重，正色问起他们。

"我们要他赔我们的损失！"

"我们要找他借人去找高句丽报仇！"

"就是！他们打仗，把我们的部落都毁了！"

"契丹更惨，他们部族在上游，全给淹了！"

"奇怪，你们，不去找北燕，为何？淹了又是，怎么回事？"

"北燕也和我们有仇。"木昆冷笑，"他们砍了我们的森林，抢了我们的兄弟，为他们筑造堤坝，蓄水冲城，我们部族好不容易从他们的手中逃出来，还没逃多远，就见你们的大可汗来了这里，我们只能在山里中乱转，直到这一片被淹，再也回不了原来的部族了。"

"我知道你们的大可汗来了东北，我见到你们的旗子、你们的人马、你们的强悍……"木昆露出向往的表情，"我们和燕人、高句丽有仇，我们、地豆于、室韦和契丹的部落都因他们受到了很大的损失。我们一向是有仇必报、有债必偿，我们要帮你们的大可汗打燕人和高句丽人，但你们要把原本属于我们的地方还给我们，谁也不能再抢！"

"你们要内附？"库莫提心中一喜。

"内附是什么？你知道吗？"

"内附，你们，和我们，一国。我们给你们地，你们，叫我们的大可汗，大可汗！"

"这有什么难的！"木昆咧嘴笑，"我以为你们也要我们的东西呢！"

"魏国，地大物博，不要你们的东西！"

"哈哈哈哈，我就知道我救回来的是个贵人！我隔着老远就看到你的衣服在水里反光，那料子，比我们族里最美的姑娘的皮肤还细，果然是个大人物！我能见到你们的大可汗吗？"

木昆笑得眼睛都眯起来了。

库莫提想了想，拓跋焘他们肯定是见不到的。但这些人熟悉北地，又能联合起这一片地方的东夷，是极大的助力，他必须要借助他们的力量，不能随便敷衍。

"大可汗，不在。"库莫提直视着露出失望、愤怒、受愚弄表情的库莫奚人，指了指自己，"我。大可汗，佛狸，兄弟！"

从来没有哪一次，他能这样指着自己，光明正大，毫不觉得冒犯地喊出这一句话来。

我，佛狸的兄弟，魏国的颍川王，黑山的大元帅，河南王拓跋曜之子，鹰扬军主帅，王帐之主。

他身后背负着这么多的期待，又怎能像个妇人一般寻死觅活？

"兄弟！兄弟！他是大可汗的兄弟！"

"鲜卑的大人！大人！我们救了一个大人！"

"报仇！报仇！报仇！"

库莫奚人闻言大喜，围着库莫提载歌载舞起来。

木昆笑道："我们一定把你送到鲜卑人那里去！你要借我们人马，帮我们报仇，我认你们的大可汗为大可汗，好不好？"

"一言为定！"库莫提郑重地道，"我可以和你们歃血为盟。"

"好！"

库莫提十分高兴。高句丽举族来帮龙城守城，国中一定空虚，室韦、库莫奚和契丹游牧在燕国和高句丽之间，如果趁机攻击高句丽，那么高句丽人肯定会在龙城抢掠一番回国救援。

到时候，北燕不攻自破。

窦太后被刘洁挟持去了南山别宫，拓跋焘虽大局已定，却依旧无法安宁。

崔浩察觉出情况不对，连夜召集盟友控制住了刘洁家中的大小以及一干造反的宗室府邸，但还是难以掩饰此次布局出现的疏漏。

罗结毕竟年事已高，不知各家的实力早已膨胀到了一个可怕的地步，白鹭官们的人数几十年来没有多少变化，能查出来的东西只是冰山一角。

南山别宫于二十年前建造，初衷是因为柔然可能南下，为保护皇子所造，其易守难攻，还建有屯放檑木和滚石的"关房"。

一直企图"扶植属于拓跋鲜卑的皇子"的宗室们，早就把南山别宫的建造图背得滚瓜烂熟，靠端平公主和她的侍卫做内应，成功抢夺了别宫的防御权。

等到别宫里的侍卫发现自己受到了愚弄，想将这伙人一网打尽的时候，窦太后却被挟持为人质，拓跋焘下了御令，不准轻举妄动。

而拓跋焘一现身，所有动荡隐患立刻止息。崔浩和一干大臣在宫变之日控制住了内城和各家权贵，使得灾祸没有蔓延，小皇子和太子被罗结提早安排好的宫中侍卫带走，唯有窦太后和花木兰是最大的意外。

窦太后是知道全盘计划的，可是为了能多拖延一段时间，她居然没有撤离，最后还被挟持，成为整个布局最大的败笔。

更让人愤怒的是，狡猾的刘洁早把家中的重要人物悄悄送到各地，有的是"游学"、有的是"访友"。他的妻子是公主，是拓跋焘的姑姑，最多罢黜为废人，连拓跋焘也无法将她怎样。

南山别宫中，刘洁就像是一个必死之人最后的疯狂一般，每天都向山下要好酒好菜，又威胁拓跋焘敢动一个宗室和国戚，便将窦太后碎尸万段。

窦太后无法接受这种情况，几次自尽未果，被严密看管了起来，连喝水都有人看着。

然后便是花木兰的失踪。

是的，乱石阵中，花木兰消失了。

有宿卫信誓旦旦地说花木兰只身抵抗一块巨石，被碾压而过，之后便不见了踪影，拓跋焘派出一干金吾卫将南山别宫山下山腰搜查了个遍，就是没有找到花木兰。

生不见人，死不见尸。

"陛下！大喜！大喜！"

已经被拓跋焘连续几天低气压给压迫得走路都缩起脖子的诸人，齐齐看向前来报喜的臣子，就连拓跋焘都站起了身子。

"可是刘洁放了太后，想要乞命了？"

臣子摇了摇头："不是。"

"花木兰找到了？"

"不，不，不，不是……"

刚刚抢了"好差事"想来沾沾喜气的倒霉蛋被拓跋焘可怕的眼神吓得差点

匍匐在地。

"那还有什么好消息!"拓跋焘忿忿地坐回御座之上，"说!"

"是是是是颍川王王王找到了……"臣子见拓跋焘直起了身子，表现出感兴趣的样子，这才顺畅地说了起来，"北燕的紧急军情，颍川王落水，被东夷部族救起。东夷部族被高句丽和北燕欺压多年，请求归附……"

"东夷? 是室韦吗?"崔浩好奇地问，"还是地豆于? 库莫奚?"

朝上宇文部的鲜卑人也感兴趣地看向那臣子。

"是库莫奚、室韦、契丹和地豆于，还有一部分东夷杂胡。颍川王奏报，说已奉旨'便宜行事'，答应了他们归附的请求，颍川王已命令古弼大人的属官若干人率领他们越过辽水，攻击高句丽国。"

"高句丽人后方有失，抢劫了龙城准备撤离，北燕人和高句丽人在龙城发生内乱，两位王爷请求平城再发粮草，大举总攻!"

"准!"拓跋焘总算露出了今天的第一个笑容，"我就知道库莫提不会有事! 他会水，又有那样的体魄，怎么会淹死!"

他设局的事情并没有瞒着库莫提，但那场大水来得太突然了，拓跋焘没想到库莫提会被水冲走。无奈那时正在收网，他无法返回北燕彻查此事，只能寄望于忠诚的鹰扬军会找到主帅。

好在库莫提不但没事，还找到了援手。

东夷部族想要的不过是放牧种植之地，北地苦寒，划给他们又有何妨，还能帮着魏国防守高句丽。

"陛下! 陛下! 北凉来的军情!"一位信使匆匆赶了进来，"源破羌和孟王后被北凉人俘虏，沮渠牧犍要求我国从北凉撤兵并交还沮渠菩提世子。素和君和狄将军带着世子前往张掖地方，如今下落不明。"

"什么?"

刚刚的喜悦立刻就被惊冲散了，拓跋焘一张脸忽冷忽热，就连朝中大臣看过来的眼神也是晦暗不明。

"素和君送信回来，说他们目前暂避宣武。"罗结原本不准备在朝中说出来的，但魏国正值多事之秋，瞒住也无多大意义。

"宣武?"

拓跋焘从早上起就在处理宫变的后续，以及长孙道生那边对柔然的情况，还没来得及从罗结那里得到消息。

"是。吐谷浑人趁着北凉内乱挥兵北上，狄将军设驱虎吞狼之计，派精锐将世子带离了山丹，任由吐谷浑人北上。而素和君已经写了信请赫连公派出人马去劫掠吐谷浑……"

他只是点到即止，并没有说全。但朝上的哪个不是人精？只要稍微想想这背后代表了什么，就忍不住寒而栗。

好一招驱虎吞狼！沮渠牧犍后院起火，魏国将士化明为暗，这是要活生生逼死沮渠牧犍的节奏。

至于源破羌和孟王后，只要沮渠牧犍不想彻底和魏国撕破脸，就只能好吃好喝供着他们，否则来年陛下大可以"报仇"为由直接从中原发兵西进。

"高！实在是高！崔太常教出一位好弟子啊！"

"如此一来，沮渠牧犍再闭城不出就会大失民心，可一旦开城姑臧就可能有失，这招实在是毒辣！"

如果狄叶飞真能借助吐谷浑和菩提世子的影响，反过来蚕食掉北凉，功劳即使封王拜将也足够了！这原本是要拿无数北魏大好男儿的命去填的窟窿啊！

"赏！赏！赏狄叶飞的父母珍珠一斛，丝帛百匹！"拓跋焘极是慷慨，"等北凉大捷，另有厚赏！"

"是！"

"那源将军那边……"一位和源破羌关系不错的臣子突然开口询问。

朝堂上原本还算轻松的气氛沉了沉，许多官员翻起了白眼，心中腹诽这位哪壶不开提哪壶。

"源将军虽冒进被擒，但也是为国心切，应当一起嘉奖，并安抚家眷臣属。"崔浩老成持重，开口建议，"北凉内忧外患不断，沮渠牧犍又迟迟等不来我国的封赐，必定会如坐针毡。陛下应发布檄文，痛斥沮渠牧犍未得封赐便自行登位，实为谋逆，命令他交还源将军和孟王后，退位还于菩提。如果他这么做了，那自然是皆大欢喜，狄将军也可从北凉撤军，等菩提登位，再由菩提上书自请'去国'。

"若是沮渠牧犍不从，那便是不顾北凉百姓希望和平的愿望，贪图王位，我国有义务协助菩提世子'平叛登位'，源将军虽被擒，但沮渠牧犍乃是藩国主君，源将军却是我国宗室，他无权处置。孟王后已是太后，弑母更为不智，两人的安全应当无虞。"

当然，如果沮渠牧犍犯失心疯，把这两个人砍了，魏国损失虽大，却能名正言顺地得到北凉，也不是牺牲不起。

狄叶飞如此强悍，成了意外惊喜，源破羌反倒没有那么重要了。

拓跋焘心中一团乱麻，听完崔浩的建议，又询问了几个要臣的想法，见他们都是同样的意思，便命舍人拟诏，按照崔浩的建议去做。

拓跋晃站在拓跋焘身边，见阿爷这几天急得嘴角唇边都是泡，眼底也有青黑，不由得叹了一口气，向舍人伸手："我来记吧，把笔给我。"

拓跋焘将两桩大事全部处理完，转头看到小太子在那里勤勤勉勉地写诏书，顿时眼睛一亮，将儿子推到了前面。

"我还要与罗侯处理宫变之事，其他细节，你们与太子细谈。等谈出了章程，再来见我。长孙司空那边的战事，如果有新的变化，第一时间送到太极殿来。"

拓跋焘拍了拍拓跋晃的肩膀，压低声音警告："事情虽然多，但是不准给我哭，知道吗？"

谁会哭啊！又不是你！拓跋晃心中好笑，面上却认真地点了点头。

"好儿子，阿爷这点乱糟糟的事就交给你了！"

说罢，连忙给罗结打了个眼色，朝臣们还没来得及反对，他已经"逃离"了前朝。

拓跋晃冷静地咳嗽了一声："咳咳，诸位大人……我们继续吧。"

"呵呵，继续……继续……"

"可惜古侍中去了北燕调度粮草，否则肯定不会任由陛下这么散漫！"

"少说几句吧，太后还在南山呢，陛下心中焦急也是正常……"

因为拓跋焘不在，太子年幼嘴巴又严，一些重臣不免窃窃私语了几句。崔浩在辅助太子监国的过程中发现拓跋晃比拓跋焘耐心更好、更接受汉学，惊喜不已，一心一意地辅导起他来。

"太子殿下，既然陛下让你听政，那么我们先来讨论第一条……"

拓跋焘边走边询问罗结："怎么样，宗室里可有人招供？不是说白鹭官已经找到了一条从后山爬上去的小路？"

"虽有小路，但陡峭无比，只有擅长攀山的蛮人和猎户才能爬上去。但这些人不见得有武力和山上的甲兵相斗，万一打草惊蛇，反倒坏事。"罗结心中不安，毕竟整个布局是他提出来的，"几位王亲还算安稳，大长公主们纷纷来

242

为夫婿请罪，愿意被贬为庶人，只求给他们留条活路。"

"活路？若阿母有事，他们都要给我去死！"

拓跋焘头上青筋直冒，一拳头擂到墙上，吓得旁边的小宦官缩着脖子连退了好几步。

"确实不能姑息，花将军入宫平乱时擒拿了一个叛军，此人是黑山军中退下来的军户。那些闯太子东宫的'柔然人'大多是黑山军……"罗结心有余悸地说道，"都是难得的猛士，不是有把柄被人捏在手里，就是还乡后过得潦倒，还有在军中受到冷遇，想跟着大干一场为自己赚个出身的……"

"不忠不孝，不仁不义，猛士就成了祸害。"拓跋焘冷哼，"黑山出了花木兰，出了狄叶飞，出了那么多忠勇之士，再看看这些人干了什么？心性不坚，素行不良，好好审！看还能审出什么！"

"是。"罗结年纪大了，扶着墙竟眼冒金星，站不起身子。

拓跋焘被他吓到了："罗阿公，你怎么样！"

"无妨无妨，老毛病了，走急了就这样……"罗结摆了摆手，"我只要……"

"陛下，赫连公主求见！"一个宫人走过来，小心翼翼地看了拓跋焘一眼，又赶紧低下头去，"公主等了许久……"

拓跋焘听到赫连公主求见，顿时脸上皱出个菊花。

"哎呀，你看我这老头子，头也晕，腿脚也不好，我还是去歇着吧……"罗结突然颤颤巍巍地扶着墙走了，"你小子还看什么看！快扶我去休息！"

"啊？是是是是是。"那个来通传的宫人立刻疯狂地点头，扶起罗结，两人哼哧哼哧地拔腿就走。

"陛下，怎么办？"拓跋焘身边随身伺候的赵常侍以前曾认"赵明"当干儿子，算是和赫连明珠有香火情，不免带着一些期待问起拓跋焘来。

身边的人纷纷"变节"，拓跋焘头疼不已，再看赵常侍满脸笑意，就差没在脸上贴个"在一起在一起在一起"，顿时大感头痛地摇了摇手。

"现在哪有心思想这个！昙无谶大师和寇道长进宫了吗？"

赫连明珠肯定是来找他兴师问罪的！还有可能是问花木兰的下落，总而言之，肯定不是他们脑子里想的那些香艳事情！什么劫后重生抱头痛哭，什么情深意重成人之美……

这几天后宫有不少女人明里暗里来告状，每一桩每一件都是暗示花木兰让他戴了绿帽子，赫连明珠和花木兰有私情。

私情个鬼啊！

昙无谶和寇谦之是花木兰失踪后被请来的。他们都看到代表花木兰的那颗星星黯淡了，均以为花木兰大限已到，已经死了。

等到了宫中，拓跋焘却说花木兰不是死了，而是失踪了。否则好好的大活人，怎么能没了呢！连个尸骨、血迹都没有！

"希望两位能找到她的行踪，无论用什么办法！"拓跋焘眉头紧蹙，"我知道两位都是得道之人，我对佛门、道门没有偏见，两位如果能携手合作最好；若不能，需要我提供方便，也大可说来。我不信花木兰死了，两位可否给我一个答案？"

"但将星已经黯了。"寇谦之叹气。

"不过还未灭。"昙无谶不甘示弱地念了句佛号，"可以试试。"

"请两位务必尽心！"拓跋焘闭了闭眼，"花木兰是我大魏的名将，要随我征战天下的……"

"陛下可知，花将军的命过不了明年？"

"两位可否携手，给花木兰一条活路？"

寇谦之看了眼昙无谶，有些模棱两可地说："若是昙无谶大师愿意，贫道也不会吝啬所学。"

"佛门法术博大精深，有许多法门不是僧人无法承受。和道门一起合作自然是可以，但前提花将军得先皈依佛门，习得高深佛法，然后才能领受我们的法术……"昙无谶直接说出了自己的顾虑和条件。

拓跋焘忍不住抽动了几下脸皮。花木兰出家？佛门要尼姑吗？

"这……找到花木兰再说吧。"拓跋焘吸了一口气，"两位可有什么头绪？"

寇谦之提出要求："京中最高之处乃是钦天监的观天台，老道需在观天台住上几日。"

"可！"

昙无谶看向拓跋焘："我需要含有花木兰精魂之物。"

"精魂？"拓跋焘皱眉，"什么合适？"

"头发、血液都可以。如果没有，至亲之人的心头血也行。"

"这容易，花木兰的父母弟弟都在京中，我派人去传！"

寇谦之和昙无谶都答应全力以赴，拓跋焘事务繁忙，将他们交给赵常侍接待，便匆匆赶往太极殿处理政事。

小小的拓跋晃已经在太极殿门口等着了，他虽听了政，却不敢做任何决定，恭恭敬敬地过来求见拓跋焘，向他转述朝堂上众位大臣的建议。

【第 304 章】

迎面而来的石头越来越近，身后是狂奔着下山的越影和拓跋焘，贺穆兰估摸着自己本来就活不了多久，不如拼上一回，也算是死得有些价值。

既然避无可避，不如迎难而上！

贺穆兰运足了全身的力气，用肩膀抵住了那块圆石，拼命让它停上一停！

上一次死在马下的噩梦再次降临，巨大的挤压感和粉身碎骨的强烈预感袭上心头，她右边的肩膀痛到了极点，突然，耳边传来一声幽幽的叹气之声……

"唉，又是如此。"

接着，贺穆兰只觉得天旋地转，整个人失重一般落了下去，一直落一直落……

不知落了多久，那一声叹气再次响起，近得就在耳边一般。

等等？近在耳边？

贺穆兰甩了甩头，强忍住呕吐感张开了眼。

高高的登天台，宽广无边的殿堂，满是符篆符箓的道幡……

这里是静轮天宫！

"又要来一次？"贺穆兰忍住骂娘的冲动，对着空无一人的登天台大声叫，"寇道长？你在何处？这到底是怎么回事？"

你要再让我重来一次，我干脆直接抹脖子自尽回去吧。人生要无限轮回这一个故事，还不如死了！

"贺穆兰，我已经没办法承受你再死一次了，你可明白？"苍老的声音像是无处不在，"你被马踏死那次，光是处理你的死亡造成的混乱，就几乎耗尽了我所有的精血。刚才若不是我强行将你拉扯进这处缝隙，你我二人都要迷失在无尽世界的迷宫之中，一辈子无法脱身。"

"你……你是说，我还没死？"贺穆兰动了动胳膊。肩膀疼得发麻，死人应当是没有痛觉的吧？那她到底在何处？

"你当然没死。"寇谦之的声音在空荡荡的殿堂之中回响，"我问你，我已经将解决你寿命的三个可能送到了你身边，你为何不选？"

"你是说哪三个？"贺穆兰错愕。

"花木兰选了第一个，结果如何，你难道不清楚吗？"

灭佛、暴动、储君丧、盖吴反、宗爱弑君……

"那时候，阴时阴刻的郑宗因冲撞赫连王后而被处了宫刑。我道门大兴，佛门蛰伏不出，绝不可能和道门合作，之后陛下灭佛，佛门弟子更是将我等恨之入骨，更不要说共同商议你的救命之道。

"至于还可以转移阳气的未来之主，早早就破了元阳之身，若得了你的阳气，不过是落得和你一般下场罢了。"

"寇道长，你为何不出来和我说话？"贺穆兰只觉得越来越怪异，越来越不安，强忍住内心的惶恐环顾四周，哪里有半分人影？

"唉！"寇谦之长叹一声，"我为何让你来平城找我，而不是我自己前去？贺穆兰，你就没有想过为什么吗？"

"……"难道不是古代的高人都喜欢玩这一套吗？

寇谦之的声音再次响起，带着一丝无奈和痛楚："我是反对陛下灭佛的，无奈佛门扶持盖吴与魏国相争，魏国信佛的杂胡与豪族纷纷造反，佛门又控制了西域通商的要道，陛下和崔太常死了心要灭尽沙门，道门是魏国的国教，从而被卷到了风口浪尖。

"自陛下灭佛起，我与佛门几次交锋，耗尽了我大半心神，而后我参悟天机，发现斗下去只会让天下苍生受难，只得避入静轮天宫之中，参研救世之道，却发现一切都落在花木兰身上。那时花木兰已经死了，盖吴在造反，陛下在灭佛，我看到紫微帝星一点点黯淡，天下大乱，我的阳寿没有几年了，索性一咬牙，选择了'以身合道'。"

"你是说，你原本所在的时空，是花木兰已死、盖吴造反，最后陛下被宗爱弑杀的未来？那我呢……我刚穿来的时候，明明是陛下刚刚下令抑佛之时啊！盖吴还在乡里偷我的东西呢！"

贺穆兰一头雾水，怎么理也理不顺这个关系。

"此事说来难以理解。我从小身负异能，可以身外化身，有时候能看见未来，可有时候看见的未来又和我经历的未来不同，那时我才知道，原来未来和过去都不止一个，世界也不是一个世界……"

"平行宇宙理论是吧？"

作为一个在现代被各种影视剧和相关科普节目熏陶长大的理科生，贺穆兰接受平行宇宙理论比古人要容易得多。

"你竟明白？是了，你从未来而来，自然知道得更多。"寇谦之的声音由疑惑转为了然，"所谓天外有天，人外有人，便是如此。我以身合道后，我便是静轮天宫，静轮天宫便是我，只要有静轮天宫所在的过去、现在和未来，我的神魂便可自由来去。我一开始想要直接改变的是花木兰。我不停回溯古今，搜寻她的魂灵，没有找到她，却找到了身为她后世的你……"

"我？我是花木兰的后世？"

"是。可我在无数个世界里穿梭时，都看到你在拯救魏国、辅助帝王。我不明白，你既然不是这个世界的人，为何会不停地出现在我们的世界，所以我钻入时间的空隙，找到了最早的你，便是解甲归田那一世的花木兰。"

寇谦之的声音带着无尽的疲惫。

"这很不容易，行错一步都是灾祸。我虽以身合道，却不是天道，必须小心地避免天道察觉我在逆天改命，否则天地之间将再无我的存在。"

从他的话语和声音中，贺穆兰听得出在某种意义上已经"死了"的寇谦之究竟花费了多少心血、付出了多少代价，才谋得现在的局面。

这个代价，一定不仅仅是"以身合道"这么简单。

"这里每一个世界都是真的，但每一个世界都和我来的世界有联系。你成为解甲归田的花木兰后，我发现我的世界里发生了许多转变。

"素和君和若干人将灭佛的惨烈告知了陛下，你的信使得陛下改变了固执的想法，灭佛没有继续强硬地施行下去，许多僧人借由太子的新通路逃到了刘宋。此外，太子得到了袁家的商路，开始和刘宋的商人通商，并联系狄叶飞建立起了属于自己的军队；陛下和太子发生剧烈争执时，太子命令狄叶飞率领大军回京'清君侧'，诛灭了宗爱。虽说陛下和太子殿下之间的矛盾依旧存在，但至少没有我来的世界那么惨烈。

"至于你的亲兵陈节，由于狄叶飞爱屋及乌，雇佣了盖吴率领的卢水胡人护卫商道，卢水胡人得以名震魏国，重拾天台军的威望。有陈节作为中间人，天台军在西域通商之中赚得了财富，并没有像我那世一般穷困潦倒后受到佛门影响造反，反倒成了魏国商队在外行走的最大倚仗，得到了无数人的尊敬。

"你看，贺穆兰，影响是确实存在的，每一次影响，都能干扰到最终的结果。正因为我看到了每一个世界造成的结果都会影响到我的世界，才让我下定决心，哪怕牺牲一切，也要让你回到最初。"

寇谦之的声音之中带着坚定和某种决绝。

"于是我将你引到静轮天宫来，用天宫的力量将你送到更远的一个时空之中，希望能让你从源头开始，改变大魏混乱不堪的未来。

"可是你干了什么！你居然被马踩死了！"

寇谦之的声音满是不甘，就像是明明送了家中子弟出国读书，结果一回头发现子弟在船上跳海了的感觉。

"你不能让一个没有上过战场的法医一上战场就能杀人如砍瓜切菜啊！"贺穆兰恼羞成怒，"你有没有听过我的想法？我根本不愿意在这里好吗！"

"如果能找到花木兰，我会用你吗？如果是那一位，听到我为什么召她来，一定会毫不退缩地投身其中！"寇谦之的语气幽怨，"你根本不知道我们付出了什么……罢了，这是其他的事情，和你无关。"

"你错了，如果是那位来，最终还会选择解甲归田。因为我和她一样，打从心底厌恶战争。这便是我和她最大的共鸣之处。"贺穆兰摸着自己的肩膀，"我们杀人，是为了保护更多的人；我们争权，是为了给更多的人谋取权利；我们愿意解甲归田或为陛下牺牲，是相信这个世界里依旧有人在坚持着我们的信念……

"别的世界发生了什么，与我们何干？我们为何要为别的世界如此轮回，承受痛苦和伤痛？你只知道我们每一次努力都使得未来变得更好，却不明白正是因为变得更好，却让更多的人失去了无限的可能性！"

贺穆兰大口大口地喘着气。

"我努力的世界，灭夏提前了、灭燕提前了、柔然覆灭了、凉国也危在旦夕，可伤亡有少吗？柔然不再叛乱了吗？卢水胡人真的过上好日子了吗？一个人的作用微乎其微，如何能以一己之力改变一切？如果真要选择，你为何不选拓跋焘，选择一国之君来改变一切，岂不是比我更容易！"

"你怎知我没有！"寇谦之的声音响彻天地，"你怎知我没有！！！"

"你……"

"那根本是不可能的！我根本没有这个能力！你被马踩死那一世，世界一片混乱，柔然可汗逃窜，柔然在未来二十年内屡次南下，黑山大军二十年间不知死了多少将士！因为柔然长期骚扰，征胡夏和征西凉时都受到掣肘，刘宋也蠢蠢欲动，外忧内患，直到陛下四十岁时，中原尚未一统，整个北方陷入征战二十余年，人口凋敝，百姓兵役徭役苦不堪言……"

寇谦之的语气很是淡漠，但贺穆兰听出了蕴藏在他话语之后的愤怒。

"那一世的佛门凭借你身上的阳气，截取生气，想要人为创造出一个'英雄'来，他们选择了盖吴作为'天王'，结果却失败了，那一场动乱，不知死了多少人！

"就是因为你轻易地死了！就是因为你轻易地死了！你在那一世死时溢出的先天之气被无数个世界的佛门利用，每一个世界都产生一个类似你这样的猛将，造成了多少变数！只要是有静轮天宫在的世界，我都尽力去修复了，可成功微乎其微，有一世，花木兰在战场上遇见了借了自己力气的'猛将'，竟一时不查被自己的力量斩于马下，太子殿下也因此而死……"

贺穆兰瞪大了眼睛，不知该如何回应才好。

"每一个世界都乱成了一锅粥，道门和佛门的争斗也变得更加残酷！每一个世界的变动都会延伸到我的世界，我发现不能再这样继续下去，唯有再改变一次，于是我耗费了所有的心血，让你又来了一次。"

"我还以为是RPG游戏，我又读档重来了，那正好是个存档点……"贺穆兰闭了闭眼，"原来竟是这样的。"

"不知道哪里出了错，这一次，竟把其他世界的魂灵也带走了，一并投入了你的世界。我原本想要消弭错误，以免天道察觉，却发现连天道也没有发现这个'夹带'之人，便干脆放任不管，任由你们发展。"

寇谦之见贺穆兰似乎没有理解他说了什么，也没有多解释。

"这一发展，我便知道不好了，因为你的影响，陛下没有重用这一世的佛门和道门，而你寻回了阳气，静轮天宫却没有建起来，未来也没有这座洞天。没有静轮天宫的世界，我不能再将你的魂魄提早截走送回过去，这一世的你，如果死了，就真的是死了，再没有第二次。"

"我死了，能回到未来吗？"贺穆兰想起自己穿越的过程，"我只是被电到了，不一定会死。"

静轮天宫里一片沉默，安静得像是寇谦之已经走了。

"你还在吗？"良久之后，无法承受这种沉默的贺穆兰终于忍不住开了口，"到底可不可以？"

"你成了花木兰，那花木兰在哪里？"寇谦之的声音满是深意，"如果说我的世界花木兰已死，你刚穿来的世界，花木兰是存在的，其他世界也是，为何她们都不见了？你没想过吗？"

"……你们都和我说我活不过三十五岁，我当然以为花木兰死了。听你话中的意思，花木兰并不是死了？"她突然一僵，"你是说……我顶替了她的生活，所以她……她……"

"你说得没错，真正的贺穆兰有一线生机未绝，尚可附魂。恐怕那时候她已经去了你的世界，而你成为游魂被我带了回来。"

"你们原本就是一人，只不过在不同的世界而已，我那时刚刚合道，力量不足，便将希望全部寄托在你身上了。然而我没欣慰多久，你就在马蹄下给了我狠狠的一记打击。"

贺穆兰想要耸耸肩，肩膀锥心一般疼痛，只得作罢。

"我坚持到现在，你的世界是变得更好了，还是更坏了？"贺穆兰感兴趣地道，"花木兰还活着吗？"

"活着。但如果你找不到救命的法子，她阳气大盛之时，还是要死。所以，不要动不动就放弃生命了，这一切都不是幻境，而是真正的世界。贺穆兰，我没有本事再救你一次，这个世界没有静轮天宫，我强行介入了好几次，已经是强弩之末，随时会灰飞烟灭。"

贺穆兰端端正正地行了一个大礼。

"无论如何，你救过我的性命，又告诉我，我的父亲和兄弟可能没有遭受丧亲之痛，我都要谢谢你。花木兰是我敬重的英雄，一定会好好照顾我的家人和朋友，我也不可辜负了她的亲朋和重视之人。"

"你能想明白，我很欣慰。做英雄不容易，做女英雄更不容易，我察觉到你渐渐生出厌世的情绪时，已经做好了你又死一次的准备，却没有想到来得这么快，你不是死于阳气爆体，而是差点被石头碾死……"寇谦之又叹了口气，"若你第二次枉死，我又何必如此挣扎？依从了天道算了。"

"道长，你说你强行介入了好几次……"

"黑山大营之中，我引你看到了谋反之人。而后你和郑宗被风沙卷走，你以为真是大难不死这么简单吗？人力哪里能胜得过天，多少人被碾成了碎末，唯有你们还算齐整……

"这是最后一次了，我受此届天道限制，能带你进入静轮天宫制造而成的缝隙，而且是在你神志清醒的情况下，已经到了我的极限。我救了你之后，恐怕就要受到惩罚，无法自由来去。"

贺穆兰这才知道，原来自己的"命不该绝"，都不是偶然。这个世界里的寇谦之为何会如此帮她，也是察觉到了化身为静轮天宫的寇谦之屡屡出现，定然是为了什么大事。

"要活，贺穆兰！唯有你活，所有人才能活！"

寇谦之的声音越来越远。

"好好活……让所有人都好好活……你去吧……"

"去吧……"

"让老道最后帮你一次……"

什么帮她一次？

"太后，你吃一口吧，你若真出了什么事……"

一个女人的声音响了起来，而后便是刺耳的尖叫。

"你是谁？怎么会在这里！来人啊！"

贺穆兰想过一万个可能，就是没想到自己居然出现在南山别宫之中！

眼前是被捆绑着手脚的窦太后，一个贵妇人打扮的中年女人吓得已经摔了碗，大声尖叫着。

贺穆兰的反应极快，一掌打晕了那个妇人，将坐在地上的窦太后揽到身边。

侍卫们还没反应过来，贺穆兰已经拉着窦太后往外跑了。

"太后，我肩膀有伤，抱不得你，你离我近点！"

窦太后的手腕和脚踝上都缠着铁链，实在是跑不快，跌跌撞撞差点摔个半死，贺穆兰一咬牙拔出腰中的磐石，用尽全身力气对着她的手铐脚镣砍去。

"铛！"

"铛！"

脚镣之间的铁环被砍断了，手铐却还连在上面，窦太后用尽力气抖了抖，发现无法脱开，只能继续拖着手上的铐子跟在贺穆兰身后。

好在刘洁和端平公主在山上的死卫不多，南山别宫大多都是投鼠忌器害怕误伤了太后的侍卫，贺穆兰拉着太后冲出宫室，只见外面云烟缭绕，一片葱翠，忍不住狠狠骂了一声："靠！山顶上！不会还要杀出一条血路吧！"

"别让他跑了！"

"一定有妖术！把太后抢回来！"

"太后，你到我背上来，搂住我的脖子！"贺穆兰微微弯下身子，"我一边胳膊使不上力，你搂紧点！"

"好孩子，我的命本来就是捡回来的，你已经尽力了，真要救不了，也没什么！"窦太后已经把生死抛之脑后，爬上贺穆兰的背环住她。

吵闹声惊动了正在山顶探查山下情况的刘洁，他紧张地询问："发生什么事了？太后怎么了！"

很快，他就知道发生了什么事，因为背着窦太后拼命往下跑的贺穆兰出现在了他的视线中。

"花木兰！怎么让花木兰跑上来了！他不是被石头压死了吗？！"

刘洁眼珠都快掉下来了，一旁亲眼见到贺穆兰被大石头压过去的众人都惊得拼命揉着眼睛。

"刘洁！"窦太后咬牙切齿地问贺穆兰，"能不能杀了他！一旦杀了他，群龙无首，叛贼不攻而破！"

贺穆兰估算了下距离，杀了他也不是不行，只是太后的安危就……

她不是赵子龙，能背着个人拼杀。万一敌人全朝她背后招呼，第一个死的是窦太后。

"太后放心，他跑不了的。"

贺穆兰完好的那只手握紧磐石，挥砍开两个迎面冲过来的死士，作势要向刘洁冲杀，惊得刘洁连连惨叫："拦住他！拦住他！"

贺穆兰朝着刘洁的方向走了一步，接着脚下一个错步向另一个方向滑去，背着窦太后往山下猛跑。

"射箭！射箭！啊，不准射箭！不准射箭！要活的窦太后！"

刘洁前言不搭后语，暴跳如雷，他手下本来就不多，拦不住贺穆兰的话，迟早全部完蛋！

"将军，山顶上有动静！"

镇守南山别宫却被端平公主摆了一道的羽林卫们早就想一雪前耻，日夜都在等着山顶上出现变数。

拓跋焘不准他们轻举妄动，刘洁和朝中派出谈判的官员每天唇枪舌剑，这些羽林郎早就不耐烦了，此刻听到山上隐隐约约传来喊杀声和"拦住他"的声音，顿时精神一振。

"是不是陛下派了奇兵上去？我们速速接应！"

"好！"

"去一队人把守着机关的反贼都杀了！别和花木兰一样，走一半被巨石给滚了！"

"好嘞！"

羽林卫们在南山别宫戍卫已久，每一条路都熟悉无比，许多通往山上汤泉的捷径连拓跋焘都不一定知道，没一会儿就看到了那道拔腿狂奔的人影……

"真猛士啊！"一个羽林卫看得嘴巴都合不拢，"这是一路杀下来的？还是一路杀上去的？"

"那是花木兰。"羽林郎的首领昂首大笑，"兄弟们，立功的时候到了，上去接应花将军，活捉刘洁啊！"

"好！"

"走！"

"花将军莫急！羽林卫在此！"

"刘洁速速束手就擒！"

"杀啊！"

【第305章】

"陛下！陛下！南山有动静了！羽林郎派人传信，说是山上有人大喊太后跑了，他们已经派人去打探了！"

"阿母跑出来了？"拓跋焘听到狂奔而来的宦官所说的话，哪里还能坐得住！"摆驾南山！"

"以防有诈啊，父皇。"拓跋晃放下手中的功课，"也许又是刘洁的阴谋？若真要去，请多带点人马，父皇不要上山。"

如今柔然人节节败退，两支侧翼包抄的人马包围了柔然人，就等着丘穆陵寿大获全胜让他们溃败，将之驱赶到"口袋阵"之中一网打尽。在这紧要的关头，拓跋焘是绝不能出事的，否则对士气是极大的打击。

拓跋焘经过贺穆兰的事，已经反省了自己"奋不顾身"的个性，思考自己的莽撞会不会带来让自己追悔莫及的后果。

听到拓跋晃的劝谏，拓跋焘点了点头："我带上宿卫和军殿里的人，也不上山。"

拓跋焘一路疾奔到南山时，一切已经尘埃落定，刘洁被反杀上山的羽林郎们生擒，一干叛贼纷纷俯首，端平公主被贺穆兰敲得太重，连被捆绑时都没有清醒。

等拓跋焘派出去打探的人回来时，所有人心中都是一沉。

这一副见了鬼的样子是怎么回事？难不成是太后已经遇了难？

那伯鸭官哆哆嗦嗦抖得犹如筛糠一般跪倒在拓跋焘之前，一只手指着山脚下的御道，颤巍巍地开口："花花花花花，太太太太……"

"花太什么！"拓跋焘不耐烦地抬眼，顿时瞪大了眼睛。

被羽林卫们护送着，背着太后一路狂奔着下山的，正是花木兰！

贺穆兰满肚子都是气。

羽林郎们只记得去抢功，连匹马都不记得给她啊！她累得像狗一样断了只手还背着太后一路小跑下来啊喂！身后的羽林郎们还有闲心一边跑一边讨论"哎呀花将军真能跑，不愧是虎威将军"、"花将军断了手还能跑得这么稳，真是了不得"之类！

贺穆兰烦躁地一路半扛半背半缩着半边身子将老太太扛下半山腰，等看到山脚下拓跋焘摆开一片人马，做出决一死战的势头，忍不住心中又火了。

拓跋焘满脸激动地朝着贺穆兰跑了过去。

"阿母！"他从贺穆兰的背上抱下激动得老泪纵横的窦太后，兴奋道，"花木兰，干得好！"

拓跋焘发现窦太后除了手腕、脚踝有些皮外伤外，没有太大的可见伤口，总算松了一口气。

贺穆兰知道拓跋焘是个重情的人，被冷落在一旁也不以为意，反倒是小太子拓跋晃驾着温顺的小母马踱了上来，下马对贺穆兰恭恭敬敬行了一礼。

"谢过花将军对祖母的救命之恩。"

贺穆兰扶起拓跋晃，看了看四周："现在离落石那日有几天了？"

拓跋晃发现贺穆兰有半边身子不能动，惊愕地说："花将军受伤了？御医呢？快宣御医！"

一个侍卫跑去宣召御医，拓跋晃则好奇地询问贺穆兰："花将军，自你那天在乱石阵中失踪，已经过去三天了，这三天到底发生了什么事？"

贺穆兰哪里能和小太子解释什么，只能捂着自己的肩膀，佯装痛楚难忍。小太子年纪虽小，却是个小人精，立刻明白了她的意思，不再多言，只让御医赶快给她医治。

御医只看了一眼便大惊失色："将军这肩膀，莫不是被重物碾过？居然还能直得起身子，跑了这么大一截路！"

贺穆兰疼得后背都被汗湿了，只是山下将士人数众多，半点不能露怯，强笑道："其实也快撑不住了……"

"赶紧！赶紧找辆车来！这伤养不好，胳膊就废了！骨头都碎了！"

鲜卑人马上作战，治疗筋骨伤的御医医术最高明，他这样呼喊，其他人哪里还敢怠慢，就连拓跋焘都从窦太后那里分出神来，命令将窦太后和贺穆兰送入车里，护送回宫。

一个月后。

贺穆兰的经历自是不能和别人说，而当时窦太后情绪低落，完全没注意贺穆兰是怎么突然冒出来的，至于当时在场的叛贼，白鹭官们只当他们是胡言乱语，心照不宣地把他们"花木兰突然就出现了"的话给抹了过去。

当然，因为过程太过奇异，拓跋焘还是特地召来贺穆兰问了问。

"我用尽全力抵挡那块大石，然后就完全没了意识，醒来时，就已经在山顶了。对了，我似乎听到了寇道长的声音。"

寇谦之因为她的话后来来过一次，贺穆兰对他毫不隐瞒，将未来的他如何以身合道、不停穿梭时空寻找扭转的契机、几次三番救了自己的事情说了一遍。

寇谦之对这些事非常感兴趣，在贺穆兰家连住了三天，还叫来自己的孙子把贺穆兰描述的静轮天宫描画了出来，这才心满意足地告辞。

拓跋焘没再问她失踪这几天到底发生了什么，只是让白鹭官对外散布"花木兰躲过巨石后潜藏在山上，趁防卫最空虚的时候伺机救回了太后"这样的消息。因为这件事，贺穆兰的声望又达到了一个新的高度。

这一个月来，京里京外乱成一片，每天都有不少官员遭殃，大多是宗室和国戚们招供出来的同党。

在这种大环境下，每家每户都对家中子弟管得极严，许多平日里斗鸡走狗的少年被约束得连门都不给出。当然，还是有几户绝对能来往的，其中就包括虎威将军府。

宫变那一晚，因为之前想要混进虎贲军而和贺穆兰有接触，结果误打误撞在宫变中立了功，被陛下嘉奖的这些贵族子弟，于情于理都是要去花府感谢顺便加强感情的，就跑得更勤了。

花父花母疲于应付，不止一次提出想回乡或者回花家堡居住，无奈花木托在京中学艺，贺穆兰肩膀又受了伤需要人照顾，无奈之下，只好请刚刚出了月子的贺夫人帮忙。

贺夫人十分感激贺穆兰进宫救拓跋晃和太后的义举，于是就做起了管家娘子，人口简单的将军府自然是被打理得井井有条。将军府的下人都被贺夫人当作宫中之人来提点，行事有法有度，让许多和贺穆兰相交不深的大族子弟都对贺穆兰府上的家风赞叹不已。

这日，满室的儿郎正在贺穆兰屋内闲聊。贺夫人突然前来，焦急地开口相问："花将军在里面吗？"

贺穆兰知道贺夫人来找她定有要事，连忙起身出外相询。贺夫人扫了眼贺穆兰身后好奇张望的一干贵族子弟，压低声音说道："太子殿下上门拜访……"

"……就一个人？"贺穆兰睁大了眼，"杜寿将军没跟来？"

"没有，就几个宫中亲卫跟着，说是陛下知道，让他出来逛逛。照理说这孩子不知道我在这里啊……"贺夫人满脸焦急，"我让人安排他在前厅休息了，现在怎么办？"

贺夫人六神无主，完全没有平时端庄大方的样子。

贺穆兰安慰贺夫人道："那位让他来，肯定知道这么做代表着什么。你干脆把他带到我这里来吧。"

"我？"贺夫人先是一喜，而后便是一阵怀疑，"可以吗？"

"去吧，我会和他解释的。"

贺夫人的眼睛里顿时波光潋滟，胡乱点了点头，扭身就走了。

她身材婀娜多姿，气质又不似寻常女人，看得不少青年忍不住咽了口唾沫。

贺穆兰回了外室，向一干新朋友拱了拱手，笑道："一个故交家的子侄来找我，年纪太小，家中族姐不好接待，我让她把他送到这里来。"

"花将军既然有客，不如我们改日再来？"几个卢家子弟觉得不妥。

"无妨，他年纪虽小，胆子却大，你们不必避着他，就当是我家的子侄相处就行。"

这些儿郎想了想，花木兰是普通军户出身，既然是故交，那一定也是军户子弟，最多不过是军中哪个将领家的孩子，也不怕怠慢了人家。

宇文家一个青年怅然若失地看了眼门外，腼腆地问贺穆兰："花将军，贵府那位最近主持内务的族姐……咳咳，听令堂说，是因为家中有恶妇欺凌，被嫡妻打出门的……不知……有没有再嫁的意思？"

魏国人口并不多，男子打仗死得更多，故而从国家到乡中都提倡改嫁，妇人改嫁并不为耻，夫妻如果不合和离的也有不少，再嫁的女郎都过得不错。

这些青年经常出入内宅，贺夫人尽管努力避让，但总有接触的时候。

"宇文家的，你下手可真快！我们这一干兄弟可都没婚配呢！"一个少年不悦地撇了撇嘴，"我正想问，给你抢先了！"

"喂喂，你才十六，毛都还没长齐，人家花将军的族姐都可以做你的阿姨了！"

"你懂个屁！"

贺穆兰听得头痛，连忙道："我族姐还没有被夫婿休弃，也没有和离，名义上还是有婆家的人，各位别再提……"

"什么！还有人敢占着……咳咳，还敢如此暴殄天物？花将军，你要不敢惹，和我们说说，看我不找上门去，打那个畏妻如虎的孙子满地找牙！"宇文家的郎君怒不可遏地跳了起来。

"就是就是！打死这个负心汉！"

满屋子男人都露出"你这样不对的表情"，开始游说贺穆兰。

"那负心汉家住何处？武艺如何？我们去找他要休书，实在不行打上一架，那嫡妻应该乐意交出休书吧？"

"你们真是……"

"什么嫡妻负心汉，真是听不下去了！"

屋门猛地被人推开，粉妆玉琢的小公子铁青着脸站在门外。"你们这些闲汉，不思保家卫国建功立业，一天到晚想着别人家的妻室，还要不要脸！"

独孤诺性子最直，见这小屁孩连跨过门槛都要人帮忙的样子，说话却老气横秋的，当场就哈哈大笑："花将军，你这子侄怎么半点都不可爱，跟个小老头似的！你得好好教教他，要不然，咱兄弟几个帮你好好教教这个小家伙？"

拓跋晃脸色更坏，贺穆兰也是头疼欲裂。

她好像已经看到了这群儿郎凄惨的未来了。怎么破！

小剧场：

赫连明珠（咬手绢）：又有狐狸精借着探病去找花木兰！还有人说花将军在后院里养了个女人！拓跋焘，你给我赶紧悔婚！

拓跋焘（伸大拇指）：花木兰，干得好，回头重重有赏！

狄叶飞：……听说又有好儿郎去找花木兰了？

郑宗（咬牙切齿）：狄将军，咱们赶紧把凉国灭了快回平城吧？！

狄叶飞默默点头。

【第 306 章】

吐颓山对柔然的战事很顺利，就是丘穆陵寿那边一直不能大捷，而柔然人又有西退之意，朝中对丘穆陵寿产生了不满。于是拓跋焘有意让花木兰出战，从世家中这家五百，那家八百，十几家人凑了两万大军，还都自带粮草、装备。再加上两千多的精锐虎贲，大军浩浩荡荡出了城。

"报！长孙司空战报！"

"花木兰率虎贲军与蠕蠕战于吐颓山下，蠕蠕大败。此役生擒斩杀敌将三百余人，斩杀蠕蠕士卒八千余人。郁久闾乞列归与其伯父郁久闾他吾无鹿胡往北溃逃，被长孙司空生擒，正在押解平城途中。建宁王继续追赶蠕蠕余部，向漠南而去。"

"好！好！好！司空果然妙计，将蠕蠕们一举全歼！"拓跋焘笑着拍案而起，"立刻安抚漠南和六镇的平柔户，命长孙司空押解俘虏从受难的沿途州郡转一圈再回平城，适当杀一些人，平息民怨！"

深冬时节主杀，正是杀人的季节，若等到明年开春，又要候到秋后处斩，拓跋焘恨死了柔然人老是反复，一开口就是杀人。

拓跋晃坐在他的下首，刚想开口说些什么，崔浩一个眼神递了过去，摇了摇头，拓跋晃抿了抿唇，最终还是低下头去。

突然，鸿胪寺的一位官员快步到了殿外，脸色古怪地呈上一封北凉送来的国书。

自狄叶飞的计策发挥出效果，北凉就陷入了混乱，几乎每天都有听闻沮渠菩提来"解放"该地的大户豪族举族来投，沮渠牧犍的势力被一步步蚕食。

拓跋焘以为沮渠牧犍递交国书是为了祈求饶恕、退位让给沮渠菩提的，加之心情又大好，就让堂下议政的官员们先传阅一遍国书，再递送上来。

谁料官员们看完之后都脸色古怪，抬头看向拓跋焘，把拓跋焘盯得云里雾里的。

"怎么了？难道不是沮渠牧犍那小儿的乞饶信？"

拓跋焘接过国书展开一看，依旧是老生常谈，想要以"退国割地"换取魏国的册封，甚至愿意娶魏国的公主为后，并且对魏国之前斥责他们明明迎回了兴平公主却秘而不宣的原因做出了解释。

"一派胡言！"拓跋焘整张脸气成了紫色，"居然敢把脏水泼到花木兰头上，以为我们都是傻子不成？！"

兴平公主被救回后不久，就发现怀了身孕，知道她没死的人太多，沮渠牧犍不敢灭口，只好将她幽禁起来，封闭消息。

但消息还是渐渐传了出去，兴平公主之前的劣迹也被佛门故意翻出来宣扬，以帮助魏国得到"受害者"的处境。

结果沮渠牧犍竟破罐子破摔，对四国散布国书，宣称魏国的迎嫁将军刻意引诱了兴平公主，两人有了私情，甚至为了私奔而故意进入风城，导致虎贲军受损，只为了两人一起出逃，浪迹天涯。

许多北凉士卒都看到花木兰是为了救兴平公主被风卷走的，还有人信誓旦旦说两人是乘着同一匹白骆驼跑的，只是风暴大得出乎所有人意料，结果一双苦情鸳鸯最后还是各自落难，没有如愿。

被救回国的兴平公主容貌已毁，又被发现怀了身孕，百般"晓以大义"之下，最终说出了孩子的父亲是迎嫁将军花木兰。

这封国书实在是荒唐，却狠狠打了魏国的脸面，如果真的传遍四国，那拓跋焘头上绿油油的帽子这辈子也摘不下来了。

沮渠牧犍已经料定魏国不会留下北凉，灭国只在朝夕，竟彻底撕破了脸。

张掖。

"我呸！她居然敢说花将军和她情投意合，珠胎暗结？那么多人一起回平城，将军每天忙得连休息的时间都没有，哪有时间和她风花雪月！北凉人脑子都被驴踢了，还信？"

郑宗气得狠狠踩死了一只跑到他脚边的虫子，使劲碾使劲碾，像是把虫子当成了沮渠牧犍。

"咳咳，别激动，陛下是不会信的，你别担心。"素和君憋笑憋得眼泪都要出来了，"这只是普通的攻心之计，狄将军你也别动怒，没必要为了这个加快行军速度……"

狄叶飞原本气质偏向阴柔，然而一夜白头之后，那阴柔的气质变得越发冷酷，像是某种会食人的妖魔，在战场上一旦浴血，能吓傻不少信佛的北凉人。

"不行，我们得赶快灭了北凉！"郑宗眼神阴毒，"兴平公主把肚子里的贱种栽赃给花将军，陛下大度还好，可花将军的名誉肯定要受损，说不定京中还有人趁机以此攻讦花将军。只有打进姑臧，将兴平公主抓出来，才知道到底是怎么回事！"

"花木兰不可能和女人生孩子！"素和君和这两个倔驴争了一天了，心口一阵烦躁，脱口而出。

狄叶飞："为什么？"

郑宗："我知道！"

"你知道什么？"

狄叶飞听到郑宗说知道，素和君也一副后悔的样子，忍不住纳闷地开口。

郑宗看了看素和君："咦，你应该最清楚才是，花将军不喜欢女人，对吧，素和使君？"

素和君以为郑宗知道花木兰是女人，再加上郑宗平时对花木兰极为忠犬，当即赞同地点头："花木兰不可能和女人有什么首尾，这一点陛下也知道。只要陛下不问责，等日后灭了北凉，真相自然会大白于天下。"

"你们到底瞒了我什么？为何只有我被蒙在鼓里？"狄叶飞冷若冰霜，周身散发着可怕的寒气。

素和君有些招架不住，拍了拍郑宗的肩膀，说："你和狄将军解释，我出去看看白鹭官们回来没有。"然后拔腿跑了。

狄叶飞和郑宗两人面面相觑，大眼瞪小眼。

郑宗很是乖觉，他不敢让狄叶飞知道他曾经偷听过他和花木兰说话，只是用一种茫然的神色问他："你不知道花将军不喜欢女人吗？"

"与其说我相信他不喜欢女人，不如说我相信他的人品不会做出动主君的女人这样的事。人言可畏，我不能让他背负这样的罪名。"

狄叶飞不愿和郑宗交浅言深，匆匆带过这个话题。

郑宗同情狄叶飞的"苦恋"，他们同是天涯沦落人，遇见这种事当然要同仇敌忾，见素和君走远，他压低了声音，悄悄在狄叶飞耳边说道："要不然，我们先斩后奏，急行军南下？"

狄叶飞摇了摇头："不妥，我们要等源将军那边的消息。"

"源将军刚逃离姑臧，正急着夺城抢功。他不慎被俘，又让你出了风头，如果再没些贡献，肯定是给别人做了嫁衣，怎么会主动让你去援助？源将军和花将军关系有些不睦，万一破城之时，那位兴平公主有个万一，那真就死活都说不清楚了……"郑宗从来都是把人往最阴暗处想，"素和使君处事谨慎，凡事都希望有了确切的消息再动作，这是白鹭官的优点，也是白鹭官们的通病，我看现在就该先拔得头筹才是！源将军地位虽高，可你现在功劳也不小，他日论功行赏，地位不见得在他之下，何必处处让他？"

郑宗怂恿狄叶飞："你不想让花将军感激你替他洗刷了冤屈吗？"

这句话像是直接敲到了狄叶飞心上，加上狄叶飞从生理及心理上都厌恶沮渠牧犍兄妹二人，略一思考，便缓缓点了点头。

"好，就依你之言……"

吐赖山一战大获全胜，贺穆兰率领虎贲军及公子军班师回朝。入得城去，自然有功曹负责清点战绩、战功，再登记入册，安排修整等等，等明日上朝，再论功行赏，颁赐有功。

贺穆兰对这个步骤已经熟得不能再熟，不过她发现功曹不下十次偷偷看她，不由心中生疑，到底发生了什么事？

好在袁放匆匆迎了出来，把贺穆兰拉到一边，低声道："花将军，沮渠牧犍派人四处传扬，说你和兴平公主私相授受，有了私情。又说你们二人为了私奔，故意进入灾祸频发的风城，想趁机逃走，不想风暴过大，算盘落空，最终在沙漠中分散，不得不回归故国。谣言越传越厉害，应是有人故意推波助澜……"

"什么乱七八糟的？怎么扯到我和兴平公主头上了？"

"沮渠牧犍疯了，竟然对外宣称救起兴平公主后发现对方有孕，兴平公主说是你的孩子，所以不能继续和亲……"袁放搓了把脸，"这是我听过最荒诞无稽的事了！唉，郑宗那厮猜得没错！现在就怕沮渠牧犍杀了兴平公主，死无对证，你这恶名就要背一辈子了！"

"欲加之罪，何患无辞？"贺穆兰忍住心中的烦躁，"我父母未受影响吧？"

"这几天，居然有人往将军府里丢石块、烂泥，花娘子已经加派了人手日夜值守，令尊每天长吁短叹，恐怕已经听到了什么。"

花娘子就是贺夫人对外的称呼。

"我……"

"陛下有旨，花将军即刻进宫！"

贺穆兰只能领旨入宫，临走前反复嘱咐袁放，就算抓到闹事的人，也不要起冲突。能进内城的都不是普通人家，闹大了对谁都不好。

贺穆兰来到拓跋焘的书房时，拓跋焘正在命令游雅撰写文书，贺穆兰没有擅自进去，而是站在门前等候宣召。

"如今你大罪已成，摆在你面前的只有三条路……"拓跋焘表情沉郁，冷笑着吐出语句，"你亲自率领群臣，远远地出来伏在地上迎接，然后在我马前跪拜请罪，此为上策；待我军兵临城下，你双手反绑携带空棺出城迎接，此为中策；你困守孤城，就要身死族灭，我会让你受到天下最酷烈的惩罚，此为下策。权衡利害吧，为自己寻一条生路！"

这是在对沮渠牧犍下最后通牒？

要全面对北凉开战了？

是因为沮渠牧犍在诸国之中大大羞辱了拓跋焘和她的名声吗？

哪怕收到北燕皇子求救的信函，大举出征之前，拓跋焘也没有亲自发告书，去威胁一位国君。

虽说这么开撕有些不太妥当，但不可否认的是……还真挺解气。

游雅拟完诏书，拓跋焘用印之后，一抬头，发现"绯闻男主角"就站在门口，立刻笑着招了招手，命赵常侍送游雅出去。

贺穆兰进殿对拓跋焘行礼，开口说明兴平公主的事："陛下，我与兴平公主……"

"没什么好解释的。"拓跋焘无所谓地摆了摆手，"这件事你先不要回应，罗侯正在追查，已经有了点眉目，恐怕和你出使北凉时结怨有关。我今日召你来，不是为了这件事……"

拓跋焘神色一整，整个殿中气氛也是一变。

"寇道长愿意以一千斤黄铜为代价，与昙无谶大师交换，换取佛门相助，为你转移阳气。道门黄铜储备不多，剩下不足的，我来替他补全。"

拓跋焘见贺穆兰的眉头蹙成一团，开口解释："你的顾虑寇道长已经和我说过，所以我准备让晃儿接受你一部分的阳气。你身上阳气过盛，他年纪尚小，恐怕要分三四次才能将你一半的阳气完全转移。你大限将至，修法坛、建天宫都来不及了，但佛门的曼陀罗阵可以起到一样的作用，只需八十一个僧人结阵就可以。"

贺穆兰的眉头松开了一点。

"道门对佛门妥协，又愿意提供黄铜让对方铸造佛像，是允许佛门在中原传教的示好，所以昙无谶大师已经答应鼎力配合。这几天你安心静养，等昙无谶大师安排的涅槃宗门人一到平城，就准备续命吧！"

拓跋焘对贺穆兰和煦一笑："道长是厚德之人，花木兰，你要好好谢谢他。"

然而贺穆兰并没有表现出欢喜或者如释重负，反倒像是陷入了沉思。

"怎么，难道你竟不想活了？"拓跋焘收起了笑容。

"陛下，这样做，陛下和寇道长一定做出了许多退让吧？我……"

"你想得太多了。"拓跋焘大手一挥，"我补上黄铜，只当是为吾儿买一份力气。他从小做事过于细腻，身体又不适合学武，得了你的好处，只会对魏国有益，哪怕暴烈一点，也比现在婆婆妈妈要好。"

————————————————————————————————

小剧场：

拓跋晃：……你们做这个之前，有征求过我的同意没有？

月牙儿（远远找）：太子哥哥……太子哥哥……

拓跋晃（咬牙）：我死也不同意！

拓跋焘（巴拉巴拉干净）：不同意也得同意！你能给老子打仗吗？你能给老子背黑锅吗？你什么都不能帮老子干之前，就先给我用身子抵了！

【第307章】

拓跋焘决定了要做什么事，通常都会大刀阔斧地进行。

而太子拓跋晃得知要接受贺穆兰的阳气之后，整个人都陷入了发傻的状态，经常走着走着就开始傻笑。

拓跋焘怕五岁的小娃娃被吓傻，所以将他召到自己的宫中，父子两个秉烛夜谈了一回。

两人睡在一张榻上，拓跋焘手足无措地一边哄着五岁的小娃娃睡觉，一边像是讲睡前故事一般和拓跋晃解释着佛门、道门以及花木兰的困境。

拓跋晃听着听着就哭了，不是为了花木兰的痛苦，以及佛道两门的争斗和合作，而是为了此刻的温情。

没有人了解拓跋晃的痛苦，正如那位寇道长所说，他不过是一个时空中夹带的"私货"罢了，他来的那个时代，花木兰因为大意被敌方一员猛将斩于马下，暴露了女人的身份，从此魏国受到了柔然无尽的羞辱。

到了这个世界，花木兰还好好地活着，而且在自己父亲的庇护下安心地做着"魏国第一打手"的职责，这足以让他吃惊。

这一世的他，在呱呱落地之前，神魂莫名地经历了好几个差不多的世界。有的世界里，他因为忧惧而死；有的世界里，他被父亲赐死；还有的世界，他死在战场之上。没有哪一世活到老年。

他觉得自己大概是注定要早夭的，所以才像某些短寿的小动物一定要提早留下后代一般，成人后，就"孜孜不倦"地繁育后代。这根本不需要谁教导，他自然而然就有一种使命感，短短的一生当中，他留下了无数个血脉。

这些血脉延续了他的人生，继承了他的遗志，让魏国继续前进。

但潜意识里，他却认为自己这种"小动物延续种族"一般的行为是一种非常不祥的事情，所以哪怕他知道月牙儿多么温柔可爱、多么天真善良，这一世都像是躲避瘟疫一般躲开了她。

他怕。

他怕只要他又选择了那条路，早夭的未来就会在不远处等着他。

重来一次，他努力讨好每一个人，他趁母亲还活着尽力取悦她、记住她、爱戴她，他以为母亲肯定会死，却没想到她还活着，只是被送往了宫外。

这让他不止一次地遐想，也许他来的那一世，母亲也没有死去，而是被父亲以这种方式送去了某处，得以安享晚年。

这一世，父亲设局离开，小小的他负责监国，所有人都认为他的每一个惊人之举都来自于崔浩或者太后的教导，却不知道他为了每一句话、每一个有力的动作、每一个语气停顿的音节，在没人的角落里练习了多少回。

他在心中无数次推演，在脑海中构思可能出现的突发情况，他甚至借用了父亲留下的"打手"，只为了配得上"监国"的位置。

然而，有些事情，是他再怎么努力也无法改变的，比如不适合学武的体质，比如瞻前顾后的性子。

拓跋鲜卑的帝王若做不到身冒矢石，躬亲迎敌，先天就失去了许多人的支持。可武艺这东西，他前世就试过无数次，无论他怎么努力，就是达不到高强的地步。

他博闻强记，过目不忘，悟性惊人，但这些完全不能弥补鲜卑人骨血里对继承人所抱有的期待。

他们期待的首领，应当是像他的父亲那样，英勇善战、高瞻远瞩、在绝境中能激发斗志，在颓境中能力挽狂澜。他总是做不到，所以最后才会让父亲越来越失望，越来越焦躁。

如今，有一个改变他命运的契机摆在了他的面前。只要他能够忍受住那些偶尔涌上心头的暴躁和愤怒，就能得到当世最强大的武将分出来的一部分神力。

他的父亲，用一种最夸张、最让人无法置信的法子，送给了他一份最珍贵的礼物。这份礼物是他最期盼的，也是最令他欣喜若狂的——力量。

所以当拓跋焘絮絮叨叨说着"我就怕你身体不好，受不住那份阳气"，"别人说如果太早人事会长不高，我真担心你变成个矮子"，"花木兰的阳气太盛，你受不住，怕是要很多次才能接受一部分"时，拓跋晃却默默地流着眼泪，满足地用脸磨蹭了几下父亲的枕头，静静地睡着了。

在知道拓跋焘准备将阳气传给才五岁的小太子，而且可能未来几年内每年都要分出去一部分，直到她的身体完全能够承受这种日渐增长的阳气后，贺穆兰才真正确定自己的性命保住了。

在拓跋晃成长为能够独当一面的君王之前，拓跋焘还有很多年可以手把手教会这个儿子如何控制怒气、如何忍耐、如何正确地使用自己的武力。

贺穆兰相信以拓跋焘的能力，绝对能够教好自己的儿子，而拓跋晃细腻冷静自持的性格，也比跳脱的拓跋焘更适合接受自己的这份"馈赠"。

放下心头大石的贺穆兰日子过得极好，哪怕外面的流言蜚语都快掀了屋子，她依然能吃能睡，耐心养伤，连每天清早必定"练武"的惯例都不继续了，就为了将身体养到最完美的状态。

但是，她还是发病了。

贺穆兰高烧不醒，到后来整个人都在抽搐，惊得那罗浑连夜敲了隔壁卢家的大门，借了卢家的路子请来了在宫中的寇谦之。

得出来的结论是：这次还好，下次发作，必死无疑。

卢家下人茶余饭后把那罗浑求助的事说了出去，花木兰被流言击倒病得不省人事的消息不胫而走，让人越发觉得人言可畏，京中的权贵子弟和豪门贵女，甚至是各府的夫人、老太君都纷纷送上药材、登门拜访。

贺穆兰三天后才清醒，她一刻也等不得了，谁知道下一次发作是什么时候？借着外面的流言蜚语，拓跋焘干脆下了一纸诏书，让"病入膏肓"的贺穆兰去南山别宫养病，为了表示对花木兰的重视，他还派了昙无谶大师、寇天师去诊病，又派了小太子侍疾。

龙城。

"陛下，陛下，那些高句丽人抢了我们的武库，搬走了我们的甲胄刀枪！"

"陛下，陛下，高句丽人在城中烧杀抢掠，彻夜不休，许多百姓开始叩宫门了陛下！"

"陛下，高句丽人把我们的战马杀了取肉，说是要当军粮！"

"陛下，高句丽人……"

"不要再吵了，我难道不知道他们在做什么吗！"冯弘脸色铁青地掀翻了御案。

北燕尚书阳伊跪伏于地："自高句丽人来到龙城，引起了民怨无数。外有大军围困，内有民怨沸腾，实乃不智之举，陛下应从重……"

"你让我动高句丽人？是我把他们请来的！就算有苦果也得自己吃了！"冯弘气急败坏，"说什么蓄水淹了昌黎城就能让魏军知难而退，结果呢！佛狸失踪是假的！库莫提也带着援手回来了，淹来淹去，淹死的都是我们北燕的百姓！"

"陛下，当初王后提出此计时，我们就说过，这种计策有违天和，陛下既然采纳，就该做好两败俱伤的心理准备！"另一位尚书郭生一听到这件事就满腔怒意，"如今唯有献出质子，送走高句丽人，才能保全百姓的性命！"

冯弘冷冷地笑着，他管百姓去死！

"我和高句丽王联络过了，高句丽大将葛卢和孟光会护送我们去高句丽，等来日机会到了，再借我人马反攻回燕国。"冯弘见阳伊一副不敢置信的样子，将目光移开，仰着下巴命令，"后妃宫人都准备好了，等葛将军和孟将军那边准备好，便带着全城居民一起东迁！"

阳伊这才明白为何高句丽人放肆地在城中烧杀抢掠，原来燕王已经决定东迁，这些钱财既然带不走，白便宜了魏人，还不如给高句丽人，至少去了高句丽还能得到一些帮助！

可那些无辜的百姓……

当年去高句丽搬救兵的就是阳伊，他搬回了救兵，又在冯弘的命令下设计了圈套，让鹰扬军和库莫提困守昌黎城，当时可谓是北燕国士无双一般的人物。

可今天才明白自己是搬起石头砸了自己的脚，国主居然为了活命把百姓和武备全部送给了高句丽人！他一口血差点吐了出来。

郭生性格暴烈，一听冯弘准备举城逃走，一言不发地跪地磕了三个头，就当是割却恩义，掉头就走。

冯弘眯着眼，看着满脸苦涩的阳伊："阳尚书，你也不愿意？"

阳伊虚弱无力地劝谏："陛下，三思啊，与其去高句丽，还不如降了魏国……"

"来不及了……"冯弘的视线望向更遥远的地方，"我已经让高句丽人进城了……"

"来人哪，派人盯着郭尚书，若有异动，便去请高句丽大将葛卢平乱！"

"是！"

郭生脚步匆匆，似乎想要将所有的愤怒发泄到自己的足下，通过踩踏大地的方式散发出去。

宫外一片火光冲天，百姓的号哭和惨叫声不绝于耳，郭生听着外面的惨叫，再看看空空荡荡的宫城，一下子顿住了脚步，捂住耳朵蹲下身子大哭了起来。

他是北燕的尚书令，魏晋名门郭氏之后，因为祖父仕前秦，为幽州刺史，所以三代都留在燕地，成为官员。

这么多年来，郭家这一支在北燕繁衍生息，虽和本族一直有所往来，但毕竟是仕在两国，并不敢私交过甚，可如今这种情况，再不断腕求助，眼见着大厦就要倾倒了！

他在燕国生，燕国长，受燕王恩惠良多，也愿意和燕国同生共死，可让他引狼入室，最终奔逃高句丽，却是不能！

郭生忽地抹干眼泪，大步朝着宫门而去，边哭边唱："众不可户说兮，孰云察余之中情？世并举而好朋兮，夫何茕独而不予听？依前圣以节中兮，喟凭心而历兹……"

"郭尚书在唱什么呢？"燕王冯弘派来盯着郭生举动的宦官好奇地问身边的舍人，"怎么边唱边哭？"

"那是屈大夫的《离骚》。"舍人满脸可惜。

"都什么时候了，还要吟诗作对，果然是疯子！"宦官不能理解士大夫的文人气节，摇着头催促身边的同伴，"他要出宫了，快跟上！"

郭生是燕国的尚书令，负责内城的城防。他命人打开了城门，见到外面百姓跪倒一片，痛苦地哭诉魏人没打进来，却被高句丽逼迫得家破人亡的遭遇。

宫城内外的侍卫都是一脸不忍，有些侍卫一边抹眼泪一边咬牙切齿。无奈燕王的命令是闭守城门，他们睁一只眼闭一只眼不驱赶他们已经是做到极限了，再也不敢做出其他。

见到宫城里有大官出来，侍卫们以礼相送，一个年轻的文士突然蹿了上来，跪倒在郭生的膝下痛哭流涕。

"都说君王应该爱民如子，为何要纵容异族的虎狼杀害自己的百姓？我的父母、妻儿都被高句丽人所杀，已是家破人亡！陛下啊！使君们！你们张开眼睛看看外面的火光！他们抢了我们的东西，杀了我们的家人不算，还要放火烧掉我们的房子！使君啊！你为何不劝谏君王，你们为何不听一听外面的哀号！"

郭生眼眶通红，鼻子酸涩，抬手搀扶年轻文士，哽咽道："高句丽人野蛮强横，陛下已经知道了，诸位不要再在这里聚集，城外大军压境，若是城内再乱，岂不是给了敌人可乘之机？"

"魏人进不进城又有什么区别！城未破，国已灭，只是可怜我的儿女、我的父母、我的妻室！"那文士死拽着郭生的袍角不放，"请使君让我们进去，让我们去见见陛下！"

"让我们进去！"

"高句丽人抢光了我家所有的东西！"

"我的女儿……呜呜呜……我的女儿……"

在一片血泪控诉之中，郭生的理智几次告诉他应该抬脚离开，可双脚像是灌了铅一般沉重，怎么也抬不起来。

那文士见郭生木讷着脸，满眼通红，渐渐明白了自己的君主想干什么，再想到高句丽人是以"援军"的身份入城的，顿时又悲又气，又恨又苦，一腔翻涌的热血无处宣泄，猛然从地上爬了起来，一头撞在宫门之上！

郭生的袍角被那文士直接撕了下来，年轻的文士用自己的性命撞响了宫门，那巨大的声响直直敲响在所有人的心上。

"啊啊啊啊！"

百姓们尖叫了起来，有人胡乱嚷着什么，从呆若木鸡的郭生面前涌了过去，一边喊着地上那文士的名字，一边大声咒骂着燕国官员的不作为和燕王的无情残酷。

溅上年轻文士颅上之血的衣角，被风吹拂，飘到了郭生面前，那原本属于自己衣袍一角的部分像是在嘲笑他的无能般飘荡着，千言万语最终只化成了一句："有冤屈的，都跟我来！"

宦官和舍人没想到事情会发展成这样，他们看着郭生在宫门前义愤填膺地说了燕王想要弃城逃走，发动龙城的百姓自救。

听到燕王要胁迫百姓和官员在高句丽兵的保护下撤到高句丽，不愿离开故土的百姓和官员纷纷跟在郭生身后，浩浩荡荡向着东城门而去！

"我的天啊！我们得赶紧去找葛将军！"宦官连连跺脚，"他们难道想要占了东城门，阻止燕王东撤不成！"

宦官拉住舍人的袖角，转身欲走，突地后心一凉，他不敢置信地回过头去，痛苦地捂住心口。

那里，插着一把没有柄，只胡乱裹着布巾的匕首！

"你……你……为何……宫内不准带兵刃……"

"外面那么乱，不带兵刃，等着死吗？"

舍人嗤笑着推了宦官一把，又在他的心口踩了一脚，让他死得不能再死，这才将他的尸体拖到树后隐蔽的地方，擦干净手上的血渍。

"谁愿意去高句丽那鬼地方。"

舍人直起身子，面无表情地抬眼看了眼远方。

看郭尚书这架势，是要给魏人开城门？都疯了？

算了，还是快逃吧，无论是魏人还是高句丽人，都不见得是好东西。

"果然有人在城内作乱！"乐平王拓跋丕喜出望外地听着斥候的回报，看向库莫提，"你是怎么肯定会有人如此行事的？"

"高句丽人被抄了老家，势力大损，肯定会怂恿冯弘东逃。只要冯弘一答应，高句丽人便成了龙城百姓的噩梦……"库莫提淡淡地解释，"高句丽身在苦寒之地，既没粮食，也不出产铁器和织物，全靠从中原获取。燕国一灭，又得罪了我国，他们必定会趁着弃城逃跑之前大抢特抢。高句丽人向来无耻，又毫无人性，百姓一旦被欺压得很了，必定会四处鸣冤。"

"你是说，现在是百姓在乱？"拓跋丕愕然，"高句丽人有三万，只靠百姓，岂不是要被高句丽人屠光了？"

"龙城里有白鹭官，我已经命他们挑动受高句丽士卒迫害之人去宫城外鸣冤。负责内城防卫的北燕尚书令郭生性格刚烈，爱民如子，必定会生起动摇之心。"

"颍川王真是好计策，只是你为何选了郭生，仅仅因为他性格刚烈？用钱贿赂其他燕臣，岂不是风险更小？"

尚书令可不是那么好摆布的。

"也不仅仅是因为他性格刚烈。郭氏这一支久在幽州，郭生身为族长，不可能放弃家族基业前往高句丽避祸，此乃其一。郭生在晋阳的堂叔郭逸，是我国崔太常的岳丈。郭氏三代之前出仕秦，但本宗依旧留在魏地，他归降我国，不但不会有事，陛下为了安抚晋阳郭氏，还会嘉奖与他，此乃其二。"

库莫提听着东门内喊杀声越来越大，嘴角露出了一丝笑容。

"其人品性高洁，最欣赏的人物乃是屈原，大有将自己与屈原相比之意。燕王身边奸佞环绕，他屡屡受到排挤，心中早有不快。郭生备受燕人爱戴，只有他振臂一呼，才能得到众多忠臣义士的回应，此乃其三。"

乐平王欣喜地频频点头，再听得东城的城门已经有绞盘发动之声，忙问："是不是趁城内大乱，现在攻进去？"

"不，再等等……"库莫提的嘴角露出一丝高深莫测的笑容，"再等一等，等高句丽人赶来想要赶尽杀绝之际，我们再杀进去。"

一直以屈原自比的郭生，想来已经做好了"以身殉国"的准备。当他带领龙城百姓和忠臣义士反抗高句丽人时，救他们的不是燕王，而是魏国人，长久以来建立起的忠君爱国之心就会轰然倒塌。

一个想要壮烈牺牲的人没有死成，那为之转移的忠心，绝不会逊色于魏国其他的忠臣。

想到这里，库莫提挥动手臂，对身后的将领们大声疾呼："龙城的百姓定然被高句丽人洗劫一空，进城后，休要扰民，将刀剑对准高句丽人，抢夺他们身上的甲胄、财物，将他们抢掠的女人放回家去，如有奸淫掳掠者，杀无赦！龙城一灭，燕国已成魏国领土，我不希望看到你们将一座焦土献给陛下！"

"是！"

"大帅多虑了，既然钱财都在高句丽人身上了，当然是杀高句丽人！"

"哈哈哈，想不到我们竟然要当一回好人，真是有意思！"

"王爷，东城门开了！高句丽人在追赶那些燕人！"

"全军准备！"库莫提抬起手，"传我号令！"

乐平王命令旗官挥动旗帜。

"入城！"

历史虽有各种各样的不同，因为贺穆兰扇动了蝴蝶翅膀，征伐各国的进程已经加快，可最终的结局却惊人的相似。

北燕引狼入室，高句丽人烧杀抢掠，引得城中动乱，北燕王冯弘见势不妙，裹挟着百姓想要逃去高句丽，却被从东城和南城杀入的魏国大军联合叛军阻截，最终所有王室成员全部被活捉。

而姑臧城，狄叶飞被郑宗撺掇，带着忠于沮渠菩提的大军南下，直指姑臧，城中守军纷纷出逃，沮渠牧犍铤而走险，放弃城池，率领宫人、将士和百姓一起西逃鄯善、高昌两国。

鄯善和高昌常年被北凉攻打，民生凋敝，国力空虚，只要沮渠牧犍逃到此地，必定能攻下这两国，重新建国，就像打下了西秦的赫连定一般。

可惜他们还未逃出多远，就被孟王后率领着孟家军追赶上了。

宫中的侍卫和宫人畏惧孟王后的威严，率先哗变，将沮渠牧犍绑缚着献了出去，李敬爱、沮渠封坛皆被俘虏，成了阶下囚，北凉文武百官五千余人投降，姑臧城因此没有遭受太大损失。

沮渠牧犍有三个弟弟，分别是沮渠无讳、沮渠宜得、沮渠安周，皆在北凉重镇镇守一方，闻讯率军救援，恰巧碰上了南下的狄叶飞大军，被杀得落花流水，只能收拢残军，一路向着高昌逃去。

也不知是有意还是无意，明明可以拦截下他们的孟王后竟漏了这支残兵，任由他们逃亡西域。源破羌因此对孟王后心怀不满，认为是她故意放纵，无奈没有证据，只能将不悦强行摁下。

沮渠牧犍弃城，源破羌和孟王后追赶，狄叶飞和郑宗捡了个便宜，先进了姑臧，拔了头筹。

正如郑宗所料，兴平公主怀有身孕不宜舟车劳顿，又是一枚弃子，沮渠牧犍没有将她一起带走，而是留在了宫中，养在别院之内。只是狄叶飞和郑宗怎么也没想到，他们见到的竟然是这样一幕。

"这……这是怎么回事？你说这是兴平公主？"郑宗不敢置信地指着榻上那个死去的妇人，"怎么会死了！"

他脸上被沙子磨过，气急败坏之下，更显得狰狞可怕，照顾兴平公主的宫人哆哆嗦嗦地地道："是是是是是是……"

素和君强忍着恶心走上前去，只见榻上的女人小腹隆起，全身上下不着片缕，后脑勺大概是受过伤，秃了大半，脸上也有不少伤口。

只是一个死人，脸上却露出极致欢愉的表情，实在是有些惊悚。

再联系到她全身空荡荡的，北凉的冬天冷得都能凝冰，这破宫室又没有暖炉，素和君已经想到了许多不好的事情，脸色很是难看："你们侮辱了她？"

宫人吓得要命，拼命摇头："没有没有没有，大王一跑，所有人都跑了，伺候公主的原本有五个人，最后就剩我一个，我是宦官，不不能侮辱人！"

狄叶飞看不过去，脱下身上的袍子，罩在兴平公主的遗体上："你为何不收殓她？"

"我……我……我也怕啊……"宫人见到白发绿眸的狄叶飞冷酷的眼神扫过来，裤中一热，尿吓出来了。

见宫人如此没用，素和君和狄叶飞都有些不耐地扭过头去，只有郑宗不依不饶："她是怎么死的？她肚子里的孩子是谁的？你贴身伺候她，她应该告诉过你！"

"孩子是花将军的，公主这么说的，后来大王也这么说……"

"放屁！老子跟花将军每天同进同住，他有个鬼时间和你们家公主生孩子！"

"我我我不知道，公、公主回来就疯了，只知道喊花木兰……后来御医诊过说孩子已经胎死腹中，但是没有流出来，公主疯得更厉害，天天喊花木兰救我孩子……"宫人满脸大汗，"大王问孩子是不是花木兰的，公主就一直点头，求魏国的陛下不要杀她……"

"这下死无对证了。"狄叶飞寒着脸，第一次有了想打女人的冲动。

郑宗气得直哆嗦，大骂"无耻"、"这女人真该死"、"疯子说的疯话居然也有人信"等等。

"她都已经死了，留些口德吧。"素和君一点也不担心地抬手用狄叶飞的外衣把兴平公主的脸罩住。

"使君怎么一点都不急！花将军的名声都快给这个女人毁了！"郑宗的眼神里都是控诉，"使君不是花将军的好朋友吗？"

"放心，花木兰不会有事。这鬼话连你我都不信，陛下更不会信的。"素和君拍拍郑宗的肩膀，又问那宫人，"兴平公主是怎么死的？你休想用瞎话糊弄我，我手下的白鹭官多的是让人求生不能求死不得的法子！"

宦官吓得一屁股坐在了地上，拼命摇头："大王……大王不准我们说这件事……我……我不能说……"

"你们的大王凶多吉少了。还是你想陪你们的大王一起死？"郑宗阴恻恻地磨着牙。

"是，是五石散。公主有服食五石散的习惯，孩子胎死腹中，公主常常叫疼，太医引不出孩子，大王就叫公主继续用五石散止疼。五石散发作时公主更加可怕，经常光着身子到处乱跑，大王带着宫人一走，公主没了五石散，身上热气发散不掉，就经常疯疯癫癫地乱跑，还经常咬人、掐人……"

宫人吓得咬了几次舌头。

"她经常流血……还伤人，疼的时候叫得整个宫里都听得见，其他宫人都被吓走了，我有次想看看动静，耳朵差点被咬下来，就也不敢来看了，过了几天，就变成那样了……"

他指了指自己的耳朵，确实有个小小的伤痕。

"北凉竟送一个服食五石散的公主和亲！"素和君脸色铁青，"实在是欺人太甚！"

五石散一旦发作，疯癫伤人是常有的，各种丑态也是不堪入目，如果这样的兴平公主入了宫，简直是有损国体。若亲近陛下时突然发作，伤了御体，那更是该死。

"死了，而且死得这么凄惨，又有谁能证明将军无错呢？"狄叶飞有些失魂落魄，姣好的面容黯淡无光。

同样铁青着脸的郑宗突然狞笑："哼哼，她以为死了，我们就没办法证明她肚子里的孽种不是将军的了？"

他突然从靴筒里拔出一把匕首。这匕首正是死在沙地里的虎贲军身上的那一把，吹毛断发无比锋利，贺穆兰离开北凉时，将这把匕首赠给了郑宗，将死在那罗浑枪下的剑客的佩剑给了素和君，红披风的宝刀则送给了狄叶飞。

"她腹中的孩子，一定是在将军迎亲之前怀上的，我不相信将军和她有私情！我要把她腹中的胎儿剖出来，让医官看看几个月了。"郑宗的表情足以让小孩吓得回家找娘亲，"这孩子胎死腹中，不可能再长，只要算算离开姑臧的日子，就能推算出孩子是不是将军的！"

素和君与狄叶飞双双抢上前阻拦郑示疯狂的举动。

"和你说了，陛下不会因为这个降罪花木兰的！"

"郑宗，你要真这么做了，花木兰不会高兴的！！"

【第 308 章】

北燕大捷，北凉大捷，京城上下喜气洋洋，太常崔浩更是建议拓跋焘，为了纪念四方大捷，恢复中原，将新的一年改元"太延"。

私下里，崔浩对拓跋焘建议："陛下，如今四方初定，人心动荡，尤其因战争而不得不犯罪的犯人、战败的俘虏，如果全部杀掉或者流放，势必会造成天下大乱。改元迫在眉睫，不为祥瑞，而为'大赦'。只有大赦天下、稳定局面，各国官吏百姓才不会造反。

"'太延'名义上是'延续太平'，实际上却是'太后延年'的意思。太后自宫变后身体一直不好，借国运改人运，这是唯一的法子了。"

于是第二天的大朝，"改元"的事情彻底搬上日程，一干大臣、钦天监官员就"改元"之事展开了激烈的讨论，最终因为崔浩和拓跋焘的坚持而确定了下来。

改元并非小事，必须要做很多准备，包括历法的修正、占卜吉日等等，哪怕最快也要半年才能确定下来。

崔浩这个时候向拓跋焘建议，就是想要提早准备。北凉和北燕的将士班师回朝颁赐有功，至少也要几个月到半年，正好可以趁机改元。

朝会一过，关于改元后如何大赦天下，哪些是不可赦免的，日后的平凉户和平燕户怎么向中原迁移等问题一直讨论到了晚上，拓跋焘留了不少朝臣在宫内用饭，可从正午开始，拓跋焘就频频失神，不停地看向南山的方位。

夜色一沉，南山的异状便渐渐显现，只见漫天星斗都黯然无光，唯有南山那一块方位的星子璀璨无比，起先一众大臣还没怎么注意，等到了深夜，拓跋焘借口乏了命他们离宫，这些人走在宽阔的宫道之上，无意间抬头望天，看到漫天星斗像是调转了方向，均是吃惊地叫出声来。

这动静实在太大，先是星辰移位，而后星子又一颗颗亮起，就像是一颗点亮另一颗似的，光带一般的银河奔着南山而去，建成了一座星子组成的长桥，许多大臣精通天文，见到这奇异的景象，顿时挪不动步，只仰首叹为观止地看向南山的山顶。

"起风了……"一位大臣拢了拢裘衣的衣领，"这算不算是祥瑞？呵呵，果然是要改元了，所以天降祥瑞吗？"

也有胆小的官员不停地看向南山："听说花木兰救太后那天，南山死了不少人，是不是怨气不散啊？要不让哪位大师去做做法？"

"休要胡说，银河贯空，这是正气凝聚之象，怎么会有妖邪！"崔浩斥责了那无知的官员一声，双手负于背后，仰首看向天空。

此时，南山山顶，和前世贺穆兰看到的幻象不一样，也许这一次是借用了佛门的力量，所以站在"日位"的寇谦之引动星月之力时，贺穆兰的眼前还不停地出现佛光、彩虹等诡异的幻象。

八十八位僧人念诵经文的声音简直就自带背景音乐，就在星光大作之时，寇谦之对着天空丢出一枚笏板，霎时间，狂风大作，天空中的笏板发出莹莹的绿色光芒，照耀在曼陀罗阵里的贺穆兰身上。

经文和寇谦之的号令之声像是从天空中传来一般震荡着她的耳膜，让她头晕眼花，几乎不能呼吸。

对面的拓跋晃情况更糟，发出一声声惨叫，头发和衣衫都散乱无比。

"那一世的幻象里，花木兰有这么痛苦吗？"贺穆兰忍耐着全身血液倒流一般的痛楚，担心地看向拓跋晃。

小小的人儿已经晕了过去，倒在地上。

诵经的声音越来越快，贺穆兰面前的僧人呈顺时针边走边诵，拓跋晃那边的僧人则是以逆时针的方向行进，天空中的笏板越升越高，仿佛已经消失不见，又突然重重往下一坠！

啪！

像是什么碎掉了一般，贺穆兰体内的无名之力将她拉扯到了极致，终于到达了极限。她晕了过去。

贺穆兰醒来的时候，又是一个夜晚。

一睁眼就看到一个人影俯在上方，贺穆兰条件反射伸手击向人影，立刻就被快速回击的手臂格挡住了，"嘭"声过后，贺穆兰意识到她做了什么，猛然收回手臂，看到拓跋焘龇牙咧嘴地揉着小臂，对着她翻了个白眼。

"我给我儿子盖个被子，你这么激动做什么！"

榻前站着的正是大魏的皇帝陛下，拓跋焘。她动了动肩膀，顺着拓跋焘的目光往后看去……

拓跋晃正老老实实地睡在床榻里面，双手交叠放在腹部，两条腿一动也不动，乖巧极了。

"这小子，怎么和你睡的时候这么乖，和我睡一起的时候，那手脚全部塞在我怀里，冻得我直哆嗦……"拓跋焘揉完手臂，越过贺穆兰给内侧睡着的拓跋晃盖上被子，惊疑地道，"咦？为什么他还踢被子？过去到了冬天，他恨不得盖三层被子才好……"

贺穆兰很不自在，等拓跋焘给儿子盖完被子直起身子才坐了起来。

虚弱的身体让她忍不住蹙起了眉头，一张口，声音粗嘎难听："陛下，我睡了几天？"

"两天三夜了。"拓跋焘叹了口气，"你们弄出的动静太大，引得世人议论纷纷，还好我们正在讨论改元的事，就顺势用'天降祥瑞'掩饰了过去，只是你和晃儿这么多天没有动静，我心中实在不安，今天干脆放下朝政，过来看看。"

"劳陛下费心了。"贺穆兰动了动有伤的肩膀，发现肩膀上的伤竟好了一半。

"寇谦之给你治了手臂，加快了愈合，但最好还是静养。"拓跋焘阻止了贺穆兰想要抬起手臂的动作，"你别乱动，我还等着你伤好，陪我一同去迎接班师回朝的军队呢。"

"班师回朝？是北燕还是北凉？"贺穆兰仰首望着拓跋焘。

"若干人立了大功，俘虏了高句丽王；库莫提俘虏了北燕的王族、宗室几百人等入京。此番大获全胜，大破高句丽及北燕几万军队，入城献俘人数众多，我已经命令文武百官及城中百姓出城迎接。"

拓跋焘顿了顿，继续说道："北凉那边，兴平公主死了。"

"死了？"贺穆兰微微色变，"是意外还是……"

"具体我也不知，素和君回复的信并不详尽。"

贺穆兰的头还是昏昏沉沉的，她努力想集中精神，肚子却突然长鸣了一声。

"啊！我忘了……"拓跋焘训斥房间里守着的宫人，"见到花将军醒了，为何不送粥饭来！"

几个小宫人吓得倒退着奔出房，没一会儿就端上了一个案几，摆着贺穆兰最喜欢的稻米粥和精致的酱菜等物。

拓跋焘挥了挥手，让所有宫人全部下去，只留了赵常侍在门口看守。

贺穆兰睡了这么久，饿得狠了，端起碗两三口把温热的米粥喝了个干净，正在吃喝间，却听到拓跋焘沉着声说道："今日又有几位大臣弹劾你处身不正，败坏国体了。"

贺穆兰拿着筷子的手一僵，随即又若无其事地夹起一片酱瓜。

"随他们弹劾去，实在不行，我就去做个小兵，只要能为陛下效力，当元帅还是小兵都无所谓。"

拓跋焘心中一片暖意，嘴角泛出笑意："哪能让你去当小兵，你现在军功十转，若算上吐颓山大胜和出使北凉擒获孟王后、沮渠菩提的功绩，十一转都有余，颁赐尚书郎兼车骑大将军都可以了。"

贺穆兰随意地点了点头，完全没放在心上。

"罗结已经查出来了，那些流言最早的源头是从李顺府上散出去的。你和李顺结了仇，后来李顺死于恐水症，我不好因为收受贿赂一事降罪李府，便是这里出了差错。"

拓跋焘看到儿子又不耐烦地蹬掉了被子，干脆坐在榻尾，一边撩起被子盖住儿子，一边继续说道："寡妇的传闻，是黑山叛变的军士传出去的，闯宫的黑山军都被我剥夺了军户身份，也有家人一并获罪的，心有怨恨……"

贺穆兰听到这里，终于难以抑制住自己的情绪，有些食不下咽。

王将军情愿老死黑山，为的就是能守护好黑山军的荣耀。如果他知道回到家乡的黑山军选择的是这样一条路，会不会心中悲痛，后悔自己的选择？

也许是贺穆兰的表情太沉郁，拓跋焘话锋一转："好在朝中许多大臣的子弟和你有故，也有不少人为你说好话，弹劾之事被我压了下去。只是现在流言越来越怪异，我就是想把所有人都抓起来……"

"陛下，万万不可因言降罪，谣言止于智者，但如果因此杀人，倒像是我心虚了。再过三五年，这些传闻总会散去的。"

拓跋焘呼了口气："还有不少大臣认为你二十有余却未娶妻，本身就有问题，希望我能为你赐婚，以堵住天下悠悠之口。"

这下贺穆兰是真吓到了："娶娶娶娶娶妻？"

"这是最头疼的地方。我且问你，如果你不愿暴露身份，是不是愿意与女子成婚掩饰身份？过完年后，你就二十有五了，你身边的陈节、那罗浑、若干人、袁放等人皆未成亲，一旦有心之人联想，怕想得更加不堪。你不成亲，你的部将也不好回家完成终身大事……"

拓跋焘说出两个人选："若你娶妻，身为鸿胪寺官员的玉翠就不错，她说她无意婚配，和你做一对假夫妻应该不会有意见。还有王慕云……"

"素和君爱慕王慕云很久了，准备守到她出宫为止。"贺穆兰摇了摇头，"狄子玉痴恋玉翠，情愿为她率领羌人归附，玉翠好不容易平复了羌人的动乱，如果她嫁给了我，羌人恐怕又要生事。"

拓跋焘没料到素和君还有这样的"情事"，感兴趣地多问了几句，而后叹了口气："唉，要是她不是以你族姐的身份住进来的话，其实倒也合适。只是我准备再过几年，大赦时放一批宫人出去，再招一批身家清白的良家子进宫做宫女，趁机让她进宫做晃儿的保母……"

贺穆兰闻言一惊："你是说，我府上那位夫人？"

"是啊，纹面的师傅我都找好了。"拓跋焘见贺穆兰惊讶的样子，不由得好笑，"你不会以为我会让她婚嫁自由吧？她又不能在你府里终老，最好的结局就是回宫继续带孩子。我想她也会愿意的。"

保太后在北魏的地位完全不逊色于太后，拓跋焘根本不用询问贺夫人的意见。就算宫里有人看出贺夫人身份不对，他也能用"思念亡妻"找个替身搪塞过去。

"希望如此吧。"

贺穆兰听到拓跋焘已经为那位夫人决定了未来的道路，心中不由得有些感慨。她如今在虎威将军府上颇享受自由的日子，如果知道兜兜转转一圈还是得回宫里，不知道是不是如拓跋焘所说的那般甘之若饴。也许是悲喜参半？

"玉翠和王慕云都不合适的话，这个人选恐怕要慎重了……"拓跋焘搓了搓下巴，哀怨地望了贺穆兰一眼，"你要是男人多好，我将几个妹妹随便赐你一个就行了。"

贺穆兰笑了笑，突然冒出一句话来："陛下，现今四方已平，我的力气也会大减，干脆让我解甲归田，去做一个田舍翁吧。"

"你这是何意？"拓跋焘唰一下站了起来，"你是不信我能护住你？还是你觉得虎贲军死伤太多，心中愧疚？"

"陛下，我只是觉得有些累了。"贺穆兰脸上全是疲惫之色，"我并不是追求功名的那种人，也对杀戮毫无兴趣，我上战场，是因为阿爷无大儿，木兰无长兄，我一直为国效力，是希望能为陛下开创一片太平盛世……

"如今北凉、北燕已经是我国的囊中之物，刘宋和我国缔结了盟约，两国实力相近，没那么容易再起干戈。既然如此，我在不在又有什么关系呢？狄叶飞、若干人、源将军，都已经成长为优秀的将军了，而我……不过是个只会打仗的武夫罢了。"

她查觉到身后的拓跋晃突然动了动，忙把声音压得更小一点："当然，就算解甲归田，只要陛下一声召唤，木兰立刻重整武备，继续为陛下效力。"

拓跋焘的脸色变得十分奇怪，哪怕当年贺穆兰和他说自己是个女人时，也没有这么奇怪过。

神色古怪的拓跋焘皱了皱脸，突然说道："花木兰，你是不是阳气泄多了，所以优柔寡断得像个女人了？以前那些豪言壮志、意气风发都去哪儿了？这样的话休要再提，我需要你，大魏也需要你，虎贲军更需要你，即使你想告老还乡，离你老也还早呢……"

他刻意歪曲重点地继续说下去："你是担心又被人弹劾？你且容我想想，只要给我一点时间，我一定会想出办法……对……肯定有办法……天色太晚了，晃儿既然没有醒，那我还是先回宫去吧。等晃儿醒了，我再来看你们。"

拓跋焘一说完，立刻迈开步子，像是有人追赶一般往宫室外而去。

他推开大门，门外一片恭送之声，又有侍卫相送的嘈杂之声。过了好半天，才有一个宫人胆怯地进来，收走了残羹剩饭，又问贺穆兰要不要洗浴。

贺穆兰看了看拓跋晃，终是没脸当着这孩子的面沐浴，万一洗了一半这小子醒了……

"不用了，你们都出去吧。"

也不知道拓跋焘怎么想的，拓跋晃在南山住了这么多天，竟然都没派几个贴身伺候的宫人过来。

她盯着摇动的烛火，半靠在榻背上，呆呆地出了神。解甲归田的想法不是第一天有了，原本以为自己是必死无疑的，所以这种想法就被压抑了回去，如今性命保住了，这想法又自然而然地冒了出来。

贺穆兰东想西想，隐约听到耳边传来一阵敲小鼓的声音……

她纳闷地看向声音发出的源头，顿时笑了。

拓跋晃捂着肚子，不好意思地看着她。

"醒了？什么时候醒的？"

拓跋晃慢慢坐起身子，看了看四周。

"没醒多久，父皇离开的时候醒过来的。"他眨了眨眼，扯着贺穆兰的袖子摇了摇，"花将军，你想解甲归田？"

"你听到了？"贺穆兰发现"年龄"真是一个大杀器。十五岁的拓跋晃在她面前要求这个要求那个的时候，她觉得这个小孩真是虚伪；可五岁的嫩娃娃摇着她的衣袖时，她的心底却是柔软一片。

"你知道我是女人，对吧？我的身份掩饰不了多久，等我三十岁还不娶妻，天下人还不知道传成什么样了，我阿弟也没办法成亲的。"

贺穆兰高声让门外候的宫人送饭菜进来，反手摸了摸拓跋晃柔软的细碎头发，吁了口气说道："虎贲军变成现在这样，我有责任。等我解甲归田了，我就散尽家财，一一去拜访昔日的那些同袍遗孤……"

从阿单卓和豹突那里，她知道了这个世界军户之家丧了男丁有多么悲苦。如果小小的金钱能够抚平一点点这些人家的悲痛，就不枉她辛苦奔波一番的力气。

两千多人，两千多个家庭，在她接下来的日子里，恐怕真是要用脚丈量完大魏的土地了。

"父皇不会让你解甲归田的。"拓跋晃握了握拳头，发现自己饿了几天，却并不疲乏，像是有用不完的力气。

他见案几摆上来，便拿过一支乌木筷子，随手一折……

280

啪，筷子断了。

送饭的宫人吓到了，拓跋晃也吓到了。

"以后你会适应的。"贺穆兰好笑地摇了摇头，声音低了下去，"我刚开始也不适应……"

她不过给了他五分之一的力气，按照寇道长的意思，拓跋晃现在只能承受五分之一，等他成年之后再施展一次法术，再传给他五分之一。

哪怕只有这么一点，放在一个五岁孩子的身上，也足以骇人听闻了。

拓跋晃满脸震惊地看着自己的双手，又拿起另一只筷子……

"好了好了。"贺穆兰抽走他手中的筷子，"等你回宫可以慢慢试，现在还是省两只筷子吧，你还要喝粥呢。"

贺穆兰往他手中塞了个汤勺，见他又出现了跃跃欲试的表情，忍不住拍了他头顶一记："好好吃饭！"

拓跋焘从南山别宫回来时，已经很晚了。为他开门的宫卫甚至不知道他是什么时候出去的，满脸的疑惑不解。

因为贺穆兰隐隐有了解甲归田之意，传闻他绿帽子遮天的流言蜚语也像是苍蝇一样绕了他许多天，拓跋焘的心情很差，就算北凉和北燕连连胜利都无法安慰他的情绪。

回了自己的寝宫，拓跋焘刚刚迈入主殿，就见到司夜的宫人犹犹豫豫地凑上来，跪下来道："陛下，后宫那边……"

拓跋焘心情本来就不好，听到这宫人居然为这种事来挡他的路，抬起脚踢了过去，将他踢得在地上里滚了几滚。

"混账！后宫的事情也是你们说的？你得了哪位嫔妃的好处，居然为了她们拦我的路？"

那宫人被踢得滚了三滚，哀嚎着又重新跪下来磕头："太后宫中的赫连公主求见，我以为是太后有什么事情，所以才……"

拓跋焘原本已经准备叫人把他拖走了，听到他的话不由一愣："你说谁？赫连？"

"是！是明珠公主求见，我和她说陛下不在宫中，我想着……"宫人见拓跋焘脸色变好了一些，心中大定。

这一赌，果然是赌对了。陛下对赫连公主和其他夫人不太一样，卖了这个好，日后说不定什么时候就能救命。

拓跋焘半只脚都迈进寝宫了，突然又收了回来。

"摆驾慈安宫！"

小皇子现在被太后养在慈安宫里，由王慕云和赫连公主照顾。听到拓跋焘来了，所有人都以为他是来看小皇子的，王慕云一直避着拓跋焘，听到皇帝来了，行完礼后就借口给小皇子办差去了后殿。

屋子里宫人都识相地离得远远的，拓跋焘弯腰从赫连明珠手中抱起自己的小儿子，状似不经意地问："听说你找我？"

"是，陛下。"赫连明珠不卑不亢地行了个礼，"我想问问陛下，之前约定的'八字不合'什么时候才作数？寇道长就在京中，请他占卜一次，应该不难吧？"

现在大局已定，花木兰也平安回来，她陷在宫里半年，真是一天都待不下去了。

"你找我就为这个事？"拓跋焘好不容易提起的一点好心情荡然无存，脸色也阴了下来。

赫连明珠点了点头："是，君子一诺，陛下……"

"好，好。"拓跋焘怒极反笑，"就算八字不合，你兄长没回来之前你也不能自己出宫去，且等赫连公回来再说。"

"等不及了，再等花将军都要娶妻了！"赫连明珠心急之下，竟然将心中的焦急脱口而出！

这一下，赫连明珠和拓跋焘都愣住了。

赫连明珠顿时从额头红到脖子，低着头不敢抬。

拓跋焘抱着小儿子的手都在抖，不知道是气的，还是笑的。

"我从小到大，还没遇见过像你这样对我避之不及，恨不得马上改嫁别人的女人……"拓跋焘咬着牙开口说道。

随着他的话语，赫连明珠害怕起来，全身鸡皮疙瘩直冒，汗毛倒竖，有了大祸临头的预感。她太笨了！

传言花木兰和兴平公主有私情，她现在又直言对花木兰有意，这位陛下等于被戴了两顶绿帽子，对象还都是花木兰！

她是不是给花将军惹祸了！

"你这辈子都不可能嫁给花木兰。"拓跋焘狂拽酷霸地笑了，笑得极其可恶。他将自己的儿子塞在赫连明珠的手上，恶狠狠地道，"花木兰不会娶任何人……"

在赫连明珠的印象中，拓跋焘虽然可恶，但一直是无害的。而现在的拓跋焘，就像是满心的邪火，就等着要把这腔火放出来燃烧世人一般可怕。

表情可怕的拓跋焘邪笑了笑，幸灾乐祸地说道："……因为花木兰是个女人。"

赫连明珠尖叫了起来："那不可能！你不能因为想堵住别人的流言，就诬陷他是女人啊！就算你是大可汗也不可以这样颠倒是非！"

哈？

原本满脸坏笑，以为赫连明珠会伤心地哭起来的拓跋焘，听到赫连明珠的话之后……顿时崩溃成了白痴的表情。

【第 309 章】

一个月后。

班师回朝的库莫提回到京城，拓跋焘非要留他在宫里常住。

"你京中的宅子里没几个人，住着怪冷清的，不如与我同住，也好说说这次出征的事情。"拓跋焘今天一天就围着这个兄弟转了，"怎么就掉水里了呢？我刚接到消息时还以为听错了，你那么谨慎的一个人……"

拓跋焘突然狐疑地看着库莫提，直看得他一颗心都提了起来。

"哈哈哈哈——"拓跋焘突然大笑起来，拍了拍库莫提的肩膀，"莫不是看到领军的不是我，吓得脚都滑了？"

库莫提提起的心放了下去，好笑地摇了摇头："确实是吓了一跳。陛下，下次再有这种事……"

"我将你姑姑贬为庶人，你怨不怨我？"拓跋焘打断了库莫提的话。

库莫提见终是绕到了这个话题上，索性放开了和拓跋焘说个明白："陛下，我已经想明白了，与其放任他们，最终酿成大祸，现在这种结果是最好的，至于我姑姑，我只能说……"他叹了口气，"谢陛下的不杀之恩。"

拓跋焘的眉眼一下子就舒展开了，感慨地道："这祸事几代前就已埋下，但先祖的决定，并不是我能够左右的。尽早解决可以避免伤及无辜，对于他们的后人，我也会从宽处置。"

"是。"库莫提颔首赞同，"还有一事，我觉得还是说出来比较好。当年黑山大营中，有一个名为杀鬼的疑犯自尽，用的是弩机的机簧，那机簧，是我给他的。"

"咦?"拓跋焘一愣,"那不是花木兰的……"

"是花木兰的同火。大比那天,刺客谋划行刺崔浩,被花木兰发觉,将这件事告诉了我。我顺势探查,找到了谋划之人,正是王家出身的将领,我威逼利诱,打消了他行刺崔浩的念头,又逼迫他回乡,所以此事才不了了之……"

库莫提看着若有所思的拓跋焘,又继续说道:"黑山大多是军户入伍,各方关系复杂,杀鬼也是如此。他的父母亲人受旧主控制,不得不为真正的刺客顶罪。他知道我救过花木兰,所以希望我能给他个方便,让他速死,不要连累任何人。

"杀鬼说其家小全在旧主手上,如果认罪,说不定要被诛九族,可指出真凶,家小又肯定没命。他左思右想,无论怎么选全家都是死,不如自尽。证据不足,陛下说不定不会祸及他的家人。

"他的旧主,原本是卫王帐下的将领,又是宗室的家仇……"库莫提表情平静,"我答应把他一家老小救出来,然后就给了他那枚机簧。"

拓跋焘一言不发,面无表情地听着库莫提的"自首"。

"我一直想要维持宗室和陛下之间的'平静',原本想着,等陛下的实力越来越强,宗室自然就知道有些事是不能做的。而陛下性格宽宏仁厚,和先帝、先祖完全不同,又有容人之量。时日一长,那些不安就会随着时间散去,所以那些年,我做了不少瞒天过海的错事。"

库莫提已经想明白了,他不愿一直欺骗拓跋焘,索性把自己做的事情一五一十说了出来。

"杀鬼死后,我直接找了卫王之孙,他很快就将杀鬼的家人给我送了来。我将他们安顿在我的封地之中,做普通的牧民,对他们谎称杀鬼战死,我是他的主将所以照顾他们,杀鬼的家人对我感激涕零。

"王家收敛财富,是为了造反之用。王斤在长安横征暴敛,姑姑见没办法瞒下去,就把东西藏在了我的别院之中,我趁机将这些钱暴露出来,让陛下充没入库,我也因此和姑姑有了嫌隙。但我却没想到她胆子这么大,除了提供钱财,还敢自己动手……"库莫提的眼神里满是悲戚,"她是自作孽,我也管不了了。"

"除此之外,没有其他了吗?"拓跋焘没有诧异也没有愤怒,平静地道,

"你还有什么心结，索性一起说完了吧。"

"黑山之时……"

库莫提从当初发现黑山不对时说起，一五一十交代着他发现的那些宗室动作。

他早将生死置之度外，又没有亲人羁绊，大败燕国而回，倒像是"赎罪"和"还愿"。

库莫提说的事情，有许多拓跋焘已经通过被审讯的宗室知道了，还有一些不知道的，也能推断出一二。

渐渐地，一个布局了至少十年的阴谋一点点显露在拓跋焘面前，有些事情更是惊得他瞪起了眼。

"你说什么？他们有人参与了修国史？他们想立碑将之前的事情全部披露出来？"拓跋焘不敢置信地吼道，"我们是鲜卑人！鲜卑旧规，兄弟死了、弟弟娶了嫂子、哥哥娶了弟媳，那是再正常不过的事情，他们居然想要立史？"

"不仅如此，先帝和先祖杀了那么多宗室，有不少都是冤杀，他们在国史里动了手脚，为的就是日后能把他们的不平告知天下，而负责修撰国史的崔浩，只不过是担了个名分，但也不会有什么好下场。"

库莫提无奈地道："之前他们还担心崔浩会发现国史被动了手脚，所以他们才想在黑山大比时刺杀他。后来他们发现崔浩每天要处理的政务太多，根本没时间盯着史官们的工作，只不过每三个月看一批书稿罢了，便转而贿赂、收买校对的文书，国史太过繁杂，鲜卑人没有文字，许多资料不全，都是要询问宗室长者的，这又给了他们可乘之机……"

他没敢说，国史修成之日，也是鲜卑羞耻之时。

"这么大的事情，你竟一直藏到现在。"拓跋焘有些怨怼地叹了口气，"是我太好大喜功了吗？还是我太过重武轻文？修国史的事，你今日不说，我都差点忘了。"

若哪一天"原汁原味"的国史公布于众，再想删减就成了天下的笑柄。可鲜卑一族蒙昧之时的言行，在现在看来是野蛮的、寡廉鲜耻的，但在那时期，却是他们的生活方式。拓跋焘一直想让魏国成为"中原正统"，这些事情如果公诸于众，正统的地位就会动摇。

"若是不告诉我，你打算怎么阻止？"拓跋焘好奇地问自己的兄弟。在他看来，修史一修十几年，工程如此浩大，想要阻止是极难的。

库莫提摸了摸腰间的佩玦，尴尬地回道："少不得……要烧陛下几间屋子……"

"你……你……"拓跋焘的声音有点哆嗦，"书库总共也没多少书，你一烧完……"

"那也没办法。"库莫提脸色颓然，"我当时想着，哪怕拼着受弹劾，也要把所有东西付之一炬。可后来我一想，万一我死掉，这事就麻烦了，所以打算这几年就把文稿烧了，那样一来，崔浩必定警觉，重视此事，亲自参与修史……"

书库烧了，修史的总官崔浩定要因此受责，为了洗刷耻辱，只能把国史重新修缮得更加"完美"。一旦崔浩重视起来，宗室就玩不了什么花样了。

"你以为你做得隐秘，其实早就露了痕迹。早在我登基之时，就有白鹭官密报过你和宗室交往甚密。"拓跋焘苦笑，"罗结警告我注意你的动静，花木兰认为你和王斤有勾结，想要对我不利。我一直相信你，若你真要对付我，根本不需要这么麻烦，当年那一杯毒茶……"

"陛下，请不要再提那件事了。"

"说到花木兰，我还以为他会和百官一起出城迎接我们班师回朝……"库莫提生硬地转了话题，"听说他在南山养病？"

"他确实在养病。"

拓跋焘头疼得很，施法之后，得到神力的拓跋晃很快就能到处跑了，花木兰却元气大伤，养了半个月才好。

"你回来得正好，帮我去劝劝她，她这么年轻，竟然想要解甲归田。"拓跋焘揉了揉额角，"她说累了，而且并不喜欢打仗。你听听，我正是要用她的时候，她却说厌倦了打仗，想要回乡！"

"陛下可是之前允诺了花木兰什么却没有实现？"库莫知道花木兰的脾气，绝不是胡来之人，除非心灰意冷，否则不会主动求去。

"我看起来就这么荒唐？"拓跋焘鼻子都气歪了，"我都准备将虎贲军扩充到五万人了！"

"那是兴平公主之事，陛下……"库莫提继续猜测。

拓跋焘越听越是烦躁，索性深吸了口气，盯着库莫提道："罢了，我和你说到底是怎么回事，你也好帮我参详参详……"

他们议事的地方本就是无人的水榭，侍卫都在岸边巡逻保卫，拓跋焘也不怕别人听了去，所以干脆利落地说出了口："其实，花木兰是个女人。"

"不可能！"库莫提失声大叫，"他曾和我同帐共寝过……他……他那个样子……"

"呃？同帐共寝？哦，你说的是值夜啊……"拓跋焘先是变了脸色，再想到花木兰以前是库莫提的亲兵，绝不会有什么私情，"这有什么，我还在她面前脱过衣服呢！"

库莫提努力把贺穆兰那张脸往女人上想，整个人打了个哆嗦，寒毛直竖，连连摇头："陛下你莫和我开玩笑，花木兰那样的勇士，怎么可能……"

库莫提这还算淡定的，赫连明珠听他说的时候，根本就是把他当疯子一般捂着耳朵跑走的。

这个秘密在拓跋焘心中憋了许久，现在正好借着这件事缓和两人刚才尴尬的气氛，笑着说道："我之前想要重用他，便派素和君查了花家的底细，结果你猜怎么着？花家只有两个女儿，叫花木兰的，乃是他家的二女儿，唯一的儿子还没有成年。"

库莫提蹙了蹙眉："那也有别的可能，比如家中子侄替叔伯从军……"

"她自己亲口和我说，阿爷无大儿，木兰无长兄，愿为市鞍马，从此替爷征……"拓跋焘大笑着拍了拍库莫提的肩膀，"况且，你也见过她那个美貌无双的同袍……你觉得和他在一火，谁会查觉花木兰是个女人？哈哈，哈哈哈，就是我，我也不会觉得花木兰是女人的！"

脸已经绿了的库莫提脑海中浮现过去的许多事，整个人有些晕眩，身子也有些摇摇欲坠的。那时候他做了什么？对了，他捏了捏花木兰的胸，说："哈哈哈，你小子原来看起来瘦，胸前练得却挺结实的……"

库莫提扶着水榭的柱子才没一头栽到水里去，拓跋焘已经笑得趴在石桌上不能动弹了。"我就知道会这样！我就等着你们这样！哈哈哈哈——"

"陛下你先别笑。"库莫提咬牙切齿地说道，"如果花木兰真是女人，那她除了解甲归田，就只有'诈死'一条路走了。你有没有想过，她身边那么多没有娶亲的亲卫，如果传出去她是女人，日后如何婚配？如何生活？"

"诈死？不不不，我曾对她说过，即使她是女人，我也会用她。"拓跋焘苦恼地坐到石桌上，"花木兰和其他臣子不一样，她没有私心。也许有些妇人之仁，又有些可笑的坚持，但她和你我一般，俱是心中有信念之人，而非为了功名利禄蝇营苟且的庸人。"

"她虽是女子，但见识和器量都不亚于男人。"拓跋焘收起调笑的神色，一本正经地质问库莫提，"我问你，我可以重用罪犯，可以重用降臣，甚至可以重用敌人，为什么不能重用一个女人呢？就因为她是女人？"

"陛下真是……"库莫提有些抓狂，"陛下，如果你想让花木兰以女子的身份掌兵权，这势必是一个长期的过程，不可能一蹴而就。"

"可我想用她……"

"是，所以陛下不能答应她解甲归田的请求，而是让她暂且回去，想个明白。"库莫提幽幽地叹了口长气，"陛下，现在的问题不是你想不想用花木兰，而是花木兰不愿意再打仗了。你要一个毫无斗志的将军又有何用？花木兰一天想不清楚她在坚持什么，就不可能真正变回原来的那位'虎威将军'。"

"你是说……"拓跋焘摸了摸下巴，"以情动人？"

"加上今年，花木兰从军已有七载，有过多少知交，流过多少血泪，这是养在闺中的女子不可能拥有的经历。就连寻常的兵卒解甲归田，也会不停地回想起自己戎马倥偬的日子，只要是上过沙场的人，这些早就沁入了骨子里，根本挥之不去。"库莫提对这一点十分肯定，"她在军中人望极高，必定有不少同袍不介意她女子的身份，希望她能够留下来，到时候陛下只需推波助澜，再设法找寻到她在军中的好友，说动他们来平城，必定能安定花木兰心中的担忧。"

库莫提对于人心天生就有着细腻的触觉，所以直接从源头切断花木兰的恐惧："花木兰不愿意再从军，并不是她不爱军中的生活，而是她性格太过端方，担心给别人带来麻烦，担心自己女子的身份迟早有一天会被揭穿，影响到别人的生活，担心军中的同袍有一日会失望……"

拓跋焘的神色渐渐肃穆起来："不光如此，花家人似乎也一直活在煎熬之中。"

库莫提心中微叹。他知道自己此计一出，以花木兰的品性，是根本做不到抽身事外解甲归田的。

这是一个只论英雄，不论其他的时代！

"我只能出谋划策，陛下才是让天下敬服的天子，让世人看看陛下的魄力吧。让花木兰的同袍们，那些明白花木兰的人感受到陛下的诚意！"

库莫提对着拓跋焘躬了躬身。

"请让天下人看到，不是陛下想留花木兰为官，而是天下人要留花木兰为官，是军中要留花木兰为官！不是陛下需要花木兰，而是大魏需要花木兰，军中需要花木兰，百姓需要花木兰……唯有如此，才是两全其美之法！"

【第310章】

贺穆兰在南山住了一个多月，感觉全身都锈了。

大概第十天时，陈节哭丧着脸上了山，因为山下的各种传言，他和那罗浑每次去虎贲营就会被围着询问，陈节最后鼓起勇气敲了宫门，被宫里的使官送到南山。

听到陈节转述的流言，贺穆兰也很无语，但知道京中各家子弟都纷纷托关系打探消息时，心暖暖的，有人关心的感觉总是好的。

花父花母几次想要来南山看望女儿，都被贺夫人劝说熄了心思，只是一天到晚唉声叹气，陈节能来南山，总算是安慰了二老的一片忧心。

盖吴则是担心贺穆兰被"软禁"了，上个月匆匆回了秦州的杏城召集天台军，要是贺穆兰真被软禁，他拼着杀进南山也要把她救回来。

"再待下去就要天下大乱了！"

贺穆兰动了动肩膀，见陈节一脸关切，忍不住笑道："其实已经好多了，只是陛下吩咐不准做太大动作，宫人们都不准我到处跑，必须好好养着。"

陈节松了一口气，眼巴巴地看着贺穆兰："那将军什么时候能够下山？"

"随时可以走。"浑厚的男声突然从门外传来。

听到这熟悉的声音，贺穆兰立刻知道是谁到了。她诧异地道："王爷怎么来了南山别宫？"

"我大胜回朝，全城的文武官员几乎都到了，却不见你的踪影，原来你在这里好吃好住养伤……"库莫提笑着上前，却没像之前那样见面就行鲜卑人的旧礼拥抱，只是礼貌地点了点头，"我奉陛下之命前来探病，并传达陛下的意思。花将军如果觉得伤养得差不多了，可以下山回府居住。"

"可以走了？再养下去就要废了。"贺穆兰高兴地展开笑颜，"还劳王爷特意跑一趟，多谢。"

库莫提微笑着打量贺穆兰。这样的长相，这样的性格，真是女人？实在是太不可思议了……

"陛下胡闹，将你在山上一留就是一个月。虎贲营和一干贵族子弟都快闯宫了，将军早日露面，也好早日安抚众人。"

这只是表面的理由，实际上，是拓跋焘为了能够"两全其美"，已经调动各地白鹭官动作了，若花木兰不下山，这些布置根本无法奏效。

贺穆兰迫不及待地收拾行装，跟着库莫提离开。她一出别宫，顿时愣住，有些怔怔地看着库莫提。

"王爷，这是做什么？"

宫墙之外，停着一驾华丽的马车，虽然年代已久，木材的颜色有些发旧，可依然看得出当年制造时花了许多心思，从马车的车厢到最前方的车辕，都打磨得细腻无比。

最主要的是……这是女眷乘坐的马车。

此时宫人把越影牵了过来。它在别宫好吃好睡一个月，又没怎么跑动，长了一圈肥膘，看得贺穆兰倒吸凉气。就算前辈子跟着花木兰解甲归田，越影都没肥成这样。

库莫提见到越影也是发笑："花将军有伤，还是坐马车吧。这是我阿母昔年乘坐的马车，最是稳当，里面垫着厚褥子，即使颠簸也不会太抖。你肩膀上的伤不能移位，坐车比骑马好。"

这竟是库莫提生母用过的马车，被他弄来载病人了！这样有纪念意义的马车她不敢坐！

权当没听见库莫提的好言相劝，贺穆兰咬牙爬上肥越影的背，拍了拍马脖子，笑道："虽然肩膀伤了，但我们黑山出身的将领，哪一个没断了手都能上马的本事？王爷对花某太过厚爱，倒让我有些受宠若惊。"

当年做他帐下亲兵，每次身先士卒，替他挡箭挡枪挡刀子，伤过腿，伤过头，也没见给她放两天假。

库莫提原本还想再劝，可看到贺穆兰英姿飒爽的身影，突然就感觉一阵好笑——

花木兰是什么样的人物？他居然一知道她是女人就不自觉地把她当成普通女人了，还将旧库里的马车翻了出来，想想也真是荒唐……

库莫提不再坚持，让老仆将马车赶回府里去。

等贺穆兰进了城，才明白拓跋焘让库莫提亲自来接她的良苦用心。

她离开平城的圈子太久了，关于她的传闻甚嚣尘上，连"郁结于心命不久

290

矣"都出来了，乍然见到她回城，凡是认识她的都想上来攀谈几句。

然而有最出风头的颖川王在她身边，这些年轻人就算胆子再大，也只能远远地对贺穆兰和库莫提行个礼，不敢在近前。

贺夫人被接走了，她将以"良家子"的身份，直接进入东宫成为女官，负责皇子们的教养。

贺夫人走的那天，连天都灰蒙蒙的。来接她的只是普通马车，贺夫人穿着青色的窄裙，从边门里出了花家。

贺穆兰和花父花母的解释是"杜寿将军的正妻同意接她回去照顾孩子"。临走前，袁氏塞给贺夫人一个小包，难掩担忧地说道："也不知你那主母以后会不会翻脸，自己多加小心，要是主母还是不慈，你就跑出来，我家的大门一直对你敞开。"

她想起贺穆兰前些日子里隐约提起解甲归田的想法，又连忙补充："要是我们不在平城，你就想法子给梁郡的虞城捎个信，我们派人来接你。是吧，木兰？"

贺穆兰向贺夫人拱了拱手："若你真觉得那里糟糕无比，杜寿将军又同意你出来，我家永远欢迎你。"

"既然回去了，我就不会出来了。"贺夫人笑着向花父花母深深施了一礼，"这些日子，多亏二老照顾，大恩大德，我来日必报。"

"不必报，不必报，你过得好好的，我们就放心了！"花父哪里受得她礼，忙着摇手，"好好带孩子，养孩子不容易，尤其在那样的大门大户，有些委屈能忍就忍，你那夫郎想尽办法把你接回去，可见对你还是好的，主母、主母虽然厉害点……你也别什么都让着她，实在惹不起，你就跑，别忍着啊！"

贺夫人听着花父明显护着她的话，眼前突然出现了自己入宫前彻夜没有安眠的父亲，鼻中酸涩，只能不停地点头。

花家人将贺夫人送上了小车，一直到看不见为止，才满怀唏嘘地回了府中。

跪坐在马车中的贺夫人打开花母给的小包裹，发现里面全是从各种东西上拆下来的小金子、小银锭，显然是为了不引人注意又能够方便打点而准备，忍不住一下子捂住了嘴。

这些首饰多是战利品，原本不入眼，但对袁氏来说，很多是一辈子都没见过的东西，这小小一包东西，表现的是普通人家"财不露白"和"有钱傍身好度日"的心理，也是对她的拳拳爱护之心。

贺夫人心情激荡，心中打定主意，日后一定要好好报答花家人对她的这一份恩义。

马车一路驶入东城一条偏僻的巷子，在一处民宅前停下。

车夫跳下车，恭谨地道："夫人，请下车。"

贺夫人掀开车帘，惊道："这是何地？为何将我带来此处？！"

车夫躬了躬身，回答："夫人，进宫之前，主人让我带你来此看望两个人。"他推开了一处院门，"夫人请进。"

贺夫人狐疑地下了车，压抑着心中的不安，轻轻走到门前。

院子里，负手而立的老人双鬓花白，但身材依旧健硕，挺得笔直的腰杆显示出他也曾有过沙场冲杀的峥嵘岁月。

老人的身边，跟着一个满脸忐忑的老妇，岁月虽在她的脸上刻下了痕迹，却依旧可以找到贺夫人身上的那种惊人的风韵。

"阿爷……阿母……"

贺夫人不敢置信地撑住了院门，热泪夺眶而出！

贺穆兰回到将军府后，重新开始了对虎贲营的操练。

除此之外，她还在做一件非常重要的工作——记录虎贲营里每一个死亡士卒的姓名、年龄、家庭情况、住址、遗物等等。

军府对于贺穆兰特意来统计所有死亡士卒的信息十分不理解，但鉴于她是陛下面前的红人，还是给予方便。古代户籍的收录方式很原始，同名同姓的人也有不少，哪怕贺穆兰再能干，又有陈节帮助，至少也要一个月才能统计完。

得知贺穆兰在忙着统计虎贲军的阵亡情况，拓跋焘和库莫提担忧不已，种种迹象表明，她似乎是在准备后路了。

"陛下，我们安排的人快到了。马上就要大朝，陛下心中可还有犹豫？现在反悔还来得及。"

库莫提站在东宫明德殿的高处，幽幽叹了一口气："陛下还没有告诉崔使君吧？如果崔使君愿意助陛下一臂之力，事情要容易得多。"

"我让寇道长去说服他了。"拓跋焘对此并不担忧。

"军中这边，我也安排好了，黑山大营那么多人将她视为人生目标……"

库莫提好笑地摇了摇头，"他们不会信的。陛下大概又要背黑锅。"

"我背的黑锅还少吗？"拓跋焘嗤笑，看到拓跋晃带着几个侍卫踏入了殿门，忍不住又笑了笑，"从南山别宫回来，他倒像是换了一个人。"

就在说话间，一个莽撞的小宦官抱着一盆花草跑向殿外，由于花枝阻挡了视线，他没有看到迎面而来的太子，侍卫们上前阻止已经来不及了……

小宦官太过惊慌，一下子扑倒在地上，花盆摔得粉碎。

小宦官心里庆幸，他遇见的是太子，而不是陛下，若是陛下，自己恐怕没有什么好下场了。

他误了时辰才会匆匆忙忙，仔细发落下来肯定要倒霉。好在是好说话的太子殿下，只要哭一哭，装一下可怜……

"把他拖下去，交由内仆监。"拓跋晃轻飘飘地丢下一句话。

这句话，把小宦官的尿都吓了出来。

内仆监是负责赏罚宫人的地方，对宫人来说犹如地狱一般。

自从拓跋晃被送去南山行宫侍疾，东宫的宫人们放松了许多，哪怕太子已经回来了，那股子懈怠还是没有收回来。

东宫里也有皇帝专属的行道，这行道储君也走得，但拓跋晃平时还是很小心地避开行走，可这小宦官仓皇之下居然进了御道，又在不允许奔窜的东宫中狂奔，溅开的花盆还差点伤了太子……

无论是哪一条罪，都离死不远了。

小宦官一直到被拖走都不明白一向好说话的太子殿下为什么会变了性格。"呜呜呜呜，我不想死！！！！"

拓跋晃板着的小脸上一点恻隐之心都没有，反倒更加严肃地对身边的宫人道："昔日我太过和善，以至于你们都太过松散，如此放纵下去，身死族灭之祸就在眼前。从今日起，凡是再懒散无状者，自己去内仆监领罚。"

"是！"

宫人们闻言纷纷跪下，有些存着侥幸心理的，吓得身子直抖，生怕拓跋晃所说的"懒散无状"的人是他们。

库莫提见拓跋焘半点下去见儿子的样子都没有，无奈地摇了摇头，下了明德殿的高楼，去殿中拜见太子。

拓跋晃虽然性格变强硬了，但面对这位伯父却是一点都不敢摆架子，小心翼翼地回了礼，再一听自己的父亲居然在楼上，还将他刚刚的行为看在了眼里，心中一惊，整张脸都皱了起来。

"不必担忧，我看你做得很好。快上去拜见陛下吧。"

"是，谢谢伯父提点！"拓跋晃这才展开笑脸，半惊半喜地穿过主殿，往后面的小楼而去。

库莫提看着拓跋晃以他这个年纪所没有的稳重说话行事，不由得心中一动，浮想联翩起来。陛下已经有了两个儿子，太子殿下又如此不凡，我是不是该娶妻生子了呢？宗室被压制得如此厉害，总不会有人再揪着我当大旗了吧？

这一次的大朝，注定要被无数人铭记。

征伐北燕有功的库莫提和古弼、拓跋丕等人是今天的主角，北燕王和王室成员被宿卫们押解着立在殿前。

大朝开始后，拓跋焘将会接受他们的"降表"，宣布北燕这个国家彻底消失，取而代之的是疆土更加广阔的魏国。

这样的大朝会下个月或者下下个月后还会再开一次，那是北凉使团回到平城之时。

冯弘整个人瘦得形销骨立，他勉强支撑着王者的尊严，恭恭敬敬地奉上降表、去国之书，对拓跋焘口称"天子"。

群臣欢声雷动，鲜卑语和汉话的歌功颂德之声不绝于耳，拓跋焘喜不自胜，接受了国书之后，开始进行封赏和颁赐。

首先封赏的是黑山大元帅库莫提，而后是负责后勤和调度的古弼。再是若干人，他因为活捉高句丽王有功，被封为"定北将军兼幽州牧"，协助冯弘已经归顺魏国、一直被王后迫害的几位王子治理辽西地区。

对于若干人来说，这个起点已经可以笑傲很多贵族子弟了。

贺穆兰忍不住笑，若干人其实最怕冷，冬天还要人一人二暖手暖脚，真不知道到了高句丽那种地方，他到底是怎么保持战斗力，还拿下高句丽王的。

随着封赏一道又一道的赐下，北燕的赏赐基本封赏完了，接下来的就是"宫变"之后的封赏。

宫变虽然很快就被镇压，但影响十分深远。除了大批宗室和国戚落马，也有许多鲜卑贵族参与了此事。

可以说，这一次的宫变，拓跋焘固然扫除了不少阻碍，但军中力量削弱了太多，汉臣有了独霸朝堂的趋势。

拓跋焘毕竟是拓跋鲜卑的大可汗，不可能动摇自己的根本，这次的封赏，拓跋焘将"宫变"后夺取的势力再渐渐分还给鲜卑大族，就像是一块大饼从左手转移到右手，总归没有掉到地上去。

"武阳侯独孤伽卢之子独孤诺，云中人氏，善骑射明忠义，于宫中之变时……赏……"

"殿中侍宇文澜之子宇文宏，武川人氏，性通敏，于宫变之时救援东宫有功，赏……"

"征北大将军卢鲁元之孙卢忠、卢群……赏……"

"崔浩……司徒……兼太子太师……"

"拓跋乾伯……"

封赏一道又一道地赐下，崔浩被封为了司徒，登上"三公"之位，可谓是位极人臣。

"虎贲左司马花木兰，性果决，有度量，出使北凉有功……保护孟王后……护送世子……于宫变之中……"礼官读着贺穆兰的功绩，"封花木兰为虞城侯，虎贲军增兵至三万，兼任太子太保……黄金……绢帛……"

嗡！朝堂之上一片议论之声，虞城侯还在其次，大魏的官员没有粮饷，公侯伯子男只是名头好听，礼制和庶民不同而已，虎贲军增兵至三万，那花木兰的地位已经和"仪同三司"没有什么区别，可以开府了！

所有人都向贺穆兰望去，拓跋焘对她的赏赐，已经超出了他们的想象。贺穆兰心中也骇然无比，仰起头看向御座之上的拓跋焘，完全不明白他为何要这样重赏，是想用高官厚禄打消她的犹豫之心，还是想用这些弥补她分给太子的阳气？

拓跋焘面无表情地对着贺穆兰点了点头，似是催促她赶紧领赏。

在一干京中贵族子弟狂热崇拜的眼神中、朝臣们或刺探或羡慕的视线中，贺穆兰缓缓地弯下了身子。

"末将……"

她张了张口，"领旨"二字鲠在喉头，怎么也无法吐出去。

虞城侯……

三万人马的大将军……

太子太保，东宫行走……

一切功名利禄都在向她招手。

她的腰弯得更深了，深得就像是一辈子都不愿意抬起来一般。

"末将……不能领旨！"

贺穆兰掷地有声的拒绝让几位军中出身的大臣暴跳如雷，当场就骂了出来。"花木兰，你莫恃宠而骄！二十余岁能凭军功得以封侯的，在我大魏并不多见，你还想怎样？"说话的是御史刘默。

贺穆兰知道迟早要面对这一天，苦笑着辩解："并非末将嫌弃官小，而是末将不能居功……末将……末将有过在身，不敢再欺骗世人。"

拓跋焘坐在御座之上，面无表情。

刘默有了些底气，继续逼问："有过？莫非北凉的沮渠牧犍所说不假，你曾轻薄过和亲的兴平公主？"

贺穆兰闻言一惊，连忙摇头："不不不，事实上，我不可能轻薄任何女子……"她看着或好奇或幸灾乐祸的朝臣们，脸色微苦，说出一句让无数人差点吓傻的话来，"诸位使君，我是个女人。"

贺穆兰此言一出，独孤诺腿弯一软，在众目睽睽之下摔了下去。宇文家和卢家几个子弟也脸色难看，因为他们都曾在花家湖中落水，肆无忌惮地当着她的面换上干衣裹身。

至于年纪较大的朝臣，则吹胡子瞪眼，大叫着"胡说八道"、"胡说八道"之类的话。

拓跋焘站起身来，语气糟糕地问："你说你是女人？你在军中七载，就没有人发现你是女人？你曾是颍川王的亲卫，又出使北凉，与同袍同吃同睡，没有人发现你是女人？花木兰，你再好好想一想，如果你心中有什么顾虑才胡言乱语，我就当你没有说过这一番话。"

这便是给贺穆兰找台阶下了。

朝臣们交头接耳议论纷纷，御史台的大臣们再怎么咳嗽、轻声劝说，都无法压住他们议论的声音。

"末将身材高瘦，入伍时正值冬季，故而身份一直没有暴露，而后步步晋升，同帐之人越来越少，就更难暴露了……"

贺穆兰膝盖一弯，向着拓跋焘跪下。

"如今北凉、北燕皆已臣服，天下安定，罪人花木兰求陛下宽恕我的欺瞒之罪，准许木兰解甲归田。"

解甲归田？罪人？谁敢定她的罪？

"陛下，花木兰所说如果属实，确实犯了欺君之罪。不仅如此，她身为女子，却无事军纪，扰乱军心，这也是大罪！"

站出来说话的是鲜卑的内行长，是管理军府军籍的鲜卑大人，他和花木兰并无私交，且完全不能忍受女子冒名顶替入军的行为。

"步六孤栋，你先别激动，应当问问花木兰为何会甘冒欺君之罪从军才是……"古弼素来欣赏花木兰的为人，立刻出言相帮。

贺穆兰挺直了脊梁，硬邦邦地回道："并无其他原因，军帖送至木兰家中时，阿爷腿上的旧疾犯了，根本无法上阵杀敌。阿爷无大儿，木兰无长兄，家中阿弟年幼，唯有木兰从小习武，又有一身好力气，便备齐了兵甲，偷偷离家，代父从军。"

此言一出，武将们纷纷动容，文臣之中也颇有几人大为感慨。

"你休要花言巧语！既然你父亲腿上有旧疾，那军府不该将他的名字记在兵册之中，明明是你父亲畏战，让你去送死！"一位朝臣嗤笑。

"家父回乡之时，腿疾并没有严重到那等地步！昔日家父跟随先可汗征刘宋，争夺虎牢之战，众士卒以肉身为桥，双腿浸泡在严冬的水中，一双腿废掉的不知凡几，家父得了腿疾，不得不回乡休养。待他年迈，双腿已经不能正常行走，冬日更是连床都下不了，如何上战场杀敌？"

贺穆兰盯着内行长冷笑："家父倒是想为我们姐弟谋一个平安，可这样的平安要拿父亲的命去换，谁能安心领受？反正我从小习武，和男人也没什么区别，自然是由我从军，对国家的贡献更大。"

"你……"

贺穆兰一想到魏国的征兵制度持续了近百年都没有修改过，连改革都没有，而身为军府管理者的内行长却没有上书建议修改，心中升起了怨怒，逼问道："步六孤使君，若是大可汗征兵，需要合格的兵卒，一个是天生神力、武艺过人的女人，一个是双腿残疾、年老孱弱的老汉，你会选哪一个？你又会替大可汗选哪一个？"

崔浩早就想对军府制度进行改革，如今听到内行长被贺穆兰逼问得哑口无言，立刻乘胜追击："启禀陛下，依臣看，花将军虽有欺瞒之举，但尚不到'罪过'的地步。正如花将军所言，军府不管其家中状况强行征兵，她唯有替父从军，才能保住一家大小。我们汉人讲究孝道，自两汉起，选官也举孝廉，花将军虽是女人，但既孝又廉，并不辱没我大魏的名声。"

汉臣们纷纷点头赞同崔浩的话。

对于他们来说，军中的权柄和他们无关，出不出一位女将军也触动不了他们的利益，但当今世道礼乐崩坏得太厉害了，孝道、人伦残破不堪，虽然花木兰是女人，但她的经历和未来的选择，对他们建立起以"孝"为根本的道德规范还是有帮助的。

"此言差矣，军户制乃是我大魏无敌于天下的根本，如果一征兵就来女人，仗还怎么打？你当军营是游寨吗？"一位鲜卑将领不屑地瞪了花木兰一眼。

"纥骨豆突，你给我嘴巴放干净点！"贺夫人的父亲贺赖雄出声大喝，"即使花木兰是女人，她依旧是军功十二转的上柱国之勋，你说这种话也不怕黑山军的人晚上摘了你的脑袋！"

库莫提脸色铁青地冷笑："听闻纥骨使君的爱子也曾点兵入伍，却被奚斤将军赶了回来，想来是因为武艺太好，让奚将军自惭形秽，只能让他返家？！"

纥骨豆突的儿子是个草包，想在军中混个功绩，结果入营测试武艺那一关都没过去，一时传为京中笑柄。

朝堂上顿时哄笑一片，就连心情沉重的拓跋焘都扯了几下嘴角。

古弼肃着脸道："花将军武勇过人，又为大魏立下了赫赫战功，不可与寻常妇人相提并论，臣建议此事容臣等商议后再行定论……"

"她有什么罪？我看应当嘉奖她才对！军中少了一个病快快的老汉，多了一位能征善战的将军，难道不是天意吗？"贺赖雄感激贺穆兰照拂他的女儿，又因为花家是贺赖家以前的家将出身，一力挺她，"花将军，你不必解甲归田，谁要不服你，和你比斗一番便是！能打得过你的，再说什么男女之别！"

这话倒是符合鲜卑人的行事风格，独孤诺等一干年轻人顿时叫好。

库莫提和几位曾经在花木兰手下没占过便宜的将领露出哭笑不得的表情，按照贺赖雄的说法，这朝上绝大多数人都算不得男人了。

拓跋焘沉声道："花木兰，我鲜卑以武立国，我敬重你的德行和能力，即使你是女子，让你封侯拜将也不是什么难事……"

"陛下，万万不可！"

"陛下，三思啊！"

殿中顿时鬼哭狼嚎，不过劝说拓跋焘的仅占朝臣的四分之一而已。

大部分朝臣表情茫然，还有些在等重臣表态。

"我已经三思过了！"拓跋焘朗声道，"这世上有几个男儿能抵得过花木兰的功勋？更别说女人了！正如崔卿所说，孝道也是立国之本，花木兰之孝，足以成为国之楷模，如何不能为官？夏国的女官玉翠尚且能在我国做鸿胪寺的官员，一位女将军如何不可？"

"自古男女有别，男人打仗，女人持家，如何能乱了规矩！"

"陛下，许多人家想方设法逃避兵役，要是他们钻空子用女儿或姐妹顶替家中男丁……"

"万万不可啊陛下，大魏会成为笑柄的！"

一群朝臣伏地不起，大有死谏到底的意思，吵闹得犹如菜市场一般。拓跋焘额头青筋直冒，恨不得将这些人全抽上一鞭！

"哭什么哭！如果来的女人都是花木兰这样的，我便立一支娘子军！要都是蠢笨如猪的酒囊饭袋，就算给我一群男人有什么用，还不如女人！"

听了拓跋焘的话，许多鲜卑将领突然不悦了起来。

崔浩简直想掩面长叹，这不是在给花木兰立靶子，拉仇恨，让她成为凌驾于男人之上的标杆，被众人攻击吗？

从寇谦之那里知道花木兰是"天命之人"的崔浩，决心对花木兰鼎力相助，此时见情况不妙，立刻和起稀泥。

"诸位，诸位，切莫激动！陛下，也请稍安勿躁！"

崔浩看了一眼低头跪在地上的贺穆兰，将声音又放大了几分。

"依臣之见，想要杜绝花木兰之事再次发生，就必须从军府开始改规矩！随着我国疆土越来越大，军户哪怕每户征兵征至绝户，也是不够的，更别说男丁战死沙场，男人越来越少，连繁衍子孙都成了问题！"

崔浩环视群臣，声音掷地有声。

"各位切莫觉得发生在花木兰身上的事情只是偶然，如果军府再不变化，每每战至绝户，很快就无男人可用，只能用女人打仗了！"

"崔浩，你……"

"你休要胡言！"

"我国十四岁便可入军，试问十四岁的孩子能生几个孩子？有人在军中一待就是十年、二十年，四十岁的男人，又能生几个孩子？他们四十岁的妻子，还能生几个孩子？军户的望门寡要养育孤儿，改嫁的又有几人？就算改嫁了，两户军户并为一户，能征的还是一人，难道不是越征越少，男人越来越少？"

崔浩故意将事情说得复杂，让一干对数学不太敏感的朝臣头昏脑涨。

"你们还认为这是花木兰的罪过？"崔浩痛斥着一干朝臣，"造成此事的，正是我大魏腐朽的军制！"

"正是如此！"一位军户出身的将领也站了出来。

贺穆兰闭了闭眼，根本不明白事情为什么会发展到如此地步。她只不过是想解甲归田，不想给陛下添麻烦……可为何朝臣们没有人谈论"解甲归田"，反倒讨论"军府之前定下的规矩到底合不合理"去了？离题几万里了好吗？

拓跋焘对崔浩很是感激。是崔浩扯开了话题，让对花木兰的指责无法继续下去，也控制住了他刚才过激的言行。

库莫提给了拓跋焘一个"快结束"的眼神，拓跋焘心中微定，对着朝臣们丢下了决定："今日大朝是为了颁赐封赏，花木兰之事暂时压下不提，待下个月大朝再行决定。"

拓跋焘快刀斩乱麻。

"花木兰以女子之身替父从军，军功卓绝，于国有功，诸位不可轻慢。花木兰，命你这一个月在府中闭门思过，不得外出，等候朝廷的旨意！"

"末将，接旨。"

贺穆兰深吸了一口气，无奈地俯身接旨。

一个月不许出门，是彻底要"与世隔绝"了。

风暴，就快要来临了。

【第 311 章】

郑宗和狄叶飞一路打马扬鞭，直奔平城。入城之时，天上正在飘落雨丝，检查两人身份凭证的城门官拼命地揉了揉眼睛，以为自己看错了。

明明应该还在夏境的人，突然一下子到了平城，带着极少的行李，只有一匹替马……这哪里像是将军，简直是送军报的驿使！

"狄狄狄……"

这位狄将军因为花木兰的原因，如今在平城也是赫赫有名，传言说他也是女人，而花木兰在军营里一直没有暴露身份，是这两位女将相互掩饰的原因。

"我们能进去了吗？"

"能，你们请！"

城门官连忙让路，目送两人入城。只是狄叶飞蓑笠下披散而下的白发让城门官好奇地多看了几眼，嘴里直嘀咕。

"他不是该押解凉王回京的吗？怎么现在就回来了？！不行，我得和上官说一声，万一出了问题，我们还要倒霉！"

狄叶飞和郑宗手中有素和君给的白鹭官文书，一路从驿站不停换马，又有驿站的官员接应，走得顺通无阻，沿路的门官根本不敢盘查他们的身份。

要不是他们回平城后不可能避开京中诸人，他们甚至不必出示自己真正的身份。两人都不是莽撞的人，可还是抱着会被拓跋焘重罚的准备脱队回京。

内城不能纵马，狄叶飞骑着马晃晃悠悠地过了昌平坊的坊门，眼见着虎威将军府就在眼前，竟有些不敢靠近。等见了花木兰，他该说些什么？是谴责她的隐瞒，是询问她女扮男装的原因？还是求她不要这么早解甲归田，因为身后还有人在等着她？

郑宗没想那么多，见狄叶飞突然不前，心中反倒快慰，驾马就从他身边越过，向着虎威将军府而去。

郑宗的毫不犹豫令狄叶飞一阵焦急，连忙打马相随，很快就踏上了那块熟悉的青砖地。

只是这熟悉的地方，此时未免太热闹了些。

"让我进去！那罗浑呢？不是说那罗浑现在是花将军的左卫率了吗？"一个粗豪的汉子浑身葛衣，在门口大声呼号。

"那罗将军去军府帮将军取东西了，走之前命令我们不准放陌生人进入。"这段时间各家子弟和女郎来得太多，也有不少文武大臣前来拜访，贺穆兰不堪其扰，最后干脆所有生人都不见了。

就算脾气再好，每天被人像珍稀动物一般参观，都是要火大的。

亲卫并不认识今日来的这个男人，哪怕他自称是将军昔日在军中的同火，也不敢放他进去。

这段日子，自称是花将军远方堂弟/侄子/外甥/同袍/同僚/八代以内亲戚的人不知有多少，花父花母出门认了无数次，没一个是真的，把两个老人家累得够呛。

"火长！火长！吐罗大蛮来啦！你怎么不见我啊！火长！"

吐罗大蛮现在在家乡负责操练民兵，一嗓子叫得震天响，狄叶飞耳朵一阵轰鸣，嘴角顿时扬起笑意。

他原本还有些"情怯"之感，曾经在花木兰面前做过很多蠢事的他，真的不知道该如何面对她才好。可有了眼前这个人，他好像也没那么不自在了。

这位，可是曾经自告奋勇教导他们何为"人伦之道"的勇士！

"你别叫了！你又没有证明身份的东西！"

"废话，老子这张脸就是最好的证明，你不让老子进去，老子就在门口等那罗浑那小子！"

"吐罗大蛮！"狄叶飞微笑着开口。

"在！"吐罗大蛮条件反射地回头，一看蓑笠下满是银丝，丈二和尚摸不着头脑地抓了抓后脑勺，"奇了怪了，我在平城没有认识的老人家啊……这声音怎么这么熟……"

狄叶飞笑着摘下头上的蓑笠。

"狄……狄狄狄狄叶飞……"吐罗大蛮瞪大了眼，指着狄叶飞怪叫起来，"你你你怎么成了这副鬼样子！"

"狄叶飞？"一声惊疑的呼声从他们身后传出。

这一声让吐罗大蛮更是惊讶，他立刻跳了起来迎上去："阿单，总算等到你了！我一接到信就往平城赶，你离得还近些，怎么现在才到！"

一身黑衣的男人左手牵着个黑壮的小子，右手牵着一匹花马，浑身上下已经被雨淋湿，有些狼狈地笑道："我不比你，我家混小子非要跟着来，耽误了我一些时间。"

他指了指狄叶飞，又指了指吐罗大蛮："阿单卓，喊人，这是你吐罗阿叔，这是狄阿叔。"

"吐罗阿叔，狄阿叔！"

阿单卓是个典型的小男子汉，粗声粗气的，叫得狄叶飞和吐罗大蛮顿时笑了起来。

"哈哈哈，火长这下肯定要傻了！你家混小子居然来了！早知道我也把儿子带来！"

"你儿子才满周岁吧？"

"老子的儿子，一岁也能骑马，呃，坐马！"

吐罗大蛮豪爽地笑着，阿单志奇听他又开始胡言乱语，哭笑不得地摇了摇头，扭头看向狄叶飞。

在一旁看了半天的郑宗终于忍不住了，满脸茫然地问狄叶飞："他们是谁？你认识？什么火长？"

狄叶飞骄傲地指了指阿单志奇和吐罗大蛮："这是我和火长的火伴，曾经同生共死并肩作战之人！"

郑宗赫然抬眼，仔细打量满脸络腮胡子的粗豪汉子和面容有些苍老的阿单志奇，只觉他们的长相气质都平淡无奇，身上也没有狄叶飞、那罗浑那样剑锋出鞘一般的气质。

阿单志奇也好奇地看了眼郑宗，见郑宗整张脸都被毁了，有些担心自己盯着看会让对方反感，所以只看了一眼就扭头和狄叶飞颔首示意："原本想说一声别来无恙，可见你一头银发，竟有些说不出口了。"

狄叶飞当年不知受过阿单志奇多少照顾，当看到阿单志奇的左臂软弱无力地垂在身侧，顿时眼眶一红："阿单志奇，你怎么也来了，我才是该说别来无恙的那个……"

"听到火长的消息，我怎么能不来？若干人那小子要是听到风声，恐怕也要跑死马。"阿单志奇拉起好奇地东张西望的儿子，稳稳地踏上将军府的台阶，"除了我们这群同生共死的火伴，又有谁有资格去敲开她的大门？"

无论谁有意见，都得先过他们这一关。无论花木兰是不是女人，他们来，是为了……挺自己的兄弟。

有狄叶飞在，阿单志奇和吐罗大蛮得以进入将军府。只是将军府太大了，从前门到主院足足走了一刻钟的时间，期间遇到好几个亲卫，见到满头白发的狄叶飞，他们都露出了见鬼的表情。

贺穆兰听到阿单志奇、狄叶飞、郑宗和吐罗大蛮来了，哪里还坐得住，因为下雨而昏昏沉沉的脑袋顿时一醒，半跑着冲出院落接人。

陈节立刻抄起廊下的伞跟着奔了出去："将军！将军！别跑，打伞啊！打伞！"

双方在中院碰上，看到走在最前面的那个人，贺穆兰满腔的兴奋被惊愕取代："狄叶飞！你头发怎么白了！"

狄叶飞不自在地拽拽头发，勉力让自己平静下来："没什么，愁的……"

"不至于吧！什么事能愁白头啊？你在北凉不是顺风顺水吗？对了，你怎么回来了？"

头发不是应该先从发根白起吗？这么通体雪白雪白的，不科学啊！难道是染发？贺穆兰好奇地捻起一缕被雨水浸湿的发丝捻了捻。

狄叶飞与贺穆兰在不经意间"亲密接触"了，狄叶飞脸红得像是朝霞，还好头上有蓑笠遮挡，没有给后面的人看见。

但饶是如此，也有人不干了。

"花将军军军军军！北凉险恶，我差点就见不到你了！"郑宗见狄叶飞和贺穆兰靠得那么近，立刻三两步冲上去，硬挤到两人之间，抱住花木兰就开始假哭，"要不是你之前硬逼着我学保命的本事，我早就死了！受我一拜！"

说罢，动作夸张地一拜到地，用屁股将狄叶飞拱得往后跟跄了两步，差点踩到青苔滑倒，还是从后面赶上的阿单志奇将他扶住。

"火长正心烦，你若有什么心思，也别这个时候说。等一切尘埃落定，再行表示。"

细小的声音轻轻地传到狄叶飞的耳中，震得他微微张口，想要狡辩，却什么都说不出来。为何全天下都懂了呢，他难道把爱慕写在了脸上吗？

郑宗还在那里嘤嘤嘤地又哭又作态，狄叶飞在心里大骂"不要脸"、"寡廉鲜耻"、"奸诈小人"。一双蒲扇似的大手突然把郑宗提起来，丢在一边。

"好好的男人，做什么小女儿态，看着就别扭！我们和火长几载未见，也没像你这么哭！"吐罗大蛮瓮声瓮气地嘲笑郑宗，又对贺穆兰重重一抱，"好火长，想死我了！"

"咳咳，咳咳咳咳咳！"

"咳咳……"

几人重重的咳嗽声突然响起。

贺穆兰还没别扭呢，就见吐罗大蛮跳了一下，憨厚地抓了抓后脑勺："忘了，火长现在好像是女人了，不能乱抱。"他脸色突地一变，"完了完了，我抱了其他女人，回去一定会被媳妇罚跪床头的！"

"你不说，谁知道？"被丢开的郑宗嫉妒得要命，冷嘲热讽，"你蠢到自己和你媳妇说吗？"

谁料吐罗大蛮立刻点头："那是自然，我说过什么事都不瞒我媳妇的！"

如此秀恩爱，让郑宗恨不得啐他一脸，偏偏吐罗大蛮往他身边一站就跟座山似的，郑宗也只能跺跺脚骂一句"傻子"而已。

"这里不是说话的地方，和我去主院。"贺穆兰向前面指了指。

"是不是先去拜见令尊令堂？"阿单志奇为人稳重，十分礼貌地开口。

"这里太乱，三天两头有人翻墙闯院的，我派人送阿爷阿母回怀朔探亲去了。"

听到两个老人不在家，所有人都轻松了起来。

"走走走，胡力浑和若干人还没到，我们几个先聚聚！"阿单志奇笑着从身后扯出一直埋着脸的男孩，"你不是一天到晚吵着要和花将军学武，嫌弃我武艺差吗？怎么到了地方又不喊人？"

"可是……可是……我是喊花阿叔，还是喊花姨啊？"阿单卓已经不小了，黑黑的面庞鼓鼓的。

这一下，所有人都笑了起来。

贺穆兰看着小小的阿单卓，不由得想起后世千里迢迢从武川来见她，喊她"阿爷"的那个男孩，竟有些不知今夕何夕之感。

她表情温润地牵起阿单卓，柔声说道："你唤我花姨就好啦。花姨有一把大剑，你要是举得起来，以后就送你了。"

"当真？快带我去看！"

"不可，磐石可是你的随身武器！"阿单志奇惊叫出声。

"我要是解甲归田了，要磐石何用？如果我不解甲归田，又哪里差一把磐石？"贺穆兰似笑非笑地回了一句，牵着阿单卓前往主院。狄叶飞和郑宗等人听贺穆兰话中的意思，完全听不出来她是不是牛出了退意，只能摇着头跟她进去。

贺夫人住过的将军府再也不是以前粗枝大叶的将军府，袁放问了下晚宴的人数和各自爱吃的东西，就拉了郑宗勾肩搭背地去灶房安排酒肉去了。

郑宗情商极高，知道自己不是贺穆兰同火，根本插不进他们的话，在这里也是招人烦，索性跟袁放一起摸到内宅，打探最近的消息。

那罗浑回府后，听说府里来了黑山的同火，顿时脚步如风地跑向宴厅，还没进去，就听到厅里大呼小叫的声音。

"干得漂亮，第十七次！阿单卓加油！举起来就是你的！"

吐罗大蛮唯恐天下不乱地在煽风点火。

"嚯……嘿……啊！"小孩子憋着气用力的声音。

嘭！什么重物落了地，然后是小孩子的大叫。

"啊啊啊啊啊，花姨，我砸到脚了！砸到脚了！"

花姨？喊谁呢？那罗浑的眉头拧成一团。

"得了吧，擦着你鞋子过去的，我看到了！别撒娇，举不起来就是举不起来！"吐罗大蛮毫不照顾小孩地嘲笑着。

"阿单卓，别抱着你花姨不放，快给我下来！"

"没关系，他不沉。"

那罗浑推开厅门，只见宴厅中央一个黑壮的小子脚下横着磐石，整个人像是猴子一样吊在贺穆兰的腰上撒娇，贺穆兰大概是被碰到了痒痒肉，一边笑一边扭动着身子。

然而让那罗浑动容的却不是阿单志奇，也不是阿单卓，而是一头如雪白发，身着青衣的狄叶飞！

"狄叶飞，你头发怎么了！"那罗浑倒吸一口凉气，不会是听到火长是个女人，吓得头发都白了吧！如果真是这样，他们几个就要检讨下为何要瞒着狄叶飞真相了！

"没什么，那罗浑，你看起来老了不少……"狄叶飞打趣，和那罗浑豪爽一抱，"杀气磨砺得更显了！"

"能不老吗？每天都有一大堆臭小子和无知的女郎前赴后继地钻出来，就跟老鼠似的，一不留神就钻进来了，我头发也要愁白了！"

那罗浑见狄叶飞不愿多说，体贴地岔过这个话题。

"火长啊啊啊啊啊！你伤了哪儿啊啊啊啊啊！"

几人正欢声笑语间，就听到几层院外一声大喊，吐罗大蛮直接几个大步窜了出去。

"若干人！你小子总算是回来了！"

"若干人！"

"若干人，啊哈哈哈哈，你怎么成了这个鬼样子！"

一群人挤到门前，一见到瘦得跟芦柴棒一样的若干人，都笑得弯了腰。

"哎哟我的天，脸上怎么也都是疮！"

"别提了，高句丽那地方，基本找不到吃的，我带着兄弟们埋伏了半个月，又没有补给，那些东夷老鼠肥虫都吃，我下不去嘴，硬生生把自己饿成这样！"若干人脸上顶着两块可笑的冻疮，瘦得颧骨都凸出来了，两只大眼睛滴溜溜的。

贺穆兰越看越想笑，又觉得笑了有些不厚道，只能拼命忍着。

若干人跳到狄叶飞身边，围着他走了几圈，啧啧称奇："我还以为我在高句丽给逼成个老树墩子已经够倒霉的了，怎么，你在北凉更苦？怎么火长晒成个黑炭，你不黑反倒白了？"

他看了看穿着玄衣的贺穆兰，再看了眼满头白发的狄叶飞，大笑起来。

"哈哈哈哈，一黑一白，怎么这么好笑呢？你们到底在北凉干什么啊？"

狄叶飞出手如电扯住若干人两边的冻疮往外一拉……

"啊啊啊啊啊，痛痛痛痛痛！"若干人口齿不清地大叫，"狄将军手下留情！"

"放开我家将军！"

人一和人二立刻上前架住狄叶飞的手，狄叶飞见好就收，也没真的把他伤口拉裂，饶是如此，也把若干人疼得捂脸怪叫。

一干同火被逗得大笑不止。

"说起来，我们已经好久没有聚过了，胡力浑离得最远，恐怕还要几天才能来。普氏兄弟在北燕，一时也回不来……"阿单志奇有些戚戚然，"杀鬼……可惜了杀鬼……看不到这一天了。"

气氛蓦地凝重起来。

"罢了，今日我们同火相聚，就不该说这些丧气话，是我不对，等下自罚三杯！"阿单志奇摇了摇头，带着歉意笑道，"火长，现在到处都在传你是女人，我们虽不在意你是男是女，不过我们还是很好奇……"

"这件事说来话长，不如就拿来下酒吧。"贺穆兰轻笑，高声吩咐，"来人啊，上酒菜，给诸位将军接风洗尘！"

她一伙十人至少都是副将，回乡之后也是校尉将军，喊将军并不算夸张。

"是！"

夜半时分。

笃笃笃。

"谁？"

"阿单兄，是我。"

"咦？"

阿单志奇打开门。

"阿单兄可否陪我走走？"

"……我不认识路，你带好路就成。"

三生三世，阿单志奇带给贺穆兰的影响都是巨大的。他就像是贺穆兰人生道路上的指路明灯，每一次在她迷茫之时，都会给她指明清晰的道路，让她醍醐灌顶，犹如新生。

贺穆兰提着灯笼，领着阿单志奇走到一处遮风避雨的亭子里，将琉璃风灯放置在亭中的石桌上，示意阿单志奇坐下来。

"夜里看不清你的脸，总觉得自己是半夜和女人单独见面，挺心虚的。"阿单志奇摸了摸鼻子，"除了你嫂子，我还没有和哪个女人半夜出来过呢。"

"就是因为会有这么多不自在，所以我才一直没有说出自己的身份啊。"贺穆兰沙哑的声音在清冽的夜风中带了几丝凉意，"男人和女人，有时候实在差太多了。"

"我们会来平城，其实是收到了京中的来信。"阿单志奇单手搭在亭边，突然开口，"信是军府送来的，说你是个女人，京中一片哗然，所以军府向我们这些同火搜集证据……

"我担心你会出事，便连夜送信给昔日的同火们，让他们来找你，我和你嫂子知会了一声，就带着阿单卓来了。"他淡淡地说明来意，"其实我一直都觉得你藏着什么秘密，你从来不和我们洗浴，不和我们一起如厕，你怕我们掀你的衣服，你对待狄叶飞和其他人完全不同……但因为你面对我们表现得太自在，因而也从未想过要去查一查你的秘密。对我们来说，你是值得信任的可靠火长，是万夫莫敌的猛将，就足够了……"

贺穆兰只觉得从心底升起一股暖意，连嘴角都泛出了笑意："是没见过我这么没羞没臊的女人吧？见到你们洗澡换衣连脸色都不变一下，更别说那时候狄叶飞和吐罗大蛮……"

"好好好，这个就别提了！"阿单志奇有些受不住地抬起手，"一想到夏天我们操练完直接光着在帐子里洗澡，就想刨个洞钻进去！"

"哈哈，何止是你们，就算是陛下和颍川王，我见得还少吗？这世上像我这样的女子，恐怕找不到几个。"贺穆兰快意地笑着，"若干人知道我是女人的时候，脸都绿了，几天都躲着我走。"

"狄叶飞，是不是对你有爱慕之意？"冷不防地，阿单志奇开了口，"你们之间有点不对劲，和我们在黑山时大有不同。"

阿单志奇的敏锐有时候让他的善解人意也没那么可爱了，贺穆兰心虚地将脸侧了侧："他之前跟我说过断袖什么，我跟他说我是女人，他压根儿不信，还让我去照照镜子。说实话，我没想过婚配之事，也不知如何面对他，这件事……我想先放一放。"

阿单志奇沉默了一会儿，缓缓地直起身子，声音带着一丝关切："那以后呢？你想好该怎么走自己的路了吗？真要解甲归田？"

声音之中只有关心，既没有拓跋焘的不敢置信和痛苦，也没有其他人的或悲或喜。

贺穆兰从鼻子到喉咙都是又酸又涩，为了掩饰失态，闷着声音回答："出使北凉，死了两千多兄弟，我想去拜访这些战死同袍的家里，看看能做点什么，然后再考虑是回乡做个田舍翁，还是开个武馆教人习武……"

她自嘲地笑了笑："如果他们不觉得我是女武师丢人的话，凭我的本事，将那两千多同袍的子弟教导出来不是难事。"

"你竟把阵亡将士的责任也背在自己身上了？"阿单志奇不可思议地低呼，"我等军户，原本就是准备好随时为国尽忠而死的！"

"他们不同。"贺穆兰的眼前出现那一片铺天盖地的黄沙，"他们是因为我的轻信和疏忽丧命的。是我让他们的牺牲变得毫无价值，甚至不能以战死抚恤……"

她偏着头看向阿单志奇："若我们还是在黑山，还是身为小卒的时候，遇到这样的事情，一定也希望主将能负担起我们家人的未来吧？哪怕不是主将，随便谁也好，能告诉家人，我不是死得没有价值，那对于我们的家人来说，也是极大的安慰。"

"你还是和过去一样……"阿单志奇的叹息在夜风中化成幽幽的轻颤，"想法跟我们截然不同。你总是将自己代入死者的想法，去思考死后的世界。收殓也好，抚恤战死遗孤也好，甚至你不肯'打扫'战场，都让我们心中升起由衷的敬畏……和恐惧。"

贺穆兰第一次听到阿单志奇说这个，忍不住抬起头睁大了眼睛。

黑夜中看不清阿单志奇的眼神和表情，但他的声音却是平静的："你以为，黑山那么多人为什么愿意尊称你为'玄衣木兰'？仅仅因为你会收殓，会缝合尸体，会安慰他们吗？是因为你的想法和我们完全不同啊。"

黑山啊，黑山……

"谁会顾虑我们这些目睹同袍战死之人的感受？谁会告诉我们'不是你的错，不是你没有尽好保护的责任'？谁会告诉功曹'这些衣衫和你们看不起的破烂对他们的家人来说，比战利品还要重要'？花木兰，黑山以前一直有一种传闻，说你是曾经死过的，老天爷不收你让你回来了，所以你才那么明白死人会担心会顾虑什么。"

她确实死过啊，不是老天爷不收她，而是有人将她的命从老天爷那里抢过来了……

"我没有你想得那么高尚……"贺穆兰有些心虚，"只不过是见得多，想得多罢了……也许因为我是个女人，很多时候，思考的方式和你们不同……"

"我并没有说你这样不好，只是想告诉你，有时候你的作用，并不是上阵杀人那么简单。"

阿单志奇双手抱于脑后，看着天上无星无月的阴云。

"我们的眼睛，很多时候就像这天空一样，被一层云遮着。我小时候，一直以为下雨前没有星星月亮是某种定律，长大后经常看天，才知道，不是下雨前一定没有星星，而是所有东西都被阴云遮住了……"

"你的心里天生就没有阴云，所以你眼里的世界，和我们眼里的世界是不一样的，对吧？"

阿单志奇的轻笑声响起。

"我们已经习以为常了，觉得天空黑乎乎是正常的。但是，因为你在，能让我们随着你的目光，透过那层云，看到互相照亮彼此的星星。

"所以，不要妄自菲薄。也许你觉得累了，也许你觉得身上背了太多的罪孽，但有更多的人因为你，而发现了彼此的存在。"

贺穆兰的脸因为阿单志奇的夸奖烧红了起来。

"我们并不孤独，我们也没有自己认为的那么渺小，也会有人因为我们的死而伤心流泪，有人会明白我们活着和死去的选择一样艰难……"阿单志奇的声音是如此坚定。

"这是我从你身上看到的。所以，我相信你的选择都是正确的。你想要做什么，就放手去做吧，就算那些不理解的，日后都会理解的……"

他爽朗地笑了起来。

"就跟在黑山时，我们刚开始都不能理解你一般。"

––

小剧场：

拓跋焘：�—啊—啊！老子让你来劝花木兰别走，你就说这个？！

阿单志奇（温和地笑）：这叫以退为进。

拓跋焘：老子只看到你一直让她回去！

阿单志奇（笑容僵住）：这位怎么听不懂人话呢？谁给他解释解释？

库莫提（歉意）：让你见笑了，我这就带下去解释……（拖走）

【第 312 章】

第二天，阿单志奇提早出门，说是要去接胡力浑，却先去了一个地方。

"你可说服了花木兰？"等候多时的库莫提随手掐下一根杨柳，问阿单志奇。

阿单志奇恭恭敬敬地对库莫提行了个礼，然后才说道："我对不住大帅的托付，并没有说服花木兰。"

实际上，他根本就没想说服她。

"不是说花木兰最信任你吗？"站在库莫提身后，长相和库莫提有几分相似的男人满脸不悦，"为何你也无法说服她？"

阿单志奇看了看这个男人，又看了看库莫提。

"这是我家堂弟。"堂弟遍布大魏的库莫提随口解释他的身份，"他……很欣赏花将军。"

阿单志奇收起心中的疑惑，正色说道："我昨夜和火长聊过，她并不是不想再带兵了，而是心中有亏欠，对无辜枉死的虎贲军的亏欠，对那么多因为魏国扩张而枉死的他国百姓的亏欠。她和我们不同，她的'道'让她十分痛苦，甚至于连身居高位，都觉得是一种'窃取'。"

"窃取？"库莫提好奇地重复了一遍。

"是的。'他们死了，我却活着，我是窃取了他们的未来而登上这个位置的。''为了胜利，不得不牺牲这么多百姓，大魏征服了他国之后，这些百姓真的会过上好日子吗？我的举动会不会是一种错误？''如果我继续为将，魏国的朝堂会不会因我而陷入新的争斗？'"

阿单志奇一针见血地指出贺穆兰心底的恐惧。

"也许在你们看来，这些担心有些好笑，但正因为火长是这样的人，所以我们才由衷地崇敬她、爱戴她。"阿单志奇看了眼库莫提身后若有所思的男人，表情更加严肃了，"所以，我们不能逼她。"

"那该怎么办呢？"那男人烦恼地抓了抓脑袋，"我不认为她这样的女人，解甲归田后才是最好的结局。如果想照拂以前的同袍家人，没有身份也是不行的，解甲归田只是逃避而已！"

"我觉得可以让她出去走走，看看。"阿单志奇叹了口气，"她不是觉得魏国征服了别国，也许让那些遗民更加痛苦吗？但我走过诸地所见的，却是大魏一统后各地百姓终于安稳下来过日子的满足。花木兰从成年起就一直在军中生活，所见的都是征伐、杀戮、攻城、灭国，不如让她出去走走，想清楚自己想要什么。"

他再一次对着库莫提弯下身子，眼睛却看着他身后的那个男人。

"我相信陛下，是能让花木兰看到希望的陛下。我相信大魏，是正在走向更好的大魏。一旦花木兰发现魏国需要更多她这样的人，就会选择回来的……"

他将身子深深地俯了下去。

"既然最终会回来，那么放她离开，岂不也是一种尊重？"

库莫提和他的堂弟望着眼前满身谦逊的男人，竟有些无法反驳。

"我知道了……"库莫提点了点头，"你去吧。"

半晌后，拓跋焘问库莫提，"你觉得他说的……是不是我的坚持错了？"

"不是你错了，也不是花木兰错了。"库莫提安慰自家堂弟，"只是花木兰陷入了暂时的迷茫，连阿单志奇都看出来了，你真的看不出来吗？"

"她答应过我，要和我一起，创造更好的大魏的……"拓跋焘的表情有些消沉，"是我哪里做得不好，让她感觉到不安了吗？"

库莫提不咸不淡地道："陛下不要再撒娇了。她是你的将军，又不是你的儿女。"

"你……你说什么呢！"拓跋焘眼睛瞪得老大，"什么叫撒娇！"

"在我看来，你就跟撒娇没什么区别。阿单志奇说得没错，她既然没有信心，你就给她信心。她觉得累了，你就多扶持扶持她。她既然觉得军户制度有极大的缺陷，你就该问她意见，该如何去改。一直以来陛下都顺风顺水，已经忘了那些赢得大臣们肯定的日子了吗？你刚刚登基那会儿，经历的这种事难道还少吗？"

库莫提的话震得拓跋焘浑身一颤，他迷茫地眨了眨眼："我……我太傲慢了？"

"中原一统，陛下新的起点又开始了。既然是新的起点，不妨有些新的变化。花木兰确实是名将，但她的作用不仅仅是打仗，陛下不如把眼光放远一点，比如说……"他笑着提示，"就从探查各地军府情况的'安抚使'开始如何？再没有人比她更合适了，她那么心软，那么刚正……"

"你……"拓跋焘意会过来，"你是故意提点我的？你把花木兰的同伙找来也是……"

"啊，再不快点解决这个问题，天下都要大乱了！黑山的士卒现在都快疯了你知道吗？盖吴回了杏城，你也不想卢水胡人杀进平城来'救人'吧？咱们能不能别老想着打仗的事？每次御驾亲征身先士卒吃的亏还少吗？我们大魏还缺会打仗的将军吗？我早就想说了……"

"快住嘴，你现在怎么这么唠叨！"

"遇见你这样的'堂弟'，我能不唠叨吗？你别跑啊！上次我和你说的黑山军的抚恤问题……喂……喂……别跑！"

不停唠叨的库莫提看着跨上马没命往城内跑的拓跋焘，嘴角忍不住扬起了一抹微笑。

"只能帮你到这里啦。"

八天之后，押解沮渠牧犍的队伍到了平城，偷袭吐谷浑获得牛羊马匹无数的赫连定也返回了平城，若干人那边押送高句丽人参、皮毛等战利品的队伍几乎是和西秦、北凉的队伍前后脚到达。

随素和君回到平城的，除了"谋乱"的北凉王室，还有沮渠菩提的退位诏书，沮渠菩提没有承受住内心的压力，最终选择了出家为僧。

孟王后接受不了这个打击，一病不起，但北凉事务繁重，根本没有时间让她养病，她只能拖着病躯和源破羌周旋，竭力为北凉争取权益。

源破羌长期不回，隐隐有希望朝廷将他封为镇西将军的意思，但朝中无论是汉臣还是鲜卑大臣都不希望源破羌长期镇守西域。他是南凉王室，就算立下了大功，如果长期任他在故国发展，难保不会养虎为患。

一时间，朝中风起云涌，都盯上了镇西将军的位置，拓跋焘这几年在大力发展商业，魏国的商队向着东南西北方向发展，获得了巨额的财富，西域产金、宝石、香料、宝马，一向是商人心目中的圣地，镇守西域，本身就能获得大量的财富。

相比之下，花木兰是个女人的事，反倒没有那么受关注了。崔浩等大臣极力推崇花木兰为官。汉人重"孝道"，花木兰又有一半汉人血统，其事例足以"举孝廉"，加之军府变革的契机就在这位女将军身上，以崔浩为首的大臣们自然是不遗余力。

无论外面如何热闹，贺穆兰和阿单志奇、胡力浑等人只在将军府里过着悠闲的日子。唯一让她担心的，是盖吴成立的天台军，近日竟有风言，说他们要谋乱。贺穆兰清楚，盖吴是不可能谋乱的，因为拓跋焘已经隐隐承认了天台军的实力，日后若成立官商，雇佣的护军一定是卢水胡人。

转瞬间大朝就到，这一次大朝要讨论的是贺穆兰何去何从，以及军府改革的问题，原本对贺穆兰还有期待的不少大臣因为盖吴的事情，态度一下子暧昧了起来。

大朝一开始，就有不少大臣就盖吴在杏城动乱之事逼问贺穆兰："陛下宅心仁厚，给卢水胡人田地以安居乐业，他们得了田却还弄什么天台军，简直就是忘恩负义！"一位老将军气得胡子直飞，"女人当将军就是乱来！连手底下的兵都带不好！"

"丘穆陵老将军此言差矣，盖吴只是木兰的弟子，又不是她的部下。"拓跋焘和着稀泥，"再说，卢水胡人为雇军的习俗自古就有，现在还不清楚杏城到底是什么情况，现在就下了定论，为时尚早！"

"哼！"老将依旧怒瞪贺穆兰，显然对她"放虎归山"的行为十分不满。

到了这个时候，哪怕贺穆兰再想解甲归田，也不能抽身事外了，她出列奏道："末将的徒弟盖吴想要重建天台军由来已久，但他不是为了造反，而是想要保护魏国到北凉商路上商旅的安全，此乃为国为民之举。只是为什么会声势如此浩大，其中也许有所误会，我已经给他送信，不日便有消息。"

"如此甚好，便令花木兰为'杏城招抚使'，全权负责杏城天台军之事。若盖吴真的聚众生乱……"拓跋焘眼中精光一闪，"花木兰，那就由你亲自领军，前往杏城平乱！"

贺穆兰心中一惊，抬头看向拓跋焘，发现他露出狐狸一样的笑容，对她得意地笑了笑。

贺穆兰明白拓跋焘是用这种手段挽留自己，但她也明白，若换了其他人调查，也许会为了军功诬陷盖吴造反，到时候大军压境，卢水胡人不会有好结果。唯有她亲自调查，亲自招抚，才可以化干戈为玉帛，有误会也能及早解开。

贺穆兰定定地看了拓跋焘一眼，想起阿单志奇所说那句"你可以影响许多人"，再想起好不容易盼来好日子的卢水胡人，最终还是俯下身去。

"末将……领旨。"

"我不同意，她是女人，应该解甲归田才对！"一位鲜卑勋贵站了出来，"大魏怎可让女子领军！"

"为何女子不可领军？大魏律、军府的条例我都烂熟于胸，没有哪一条有写女子不可领军。"崔浩冷笑，"既然你觉得不可，那么我们就该先讨论大魏律和军府条例的不妥之处，修改律法，更改规矩，加上'女子不可为将'这一条。等这一条加上，你再喊女子不可为将不迟！"

朝堂上又吵成了一片。

拓跋焘心中的怒火越来越盛，越来越盛，猛地一捶案几，大叫道："休要争执！说花木兰不可为官的，军功超过花木兰再说！我不但要让花木兰领军，我还要重新确定军籍、彻查全国军户人数、战死者抚恤情况！如今凉、燕、夏、柔然皆归魏国，各国募兵情况并不一致，军府确实要进行改变了，仅夏国、凉国的地域就已超过代国，如果全靠鲜卑军户打仗，哪里有这么多人！"

他气得眼皮子直抖。"如果要将每一户的男丁全部征去守卫新的疆土，只会有越来越多的'花木兰'替父从军！你们不想想该为魏国的改变做些什么，老是扯着这些鸡毛蒜皮的小事讨论来讨论去，有意思吗？"

拓跋焘如电的目光横扫过每一位朝臣。

"不仅仅是军府，大战之后，百废待兴，我欲迁徙凉国、燕国百姓入中原定居，垦荒织造，劝农平赋。我国正是迫切需要人才之时，莫说是女人，便是小孩、杂胡，只要有用，我都会起用！为国之道，文武兼用，我不但要用花木兰，更要征辟士人入朝为官！"

拓跋焘此言一出，汉人们无不欣喜若狂，鲜卑勋贵们也多有喜色。

拓跋焘抛出了一个巨大的"饼"，接下来的大朝就变得容易多了。拓跋焘命军府读完贺穆兰十二转的功绩，赐予她紫绶金印，封为"虞城侯"，可凭紫绶金印领军三万，加赐开府，将号为"骠骑大将军"，掌主将、副将、长史、丞、参军、主簿等等官职三百人，亲军两千人。

魏国的大将军特别多，许多鲜卑宗室同时都是大将军，比如说拓跋素和拓跋丕、拓跋提等，但开府代表的不仅仅是权力和荣誉，更是一种社会地位的拔高。

拓跋焘的颁赐一出，所有年轻的将领都红了眼，就连狄叶飞和若干人都忍不住互视一眼，满眼都是震骇。

二十几岁的侯爷不少见，二十多岁的大将也有不少，可二十多岁就开了府的将军，还是女将军，足以载入史册了。

贺穆兰受宠若惊，受宠若惊之余更是陷入了深深的惶恐之中。

她根本不知道自己开府以后要做什么。开府的将军不是镇守一地，便是在边关督军，从未有在平城开的。拓跋焘让她开府，难道又要打仗？

不但贺穆兰这么想，在场的官员们也都这样想，甚至有些官员想到了北凉姑臧尚无镇西将军，说不得拓跋焘又要不走寻常路，不用宗室而用寒门。

如此一想，有人坐不住了："敢问陛下，花大将军开府，究竟是开在何处？司何职务？"

"开在平城，司军府征辟、六镇新兵操练、诸地军纪、将士赈抚等事宜。"拓跋焘一开口就把军府征辟的事情划给了贺穆兰，引得众人面面相觑。

军府陈旧、机构臃肿，北方军府一人多职，忙到恨不得一个人当十个人用，南方军府则清闲得门可罗雀。如今北凉北燕尽入中原，肯定要按照功绩和当地大族的势力重新确立新的军户，这些都是极重的担子。

鲜卑军户为府兵是部落以来的规矩，其他地方的百姓却不一定愿意当军户，如何确定哪些人愿意成军户，哪些人对魏国忠心耿耿绝不会因此产生动乱，如何杜绝"拉壮丁"的情况，成了每一届军府最头疼的问题。

军府一般就是各地开府的将军下设的衙门，如今拓跋焘一声诏令，军府日后就要独立出来，成为新的官署，而且是一个非常重要的官署，所以众人才骇然地看着被委以重任的贺穆兰。

但这个"将军府"又不像各地开府的将军那般手握实权，上阵打仗的可能更是微乎其微，更多是做一些吃力不讨好的事情，最大的收获，不过就是在军中获得好名声……

想到此处，除了几个城府极深，立刻洞察到拓跋焘用意的重臣以外，大多数人都将自己的嫉妒之心压下了，还有不少目光短浅的对贺穆兰投以了幸灾乐祸的眼神。

在他们看来，拓跋焘给了贺穆兰一大堆赏赐，甚至给了她最好的出身，却把她调离了权力中心，成了一个象征，足以让人同情了。

他们却不知，当贺穆兰听到这样的任命时，心脏都停了一瞬。

没有人知道她最不适应这个时代的是什么，不是制度，不是落后，而是旧有的"观念"，那些"悍不畏死"之后的家破人亡，那些军中让人深恶痛绝的"惯例"，都是她既痛苦又无法反抗的"大山"。

而如今，拓跋焘将改变的"种子"放到了她的手上。

拓跋焘站起身，对着殿下的贺穆兰朗声道："花木兰，你曾对虎贲军下令，虎贲军的剑锋永远指向强敌，虎贲不做懦夫，也不做畜生，我深以为然。但我需要的不仅仅是一个'花木兰'，而是千千万万个花木兰……如今我把重担托付给你，你可愿意交给我一个满意的答案？"

刹那间，贺穆兰似乎又回到了花家那简陋的小屋之内。那些曾经的约定，那些意气风发，那发誓要为他效忠的死心塌地。

面前的拓跋焘依旧在笑，往昔的话语在她的耳边萦绕，让她的眼前模糊一片。

"所以你的担心都是多余的，因为他们得听我的。"

她怎么忘了呢？

"花木兰，你可愿意？"拓跋焘傲然而立，再一次询问。

殿中鸦雀无声，人人都望着站在殿下的花木兰，等待着她给出答复。

她的膝盖，已经像这样弯过了两次……

而现在，是第三次。

"末将，万死不辞！"

花木兰得封骠骑大将军、虞城侯、太子太保，开府平城的消息，不过是一夜之间，便传遍了平城。

大概是拓跋焘担心贺穆兰太穷，养不起那么多官员将士，颁赐有功之时顺便把她十二转军功的赏赐给赐了下去。同时也赐了花父为"县男"、花母为"夫人"，嘉奖他们为国培养英才。

贺穆兰以女子之身成为魏国第一位女将军、女侯爷、女三司，开府在京中，足以载入史册。

拓跋焘交给她一方虎符，能调集地方军马便宜行事，可以顺便肃清各地的匪患，畅通西行的商道，为来年袁放建立"官商"做准备。

各地匪患和当地官府勾结是常事，赐她虎符，是为了让她不至于寡不敌众，也是为她在各地选拔合适的将才而给的方便。更多的，则是对她的信任。

在一片煊赫的气氛之中，贺穆兰没有告知任何人，在一个还算安静的清晨，率领虎贲军及自己的亲卫，约上府中的阿单志奇、胡力浑、吐罗大蛮等人，悄悄出了城。

她原以为自己隐藏得够小心的了，谁料一出城，便在城门处看到了等候已久的郑宗。

"你怎会在此？"贺穆兰傻眼，"谁告诉你的？"

郑宗笑了笑，牵着马走到贺穆兰马前，从怀中掏出一方"候官令"来。

"臣乃新任候官郑宗，陛下命我协助将军调查各地匪患与官员勾结之事，若确有不法，就地下狱审问。"他笑嘻嘻地对着贺穆兰躬了躬身子，"在下武艺不精，还请花将军一路多多照顾。"

他可是挤破了头才抢到这份差事的！为此把全副身家都花光了，可他一点都不后悔。

贺穆兰听到郑宗是去办正事的，便让他进了队伍，一群人继续前行，刚过平城地界，就在界碑之处遇见了熟人。

"……火长，你去吧，我们在这儿等。"阿单志奇微微叹了口气。

护城河畔柳枝摇曳身姿，狄叶飞和袁放骑着高头大马，全身上下皆被露珠打湿，想来已经等了许久。

贺穆兰叹了口气，打马上前。

此时太阳已经升了起来，狄叶飞和袁放见到贺穆兰，眼睛一亮，控马提缰，飞奔了过来。

"将军！"

"火长！"

"你们……不是一个要筹措来年开商之事，一个领了将作监之司，负责督办兵器甲胄吗？"贺穆兰左右看看，"为何在此等候？"

"陛下命我跟随将军，通畅各地重要的商道。"袁放咳了咳，"将军也知道，若是商路不通，匪祸丛生，没人愿意行商……"

狄叶飞斜眼看了下队伍之中的郑宗，收回了自己的目光，冷淡地道："陛下命我勘查各地武库，填补所需，明年我还要去北凉，在此之前，此事交由我司职。明年我走之后，交由斛律光斗。"

"什么！新任的镇西将军竟是你！"郑宗脸色大变。

狄叶飞微微摇了摇头："我还不能开府，陛下欲在敦煌、伊吾设立西戎校尉府，待勘查武备之事办妥，我的功绩才够开校尉府。"

这便是变相地承认了。

听到贺穆兰恭喜他，狄叶飞才露出一丝笑意："火长，这一路与你同行，若有调遣，切莫客气。"

贺穆兰爽朗一笑："这是自然！"

郑宗心中大骂，脸都气歪了。

狄叶飞见郑宗满脸忿忿，好胜之心大起，跟着贺穆兰一路骑马一路闲谈。

"明年敦煌、伊吾设立军镇，军府也要设立，当地情况错综复杂，若要以北凉遗民为军户，很可能出现隐患……"

"是，所以我想……"

"等你到了西域，不妨和我先走访走访当地的情况，当年十六国混乱，有不少鲜卑部族留在了北凉……"

"那就有劳你先……"

一时间，谈笑声，叙旧声，男儿高歌之声洒落一路，虽未有送别之人，却比送别时收获依依之情更加让人欢喜。

为何总是害怕离别呢？

离别，往往是再见的开始啊。

现代木兰番外
木兰有长兄

只要会背《木兰辞》的人都知道，花木兰替父从军是因为"木兰无长兄，阿爷无大儿"，所以不得不"替爷征"，所以花木兰对于"兄长"这种存在，自然是陌生的。

鲜卑有早婚之风，花家长女也不例外，癸水一来就许配了人家。而花木兰与长姐年岁相差太大，长姐远嫁给指腹为婚的父辈袍泽之子时，她还只是个懵懂的孩子，对于姐姐的印象，只剩下出嫁时那一道不舍的背影。

而后许多年过去，她长成了可以陪父亲练武的假小子，可以替母亲织布分担生计的乖女儿，可以哄着小弟入睡的温柔姐姐；再后来，她长成了不知该算是男人，还是女人的……

有的时候，她也曾想过，若她有长兄，是不是就不必经历后来的刀枪箭雨、战场厮杀；当然，也只是如果而已，那些脆弱的念头被黑山外凛冽的寒风一吹，最终都和营帐外永远矗立在那里的黑山头一般，只剩下坚定不移。

——在这里，脆弱和柔软的东西，注定都会和黑山头上的存在一般，在残酷的环境里被渐渐打磨干净，最后只剩下最坚毅、最有用的一部分。

"穆兰，我还没吃饭，你吃晚饭了么？"

贺穆君打开家门，见屋里一片漆黑，随手打开客厅的灯，见重伤初愈的妹妹坐在沙发上发呆，于是一边换鞋，一边自然地和她打招呼。

即便已经穿过来一个多星期了，花木兰身子还是僵了一下，被打断了思绪后有些不知所措、甚至是惊慌地撇过脸。

"啊？饭？饭……我忘了，没做，我现在去做……"

她年少离家，一别十余载，为了掩饰身份就连休假也不敢回家，和家人的感情早已生疏，更记不起一个普通的未出嫁女孩应该如何和家人相处。

在军营里，她是对袍泽部下嬉笑无忌，甚至可以拳脚相加的"花将军"；

可回了家，父母兄弟欲言又止的歉疚之情和满满的弥补之意，却让她感受到比军营里更深切的压力。

她不是不想重新和家人共聚天伦之乐，可那隔阂在他们之间漫长的时间，以及她那生性木讷的性子，几乎让这个本来理所应当的结果，变成了所有人的尴尬。

而穿越到贺穆兰身上之后，花木兰更是不知道该如何是好。

——就如现在，下了差、腹中饥饿的兄弟回到家，身为未出嫁的妹妹，应该早早做好羹汤饼饵，等候着兄弟来食，而不是好吃懒做地躺在家里装作什么都忘了。

长兄如父，她应该像是对父亲一般地尊敬和爱戴他。

想到此，花木兰心中更是愧疚，她从来没有过兄长，但娘亲贤惠，从未让父亲和孩子们饿过肚子，更别说是下了差回来没饭吃。

她回家后，大概是身上被战场的肃杀之气沾染，让她看起来太像男人，她那弟妹也从未让她动过炉灶，就把饭菜端到了她这个"姑子"手上，俨然这位名闻遐迩的"花木兰"是个大伯。

当她变成了家中唯一的女人时，该做些什么，她好像也有些茫然。但她既然替代了贺穆兰的人生，就应该做好贺穆兰分内做的事情。

见妹妹满脸惊慌地站起身，连鞋都没穿就要往厨房跑，贺穆君倒吓了一跳，抬手把站起身来的妹妹按到沙发上……

"小心，哎哟，你才从医院出来没几天，穿鞋啊别着凉！"

咦？按不动？

被连按肩头两三下，莫名带来了自身武力的花木兰，理所当然地岿然不动，倒显得贺穆君的动作很诡异，气氛一时有些尴尬。

感受到肩膀上不时往下传递的力道，花木兰乍然一下反应过来那是为什么，为了不让贺穆君不自在，她恍然大悟般地又坐回了沙发上，仰起脸讷讷地解释："我坐着发了一会儿呆，没想到一下子就天黑了……"

"没做饭就没饭，有什么啊！你怎么被电了一次，倒像是把魂儿电没了一样？"

贺穆君有些不太适应妹妹如此"温柔"的画风，以往要是她没吃饭，见他回来了，一定像是饿鬼上身一样直接扑上来，踢他去做饭的。

现在她满脸愧疚，仿佛忘记做饭成了什么罪过似的，倒让贺穆君心里觉得有些难受。

都怪老爸，说什么工作为大，又非说自己找借口想偷懒，不肯让他请假回来陪妹妹几天，就妹妹这失魂落魄的样子，怎么能放心把她放在家里？

听到贺穆君"魂儿电没了"的话，花木兰更加心虚，低着头不敢看贺家哥哥。

"沙发上坐着，我去看看厨房里还有什么，你等着吃饭就好。"贺穆君充满元气的声音从头顶传来，大概是不愿意看到妹妹这么"低落"，他亲切地揉了揉妹妹的脑袋，笑得越发夸张。

"我几天没回来，这几天是不是爸从食堂带菜糊弄你？等着尝你老哥的手艺！"

哼着小曲，贺穆君脱下警服，挽着袖子进了厨房。

坐在沙发上，看着满脸放松进了厨房里东翻西找的贺穆君，花木兰陷入了怔愣之中。

魏国大地以"武"为尊，无论胡汉，男儿从能走路时就在锻炼自己的体魄，强韧自己的意志，他们羞于做那些女儿家该做的事情，即便是军中火长负责饮食，也不过就是会做几个胡饼，烤几只牛羊罢了。

即便是汉人，也有"君子远庖厨"的说法。

可眼前的贺穆君……

像是被那温暖的灯光所吸引，穿上拖鞋的花木兰离厨房越来越近，她倚在门边，像是在怀念着什么，又像是在惊叹着什么似的，看着贺穆君利落地处理着冰箱里的食材，熟练地使用着那些她记忆里熟悉又陌生的炊具。

不是勉强，贺穆君是真的不觉得做饭有什么，他甚至还考虑到她现在的身体不适合吃味道太重太刺激的东西，将那些红的绿的辣椒捡了出去，低头剥着豌豆，将那些可爱的小豆子一粒粒放在透明的玻璃碗里。

红的胡萝卜，绿的豌豆，被切成丁的火腿肠，五颜六色的食材放在漂亮的玻璃碗里，被厨房温暖的灯火映照，犹如西域里带来的珍贵宝物，令人目不转睛。

大概是感觉到门边的目光，贺穆君抬起头来，待看到花木兰一副惊叹的表情，忍不住笑了起来："你这么饿？还有点剩饭，冰箱里能用的东西也不多，我就炒点饭，不过你放心，绝对好吃！"

一边说，滋啦一声，贺穆君动作轻快地翻炒起了那些五颜六色的小丁，那挥洒自如的姿态，让花木兰想到了前世那些袍泽们在战场上杀敌时的英勇身姿，同样的举重若轻，同样的志得意满，却是两个截然不同的领域。

看着以为妹妹饿极了而加快了动作的贺穆君，花木兰的眼眶不知为何突然渐渐濡湿。

这是个如此奇妙的世界，而老天待她如此之厚。

"好了，吃饭！"

端着两碗色香味俱全的"贺氏炒饭"，贺穆君对着妹妹努了努嘴。

"还不去拉桌子摆筷子，我没手了！"

花木兰这才如梦初醒一般，依言而行。

吃饭时，贺穆君三不五时说些单位里的见闻，他是派出所里的警察，能说的也不过就是谁家老婆和老公如何打架，哪家又丢了猫狗跑到派出所报案之类。花木兰自动把贺穆君的工作带入前世衙门里的皂隶，倒也不算陌生。

说着说着，贺穆君突然想起了什么，随口说道："你也出院快一礼拜了，什么时候销假回去上班？法医队那边小王和我唠叨几次了，说你一出事，那边简直人人都忙成狗，听说你终于醒了也养好了，都恨不得你赶快回去上班。"

"上班？"

和贺穆兰不同，花木兰继承了贺穆兰这具身体里的所有记忆，只不过这些记忆对她来说很陌生，刹那间，那些工作瞬间闪过她的脑中，随即涌上心头的，是贺穆兰洗清一桩桩冤案后难以言喻的满足感。

"是啊，我可以'上班'。"

花木兰的脸上露出一抹久违的笑容，那笑容一点点浸染到眼睛里，璀璨到耀眼的地步。

"哎哟，不就是回去上班吗？我眼睛要闪瞎了！"

贺穆君夸张地捂住眼睛，心中却终于放了心。

从妹妹出院后，他就敏感地察觉到妹妹情绪莫名地低落，有时候还会像是今天这样突如其来地惶恐不安。

不过他的妹妹，从来就跟"脆弱"这个词无缘。

高兴起来的贺穆君，终于暴露了本性，开始像个老妈子一样絮絮叨叨："女孩子嘛，事业也是重要的，俗话说千有万有不如自己有，别听那些没见识的说什么女孩子只要嫁得好就行了，关键还是要靠自己！经济基础决定上层建筑，你笑什么，听到了没有！靠山山倒靠水水跑啊！"

见贺穆君瞪起了眼睛，花木兰尚难收起唇边的笑意，脑海里闪过的，却是前世父母那些小心翼翼又羞于启齿的劝说：

"女孩子，要功名有什么用呢？只有嫁出去了，有了孩子，才算是有了终身。我们知道外面那些话很难听，这世道就是这样，你且忍忍，忍忍啊，传一阵子就没了……"

"你怎么还在笑？喂，你是不是笑我是个穷光蛋还在向你传授事业经啊！"

贺穆君被花木兰笑得恼羞成怒了，瞪着对面的妹妹。

"我没笑你。"花木兰看着对面坐着的"长兄"，慢慢收起了笑意，再认真不过地喟叹出声，"我是在笑……"

"有兄长，实在是太好了。"

听到妹妹正经的回答，贺穆君却"唰"的一下从额头红到了耳根，不自在地抖着双腿，扭头看着天花板上的吊灯。

"你，你突然说什么大实话？我跟你说，灌，灌迷魂汤也没有用！"

"嗯，以后不灌了。"花木兰从善如流。

"那个，闲来无事，也，也可以适当灌一点……"

图书在版编目（CIP）数据

木兰无长兄. 8 / 祈祷君著. — 南昌 : 百花洲文艺出版社,
2017.3
ISBN 978-7-5500-2066-5

Ⅰ. ①木… Ⅱ. ①祈… Ⅲ. ①长篇小说－中国－当代
Ⅳ. ①I247.5

中国版本图书馆CIP数据核字(2016)第325878号

木兰无长兄8

祈祷君 著

出 版 人　姚雪雪
责任编辑　胡志敏
特约编辑　钱　丽
绘　　图　ARIA
封面设计　80零·小贾
版式设计　段文婷
出版发行　百花洲文艺出版社
社　　址　南昌市红谷滩世贸路898号博能中心A座20楼
邮　　编　330038
经　　销　全国新华书店
印　　刷　三河市汇鑫印务有限公司
开　　本　670mm×970mm　1/16　　印张 20.5
版　　次　2017年3月第1版第1次印刷
字　　数　320千字
书　　号　ISBN 978-7-5500-2066-5
定　　价　29.80元

邮购联系　0791-86895108
网　　址　http://www.bhzwy.com
图书若有印装错误，影响阅读，可向承印厂联系调换。